桃夭
魅丽文化
桃夭工作室

蜜桃味
巧合

老纳
吃素
著

廣東旅游出版社
GUANGDONG TRAVEL & TOURISM PRESS
悦读书·悦旅行·悦享人生

中国·广州

图书在版编目（CIP）数据

蜜桃味巧合 / 老衲吃素著．— 广州 ：广东旅游出版社，2019.11

ISBN 978-7-5570-1855-9

Ⅰ．①蜜… Ⅱ．①老… Ⅲ．①长篇小说－中国－当代 Ⅳ．①I247.5

中国版本图书馆 CIP 数据核字（2019）第 108675 号

出　版　人：刘志松

总　策　划：邹立勋

责 任 编 辑：周思思　蔡　筠

蜜桃味巧合

MITAO WEI QIAOHE

广东旅游出版社出版发行

（广东省广州市环市东路 338 号银政大厦西楼 12 楼）

邮编：510060

湖南新华精品印务有限公司印刷

（湖南望城湖南出版科技园 电话：0731-88387578）

880 毫米 ×1230 毫米　32 开

11 印张　260 千字

2019 年 11 月第 1 版第 1 次印刷

定价：36.80 元

目录

CONTENTS

目录

CONTENTS

第一章 周待机上线

当苏南星在周奕怀里醒过来的时候，她整个人都是蒙的。

随即，她脑海里关于昨晚的一切激烈的片段，就像洪水一样涌了过来。

所有激烈、炙热的画面，让苏南星宿醉后疼得炸裂的脑袋更加疼了。

昨天到底发生了什么？

昨天中午，她的男朋友，哦，不对，现在已经是前男友了。

前男友徐良骏约她吃饭，苏南星想到他之前抱怨了好几回她穿丑陋、肥大工装跟他约会让他觉得丢脸，所以昨天中午她就难得打扮了一下。

自从两年前调到了系统集成部工作后，苏南星就没有在工作时间这么打扮过自己了。

昨天，她穿了一件真丝衬衫，一条高腰一步裙，衬衫被她扎进裙子里，掐出了纤细的腰肢，脚下踩了一双高跟鞋，衬得她的腿又长又直。脸上还化了淡妆，涂了水红色的口红。

苏南星觉得，她都好久没有享受到那种别人的视线围在她身上打转的感觉了。

然而她打扮得这么好看，徐良骏竟然跟她提了分手。

分手的理由特别简单粗暴——“对不起南星，我妈不同意我们俩的事。”

苏南星觉得自己涵养还是不错的，要不她就爆粗口了。

这种理由骗鬼呢，他们在一起四年了，以前她工作他读研究生的时候，他妈妈没有嫌弃她，等到他毕业了，去了有名的央企东电公司之后，就开始嫌弃她这个国企临时工了。

说来说去，是他家现在看不上她和她的家庭罢了。

苏南星甚至没有说什么挽留的话。

从徐良骏说出这种分手理由开始，他们就已经结束了。

一个分手而已，还不足以让她苏南星抱着男人的大腿哭天抹泪地挽留。

她站起身，抬起手就将桌上的咖啡杯利落地扣到徐良骏的头上，然后踩着八厘米的高跟鞋摇曳生姿地走出了饭店。

下午还要跟南环区公安局签一个便民服务系统的合同，是省公司李总关注的项目，她可不希望因为男人耽误了她的工作。

她和徐良骏四年的感情，说放就放了。

到底什么是真实可靠的呢？大概只有自己学到的知识和抓在手里的钱才是最真实可靠的吧。

她甚至没有太多感伤的时间，回到公司很快就投入了工作之中。

下午签合同的时候，她是跟在顶头上司周奕和李总身边全程陪同的，因为这个项目前期都是她在负责，所以她一直跟在他们身边介绍甲方的领导。

对方局长笑着夸苏南星：“苏小姐办事很稳妥，跟技术科那边对接也很顺利，希望通过跟我们南环区的试点工作，能顺利地向全市推广便民服务系统，现在讲究互联网+，我们公安系统也要更方便百姓的生活嘛。”

李总客气地说：“这个项目的前期是小苏来负责的，后面具体实施也由她来主管，有什么问题直接找她。当然，若是她有什么不周到的地方，你们可以直接找周经理和我，务必保证合作的顺利进行。”

局长和李总说了一会儿客套话，各自又都有别的会议等着，所以签完合同就散了。

回公司的路上，苏南星跟周奕还有李总坐一辆车。李总夸了一句：“小苏还是很能干的。”苏南星知道她顶头上司周奕是李总的嫡系，所以觉得李总对她这夸奖是爱屋及乌。

李总接着又说了一句：“像小苏这样的人才是应该好好提拔的。”这话明显是对旁边的周奕说的。

苏南星一听这话，觉得明显是有深层含义啊。

她下意识扫了周奕一眼，周奕没给她任何表情，李总倒是直接说了：“去年年底你们部门申报行业总监的时候，你们周经理给你推荐上去了，公示文件这两天就会下发了。”

这简直是从天而降的升职！

苏南星立刻表态："以后我肯定好好表现！谢谢领导提拔！"脸上笑开了花，升职可就意味着涨工资啊！

苏南星美滋滋的，听见周奕跟李总说："也是见她平常表现好，交给她的项目也都能办得妥帖，不让我操心才提拔的，她当了行业总监之后，跟别的部门交接或者替我开一些项目会议也更方便一些。"这也就是纯嫡系，才能说出这样的话。

李总听了之后竟也没说什么，转而说到俩人过几天要去集团公司汇报的事。

苏南星转过头把空间留给两位领导，自己坐在副驾上体会升职的喜悦。

虽然情场失意，但是职场好歹得意了一下，人生也不全是那么糟糕嘛。

回到公司大楼，跟李总在电梯间里分开之后，周奕和苏南星踏上了他们系统集成部所在的八楼，走廊里只剩下他们俩的时候，苏南星喊了一声："经理？"

大概是因为刚签完了一个项目合同，周奕整个人有点放松，回了她一个单音："嗯？"

就这么一声，周奕低沉的嗓音让苏南星听得一愣。

领导长得太帅是一种什么感受呢？

就是那种苏南星平常汇报工作都不太敢抬头跟他对视的感觉，因为领导太帅了，她怕自己移不开目光失态。

周奕不属于那种时下流行的精致男孩，正相反，二十九岁的周奕十分有男性魅力。

他是省公司最年轻的经理，这个级别下放到普通的市级公司里，是可以直接做总经理的。省公司开领导班子会议的时候，大多都是四五十岁的经理级领导，只有周奕一个人二十多岁的年纪，愣是将省公司领导的平均年龄都拉低了，更不用提周奕还掌管着三大部门之一的系统集成部。

大概是为了显得沉稳老成，所以周奕上班的时候从来都穿西装，而且他很喜欢运动，所以身材练得相当不错，不错到他能把西装穿出T台模特的感觉。

听说每天他从公司大门走进来的时候，前台的那些小姑娘都感觉好像在看时尚大片。

他就是那种每天上班都像在走T台一样的酷帅男人。

这样的男人还是她的领导。

而苏南星一门心思想干好工作努力挣钱，从来不会跟周奕距离太近。

全集团上下喜欢周奕的小姑娘那是多了去了，就公司门口的那些小前台，每一个都想成为周太太。

苏南星回忆到这里，搂着她睡觉的周奕还没有要醒来的迹象。

昨天下午，在知道自己升职是周奕提拔的之后，苏南星在走廊里很认真地跟他说了声："谢谢经理提拔……"

周奕看着在他面前微微垂头的苏南星，不是像刚才在李总和甲方面前表现得那种圆滑，而是很认真地向他说感谢。

刚才在会场，他就发现今天的苏南星打扮了一下，自从她调到系统集成部之后，好像很久没有见她打扮了。

他说："要是真想谢我，就替我多分担点，我也不想总加班。"

苏南星笑着应了一声。

周奕的目光落在她带笑的脸蛋上，觉得苏南星还是应该多打扮打扮才是。

机关里这些干了二十来年的大哥大姐每一个背后都有错综复杂的关系，而且都有他们自己的消息网。

苏南星升职这件事，她本人下午才知道，但是部门里有人已经先知道了。

苏南星刚进办公室坐下，就有人率先向她祝贺，部门里另一位行业总监宋集起身说："恭喜啊，苏总监。"

宋集手下的李婉一直有点隐隐瞧不起临时工的苏南星，这时候也不情不愿地祝贺了几句。

既然升职了，自然有人起哄让她请吃饭。

苏南星日子过得虽然紧巴，但这个时候必须得大方起来，她立刻应承了下来。

有人立刻说："择日不如撞日，就今天晚上吧？去门口那家济州岛烤肉吃吧？"

部门同事大多年龄大，这些大哥大姐虽然平日里工作干得差，但是人都不坏，知道苏南星不富裕，所以没点太贵的饭店。

周奕从办公室出来听说苏南星要请客吃饭，便说："正好南环区公安局这个项目签下来，我们出去庆祝一下，我请，你们挑地方吧。"

大家欢呼，周奕请客必然很大方，大家就换了更贵的李唐公馆。

晚上吃饭的时候，系统集成部门的十几个人围了一大桌，一起举杯先敬周奕，周奕利落地干了一杯，接着大家又敬苏南星，部门里管文件收发的钱大姐说："恭喜小苏升职啊！"

旁边的张大姐笑着说她："现在可不能叫小苏了，要叫苏总监。"

钱大姐笑："是，我说错话了，我自罚一杯！来，大家敬苏总监一杯。"

这种敬酒是拒绝不了的，而且苏南星也不想拒绝。

她刚刚结束了一段四年的感情，她也并不像面上看起来什么都不在乎的。四年的感情，就是养条狗也养出了感情。

这样说分手就分手了，怎么不难过？

才喝了两瓶啤酒，苏南星的电话就响了。是个陌生号码，她以为是某个项目甲方的电话，不敢拒接，便出包间去接电话。

结果，对方竟然喊她大侄女："我是你李叔叔，你爸从我这里借的十万块什么时候还我？"

苏南星一下子愣住了，没想到父亲的讨债电话都打到她这里来了。

对方又说："这个电话号码是你爸给我的，他说让我向你要，你有钱。"

苏南星想：我哪里有钱了？一个临时工不过月薪三千多块，累死累活工作一年下来，年底给了两万来块的奖金，也全都给家里还债了。

对方又说了很多理由，比如家里父母病了需要钱救命，她不能不还钱之类的话。

苏南星嗓子有点发涩地问对方的银行账户，对方说："我加你微信，你转账给我就行了。"

苏南星挂了电话后，给她妈妈打了个电话，她真的不想现在跟她爸正面接触，她怕趁着酒精的劲儿，她会控制不住情绪。跟她妈妈确定了欠李叔叔的金额之后，她听见她妈妈低声地说："你若是有钱的话，就还给你李叔叔点……"

苏南星除了"嗯"，其他任何话都说不出来，就这样挂了电话。

然后，她把自己这四个月好不容易攒出来的五千块转账给了对方，对方还嫌不够，这却是月薪三千的苏南星省吃俭用攒下来的。她太心累，将对方先屏蔽了。

她在走廊里站了一会儿，忽然觉得自己不那么恨徐良骏有好工作就跟她分手了，也不恨他嫌弃她和她家条件不好了。

因为她家确实条件不好，跟她结婚就意味着要帮她家还债，一百多万对于大多数家庭来说不是个小数目。

这么大的拖累明摆着放在眼前，任何一个人在考虑结婚的时候，都会考虑现实问题。

所以徐良骏没有错，他只不过是做了大多数人都会做的选择而已。至于四年的感情什么的，感情也不能当饭吃。

苏南星喉咙哽得难受，好像有个硬球堵在嗓子里，眼眶也有点热。

可是她还是不能哭出来，现在不是情绪发泄的场合。

她在走廊里站了很久才把情绪压下去，然后装成若无其事的样子重新走进了包间。

有人对她嚷嚷着："出去的时间太久了，是不是想躲酒啊？这可不厚道啊，得罚酒！"

苏南星立刻端起酒杯干了，气氛一下就热烈起来。

部门十五个人，除了周奕之外，挨个敬了苏南星好几轮的酒，敬酒的名目花样百出，比如："我跟你感情深不深，都在酒里了！""我俩属相一样，必须得喝一杯。"

反正都是为了喝酒，苏南星没有拒绝。

也许醉一点，会忘记这些闹心的事，然后睡一觉，就把这些事都忘了。

忘了吧。

好好睡一觉。

努力工作，好好挣钱。

生活总会更好的。

后来大家散局的时候，是周奕送她回家的，因为顺路。

苏南星迷迷糊糊地缩在座椅里，她酒品很好，喝多了也不会大吵大闹，反倒温顺得像一只小猫一样。酒劲上头，脸蛋红通通的，连眼角都是微红的。

苏南星感觉到自己手机振动了一下，点开看了一眼，是她爸发来的微信，就一句话："给钱了吗？"

苏南星看到之后，心里憋得更难受了，就回了两个字："给了。"

她看见对话框上显示"对方正在输入中"，可是过了几分钟，她爸爸只简单地回了几个字："对不起啊星星。"也许他这几分钟删删改改打了很多字，可最后只有这一句话是他最想跟苏南星说的。

苏南星看到这句话，眼泪瞬间就涌出来了。

所有掖着、藏着、哽在嗓子里、憋在心里的委屈都砸了出来，眼泪一下就流了满面。

她将头埋在自己的双腿之间，想将自己缩成一团，想给自己温暖和支撑。

连哭都不想打扰别人。

可是她压抑的、破碎的哭声还是让周奕吓了一跳："怎么了？"

车里的空间那么小，前面的代驾司机也听见了苏南星压抑的哭声，他在后视镜里给了周奕一个眼神，意思是：你劝劝啊！

周奕看到苏南星缩成一团哭泣的样子，可怜得像是一只被雨水打湿的小猫一样。

"别哭了，发生了什么事？我能帮你解决吗？"遇事先想的是如何解决是周奕一贯的作风，可是苏南星并没有说话，只是一直埋头哭。

直到哭得缺氧了，苏南星才抬起头，看了周奕一眼，酒精和失控的情绪让她有一堆想倾诉的话，可是仅剩的那么一丝丝理智告诉她不能失控。她将头靠在门窗玻璃上，不想让周奕看到她痛哭的样子。

周奕见苏南星这样子，知道她这是遇到了事儿又不想说，觉得也许她哭出来之后就会好了。他不再劝，反倒向她靠近，一只手扶着她的头，让她靠在自己的肩膀上，说了句："哭吧。"

虽然他们是上下级，但此刻也是男人和女人，一个有风度的男人把肩膀借给一个女人哭一下，也没什么不对。

苏南星感受到了周奕的温暖，本能地向他靠近了一点，她的眼泪很快就打湿了周奕的肩膀。

然后，她感受到了周奕的大手轻轻地摸着她的头。

他低沉又沉稳的声音响起："如果有什么需要我帮忙的，你可以说出来。"

今晚的周奕，温柔得不像话，他的身体也格外温暖，让苏南星觉得特别安心。

她不自觉地想多汲取一些这样的温暖。

坚强太久了，也让她偶尔休息一下吧。

然而他们的气息，不知道从什么时候开始乱了。

大概是从苏南星哭声渐歇开始，她记得后来周奕将他的西装外套盖在她的身上，她被包裹在他的气息之中。

迷迷糊糊之间，她的头靠在了他的颈窝里，她被他圈在了怀里，被他搂住了。

大概是想给她温暖和安慰。

他的热度也通过单薄的衣料传递给了她。

或者说彼此的热度都传递给了对方，包括他们身体的弧线也清晰地传给了对方。

她那不容忽视的胸脯、纤长优美的脖颈，甚至是柔软纤细的腰肢，都清晰无比地传递给了周奕。

渐渐地，苏南星就感觉到了周奕身体的僵硬。

周奕试图用理智阻拦一下接下来要发生的事，他微微地想跟苏南星分开一点距离。

他真的不知道，苏南星平常穿在肥大工装下的身体曲线是这样的跌宕起伏，那对丰满弹性的胸脯贴在他的怀里，他甚至能感受到它的形状。

苏南星喝多了，还情绪失控，可他还有一丝理智，尽管仅剩的这丝理智也要被她炙热的气息磨没了。

但他不是那种乘人之危的人。

苏南星并没有喝多到丧失所有的意识，她在系统集成部这两年也经常有酒局，喝酒都会给自己留点清醒的余地。

所以，她知道他们现在的情况。

她甚至还知道，周奕对她有了反应。

然后，她做了正常情况下她不会做、也不敢做的事。

她搂住了周奕的脖颈，让自己贴得更近。

周奕整个人都僵掉了，身体一下子变得紧绷起来。

苏南星像发现了一个秘密一样，恶作剧地笑了起来，想取笑周奕，但发现脑子太混沌，说不出话。

她下意识地觉得他们现在这样有点危险，他那么热……

她想和周奕炙热的胸膛拉开点距离，却发现自己被他禁锢在怀里。

他们都隐约意识到接下来会发生的事……

她睁着一双明亮的大眼睛看着周奕，刚哭过的眼睛好像浸润在泉水之中的黑曜石，又明亮又通透。

苏南星听见周奕的声音微哑，他说："你醉了，我不能乘人之危……"

后来苏南星想，如果每个人都有一个逢魔时刻的话，那么她的逢魔时刻就是她的嘴唇轻轻贴上周奕嘴唇的那一刻。

因为从那一刻开始，周奕就不再是那个高高在上的系统集成部经理了，而是变成了全身上下哪里都硬且超长待机的周奕了。

苏南星回忆起了一切，包括她和周奕那些激烈的、炙热的、让人喘息的细节。

周奕虽然嘴上说着他不能乘人之危，但身体可比嘴巴诚实多了。昨晚她只是借着酒劲冲动之下轻轻地亲了他，但是顺势加深一切的可是他，而且后来积极主动、掌控了全程，甚至掌控着她的身体的人也是他。

不得不说，周奕真是一个完美的床伴。

苏南星昨天晚上经历了让她难忘的一次酣畅淋漓的情事。

所以她就这样，把全省公司单身女员工都想睡一睡的系统集成部经理周奕给睡了。

那么接下来，她要怎么办？

是哭天抹泪地求周奕负责任，又或者是睡一次之后她就爱上了他，非他不嫁了？

不，都不是。

不过就是睡一次而已，男欢女爱很正常。没有谁非得为对方负责任。

而且，苏南星刚被提拔升为部门的行业总监，她既不想因为跟周奕睡一次就调到别的部门，也不想辞职换一份工作重新打拼。

所以，最好的选择就是云淡风轻地把这次的事当成一件小事儿，一个可以忽略不提的事，大家都是成年人，心里有数就行了，不是非得上纲上线谈个清楚明白。

保持现状就是最好的。

昨天晚上崩溃大哭的苏南星已经缩回了她内心最角落的地方，现在这个冷静理智的她才是真正的苏南星。

既然决定了她和周奕的关系，她就想悄悄离开。可是周奕的胳膊还环着她……

她一动，就好像自己往他手里送一样。

说起来，周奕真是人不可貌相。平常工作的时候，穿上西装就是严肃少言给下属谋福利的系集部老大，但是脱下西装露出精壮的身体就是超长待机的周奕了。

不过大家工作和生活有两副面孔也是正常，她自己不也是吗？

苏南星想挪开他的手，但是她才碰到他，他就下意识地动了一下，吓得苏南星一下僵硬了。

她想说周老大不愧是全省公司最爱运动的男人，不愧是在公司一堆肥肚子大叔之中脱颖而出的人才，不愧是“周待机”。

苏南星难得调皮一下，心里给周奕起了个外号：周待机。

苏南星也在思考，万一周奕醒了的话，她应该对他说什么，是像平常工作那样说“经理早上好”，还是说“昨晚我很满意，你辛苦了”？

怎么说都够尴尬的。

好在周奕昨晚也是累极了，现在又传出了规律绵长的呼吸声，苏南星轻轻地将他的手挪开，从床上下来，光着脚捡起了四散的衣服，安静地穿上，最后要走的时候发现包还在沙发上。

她踮着脚把包捞到怀里，尽量不让包里的钥匙发出声音，慢慢地退到门边，想推门离开。

这个时候，她身后忽然传出了“噗”的一声，是金属打火机摩擦点火的声音，接着一丝香烟的味道就传来了。

周奕坐起身子，被单滑落，露出精壮的身材，对着要逃跑的苏南星说了一句：“什么都不说，就走？”

苏南星想过要带上职业笑容来应对眼前的情况，但是周奕一眼就能看破她的应付表情，反倒不好，不如坦坦荡荡说真话比较好。

苏南星没转身，背对着周奕，说：“你非得出声干什么啊？装作没看见，不是挺好的吗？”

没等周奕回答，苏南星又说：“昨晚我喝多了，发生了什么，我都忘了。”

周奕听见苏南星说这话，修长的手指夹着烟送到嘴边，抽了一口之后想对苏南星说话，结果苏南星根本不给他说话的机会，丢下一句：“经理我们周一见啊！”就故作欢快地走了。

苏南星逃似的离开了酒店，回到家的时候发现闺蜜兼室友的苗萌萌没在家，看她房间里整齐的床被，估计昨天晚上又加班未归。他们搞设计的简直是以公司为家，吃住都在那儿。

苏南星先洗了个澡，吹干头发之后钻进了被窝里。

按理说，正常的女生在昨天经历了男朋友分手，又冲动睡了顶头上司这两件大事之后，可能都会睡不着，但苏南星不是，自从小时候她家忽然从开工厂的富商人家变成了负债累累的贫困人家之后，她就觉得没有什么事比好好睡觉更重要的了。

因为就算再闹心，眼前的事都不会立刻被解决，不如好好睡觉养足精神，一切都还有新的可能。

所以，苏南星一觉睡到了傍晚，醒来之后先简单做了点沙拉。

别看苏南星上班的时候穿得土里土气，那是她为了融入系集部故意那么穿的，平常她对自己身材的管理可是十分严格，对碳水、蛋白质、蔬菜水果的摄入都很注意，而且她非常喜欢跑步，只要不是加班到深夜，一般她都会坚持早起晨跑。

所以，苏南星才有现在一丝赘肉都没有的好身材，谁的美丽都不是那么容易就得到的。

她身上皮肤紧绷，肌肉弹性十足，全身上下曲线跌宕起伏，让她十分自傲，这是她多年自律的结果。

然而脱下衣服简直是魔鬼的她，竟然就这么被徐良骏给甩了，大概还是钱的魅力胜过了她的魅力。

吃完饭后，她洗了几件衣服，见苗萌萌还没回来，就换上运动服去慢跑了。

其实她也很喜欢傍晚去跑步，尤其是看着晚霞渐渐染上了天边的云，会让她忘了日常那些操心事，只想一步一个脚印地向前跑，流出烦恼的汗水，只剩下快乐的自己。

刚毕业来华信公司上班的时候，她是最基层的柜员，那时候工作业务比现在更琐碎，并且前途无望，家里也还是负债累累，每天的烦心事那么多，她就喜欢下班后出来跑一跑，能暂时忘掉一切，风穿过身体，感觉真的很棒。

苏南星在公园里压腿热身，然后开始在公园的慢跑道上先慢慢起步，跑了五分钟之后，她才开始渐渐加快了速度，感觉到大腿的发力，感觉到腰腿的力量带动着身体向前冲，感觉到双脚交替踩在地上的踏实感，汗水开始从额头流到运动发带之中。

思绪开始变得清明，想到了昨天和她提分手的徐良骏，真奇怪，才过了一天而已，她好像也没有那么伤心了。

大概因为徐良骏分手的理由踩在了她的死穴上，或是因为四年感情的后期他们的聚少离多，抑或是她越来越优秀？

其实在周奕升她为总监之前，她虽然没有总监的名头，但已经在干总监的事了。部门里很多项目都是由她来负责的，基本上她和宋集已经成为周奕的左膀右臂了。宋集手下的李婉之所以不太喜欢她，除了因为她是临时工之外，还因为在竞争部门另一个行业总监上，李婉没有竞争过她。

在周奕手下竞争其实挺简单的，他给每个人机会，然后看表现，很明显周奕更满意于苏南星对于跟进项目给出的答卷，所以苏南星上位了。

苏南星也因此有一些机会能够代替周奕开一些项目会议，她也顺势接触到了更多优秀的人，也学习到了更多。

她更优秀了，而徐良骏还觉得在东电集团月薪一万快就能稳定地过一辈子吗？

徐良骏才刚起步就甩了她，这也好过等他们结婚之后再离婚，毕竟那时候涉及的东西就太多了。

就这样分手了，也好。

徐良骏想找条件更好的女孩，而她想通过自己的努力，去得到月薪一万块甚至更好的生活，不是通过某个男人，通过嫁给谁来拯救她的生活。

苏南星想到了周奕，就自然想到了昨晚发生的事。

说真的，周奕给的感觉，真是挺难忘的……

今天早上苏南星没有给周奕说话的机会，她是想让“就当没发生过”这样的话由她说出来，因为她很清楚她和周奕之间不会有什么发展，与其让大家为难，不如一开始就妥善处理好彼此的关系，还给双方都留了余地，十分妥帖。

在华信集团内部特别盛行“二代们”的结合，那些老一辈的领导特别喜欢把他们的孩子撮合在一起，来继承他们在公司内部的权力和人脉，他们L省公司就有好多对这种内部二代的强强结合。

苏南星在周奕手下两年，知道他曾经被动相亲过几个女孩，都是集团的二代出身，虽然最后都没有成功，但是苏南星根本不想沾染周奕。

不是所有人的人生都像霸道总裁电视剧那样，贫穷善良的女孩对总裁笑一笑就能得到他的爱，所以她选择将她和周奕这件事云淡风轻地翻页，是她认为的最好的选择。

手机上的跑步软件提醒她跑了五公里，苏南星慢慢放缓脚步，对于徐良骏的事、周奕的事，也都整理好了思绪。

她擦擦汗水，迎着晚霞，慢慢地走回家了。

周一一上班就很忙，周奕要开领导层例行会议，让苏南星把宋集和她手头的项目进度表汇总一下给他，苏南星打印一份送进他办公室，见周奕正在接电话，他捂着电话对她做了个口型："咖啡。"

苏南星立刻给他冲了一杯咖啡放在桌子上，周奕电话刚挂，接过苏南星递给他的表格看了几眼，修长的手指点着上面南环区公安局项目的进度，说："下午召集一下分包商开会，你准备一下跟我一起。"

苏南星应了一句，却见周奕微微皱着眉头看她，她觉得自己也没犯错啊，咖啡是他喜欢的热度和口味，交的表格没有出错，着装也没问题啊。上班穿工装、平底鞋、素面朝天的朴素员工，这完全是老牌国企的风范啊。

周奕扫了她一眼，见她露出无辜样，他可是知道苏南星私底下和工作完全是两副面孔的，那天晚上她……

他的视线不由得落在了苏南星肥大的工装上，那让他爱不释手的酥胸都被埋葬了。

苏南星尽量假装不知道他视线落在她身上，可是看到他修长有力的手指端起咖啡杯的样子，不由得想到那天晚上"周待机"是怎么用他这双手在她身上点火的。

说好的把这件事云淡风轻地翻页呢？

身体总是比嘴巴诚实。

不过既然说好了当作没有发生过这件事，苏南星不管心里怎么想的，面上总能做到滴水不漏的。

下午跟周奕去给分包商开会之前，他俩在电梯里，苏南星一句话没说，周奕还用余光扫了她好几次，她能感觉到他大概想主动跟她说话，但是几次都没开口。

苏南星觉得他们俩还是像从前那样单纯的上下级关系挺好的。

会议室里坐了一圈分包商代表，有以前跟苏南星接触过的，也有不认识的。苏南星跟在周奕身后进来的时候，大家也都纷纷起身跟她打招呼。

有认识苏南星的，直接就说："以后得叫你苏总监了，以前跟你合作的时候，就觉得你特别有能力。"又跟周奕用熟稔的口吻说，"苏总监这样的人才特别有能力，周经理有眼光啊。”

周奕对待这些分包商从来都是有点距离之间又透着亲近，尺度拿捏得非常好。工作场合的时候透着客气，等到晚上到了饭桌上，就哥哥弟弟推杯换盏了。

开完会之后，就有分包商拉着苏南星加微信，微信刚加上，就有人发信息过来：“什么时候有空，一起吃顿饭？”

像他们这种分包商是挂靠在华信省公司下的，都是有过多次合作的公司。只不过那么多家分包公司都符合条件，为什么非得用你家呢？这里面的门道，就都在周奕晚上的饭局上了。

等开完了会，苏南星从会议室出来，看到先一步离开的周奕在拐角的走廊那里开着窗户抽烟。他见苏南星走出来，便把手上的烟掐了，跟她一起进了电梯。

好像在特意等她一样。

他没有说话，她也没有说话。

狭窄的电梯间里，苏南星好像还能闻到周奕身上那混合着淡薄荷和烟味的气息……

周奕余光扫了苏南星好几眼，见苏南星今天一整天都好像是真的把那件事给忘了。

周一的会议很多，周奕也没有太多时间去琢磨苏南星，回到办公室之后没多久，就夹着笔记本继续开会去了。

如此过了两天，果然如苏南星猜测的那样，周奕很快就签订好了分包合同，第二天就能入场施工了。

苏南星周四早上去公司露了个面，就填了外出办事的单子，跟钱大姐说去施工现场看看：“我想去学习一下。”

钱大姐还夸苏南星：“赶紧去吧，年轻人多学点总是好的。”钱大姐五十来岁，其实就比苏南星妈妈小两三岁，她看苏南星就跟看自家孩子似的，一般她这个年纪的大姐就喜欢努力又上进的年轻人。

苏南星从来了系集部开始就素面朝天、踏实又勤奋，经常替这些连搜狗拼音平翘舌都得合计两秒的大哥大姐干活，自然得到大家一致的喜爱。

否则她一个临时工，怎么能从这么多人之中脱颖而出被周奕升职？不过就是干得多、加班多、学得多了，才慢慢得到重用。

所以苏南星说去施工现场，没人觉得她是特意外出，部门里原来的竞争对手李婉在输给了苏南星之后就像霜打的茄子一样了。早上周奕没来，苏南星还听见李婉跟宋集抱怨她工作太多，让宋集别给她分配那么多工作。

南环区距离华信省公司所在的开发新区特别远，地铁还不是全线都通，等苏南星拿着项目进度书到现场的时候，发现分包商的人都已经进场了。分包商代表昨天刚见过苏南星，跟她一阵寒暄，还以为苏南星是来监工的呢，十分客气。

但其实苏南星对具体施工不是很懂，她只是找个外出的借口而已，想躲一躲周奕。

就这样，苏南星在施工现场待了两天。周奕第一天听说她去看现场还跟钱大姐一样以为她努力学习去了，第二天发现苏南星还去，也没说什么。

到了周五的傍晚，苏南星打算从南环区这边直接回家，不回公司点卯了，结果周奕的电话打来了："集团公司要截止到目前为止的所有项目的进度表，把费用和成本都要带上，你赶紧给下属分公司都通知到，让他们把数据报上来，你汇总报给集团公司。"

苏南星在地铁上就赶紧打电话通知十几家地级市分公司，那边有的人都在下班路上了，又折回去报表，怨声载道。

忽然要报表这种事在华信公司也极为常见，还有半夜要报表的时候呢，要不然周奕和苏南星的房子怎么都在省公司附近？不就是因为突然加班的话，距离近方便一点吗？

等她赶回了公司，周奕办公室的灯还亮着，苏南星先敲他的门打了个招呼，算是告诉他自己赶回来加班了。周奕冲她点了点头，说："抓紧做吧，集团那边要得急。"

等把十四家地级市公司报上来的数据汇总完报给集团公司之后，都晚上十点多了，外面早就黑透了。

苏南星关了电脑，敲了周奕办公室的门："经理，表格报过去了，对方说 OK 了。"

周奕点了点头，关了电脑，起身拿起西装外套，走到苏南星身边说了句："走，我送你回去。"

所以，他们俩又在一个狭窄空间独处……而且还是在他的车里。

苏南星从后视镜里看了后座一眼，正好在镜子里和周奕的目光对上了。周奕也看向了后视镜，却是在后视镜里看她。

苏南星赶紧收回了目光。

周奕点开了收音台，车里响起了舒缓的音乐，他大概也在找跟苏南星能聊起来的话题，想来想去觉得还是从工作的角度切入比较有话题，便问道："升职的感觉怎么样？"

苏南星说："变得更忙了，还有就是……"

"就是什么？"

"约我吃饭的人变多了。"

周奕笑了："对，饭局也来了。做好迎接这些饭局的准备了吗？"

苏南星说："都是工作。"这些饭局也是工作的一部分，没法拒绝。

周奕"嗯"了一声，说了句："慢慢就习惯了。"

结果这聊天又聊死了。

好在苏南星也要下车了，她隐隐松了一口气。

要下车的时候，周奕却忽然对她说："你别躲了。"

她的躲避，周奕都看出来了？

苏南星看向他。

周奕说："我知道你的意思，那件事就当翻页了，我不会提，你也不会提，就过去了。"

苏南星低头"嗯"了一声，开门下车。

周奕摇下车窗对她说："我在这里等你，你进家门之后给我发个微信。"

苏南星点了点头，进家门之后给周奕发了条微信："我到了。"

周奕回了个"好"字，苏南星就在窗边看见他的车子开走了，很快和夜色融在了一起，看不见了。

这就是最好的选择了。

升职的生活她在慢慢适应，那件冲动的事也得到了圆满解决。

一切都回归了正途。

第二章 严丝合缝的拥抱

跟周奕说清楚之后，苏南星觉得松了一口气，当天晚上也睡得很好。

第二天是周六，早上起床看到闺蜜苗萌萌已经出门了，苏南星收拾了一下，也出门准备回父母家。

她已经两三周没回去了，前两天苏母还在微信里跟她说，周末给她炖排骨吃，让她回家吃饭。

苏南星答应了，又补了一句要吃排骨炖豆角。

苏母很高兴地回了个中老年表情包，一朵玫瑰花绽放了……

其实苏南星是本地人，不过自从有工作之后，她就从家里搬了出来，因为在家里住实在是心太累了。

她小的时候家里挺有钱的，那时候父亲开了个工厂，她小时候有很多公主裙和小皮鞋，但是等到她家破产了之后，情况就急转直下了。

刚破产那会儿，家里还是有点余钱的。

真正让她家日益艰难的是后来，苏父这个曾经当老板日进斗金的人忽然败落下去，就总是不甘心，觉得这次的失败是一场意外，他还可以东山再起。

然后，苏父向朋友借了钱，凭着曾经的威望，他筹借到了二百多万作为第二次创业基金。

但很不幸的是，第二次也失败了，全赔了。

这次的负债才真的让家里一蹶不振，父母为了还债把家里住的房子卖了，还了一百万，剩下的一百多万就没有着落了。父母后来为了躲债，就换了电话号码，还去郊区租了房子。

真正让苏南星觉得心累的是从那以后父母就开始经常吵架，父亲变得脾气不好，很是焦躁，家里的气氛很糟糕，让苏南星很难待下去。所以工作之后，她就搬出来住了。

父母还总嘟囔她出来住浪费钱，住在家里省钱，苏南星就以上下班四个多小时路程为由拒绝了。

这次回到家中，大概因为苏父把苏南星电话给了债主，苏父的话就特别少，甚至不敢看苏南星。苏母看到苏南星回家很是高兴，眼睛使劲在她身上梭巡，看看她这段时间有没有好好吃饭，还说她："怎么好像又瘦了？"

"太忙了，有时候顾不上吃饭。"

苏母就嘟囔着："总不吃饭可不行啊……"又问她，"最近还总加班吗？"

"最近好点了，不总加到半夜了，但加到晚上六七点挺正常的。"

苏母夹了块排骨给她，让她多吃点，还状似无意地问了句："对了，最近良骏怎么样了？"

苏南星说："我跟他分手了。"

苏母吓了一跳，连旁边在默默喝酒的苏父都愣住了，苏母问："为什么啊，不是处得好好的吗？"

苏南星说："他毕业之后进了东电公司，是月薪一万的正式工，大概觉得我配不上他了吧。"

苏母一听这个理由就数落徐良骏："真不是个东西。"

苏父一直没有作声，手上倒酒的速度却是加快了。喝到最后，苏父再抬头的时候，眼眶通红："我苏鹏的女儿，竟然被人嫌弃条件不好……"

苏父踉跄着站起身，扶着身边的柜子，又说了句："你明明应该开着红色小跑车，穿着漂亮衣服的啊……"

苏母见苏父喝多了，赶紧扶着他进了屋。

苏南星坐在餐桌旁，怕自己红了眼眶，低头使劲吃。

等苏母再出来，苏南星状若无事般反倒劝她："徐良骏这样的人在刚开始就嫌弃我，等将来结婚了也会离婚，现在分了倒也好。"

苏母叹了一口气："好什么啊，耽误了你最好的四年。"

苏南星没有说话，因为这事已经发生了，已经改变不了，说再多都没用，所以她不乐意说。吃完饭，她放下了碗筷，跟苏母说："对了，妈，我升职了。"

可算有一件好事，苏母笑了，苏南星说："我升了我们部门行业总监，应该会每月涨五百块钱，年底奖金也能多点。"

苏母高兴地说："那可真是好。"

苏南星又陪着苏母聊了一会儿，决定今晚就不住在这里了，随便编了个借口，说晚上还得回去加班，给母亲放下五百块钱："你和我爸也别太辛苦了，吃点好的。"

苏母要推回去，苏南星没让："我升职了的。"

苏母又欣慰又高兴："嗯，我宝贝女儿升职了呢。"

从家里走出来之后，苏南星的情绪低沉了很久，看着远方的蓝天，也在想：到底什么时候能让父母过上幸福的生活呢？

她也迷茫，到底怎样才能挣更多的钱，帮家里还债呢？

可是想再多，她现在也得踏实努力地工作，光是想是没有用的。

苏南星坐上地铁的时候，正好接到了苗萌萌的电话，她还以为萌萌要约她吃饭，结果刚接电话就听见萌萌的抽泣声。苏南星吓了一跳："怎么了？"

苗萌萌抽抽搭搭地说："陈飞跟我分手了……"

苏南星忙说："我马上回去，你等我一会儿。"

苗萌萌一边哭一边说："你快回来啊南星，我想你……"

等苏南星赶回去也是一个多小时之后了，毕竟距离太远了。回到家里，苏南星发现苗萌萌的眼睛都肿成烂桃了，抽抽搭搭地一直在哭，地上一地的面巾纸。

苏南星先给她端了杯温水递给她喝，又搂着她安抚了半天。

等苗萌萌情绪稳定了，她才说明白分手原因："陈飞嫌弃我胖，劈腿了，他新女朋友在朋友圈发的照片是又瘦又白！"

苏南星觉得安慰朋友最好的方式就是说一下自己的悲伤事，她说："这一周都没时间跟你细聊，我跟徐良骏也分手了，他甩了我。"

苗萌萌一听，搂着苏南星的腰大哭："我们俩怎么这么惨！"

后来为了安抚苗萌萌，苏南星和她一起去附近撸了串。吃上了爆浆美味的羊肉串之后，苗萌萌的精神头也足了，跟烤串大哥喊了一声："大哥再给我来十串！"

苏南星觉得苗萌萌的情伤已经好了。

没有什么痛是一顿撸串解决不了的，十串不行就再来十串，还不行的话，那来盘蒜蓉烤茄子。

吃饱了串之后，苗萌萌的情绪稳定多了，苏南星拉着她在家附近的公园里散步。

开发新区虽然交通不那么方便，但是公园都很大，苏南星经常在这里跑步。

刚才陪苗萌萌吃串的时候，她特意控制了食欲，就吃了五六串，但感觉还是吃多了，吃完就后悔，中午吃了排骨，晚上再吃串，感觉平坦的小腹好像鼓胀起来了，这可十分不妙。

在公园里，四月底的春风温暖宜人，苏南星拉着苗萌萌在慢跑道上散步。

苗萌萌先讲了她是如何发现前男友陈飞劈腿的过程。绘声绘色地讲完之后，苗萌萌就信誓旦旦地说："我发誓，我要好好减肥，等我瘦了之后，我要让他后悔！我要比他现在的女友更美、更瘦！"

结果走出两千米之后，她看见卖水的便利亭，就喊渴了，站在亭子那里最后竟然选择了一瓶可乐！

苏南星喝着矿泉水在旁边鄙视她："你不是说要减肥吗？喝可乐怎么减肥？"

苗萌萌大言不惭地宣称："喝可乐解渴啊！"

苏南星觉得苗萌萌的失恋是完全好了。

周奕一般喜欢夜跑，夜里静悄悄的，跑在无人的马路上甚至还能听见草丛里的虫鸣声，夜风清凉让人觉得舒爽，跑出一身汗，回家冲个澡睡觉，感觉特别好。

这两年因为工作太忙，周奕去健身房的时间都少了，春暖花开之后就喜欢在家附近夜跑，没想到在便利亭附近好像听到了苏南星的声音。

便利亭建在路灯旁，苏南星穿着一套很贴身的运动装，紧身的速干裤外穿了一条运动短裤，上身穿了一件合身的速干 T 恤，把她的好身材完全展露了出来，酥胸、细腰、桃臀，舒展的修长四肢，单单是从后面看背影都觉得是个诱人的女子。

周奕觉得只要苏南星不穿工装，穿别的任何衣服都变得好看了……

他还想跟她打个招呼，但又想到苏南星前两天迫不及待跟他撇清关系的样子，就犹豫了脚步。结果，他就听见苏南星的闺蜜问她："那你到底因为什么跟徐良骏分手的啊？”

苏南星说：“这话我今天刚跟我妈说完，再给你汇报一遍，是因为他的工作签了东电公司，央企正式工，月薪一万，觉得我配不上他了，所以把我甩了。”

周奕听见苏南星的话，眼睛一直没有离开路灯下的她。她说完这句话之后叹了一口气，又说了句：“都过去了，不想了。”她挎着闺蜜的胳膊，俩人慢慢地往前走，忽然苏南星又说，“要不你明天开始跟我晨跑吧？”

苗萌萌喝了一口可乐之后，点头同意：“那你叫我。”

苏南星说她：“你要下定决心，早上跟我去跑步，晚上跟我一起吃沙拉，肯定能瘦！”

苗萌萌信誓旦旦，甚至立刻把剩下的半瓶可乐扔了，指天指地：“我一定要瘦！”

周奕在后面看着这对闺蜜，没想到苏南星私底下放松的时候也挺可爱的，跟在公司里一本正经的样子不一样。

不过她在床上的风情，也不是一本正经，尤其是睁着一双含水的眼睛低声求他的时候，声音带着微哑的性感，腰肢细得好像能掐断一样，那风情才真是让他难忘。

苏南星根本没想到会在公园里遇到周奕。

远远地看那人的身形，平阔的肩膀线条和挺直的背脊，光是那种挺拔的气质就是周奕独一无二的感觉。

在周奕向她走过来的几秒之内，苏南星就在想她要以什么样的态度来面对他，因为之前明明说好了要把他们之间那件事翻页的。

所以看到周奕走过来，苏南星先反应了一下。

周奕倒是很自若的样子，见到苏南星还先说了句：“来散步？”

苏南星客套地喊了声：“经理好。”

周奕扫码买水，拧开瓶子喝了一口，苏南星看到他的喉结滚动。才跑完步的周奕额头上的汗水顺着脸颊往下滑落，脖颈那里也流了很多汗，速干T恤的领口都湿了一圈，他身上散发的热烘烘气息通过空气传递给旁边的苏南星。

不知怎的，苏南星很想再站远一点。

周奕说了句："今晚比平时跑得远了一点，跑了十公里，没想到就遇到你了。"

苏南星想，原来他也喜欢跑步，而且还能跑十公里，她现在还只能跑五公里，没有挑战过十公里呢。

但她也没多说，因为她不想再跟他有太多除了工作之外的接触，她刚想跟周奕说那我们不打扰你了，你继续跑步吧。

周奕却已经说："这么晚了，你们两个女孩子在外面有点不安全，走，我送你们回去吧。"

苏南星想说不用了，结果周奕已经抬脚往她家的方向走了。

穿着紧身速干裤的周奕双腿长得逆天，一米八六的身高好像全是腿一样。从路灯下看他宽阔的背影，苏南星忽然想到那天晚上她在他后背抓出的红痕有没有消散？

苗萌萌已经被这忽然发生的情况给弄蒙了，她瞪着圆溜溜的眼睛看着苏南星，虽然没说话，但那表情就是：什么情况，你领导怎么忽然出现了？还要送我们回家？

苏南星耸耸肩，也只得跟着周奕走。

苗萌萌是个特别有眼力见的姑娘，这个时候她也没有多话，还特意落后几步，把空间留给他们俩。

苏南星是真的不知道跟周奕说什么，好在周奕也不是要跟她说什么。他们沉默地走着，苏南星落在周奕一步远的距离，听见随着周奕的步伐，他瓶子里的矿泉水哗啦地响。

快要到她家的时候，周奕才说："公园里树多人少，尽量不要晚上去，平常自己一个人要注意安全。"

苏南星"嗯"了一声，低声地道了谢。

周奕没有回她话，继续走在她前面。又走了几步，周奕才又说："你喜欢跑步？"

一般只有爱运动的人才会穿紧身速干裤这种装备，普通人散步遛弯大多是穿条宽松运动裤。

苏南星"嗯"了一声，终于说了一句今晚最长的句子："我也经常跑，不过我还跑不下十公里，现在只能跑五公里。"

周奕说："改天你可以试试挑战一下自己的极限，越过那个极限点之后，特别爽，并且很有成就感。"提到运动，周奕也显得不那么严肃了。

"好，改天试试。"

很快到了苏南星家楼下，她要向周奕说再见了，想谢谢他送她们回家，没等她说出来，周奕却忽然喊了她的名字："苏南星。"

苏南星下意识应道："嗯？"

周奕没头没脑地说了一句："你很优秀，配得上任何人。"说完，不等苏南星再说什么，他转身就走了。

苏南星在他走了之后才反应过来，周奕这是听见了她和苗萌萌的对话，知道了她被前男友甩了的理由。

所以，他这没头没脑的话其实是在安慰她？

想到这一点，苏南星觉得刚才一路上跟周奕尴尬僵硬的感觉忽然散了，虽然被偷听了，竟奇妙地一点也不生气，还觉得周奕这作风跟平常工作上游刃有余的状态不太一样。

她有点想发笑。

她就这样被他给安慰了一下。

他这一路上大概都在想怎么安慰她吧？

她忽然觉得，虽然那天晚上他们都喝多了冲动，但是她也一直没觉得后悔。

苗萌萌也听到了周奕跟苏南星说的话，她一脸好奇，凑过来问道："你俩到底有什么奸情？"

苏南星说："什么都没有啦。"

哪里是什么都没有，而是什么都有了。

他们在一周之前，身体是那么深入地将对方了解得明明白白，如此透彻。

但是苏南星决定将这件事掩埋在记忆里，所以就不跟苗萌萌说了。

苗萌萌见她不想说也就没多问，会看眼色和为人处世给人留余地一向是她的优点。就这一点，苏南星也一直向她学习。

好闺蜜、好朋友之间最好的相处模式就是互相学习，这大概跟夫妻之间最好的相处模式是互相钦佩、认可有异曲同工的感觉。

以前她们两个都有男朋友的时候，苗萌萌还舍不得，觉得她们各自嫁人之后会不习惯，她还想跟苏南星一起吃饭、一起运动、一起看恐怖电影，还想一起逛街臭美、擦口红、互相吐槽。

现在她们都单身了，有大把的时间可以在一起。

上楼的时候，苗萌萌忽然说：“以后请多指教啊，苏小姐。”说完之后就哈哈笑了起来，“多像电视剧里男主和女主的开场白。”

笑过之后，她又说：“还好我还有你，我才不是一无所有。”

苗萌萌就是这样感性的女孩，伤感来得快去得也快，用笑容来面对一切。

苏南星觉得陈飞跟苗萌萌分手之后，大概处哪个女朋友都会觉得无聊吧，漂亮的面孔那么多，但有趣的灵魂能有几个？

又是周一。

苏南星穿上了肥大的工装，那个工作稳妥、认真加班的她又出现了。

周奕惯常的周一会议很多，等他终于能坐下来听部门里汇报的时候，已经是下午了。

苏南星要跟他汇报她在南环区公安局那边谈到的一个新项目，本来是想在上周五跟他汇报，显得自己出了两天外勤不是偷懒，是认真发展客户去了，没想到那天周奕一下子就点出了她的小九九，她想汇报项目的话就没说出来。

苏南星敲门进周奕办公室的时候，他桌上还放着几张上午会议刚发下来的表格，他到现在才有时间坐下来喝口水。

苏南星赶紧言简意赅地说了她要汇报的事：“上周我和南环区公安局技术科的人聊天，他们有意向想把区里所有的警车都装上新式探针，我立刻应承下来了。”

周奕简单批复道：“你做一个成本表，若是利润可以的话，完全可以谈下来。”

苏南星点了点头，周奕又把手头上的两张表格递给了她：“你把表格上的数据填上，然后传给总经理办公室的小何，下班前就要，别忘了。”

苏南星应了一声，见周奕开始埋头工作了，她就悄声退了出来。

这才是他们之间正常的工作状态，是正常的上下级关系。

这种状态才让苏南星觉得有安全感。

周奕之前说他分得清公私，他做到了。

要下班的时候，管收发文件的钱大姐收到一个通知：“为了迎接五一，省公司工会决定组织一场运动会，女同志们有趣味比赛项目，男同志们有短跑长跑项目，大家踊跃参加，各地级市公司也会参加，希望大家赛出风采，增进感情。”

周奕也收到了这个通知，拿着通知文件出来跟部门的人说了一句：“我们系统集成部除了生病和特殊情况的，都参加，大家重在参与。”

等周奕回他的办公室之后，大家顿时哀号一片，谁都不想参加什么运动会好吗？

因为周奕和省公司李总对这次运动会非常重视，大家也就不得不报名参加各种项目了。

周奕以身作则报名了百米冲刺和三千米长跑，宋集在报项目的时候纠结了半天，苏南星听见他嘟囔了一句：“早死早超生吧，反正一百米冲过去也就十几秒的工夫。”

宋集也报了百米冲刺项目，钱大姐逗趣他：“有勇气啊，还敢跟周经理报一个项目。”

宋集说：“我就是重在参与，垫底的。”

苏南星跟着部门的女员工一起报了趣味项目，至于跑步项目什么的，她可不想在这种场合出风头，这不是她一向低调的风格。

她报了一个据说最简单的“毛毛虫赛跑”，听说就是几个人骑在一个塑料泡沫做的毛毛虫身上跑步，哪组先到达哪组赢，听起来特别简单。

过了两天，听说各地级市公司对这次运动会特别积极，他们利用下班时间每天练习项目，这让省公司工会陈主席觉得特有危机感，所以省公司员工在下班后也开始练习项目。

周奕和宋集这种有跑步项目的首当其冲被要求加班，理由是积极参加公司组织的活动。

好在苏南星报的毛毛虫赛跑不用练习，她难得地能正点下班回家，正好晚上还能拉着苗萌萌一起散步暴走，把苗萌萌折磨得苦不堪言。

对于今天还要被苏南星拉出去暴走七八公里这种苦逼的事，苗萌萌窝在床上可怜兮兮地求着苏南星：“我的大王，奴才求您给我休息一天吧……我回头会给您烧高香的！”

苏南星：“……”

不过看在苗萌萌今天确实进食太少的分上，她还是放过了苗萌萌。

听说不用出去运动了，苗萌萌也不饿了，蹦蹦跶跶地遛到镜子前，美滋滋地看着镜子里的自己：“我都瘦五斤了，瘦下来的滋味真美好啊！”

她摸着自己脸蛋，跟苏南星说："我感觉我的下巴都尖了。"

苏南星觉得她确实瘦了点，点了点头，这让苗萌萌美得要上天，她像个快乐的小猪佩奇一样唱歌："我要去买漂亮的衣服，我要去土耳其……"乱七八糟的歌词，但无损她的开心。

苗萌萌的开心就是这样简单容易，让人也跟着她开心。

这几天为了配合苗萌萌减肥，苏南星每天晚上也都吃蔬菜沙拉，她的腰围瘦了一点，她本来也不胖，但是能更瘦一点，当然更好了。

不过就算腰肢更瘦了，身材更好了，她也不敢去公司里展示出来。昨天公司发运动会的统一服装，她还选了个大尺码，现在试穿上之后发现，若是T恤的尺码合身的话，她的胸围也太突出了。

苏南星忽然想起了那天晚上，周奕对她的爱不释手……

诚实点对自己说，其实周奕给的身体感觉真的让她挺难忘的。

但是再难忘，也得过去啦。

过几天就是运动会了，宋集练了几天之后，每天都面带菜色。运动会那天，他苦闷地对钱大姐说："我感觉一会儿我会死得很惨，报名参加这个项目的都是我们省公司的能人，不止我们周经理参加了，连市场部的丁经理也报名了。"

正说着，市场部的丁经理就从楼梯口那边走上了看台。

在看台座位的安排上，系集部和市场部是挨着的，所以市场部老大出现在这里很正常。

周奕刚抽完一根烟回来，跟丁琰打了一声招呼，俩人一起靠在围栏那里聊天。

这可是省公司两大高山仰止一样的帅哥领导会合的时刻啊，苏南星看见旁边市场部的小姑娘掏出手机拍了几张照片。

还有小姑娘跟那女孩说："你拍完了给我传几张！"

"系集部的周经理好帅啊！"

"我们丁经理也不差啊！他们俩简直就是梅兰竹菊，气质不同，帅得也不一样。"

那个收到照片的女孩看着照片说："周经理真是练得一身好肌肉啊，你看大家都穿公司发的破T恤，人家周经理穿起来就好像在穿时尚大牌一样！"

另一个女孩坚决拥护自己老大："我们丁经理穿起来也很帅啊！"

“不过丁经理没有周经理身材壮，虽然个子都很高，可我们丁经理有点瘦哎。”

“哦，对了，我家有个亲戚在C省的省公司上班，丁经理的老婆在那边做财务部经理，俩人分居时间久了，听说好像要离婚了……”

她们又八卦了一会儿，就换了一个话题。

跟苏南星一起听了一肚子八卦的系集部大姐们也都微微一笑，又将新八卦纳入肚中。钱大姐作为公司老员工，意会地用眼神扫了一眼丁琰，跟苏南星很小声地说了句：“这事儿是真事，不过丁经理升职为领导班子成员之后，大家就不怎么提了。”

苏南星跟钱大姐眼神意会的时候，看见坐在看台第一排的李婉在跟周奕说话，还给周奕递了一瓶水，周奕对她说了声谢谢，李婉笑得很开心的样子。

苏南星觉得李婉今天的口红颜色好像比平日里更娇艳。

旁边的钱大姐意味深长地说了一句：“真以为大家看不出来啊？只不过是懒得说而已，她那点小心思太浅了，想钓周经理又不敢太使劲，总以为周经理有一天能主动追求她。她都二十七岁的人了，怎么还那么幼稚呢？以为这是拍偶像剧啊？”这话茬苏南星可没接。

李婉对周奕有企图这事儿，其实或多或少能看出来。周奕平常来他们大办公室的时候，李婉的眼神就一直跟着他，还有去他办公室送表格的时候，总喜欢补一下妆、擦擦口红什么的。

苏南星跟钱大姐聊了会儿八卦之后，运动会就正式开幕了。

惯常的模式就是领导先讲话，李总是个言简意赅的人，讲话就三分钟，深受大家喜爱，之后就是放礼炮、放飞鸽这种漂亮的开幕环节。甚至还有各地级市公司组成的入场方队，看起来挺像模像样的。

仪式环节过去之后，很快就开始了运动项目比赛，第一场就是男子百米冲刺项目。

因为这个比赛有公司两个高山级帅哥周奕和丁琰参加，全场顿时热烈起来。

他俩不知道是不是约好了，周奕穿了一身黑色运动装，丁琰穿了一身白色运动装，俩人都在场内热身。

苏南星听见隔壁市场部的小姑娘们说：“哇，两大帅哥的巅峰对决，到底谁才是我们省公司第一帅哥呢？”

苏南星心里在笑，周奕和丁琰，哪个能赢呢？

很快，比赛结果就出来了，是常年喜欢跑步的周奕赢了。

丁琰得了第二。

俩人在终点还勾肩搭背起来，一起走回了市场部和系集部所在的看台。

等他们到了之后，两个部门的人发出了巨大的欢呼声。

周奕也笑了。

苏南星觉得好像很难得看到他在公司里笑得这么爽朗。

又坐了一会儿，苏南星坐得腰酸了，走下看台往卫生间去。

结果，她在卫生间门外遇到了正在抽烟的周奕。

周奕夹着烟的手势倒是跟他私下里一模一样，都是夹在食指和中指之间慢悠悠地往嘴边送，抽的时候不疾不徐的。

虽然苏南星睡过这个男人，但也觉得周奕抽烟的时候很帅。

周奕也看见苏南星了，牵着嘴角冲她笑了笑。他扬了扬手里的烟，算是跟她打了个招呼。

可是这种姿态，还真的一点也不像个领导跟属下的样子。

苏南星气得没搭理周奕，转身进了卫生间。

等她再出来的时候，周奕已经不在了，反倒站着一个穿着白色运动装的高大男人。他抽烟的样子跟周奕不一样，夹烟的动作很轻，轻缓地往嘴边送。他的手指修长细白，戴着一副金丝眼镜，将他犀利的眼神都敛在镜片之下。

这是省公司最大部门市场部的老大，丁琰。

他看见苏南星先是一愣，然后露出了笑容，喊了她一声："苏南星。"

苏南星客套地打了个招呼："丁经理。"

苏南星原本想走，可是丁琰明显是想跟她说几句的样子。

他掐了烟，向她招手。

丁琰这个人真正让人觉得英俊帅气的不在外表上，是他那从骨子里散发出来的儒雅和涵养，连他说话的声音都那么清越迷人。

他说："好久没见到你了，你从市场部调走之后就很难碰上几面了。"

苏南星说："调到系集部之后总加班，太忙了。"

丁琰点了点头："听说你升职了。"

苏南星想，没想到他知道。

"是，升了行业总监。"

丁琰说："恭喜你。"

苏南星客套地说："谢谢。"

丁琰忽然不说话了，他看着她，大概是在打量她宽松肥大的衣服，动了动嘴唇想说点什么，最终又什么都没说，转而说道："我们回去吧。"率先走向了市场部那边。

苏南星等了两分钟之后，才走回系集部。

后来，苏南星也不敢乱跑了，就坐在看台上看比赛，很快就到了周奕的三千米长跑项目。

如果说刚才的百米冲刺是周奕和丁琰的双人秀的话，那么三千米就是周奕的个人秀。

对于惯常跑十公里的周奕而言，三千米长跑是很轻松的，他轻而易举地就碾压了其他秃头挺肚的选手。尤其是当他跑到市场部和系集部看台下面的时候，隔壁市场部的小姑娘们讨论的话题都是："周经理的肌肉线条真好，很有力量的感觉。我听说长跑是用腰臀部的力量发力的，这说明周经理的腰部力量很好啊……"

有个小姑娘带着期待和幻想的口吻说了一句："真好啊！"

大概这句话补充完整应该是：能当周经理的女朋友真好啊！

苏南星虽然不是周奕的女朋友，但是有幸体会过周经理的腰，非常有实锤地说：周经理的腰很给力，那天晚上差点把她的腰折腾得要散架了。

跑完了三千米之后，跑步项目就都结束了，要开始趣味比赛项目了。

苏南星报的毛毛虫竞赛要开始了，她跟着大家一起走下看台去准备参加比赛。

刚走出看台边的通道，她就遇到了一边打电话一边往外走的丁琰，他大概临时接到了集团公司的工作，一脸严肃地报了几个销量数据。

这时，钱大姐拉着苏南星说了一声："小苏，我们系集部在西门那边集合。"

丁琰下意识地转头看过来，正好看到了人群中的苏南星。她还是那样，穿着肥大的衣服，连头发都扎得很低，脸上粉黛不施的样子，看起来虽然清秀，但是跟当年在市场部的时候相比，没有那么明艳动人了。

苏南星显然也看到了丁琰，刚想掉转视线当作没有对视过，却见丁琰对她露出了微微一笑，笑容淡淡的，然后他也随着人流大步地离开了。

就好像昙花一现。

苏南星觉得大概是自己的错觉。

但她也听见旁边有个女孩不可思议地说："哇，刚才丁经理冲我笑了哎！好帅啊！"

苏南星的目光向他消失的方向扫了一眼，钱大姐低声说："听说丁经理已经在办理离婚手续了，若是真的离了的话，那公司里这些单身小姑娘不得生扑丁经理啊？"

苏南星想起当年在市场部的时候，就算知道丁琰已婚，也有小姑娘喜欢他。她附和地点点头，说了句："丁经理是很帅。"

钱大姐接着说："他和我们周经理是我们省公司的两块招牌啊。"

她们排队准备参加毛毛虫竞赛的时候，苏南星听见钱大姐又说了一句："丁经理在正职经理位置上四年了，大概也想动一动了吧。"但她说完这话之后就不再提了。

很快就轮到了苏南星她们这组的比赛，因为这个比赛项目非常简单，工会没有组织提前练习过。

开赛之前，坐在苏南星前面的财务部女孩回头跟苏南星说："一会儿我们喊拍子，你跟着节拍走就行，挺简单的。"

结果就是这个说简单的女孩，开赛后没多久就踩错了节拍，二百来斤的体重都踩在苏南星脚上了。

苏南星觉得被她踩完了之后，脚都疼得麻木了。而且这姑娘还不止踩苏南星一下，她在慌乱之中又踩了苏南星好几脚，她还提着泡沫毛毛虫使劲往前跑，硬生生把苏南星给拽得崴了脚。

等到竞赛结束，苏南星的脚也肿了，她是被钱大姐扶着回到系集部看台的。

钱大姐对苏南星印象好，就跟周奕夸大伤情，说："恐怕得在家静养几天了。"

苏南星立刻心领神会，面上装了下疼。其实也是真疼，不用装。

周奕忙说："那你赶紧回家休息去吧，具体上班时间通过微信告诉你就行了。"

苏南星忍着高兴说了句："谢谢周经理。"走的时候心里忍不住想，这回可有时间把《行尸走肉》给补全了。

钱大姐还说要送她上车，苏南星赶紧婉拒道："我自己慢慢走，走慢点儿没事的，你们一会儿还有比赛项目呢，别耽误了。”

钱大姐知道她的脚实际没伤得那么重，就也没强求。

过了十来分钟，周奕接到一个电话。他对着电话“嗯”了一声，又说了一句：“我马上回公司看看。”然后跟旁边的宋集说，“我回公司一趟，等会儿回来。”

宋集说：“好的，若是回来晚的话，等会儿李总颁奖的时候，我替你领了。”

旁边的李婉接茬说：“我替您领奖也行！”

周奕没接话，对他们点点头，转身走了。

他开着车看到苏南星的时候，发现苏南星正在道边玩手机呢。

其实苏南星是打开手机想叫个车，出租车还没叫到，倒是等来了周奕的黑色 SUV。

周奕降下车窗，对她说了俩字：“上车。”

苏南星下意识不想跟他有过多接触，说：“您忙您的，我自己走就行，我都叫到车了。”

周奕又重复了一句：“上车。”

毕竟是自己领导，苏南星还是上了车。

上车之后，她还酝酿了一脸恰到好处的职业笑容，说：“我会不会太麻烦你了，别耽误了你的工作？”

周奕说了句：“我要回公司一趟，正好顺路。”

苏南星“哦”了一声，道了谢。

这一路上，周奕也没太跟她说话，苏南星也不好在领导面前玩手机，在心里拼命地想话题，还是挑选工作话题最安全：“南环区公安局想装探针那个事儿，成本核算和利润我算了，分给分包商之后，我们还能保留 18% 的利润点。”

提到工作话题，周奕也顺溜多了，他接道：“那这件事儿你继续跟进吧，看看对方是走内部流程还是组织投标。”

苏南星回道：“那我继续跟他们技术科长谈一谈。”

周奕点点头：“需要我这边出面的时候直接说，这个项目若是谈成了算你的。”

苏南星对周奕最欣赏的地方就是，他在工作上一向是一个很能承担责任的领导，而且他条理清晰，工作能力强，很少让下属干重复的工作，效率十分高。

听到他承诺谈成了的奖金给她，苏南星高兴地笑了笑，说了一句："谢谢周经理。"

周奕在后视镜里看了她一眼，又把目光收回了，慢悠悠说了句："脚不疼了？"

苏南星嘿嘿一笑："还疼，不过听到有奖金就缓解了一点儿疼痛。"

周奕也笑了笑："那我去提十万现金堆你的脚上，是不是立刻就好了？"

苏南星不好意思道："那哪能啊，您真爱说笑……"又补了一句，"其实不用现金，转账也行，我的脚就带探针装置，能感知到您的虚拟账号给我转钱了。"

周奕被她逗笑了。他笑起来的时候剑眉飞扬，眼睛清亮，让苏南星忍不住在后视镜里多看了他好几眼。

领导太帅，这点确实不太好。

俩人的气氛倒是好多了，终于不那么尴尬了。

很快到了苏南星家楼下，她拉开车门下车，跟周奕说："谢谢经理，你赶紧回公司吧，我上楼啦。"

她那只脚还不太敢使劲踩在地上，一瘸一拐地走了几步，好不容易走到楼梯口，扶着扶手撑着身体蹦了几阶。

她正合计今天的运动量可够了，忽然听见周奕的声音在她身后响起："你这么蹦要蹦到什么时候？"

然后一阵天旋地转，她就撞进了一个硬邦邦的胸膛，周奕将她打横抱起了。

她下意识地伸手搂住了周奕的脖颈，怕自己掉下去。

周奕抱着她就往上走。苏南星吓得赶紧说："我自己能走，没事的，放我下来吧。"

周奕只说："你家住几楼？"

苏南星反复强调自己可以走，让周奕放她下来，但是周奕已经走上二楼了。

苏南星只得说："四楼。"

周奕提醒她："别乱动，会摔下来。"

苏南星搂着他，不说话了。

不敢靠近他，但是他们抱在一起是严丝合缝的，她那对让他在那天夜里爱不释手的酥胸此刻正贴在他的怀里。

他们谁都没说话。

苏南星甚至能感觉到周奕的气息，是薄荷和烟草的味道，参加完运动项目的他出了一些汗，不难闻，充满了侵略的雄性气息。

很快到了四楼，苏南星站在家门口："我到了。"

是不是该请他到家里坐一下？

可是……

苏南星还在犹豫，周奕已经往楼下走了，他的声音和他的背影一起消失在楼道里："好好养伤，早日上班。"

第三章
回味和渴望

周奕接到奶奶家的保姆刘阿姨的电话时，他刚从运动会的领奖台上下来。

见是刘阿姨电话，他赶紧接了。

听见刘阿姨笑呵呵的声音，周奕这颗心才收回来，他是怕忽然接到奶奶被送进医院的消息，毕竟奶奶八十多岁了。

刘阿姨等电话接通了之后就把电话给了奶奶，奶奶有点耳背，所以她怕别人听不见就总是说话很大声：“喂，大奕啊，奶奶给你炖了你最喜欢的红烧猪蹄，晚上回家吃饭吧？”

周奕赶紧应承下来，说：“那我这就过去，您给我留饭吧。”

奶奶听了之后乐呵呵的，在电话那头“哎哎”了两声，然后电话又被刘阿姨接过去。刘阿姨说：“你奶奶去院子里拔小白菜去了，前两天她种的小白菜发芽了，每天都去菜地里看，说是要给你吃，说你最喜欢吃小白菜苗蘸酱了。”

周奕听了之后，心里满是温暖，“嗯”了一声，说：“我这就过去。”

到了奶奶家之后，饭桌上已经准备了好几道周奕喜欢的菜，红烧猪蹄炖得极为入味，筷子夹起来就脱骨了。奶奶还拿勺浇了一勺猪蹄的汤汁给他拌在饭里吃，说：“多吃点，这是你小时候最喜欢吃的。”

周奶奶几乎不能吃这些油腻的肉食了，老年人都怕三高。

现在每天锻炼的周奕也几乎不这么吃饭了，不过奶奶给盛的饭，他总是都能吃完的。

奶奶还特意夹了小白菜苗给他吃：“这是院子里刚长出来的，可嫩着呢，就想留给你吃。你快吃，外面卖的可没有这么水灵。”

面对奶奶，一向在工作上严肃的周奕都换了一副表情，他还哄着奶奶："您种的最好吃，我最喜欢吃。"

奶奶听了果然高兴："那你就多吃点。"还使劲给周奕夹菜。

周奕吃完了之后，觉得应该跑二十公里才能消化这些饭菜，可奶奶还洗了水果放在他手边。就像他小时候那样，每天吃完了饭，他出去疯玩一会儿回来，奶奶就会给他切水果吃，那时候爷爷总说奶奶太惯着他了，然后老两口开始拌嘴。

周奕对奶奶说："过几天的清明节，我们一起去墓地给爷爷扫墓去吧。"

奶奶说了声"好"，献宝似的拿出一个袋子，都是纸叠出来的金元宝，大概奶奶已经准备了很久。

刘阿姨说："她每天叠十几二十个，累了就歇歇，攒了一个多月了。"

奶奶说："到时候给你爷爷烧过去，让他在那边穿金戴银。"说完自己就开始笑了，"给他钱啊，他都拿去买书了，怎么会穿金戴银？"

奶奶又愁得慌了，说："要不我们给他烧一套书过去？"然后奶奶就陷入纠结之中了。

八十多岁的富态老太太坐在那里愁给老头子烧什么东西，好像她烧的东西爷爷就真的能收到一样。

周奕刚想安慰她，结果奶奶的话风又变了："要我说啊，烧什么东西都不如你领着媳妇到他墓前给他看看，让他见自己的孙媳妇来得高兴。"

奶奶的脑回路简直让周奕猝不及防，他讪笑了两声："孙媳妇什么的，这不是还没有合适的嘛？"

一提到孙媳妇的话题，奶奶的耳朵也不聋了，声音也更响亮了："怎么没有合适的？我看之前你孙伯伯家的女儿就挺好的，还有那个赵伯伯的侄女，都是名牌大学毕业的，女孩子都很乖巧漂亮，哪个都挺好的！"

周奕就对付着说："那不是性格不合适吗？"

奶奶不乐意："怎么不合适了？我看小姑娘都挺文静的，声音都细细的，都是很温柔的姑娘，怎么跟你就不合适了？"

周奕无奈道："那我就是不喜欢啊，没有想娶的感觉，难道能闭着眼睛随便娶一个，将来像我爸妈那样离婚再把孩子撇给父母养啊？我爸那是有你俩，可以把我丢给你们来养，我将来把孩子丢给谁养？"

这么一说，奶奶的心又软了，对周奕充满了愧疚，叹了一口气："唉，希望我去地下之前能见到我的孙媳妇。"

周奕哄着奶奶："肯定能的，您放心吧，我努力找，喜欢我的小姑娘多着呢，我从中认真找一个带回来给您看。"

奶奶一听，又高兴了："别骗我。"

"不骗您，真的，您赶紧回屋睡觉去吧，我得回公司处理点事。我周末再回来住。"

因为华信公司距离奶奶家太远，周奕才住在公司附近的房子里，一般会在周末回来陪奶奶住。

奶奶再一次提出："要不我搬到你公司附近去跟你一起住吧？"

周奕忙说："别，您走了，谁来打理爷爷种菜的园子，收拾他看过的书呢？"

奶奶环顾着周围，在这里住了三十多年，一草一木都有老两口的痕迹，而且周围邻里都是老朋友了，搬走的话她还真的不习惯。

周奕起身要走，奶奶又拉着周奕递给他一个保温饭盒："这是给你留出来的猪蹄，你带回去吃吧，加班再晚，也得吃饭啊。"

周奕拎着保温饭盒，忙不迭地点头："您放心吧。"这才离开了奶奶家。

他先回公司处理了点工作，再出来都快晚上九点了。看到车上放的保温饭盒，他忽然想起了苏南星，不知道脚受伤的她有没有吃饭？

想到今天下午抱她的时候，她的酥胸贴着自己，她为了避嫌还特意想远离他，可是上楼的动作让她只能搂着他。想到苏南星在她家门口犹豫要不要请他进屋坐一坐时的纠结表情，周奕不由得笑了。

有时候，苏南星真是冷静和天真并存的矛盾体。

工作上的苏南星非常有条理，是他最喜欢的那种下属，效率高、办事稳妥，见客户的时候聊天和谈业务的能力都很强，是个很冷静的下属。

说她天真是因为，他们俩明明都发生了那种关系，她还试图想当成没有发生过，这种事都发生了，怎么能当作没发生过？

不过他也能理解她，毕竟在华信这种国企，唾沫星子能淹死人的地方，她谨慎点总是没错，要不然的话，她以一个临时工的身份也不能升迁到这个地位。

周奕给苏南星打了个电话，他不想在这个时候还跟她发微信揣摩来揣摩去的。

苏南星还以为周奕是要问工作，结果周奕在电话那头问她："在做什么？"

苏南星一愣，领导怎么问这么家常的话题？她下意识地回答：“在家里看视频呢。”

周奕又问：“吃饭了吗？”

苏南星说：“吃了。”沙拉。

周奕却自顾自说：“那你再吃点。”这就挂了电话。

十分钟之后，苏南星再一次接到周奕电话，他只说了两个字：“开门。”

她打开门，周奕就站在门口。

他把一个保温饭盒递给苏南星：“给你的。”

所以这是领导带着礼物来探望下属？

就算是再不想跟周奕有过多的私下接触，可是人家都带着东西送到家门口了，她也不能把人拒之门外吧。出于礼貌，苏南星客气了一句：“周经理，快请进。”

没想到周奕一点都没有拒绝，直接进来了。

苏南星关门的时候还在想，苗萌萌怎么还没有回家？

周奕一进屋就一眼把这个屋子收入眼底，屋子是很小的两居室，看得出来是两个女生住的，屋里很干净温馨，整体色调也是暖色系的，看起来很舒服。

就像苏南星此刻的穿着一样。

脱下了肥大的工装，苏南星只穿了一件很普通的贴身T恤和一条宽松的家居裤，头发被她随意地扎在脑后，整个人透着一丝慵懒的味道。

苏南星从茶几旁给他拿了一瓶矿泉水，自己打开了饭盒，一看是一盒红烧猪蹄，闻着非常香。

周奕指着她的脚说：“以形补形。”

苏南星拘谨地应道：“谢谢经理来看我，我休养几天之后就回去上班，您不用担心。”

在这间小屋子里，只有他们两个人，周奕已经脱下运动装穿回了他的白衬衫和做工精良的西装裤，晚上有点热，他的衬衫领子解开了两粒扣子，露出了性感的喉结。

周奕穿衬衫本身就带着一丝性感，但是这个性感不是她苏南星能消受得起的。

苏南星一直没有听见周奕的声音，她抬头去看他，只见周奕一直在看她。

大概是天色黑了，所以周奕有点放松地靠着身后的沙发。他忽然对苏南星说："我以为，我们就算不能成为好朋友，也算是比普通同事关系更进一步的朋友了吧？"

苏南星听见这话，其实心里也在想，是啊，他们都那么透彻地了解过对方的身体，而且还是认识了两年的上下级。

周奕给她身体带来的感觉，到现在她都没有忘记。

周奕见她神色松动，就好像一张面具裂开了缝隙一样，又说了一句："起码，只有我们两个人在的时候，我们可以像普通朋友一样，不用非得绷着吧？"

不过这个话题，周奕也没有等苏南星回答，他就已经起身准备离开了。

苏南星要起身送他，周奕摆摆手："不用送。"说着就关上门走了。

苏南星看着桌上那一盒香喷喷的猪蹄，终于还是忍不住吃了一块，内心充满着罪恶感。想到周奕刚才的话，心里觉得自己大概也是太草木皆兵了。

说白了，他们俩毕竟睡过，那天晚上有多激烈，他们也都还记着。

再这么虚伪地装着不熟，也有点假。

不过那又怎样？

他们不过是冲动之下睡了而已。

那就随了周奕的意好了，反正他是领导，他说了算。

晚上，苗萌萌回来的时候就闻到了屋里的猪蹄香味，对着猪蹄直流口水。苏南星说："特意给你留着呢。"

苗萌萌馋得直搓手，但是最终她还是没有去吃这酥软又充满胶原蛋白的猪蹄："我还在减肥呢，不能吃猪蹄。"她忍痛把盖子扣上了。

知道苏南星的脚扭了，苗萌萌想要带苏南星去医院看看，苏南星摆摆手："不用，就扭了一下而已，休息几天就好了，我正好能趁机在家休个假，我都在百度网盘存好要看的电影了。"

一听说苏南星可以在家休假，苗萌萌羡慕地说："我现在出去崴个脚还赶不赶得及？"说完，她又叹了一口气，"我还被安排后天去出差，我明天跟领导商量一下换别人去，我好照顾你啊。"

苏南星赶紧拦住她："我没事，你不用管我，我想吃什么叫个外卖就好了。"

苗萌萌见苏南星确实过得挺滋润的样子，脚搭在沙发上，抱着 iPad

在看电影，看起来是真的没什么事。她也就放心地准备出差了。

这两天，苏南星觉得自己度过了上班以来最幸福的日子，睡到自然醒，等着外卖送来，然后一边吃饭一边刷剧，就这么窝在沙发上，幸福得不得了。

结果，苏南星忽然接到公司工会的电话，说要代表公司来她家里慰问她！苏南星婉拒不用来，但工会大姐仍旧十分热情非得要走这个流程，因为这是公司的硬性规定。

苏南星也知道这个流程拒绝不了，工会大姐还笑着说："工会给像你这样受伤的员工补助五百块呢，会随这个月的工资发给你。"

好吧，给钱就是好事。

后来工会代表到底还是来了，同来的还有代表系集部同事来看她的周奕。

前两天还说要跟她在私底下当个普通朋友，现在他在工会代表面前装得一本正经，还在旁边拿着报表问她项目进展。

工会大姐夸了句："苏总监真是系集部的主力啊，你这一受伤让你们周经理措手不及，很多工作都离不开你。"

周奕拿余光扫了苏南星一眼，苏南星也会演，笑着说："这种琐碎的小事就由我们这些属下来代劳好了，让周经理去谈大项目。"

工会大姐夸苏南星会工作、有能力，叮嘱她："那你好好养伤，我们就不打扰你了，祝你早日康复。"

周奕也跟着起身，作为领导，临走前他也常规嘱咐了两句："放心养伤吧。"然后两个人就走了。

苏南星松了一口气，可算是应付走了。整个一下午，她继续窝在沙发里看电视。

到了晚上，她忽然接到周奕的电话。他又是简短的两个字："开门。"

打开门，周奕穿着一身做工精良的西装，提着一袋子水果，对苏南星说道："工会的慰问品忘了拿。"跟周奕的"工会慰问品"一起来的，还有他带过来的工作。

根本没有给苏南星拒绝的机会，周奕直接将文件扔给了她："集团公司要求各省公司把部门流程规范出一份，市场部和研发部都交过一轮开始修改了，我们部门的到现在也没交上去。宋集最近在忙一个地级市的项目，出差去了。"

他微微叹了一口气，这琐碎的工作让他很不耐烦，说了句：“这个工作我本来交给了李婉，但是你看看她写的。”

苏南星接过来看了一眼，确实写得不怎么样，但是那是宋集的属下，她也不好点评别人的下属，便说了句：“她没干过这个工作，不知道我们部门的流程，出错也是难免的。”

没等周奕把工作正式交代给她，苏南星就主动说：“我来看看。”

苏南星对待工作的认真，让人特别放心，她知道这份工作自己推脱不了的时候，就会主动揽过来，省得领导再开口分配。这种小细节让人十分心生好感，而且她工作能力也很高，所以系集部那么多正式工想升职为行业总监，周奕却执意要给苏南星，并不是没有道理的。

两个人坐在沙发上打开电脑开始工作，苏南星抱着电脑写了半个多小时，初步改出了雏形，想给周奕看看，结果发现他靠着沙发睡着了。

他睡得很沉，身体发出规律的起伏。

大概是太累了吧。

平常上班的时候，苏南星加班到晚上六七点是经常的，周奕只会比她加班到更晚，项目要谈、分包商的应酬要去、省公司五花八门的会议得开，甚至集团公司夜里忽然着急要个表格，周奕也得赶回公司去处理。

平常见到他都是条理分明的、严谨的，甚至给他们这些下属安排工作都是高效率的，可以想象他对自己日常的作息和工作安排会多么严格，每天睡觉的时间大概都不够吧。

二十九岁的他做到这种大型央企的省公司正职经理级别，几乎是一个打破纪录一样的存在。

虽然看着他掌管着省公司系集部上下几百号员工很威风的样子，但是他私底下也付出了很多努力。

苏南星没有叫醒他，还拿毯子给他盖上了。这样的动作，他都没有醒，是真的很累了吧。

她继续埋头改文件，又过了半个多小时，周奕还没醒。她工作也做得差不多了，就戴上耳机刷了一会儿美剧。

周奕醒过来的时候，天已经完全黑透了。苏南星怕灯光太亮影响他睡觉，特意只开了一盏昏黄的小灯。

周奕醒来之后，就看见苏南星穿着合身的家居服，头发扎起来露出纤长的脖颈，这样的她不知道比在公司里的时候看着漂亮多少。

周奕不知道怎么的，忽然想起曾经有一次见到苏南星穿着一件露肩的红色连衣裙跑过他眼前。那大概是她来系集部一年之后的事，当时他在车里等红灯，看到她穿着一身红裙子奔向了她的前男友。

裙角飞扬，笑容灿烂，这样的她跟平常在公司里看到的宛若两个人。

那时候周奕才知道，原来这才是私底下真实的她，工作的时候认真仔细，私下的时候红裙飞扬。

也许这才是那天晚上，她轻轻亲吻他的时候，他把持不住的原因吧。

周奕看苏南星电脑上放的美剧，说了声："《行尸走肉》？"

苏南星这才发现他醒了，忙摘下耳机，递给他一瓶矿泉水："醒了？见你睡得熟，就没有叫你。"

周奕喝了一口："昨晚被分包商拉去应酬，不想去但是又不得不去，闹到半夜才回家。"

苏南星将她写的流程规范文件打开："你看看，行吗？"

周奕接过电脑，低头看了个大概，苏南星的工作能力一向不错："很好，把文件发给集团企划部的小何。"

在苏南星发送文件的工夫，周奕起身从他带来的一袋水果里拿出了一盒车厘子，在水池里简单洗了下，端过来放到茶几上。

苏南星发完了文件，顺手也拿了一颗大车厘子。像车厘子这种高档水果，她平常是不舍得买的，一般都等到六月份樱桃大批量上市了，她才吃一些。

周奕点开苏南星的电脑，将刚才《行尸走肉》的视频继续播放。大概因为刚才睡了一觉，他的状态有点懒散，靠在沙发上，随意地问了一句："你看到第几季了？"

"第四季第五集。"

"那正好，我看得也不多。"

他姿态随意地开始跟苏南星一起看《行尸走肉》。

苏南星偷偷地看了眼时间，发现都快九点了，想委婉地提醒下时间，可是又不知道该怎么说。

电脑放在俩人中间的茶几上，苏南星的小沙发是张三人沙发，虽然他俩离得还有点距离，但她还是能闻到他身上那股淡薄荷和烟味混合的气息。

苏南星正纠结的工夫，电脑里的剧情走起了，主角们开始被丧尸追着逃跑，然后她就被剧情吸引了。

等再纠结周奕怎么还不走的时候，这一集也看完了。

周奕拎起西装和电脑，潇洒地起身，临走之前说了声："早日康复，你不在，我很苦恼。"

关于这话，苏南星的理解是：早点回来帮我分担工作。可是听他这么说，还是觉得周经理的情商也是高，这话他说了之后她听了就是觉得舒服……

又过了四五天，在休息了整整一个星期之后，苏南星上班去了，虽然太快走路还不行，但是慢慢走没什么问题了。而且公司打来的电话是越来越多，逼得她刚刷完《行尸走肉》，还没有补全《生活大爆炸》就得回来了。

她一回来上班，工作果然攒了一堆，那些着急的工作都被李婉和钱大姐她们做了，但是属于她的项目都堆着等她回来处理。第一天上班，她就忙得抬不起头，整个一天忙得连喝水的时间都没有，加班是肯定的，她一直工作到晚上九点，捶捶酸痛的肩膀，决定先干到这里，明天再继续。

同事们都走了，苏南星收拾好东西也往外走，一边走一边掏手机想叫个车，结果在等电梯的时候遇到了从外面回来的周奕。他看见苏南星，问了句："才下班？"

苏南星点了下头，周奕把他的公文包递给她："等我一会儿，我取个文件就回来，我送你回家。"

苏南星想说不用送，但是周奕的公文包已经塞给她了，就得站在这里等领导回来还包。

周奕很快就回来了，苏南星说："我自己可以走，不用送。"

周奕说了句："反正我也是顺路。"

苏南星还能说什么，领导要送，还能真拒绝不成？

这一送开始，周奕就又送了她好几天。

后来，周奕也在办公室里加班时，他就会给苏南星发微信："你走的时候喊我，我送你，顺路。"

苏南星说："真不用送，别耽误你的正经事。"

周奕只回了两个字："听话。"

苏南星盯着这两个字愣了半天，觉得领导可能发错人了吧……

但最后，她还是在加完班之后喊了周奕，他开车送她回的家。

送了一个星期之后，苏南星的脚好了，走路也没有问题了，便谢道："我的脚已经好了，谢谢周经理这些天的帮忙。"

周奕"嗯"了一声，一只手扶着方向盘，一只手痛苦地按在肚子上，垂着头忍着痛说了句："我就不送你上去了，到家给我发微信。"

"你怎么了？"

周奕说："老毛病了，慢性胃炎，一会儿我回家吃点药就好了。"

领导在自己眼前病倒，作为下属不表示一下关心，实在说过不去吧，苏南星问道："吃药之前得吃饭，你晚上吃饭了吗？"

他俩都加班到这么晚，显然都没吃晚饭。周奕说："回去煮点挂面对付一口。"

苏南星说："如果你不嫌弃的话，我给你煮点面条吧？你在我家休息一会儿。"

结果，周奕都没有客套一下，就直接说了声好。

到了楼上，苏南星怕他在沙发上窝着难受，让他躺自己床上去。

周奕枕着苏南星的枕头，盖着她的被子，到处都是她淡淡的香气，再闻着厨房里传来做饭的香味，好像胃也不那么痛了。

苏南星怕他等急了，先给他端来一杯温水让他慢慢喝。周奕见苏南星担心的神色，还有心情开玩笑："担心我啊？"

苏南星说："你是我领导，我当然担心你，我还指望着你帮我升职呢。"说完转身走了。

周奕慢慢喝了点热水，觉得胃里舒服了一些，躺在苏南星柔软的床上环视着她的小房间。看得出来，她的房间跟她的人一样，整齐干净，墙角放着的书架上摆了很多书，他一眼就扫到了《百年孤独》。

苏南星家里的面条都是之前就做好的手擀面，直接放在冰箱里冻着。她平时因为控制碳水化合物，所以吃得也不多，都是苗萌萌爱吃。但最近苗萌萌减肥，这些面条才能留下来给周奕吃。

苏南星给周奕煮了一大碗，怕清汤寡水没有味道，还先将西红柿炒成酱再加水煮的面条，这样面条吃起来是有点酸咸口感的，端上来的时候闻着味道就让人食指大动，更别提吃了一口之后，那属于手擀面的独特弹性和口感让周奕很是满足。

能在这个时间吃到一碗热腾腾的手擀面，他已经觉得很幸福了。

苏南星还端出一杯热牛奶："我刚才在网上查了，慢性胃炎患者饭后喝点牛奶比较好。”

周奕“嗯”了一声，面条氤氲的热气让苏南星变得更加柔和了，后来他没有再说话，而是认真地吃着面条。吃到后来，他都出汗了，将领口和袖口的扣子解开。

苏南星觉得周经理穿着衬衫的样子就算在吃面条时也不能多看，因为太性感了，热就热呗，怎么解开了三粒扣子呢？

周奕吃完面之后，被苏南星看着喝光了牛奶。又休息了一会儿，感觉不那么疼了，他才起身离开：“谢谢，面条很好吃。”

苏南星说：“平常总是接受你的帮忙和照顾，这次可算让我有表现的机会了。”

周奕说：“那一顿面条可不够啊。”没等苏南星回话，他就走了。

苏南星的脚好了之后，又开始白天跑几个项目的现场。忙了几天之后，周五早上那天，她刚到公司，就接到要出差的通知。

是浦口市那边地级市系集部得到了一个消息，浦口市想做“天眼工程”，想加入到国家“天眼工程”的数字化监控平台系统中去。软硬件大概合计两个亿的工程，希望周奕作为系集部老大到浦口市那边去跟公安局的人初步谈一下这个项目。

本来这种大型的项目带着更有经验的宋集比较合适，但是宋集这两天忙着另一个项目，已经出差去下面的地级市了，所以，周奕只能带着苏南星一起去。

俩人直接坐的高铁，高铁才发动没多久，苏南星就困了，头靠着玻璃那边一点一点的。

忽然，苏南星感觉到一只手扶着她的头，然后将她搂过去，让她靠在了他肩膀上。

她没抬头，听见头顶的周奕说了句：“这么睡比较舒服。”

苏南星觉得这样睡的话才是真的睡不着，可是没多久，她在周奕的肩膀上就睡着了。她迷迷糊糊地想到他的肩膀还是那么让人有安全感，就这样一直睡到了浦口市。

出高铁站之后，浦口市这边的系集部陈部长已经亲自开车来接他们了。

周奕这样的省公司领导出动，市公司这边必然高度重视，平常都很难接触到的人物，现在来到地方了，不得好好表现一下啊？

陈部长说：“我通过我叔叔的关系接触了浦口市公安局的李局长，他明天上午有空，我帮您约了跟他一起打高尔夫球，您看可以吗？”

对于市公司的办事效率，周奕还是很满意的：“当然没问题。”

中午在市公司食堂吃的饭，市公司的徐经理就一直拉着周奕不放，非要好好接触一下。

苏南星反倒闲下来了，在系集部里被陈部长招待着。她虽然是临时工，但是也是省公司的行业总监，还是系集部老大的嫡系，谁敢怠慢她？

反倒是苏南星有点疲于应酬，后来见陈部长的电话不断，她就说：“你忙着，我去会议室里等周经理，我怕他有事叫我。”

陈部长忙不迭地点头，还指挥下属：“给苏总监倒点水。”

苏南星本来是想躲清净玩手机的，结果才坐下没几分钟，周奕就进来了。他从随身的公文包里掏出一张卡递给她：“下午你去买几套衣服，一定要买一套高尔夫球装，再买几套……正常的衣服。”

扫了她一眼，他又补了一句：“不许买肥大款的，买正常的，你要不懂什么叫作正常的，可以让陈部长的下属陪你去。”

苏南星拿着周奕的卡首先想到的竟然是，她这个月没有额外计划买新衣服的钱啊！

还没等她问出来，就听见周奕说了一句：“刷我的卡，可以报销，去买吧。”临走之前不放心，他还又说了一句，“多买几套备着穿。”

于是，这个魔幻的下午，苏南星揣着顶头上司的卡去买新衣服穿。周奕让她多买，但她也有分寸地只买了两套 ，一套是高尔夫球装，一套是那种红色真丝衬衫配一步裙，还买了一双高跟鞋。

她肉疼地花了三千多块，就怕公司不给报销花了自己的钱那就要吐血了。

当天晚上，徐经理非要请周奕吃饭，周奕以明天早上的见面为由将时间推后一天。回酒店房间之后，他给苏南星发了微信，问她：“买没买？”

苏南星回道：“买了。”

周奕问她：“是合身的吧？”

苏南星回了个哭笑不得的表情，回了句：“是合身的。”

等周奕洗完澡回来，回复了一个“嗯”字，苏南星已经躺在床上睡着了。

第二天早上，他们来到了约好的高尔夫球场。

浦口市的环境很好，到处绿地草皮、海滨公园，因为守着不冻港，这里从一个破旧的小渔村日益发展起来，成为L省内最大的物流港之一，很是受省市领导们的重视。

说是约好了和李局长一起打高尔夫球，但其实不过是大家在绿茵草地上慢慢散步聊天罢了。

李局长没有提太多关于项目合作的事，周奕也不着急，都在配合着李局长聊天。

本来这么大的项目就不是一次会面就能得到什么的，甚至通过这次匆忙见面，兴许也只能给双方留下一个大概的印象而已。

李局长绝对不会只提前接触华信这一家公司，其他几家具有资质的运营商肯定也会陆续接触，周奕要的就是占个先机，回到公司去提早把标书准备好，争取在价格和服务上做出双方都满意的妥协。

走在绿茵草地上，李局长偶尔也抡杆打一球，不过就算苏南星不懂高尔夫球也能看出来他的球技不算好，因为周奕也抡了一杆，看了周奕那媲美电视里高尔夫运动员的动作，就能对比出李局长的球技了。连高尔夫球飞出去的弧线，都是周奕的更漂亮一些。

苏南星看着谈笑风生的周奕，心里想着：大概他做什么都要比别人出色一点吧。

李局长虽然球技一般，但也难得遇到像周奕球技这么好的人，夸了周奕一句："打得漂亮。"

周奕说："以前连山市的邓局长也喜欢打高尔夫球，那时候我也代表公司跟他谈连山市的'天眼工程'，陪他抡过几杆，邓局长球技不错，就是没有场地让他施展。"

这一句话包含的内容很丰富，让李局长多看了周奕好几眼，他意味深长地说了一句："周经理真是年轻有为啊。"然后才问，"怎么，连山的'天眼工程'也是你们华信做的？"

这种时候就不能让领导上场来自夸了，苏南星适时地插入话题："不仅是我们华信做的，而且还是我们周经理亲自去谈下来的，连山市的项目比浦口市的更加复杂，我们华信有信心能以最省钱的价格做到最好。"

周奕看了眼今天的苏南星，她穿着漂亮的衣服，化着淡妆，涂着口红，自信洋溢地跟市公安局长这样的人物谈业务，看起来真是神采飞扬，让他今天频频走神，好在李局长本来也不准备谈些实质性的话题，所以还是能轻松应对的。

苏南星的话成功引起了李局长的兴趣，而且面对漂亮的年轻女孩子，男人总是会多一分宽容的：“说说连山市的情况？”

苏南星早就把连山市的项目合同看了一遍，现在跟李局长讲这些事也是侃侃而谈，而且不时的有周奕在旁边提点，让李局长频频点头。

周奕说：“大数据筛选，还有传输用的专网是这个项目之中最重要的环节，我们华信都有最有资质的技术人员。我们华信参与了全省几乎一半以上城市视频监控工程的改造，在这方面的经验很丰富，价格也是这几家运营商之中最合适的。”

聊到这个时候，戏骨已经谈出来了，李局长这时的点头才真的有点往心里去了，他跟身边的副手说：“回头把我们要求的具体参数表格给周经理发送一份。”

周奕说：“当然，具体的还得看我们在标书合同上的体现。”

李局长道了声：“是啊，我们还是得看合同。”

周奕微微一笑，不再说其他了，这次的目的基本都达到了。

这次的会面还没一个小时的时间，像李局长这个级别的领导，连周末都是很忙的，才跟周奕聊了一会儿，就得匆忙赶到市里去开会。

最后双方握了手，李局长再一次夸周奕：“年轻有为啊，希望能跟周经理有更多的合作。”

跟李局长的会见结束之后，苏南星和周奕回到酒店里休息了一会儿，下午就是跟浦口市公司这边的领导和系集部成员一起吃饭了。

苏南星再随着周奕出现在饭局上的时候，已经换了一身衣服，是她昨天买的另一套衣服，红色的真丝衬衫配了一条黑色蕾丝一步裙，脚下踩了一双红底裸色高跟鞋。

这身衣服是非常标准的女性职场穿着，但是由苏南星穿起来，从前面看，丰胸细腰和大长腿，让今天上午见到苏南星在商务会谈时风采的市公司徐经理和陈部长不由得想到她穿高尔夫短裙时，那露在外面的美腿是如何的漂亮。

而从后面看，苏南星在一步裙之下那挺翘的臀部随着她高跟鞋的韵律让人移不开目光。

昨天苏南星穿着一身灰扑扑的工装出场，市公司这些人虽然是热络招待着，但都没有想到今天苏南星摇身一变，就变成了这样一个性感美女。

那件红色的真丝衬衫配着红色的口红，让她看起来明艳无比，而且她还把头发盘了起来，额边几丝碎发让她看起来有一种慵懒随意的性感。

白天谈完了重要的公务，周奕有些放松，但苏南星还没有，陪领导做局，估计一会儿喝酒什么的是少不了了。

苏南星和周奕一起坐电梯从酒店出去的时候，周奕忽然对她说了句："很漂亮，今天。"又是这样没头没脑的方式，但苏南星还是不由自主地翘起了嘴角，轻声"嗯"了一声。

和市公司的人做饭局，刚开始大家还坚守着上下级的架子，市公司的人坐了一圈，而苏南星这边只有她和周奕。

大家都先吃了几口饭菜，市公司徐经理才端起酒杯："来，我们先敬周经理一个。"平级经理敬酒，周奕自然不会拒绝，也跟着徐经理一口掀了杯子。

旁边的陈部长说："周经理真痛快，好酒量！"接着，他也敬了周奕一杯，周奕自然也不会拒绝，这是他在地级市的直属下级，难得来一趟地级市，不能不给面子，也是一口掀杯。

接着，周奕和苏南星就开始被他们轮番上阵敬酒，苏南星这个行业总监到地方来也是跟陈部长平级的人物了，而且她长得漂亮、身材好，在座的这些领导每一个都想来套近乎跟她喝酒。

酒喝了几圈，大家的话题就打开了，气氛也热络起来。

陈部长说："今天苏总监真是让我们刮目相看啊，昨天看苏总监像是不太爱说话的人，今天上了商务场合之后，立刻侃侃而谈，一下子就像变了一个人一样。以后还得请苏总监多多指教，来，我先干为敬。"

周奕喝了几圈之后，也有点喝多了兴奋，但他一向克制冷静，眼神在苏南星身上不着痕迹地转了一圈，觉得她还是穿红色的衣服最好看。

苏南星还记得周奕的慢性胃炎，见徐经理端起杯子要跟周奕再喝，她忙站起来端起酒杯，笑吟吟地说："徐经理怎么总跟我们周经理喝呢？来，我俩也喝几杯。"

徐经理自然乐得跟苏南星这样的美女多接触："是我的错，我自罚一杯，你随意。"说着就连着干了两杯。

周奕知道苏南星这是替他挡酒了，嘴角不自觉地露出了一丝笑意。苏南星还特意给他盛了一碗面疙瘩汤，在他耳边说了句："多吃点面食，养胃。"

想到苏南星还记得他的胃炎，周奕心里涌上一阵暖流。

虽然他心里对于苏南星惦记着他是有点高兴的，但是在这种场合也不能让苏南星一个人上，她替他挡了两杯之后，周奕吃完了面疙瘩汤，就把她拉回座位里，自己上阵了。

周奕在桌下拉住苏南星的手，别人都没看到。苏南星一愣，顺势坐回了座位上。周奕跟别人喝酒的时候，一只手还在下面攥着她的手，直到别人又来敬酒，他才松开。

苏南星想，他们都喝多了，以至于后来的事有些失控了。

后来回到酒店里，有些醉了的周奕被徐经理和陈部长给扶着放到床上，他们对苏南星嘱咐道："苏总监，剩下的就麻烦你了。"这俩人说话也大舌头了，大家都喝多了。

苏南星其实也喝多了，但她还能保持清明。她拧了一块湿毛巾给周奕擦擦脸，发现他衬衫领口的扣子不知道什么时候已经解开了三颗，露出性感的喉结。

苏南星用湿毛巾轻柔地替他擦了脸，还想给他擦擦手。

正擦着，周奕的手忽然一把拉住了苏南星，然后整个人天旋地转，她一下子被周奕压在了身下。

"你没醉？"

周奕却不说话，他的气息里带着酒气和清淡的薄荷味，热烘烘的身体贴着苏南星的，硬邦邦的胸膛压着她的。

他们终于再一次，如此地接近。

他的手轻柔地落在她的脸上，落在她的唇上，摩挲着那里，像轻捻一颗可口的樱桃一样。

他说："你穿红色很好看。"

苏南星看着他，没说话。但是周奕却目光灼灼地看着她，好像在等她回他话。后来，苏南星"嗯"了一声。

周奕又说："我喜欢看你穿红色……"

苏南星甚至已经能预料到接下来要发生的一切，明明想拒绝的，可是她却一点也提不起劲儿。她想她一定是喝多了，脑子太晕了，所以遵从了本能。

所以，当周奕的嘴唇代替手指吻上了她的嘴唇时，她没有拒绝。

他们之间简直就像干柴烈火。

在这个时刻，他们的身体比心更诚实。

诚实点吧，他们都在回味和渴望着对方的身体。

那些炙热的、让人喘息的、上瘾的巨大的快感，终于将两个人都淹没了。

第四章 大数据相亲

苏南星再一次从周奕的怀里醒过来。

所以，她再一次把这位全省公司单身女员工都想睡的男人给睡了。

苏南星仍然要继续面对一个问题，那就是醒了之后要怎么办？昨天晚上借着酒劲大家都冲动了，但醒了之后就得为冲动负责任了。

苏南星觉得第一次他俩睡了还能当成是个巧合，她可以跟周奕说把这事儿忘了，继续当正常的上下级。可是第二次了，还怎么说是巧合？

承认吧，其实他们心里都明白，他们的身体互相吸引。

昨天晚上，当预感到要发生的一切时，她也没有拒绝，甚至身体是有隐隐期待的。

而事实也果然如她期待的那样，高高在上的周经理在夜里的时候就变成了不知餍足的周奕。

所以说，周经理不仅仅是个工作时能力卓越的男人。

只可惜这种男人不是她苏南星能消受得起的。

周奕就像是一道法国大餐，既昂贵又美味，吃起来的享受简直是从舌尖到心灵的震颤。然而再美味的鹅肝也不能天天吃，首先她吃不起，其次是吃多了胆固醇太高。

她只是个普普通通的小老百姓，只习惯吃大米饭、炒菜。法国大餐这样的高档菜偶尔改善生活吃一下就好了。

所以这一次，就当是大家又一次不小心。

周奕有要醒的迹象了。

苏南星甚至都没敢动，很怕她一动就刺激到他。

但是周奕还是醒了。

忽然，四目相对。

苏南星已经放弃了挣扎，不想摆出什么职业微笑了，就很平静地跟周奕说了声：“早啊。”

周奕搂着她，好像想把她揉进怀里一样，喑哑的声音性感极了：“早。”

他竟然一点也没有酒后冲动的尴尬，姿态那么自然！

苏南星在想自己应该跟他说点什么，但是又觉得说什么都没意义，说什么都显得可笑。

苏南星没说话，周奕看着她，说：“这次不会再想着当成什么都没有发生了吧？”他有点戏谑地贴着她，让她更加感受到他。

苏南星说：“你还真是猜对了，我记性不太好，昨晚的事都忘光了。”

周奕听了后愣了两秒，然后苏南星就见他挑起了嘴角：“哦？又忘了？那我应该让你回忆起来才对……”

说完之后，苏南星的所有语言和气息全都破碎了，周奕再一次让苏南星为他沉沦、为他绽放。

然后，他们就在白天，在俩人都清醒的时候，再一次激烈地睡了。激烈到苏南星下午的时候才从床上爬起来，她爬起来的时候腿还是软的。

等他们俩登上高铁离开浦口市的时候，都已经是傍晚了。

市公司的徐经理和陈部长开车送他俩，苏南星心虚，特意在她自己的房间里磨蹭了一会儿才出来，重新穿回了她肥大的工装。

陈部长因为跟她平级，跟她稍微开了下玩笑：“苏总监又变得朴素了。”

苏南星微微一笑：“穿成这样工作起来方便。”

陈部长就不再多说了。

在车上的时候，徐经理跟周奕客套了几句：“周经理下回什么时间来，务必通知我们，对于‘天眼工程’这个项目，我们浦口市公司都全力支持。”

周奕说：“回去我和研发部、产品部经理研究一下，看看这个项目的成本做到多少。”

陈部长和周奕关系更近，毕竟是直属部门：“两个亿的项目呢，若是真能拿下的话，集团公司给我们部门下的年度销售指标一下就完成四分之一了！”

“是啊，我也希望能拿下来。”

又聊了一会儿公事，就到高铁站了。四个人互相握手告别，苏南星和周奕转身进了高铁站。

过安检的时候，他俩把行李扔到安检机器里，等行李检验完了之后，没等苏南星去拎行李，周奕已经把俩人的行李都提起来了。

苏南星看他一眼，发现周奕特别自然，她也不想在这点小事上跟他分得那么清楚，反正现在也没人认识他们。

如果说刚才在酒店里她还有点旖旎心思的话，那出来见了徐经理和陈部长之后，苏南星的这点心思都没了。

睡了就睡了，没有什么后悔的，而且周奕是个非常好的体验对象。

但是她不能为了这件事失去了赖以生存的工作，若是她和周奕传出绯闻，然后再分手了，那她这个工作也干不下去了，唾沫星子能把她淹死。

更重要的是，连相恋四年的男朋友都能因为她家条件不好而跟她分手，更别提只是睡一睡关系的周奕了。

真的，女人还得活得清醒一点。

真正能救赎自己的人只有自己，靠自己的努力才能踏实地过上更好的生活。

上了高铁之后，周奕就打开电脑开始工作了。

本来苏南星想刷会儿手机的，结果看见领导开始工作了，她也把电脑打开，一起看李局长副手发过来的项目数据。

根据数据来看，若是真的中标的话，他们为了核实现场实际情况，也会经常来浦口这边出差的。

不过苏南星已经调整好了心态，决定以后还是少跟周奕一起出来出差，纠缠太多不太好。

高铁很快到站了，下车的时候，苏南星要去拿行李，却见周奕将他们两个人的行李都提了起来，还像上来时那么自然。甚至在随着人流走出去的时候，他还用另一只手搂住了她的肩膀，似乎是怕她被人流冲跑了。

“跟着我一点。”

苏南星被他搂着，很明显能闻到属于他的气息。

周奕这样一个大帅哥搂着她，周围的人都多看了他们好几眼。

这时，周奕的电话响了。苏南星听见周奕对着电话说道：“你的车停在了东广场？那好，我们从东广场出去。”

挂了电话之后，苏南星问：“谁啊？”

周奕说：“宋集来接我们了。”

苏南星“哦”了一声，宋集来了，他们又回到了正常的上下级关系。

苏南星挣开了周奕搂着她的怀抱，弯腰去拿回在他手里的行李，很认真地看着他说了一句：“经理，我的行李还是我自己来拿吧，谢谢你这一路的照顾。”

“你……”

苏南星的脸上已然带上了很标准的职业微笑：“通过这次出差学习到了很多新知识，以后我会更加努力工作的，谢谢领导栽培。”

周奕一下子愣住了。苏南星从他手上拿回了行李之后，转身就往前走了，娇小的她很快就淹没在人流之中了。

他看着她倔强而坚强的背影，忽然意识到苏南星不只是在工作上有能力，应酬上能拿得出手，在私人生活上，她也那么果断。

周奕这两年来对她的为人处事有一定的了解，也对她有好感，要不然那天晚上他们也不可能冲动在一起。

这些天的接触让他了解到她更多私下里真实的模样，现在苏南星这么干脆地转身走了，算是委婉地拒绝了和他继续走下去的可能。想到他们所身处的工作环境，他能理解她这样的选择，但是心里那丝淡淡的不痛快是怎么回事呢？

宋集的电话又打来了，周奕也大步赶上了苏南星。

等见到宋集的时候，苏南星已经恢复成了平常的样子，对周奕是既尊敬又带着一点属于嫡系心腹的亲近。

以至于一向心细聪明的宋集都没有看出什么端倪来，周奕见到等他的苏南星时也只是用余光扫了她一眼而已，宋集更是从他的脸上看不出他的心思。

三个人很快上了车，宋集一路上一直在跟周奕聊工作，很快就到了苏南星家楼下，苏南星说了声再见就下车了。

周奕在倒车镜里看了眼拎着行李走上楼的苏南星，那个穿着红色衣裙的漂亮的苏南星还能再见吗？

苏南星回到家中，正好苗萌萌也在家。苗萌萌出个差回来，整个人给人的第一直观反应就是瘦了。

苗萌萌开心地说：“整个十三天我瘦了八斤呢！”她在苏南星面前转了一圈，“你看我、看我，去年的裙子都能穿进去了！”

“恭喜恭喜！”

苗萌萌还邀功地说："知道你晚上要回来，我特意给你做了沙拉吃呢！"

苏南星掐了一把苗萌萌的脸蛋，虽然瘦了八斤，但苗萌萌还是胖嘟嘟的，又喜欢傻笑，看着就喜庆招人喜欢。

"好啊，昨天跟市公司的人应酬喝酒吃饭，今天我就想吃点草，把前些天因为脚伤养肥的肉减一减呢。"

苗萌萌正在切菜："我总觉得我做的沙拉没有你做得好看，我们俩一起做好不好？"

"好，你等我换身衣服。"

苏南星回到房间换了身舒服的家居服，脱衣服的时候，她忽然发现身上有很多周奕留下的痕迹，尤其是胸口那里，记录着他们昨天晚上和今天白天那些激烈和热情。

尤其是最后的时候，他一定要她穿着那条一步裙在沙发上。所以走的时候，她只能穿着原来的工装也是因为那套新衣服实在皱得不像样了。

不管是第一次还是第二次，她都承认，他们的身体碰在一起的时候，契合极了。

但是那又怎么样？

就是单纯享受吧。

想到刚才坐宋集的车回来的时候，一路上周奕几乎没有跟她说话，大概也生气了吧，被一个女人这么拒绝，他也有点不高兴了吧。不过他也是个公私分明的人，等上班的时候好好表现就好了。

苏南星洗了一把脸，将关于周奕的这些思绪都收了起来，和苗萌萌一起做沙拉。

苏南星特别会做各种轻食沙拉，因为减肥塑形必然离不开各种吃草，为了让自己吃草也吃得美味一点，所以她下了很多功夫来研究做沙拉。

苗萌萌那边在洗水果，苏南星在这边处理鸡胸肉、火腿，用小火煎得冒出了香味之后摆放在沙拉盘里，还有煮好的螺丝意大利面、胡萝卜、紫薯、生菜、鹰嘴豆、牛油果，再淋上油醋汁，看着五颜六色的就让人喜欢。

苗萌萌用手机拍了几张照片才开始吃，一边吃一边感慨地说："一个月前我还是个无肉不欢的人哪，现在跟你一起吃草我竟然都这么开心，我真是变化太大了……"

苏南星说："其实减肥最终是让你改变一种生活方式，少吃那些油炸的、油腻的食物，多吃青菜，控制蛋白质和碳水化合物，再配合一点运动，就自然瘦了啊。”

苗萌萌吐槽她：“听着好像很容易，但是不让吃炸鸡排、炸大鱿鱼、炸臭豆腐、烤羊肉串、麻辣烫，还有各种烤肉、比萨、奥尔良烤鸡翅，什么美食都不能吃的话，这生活还有什么意思？”

苏南星瞟她一眼：“是想美还是想吃？”

苗萌萌斩钉截铁道：“想吃！”说完之后又软了下来，“更想美！”

她掏出手机给苏南星看朋友圈：“你看看陈飞他现在的女朋友，那么瘦那么白，我跟他才分手一个月，他们就天天晒恩爱！”

“气死我了！我也要瘦，我要变美！”又往嘴里使劲塞了几口草，苗萌萌郁闷地说，“是不是我吃多了草，最近感觉吃素都特别好吃？”

苏南星看苗萌萌的朋友圈，陈飞的女朋友确实很瘦，不过她觉得苗萌萌瘦下来一定也很好看。她刚想把手机给苗萌萌，手指不小心点了一下手机上的照片，照片立刻就收了回去，然后她就看到了苗萌萌别的朋友圈。

她看见了徐良骏的。

自从和徐良骏分手之后，她就删了他的微信，眼不见为净，但徐良骏跟苗萌萌也是同学，所以也有他的微信。

徐良骏的朋友圈倒是没发新女友照片什么的，她点开了徐良骏的朋友圈，发现从分手那天开始，他发过一次去喝酒的照片，酒瓶子摆了一桌子，写了一句话：“痛苦。”

今天徐良骏发的这个朋友圈什么图也没有配，只写了一句：“忽然很想她。”

苏南星忍不住叹了一口气，将手机递给了苗萌萌。苗萌萌显然也看到了，说：“他到底图什么啊？是他提的分手，结果现在又搞得好像多么痴情一样？”

苏南星说：“他这个人就是这样，有些瞻前顾后，做了的事情总爱后悔。不过，那都是他的事了。”就算再痛苦，徐良骏也没有主动来要求复合过，所以其实也就是圈里伤心一下罢了。

俩人吃完了沙拉之后，苏南星开始洗漱洗衣服，贴了张面膜准备好好睡一觉，昨天晚上被周奕折腾得也没有睡好。

苗萌萌坐在电脑前画设计图，她是个服装设计师，不过她所在的公司更希望她成为一个打版抄袭师，所以苗萌萌最大的梦想就是有一天能独立出来自己开间工作室，给客户定制衣服。

这也是她工作这么拚的原因，因为她想为自己的梦想攒钱。

苏南星其实也有梦想，第一个梦想是想帮家里把一百万的负债还了，让父母都轻松下来；第二个梦想就是还完了债之后，父母就不会再把她现在这份国企临时工的工作看得像根救命稻草了，她想辞职换种生活方式。

她想开一间咖啡馆或者书店，可以一边经营一边过闲散的生活，最好还能养只狗，每天晒晒太阳。要是这个店铺能开在大理就更好了，听说那里天空很蓝，云朵很美，可惜她工作以来赚的钱都替家里还债，没钱去旅游，如果有机会很想去那里玩一玩。

匆忙的周一来了，苏南星跑完步之后回家冲了个澡就赶紧拎着包去上班了。

早上到了办公室，她先跟部门同事打了招呼，见到周奕的时候主动喊了一句："经理早上好。"

周奕点了下头，回了一个字："早。"看起来跟平常没有什么不同，但是苏南星知道他大概还在不高兴。

不过她没有直接说什么，而是先把周奕一会儿晨会要用到的报表整理出来，她打印好之后敲门进了周奕的办公室。

周奕正在接电话，苏南星听见周奕对电话那头说："奶奶，上次我都说了，我不相亲，您别操心了，赶紧操心一下院子里的菜吧。这个周末我还回家吃饭。我要去开会了，先挂了啊。"

苏南星把表格放在他手边，然后特别有眼色地给他冲了一杯咖啡放在桌边，说了句："喝咖啡。"就一副等着领导训话的模样站在旁边。

周奕盯着她头顶的发旋，端起咖啡喝了一口，见她站在旁边垂着头露出粉颈不说话的模样，心里觉得自己拿她真是没有办法，说了一声："你呀……"这一声跟刚才那个淡淡点头说一个早字的语气是不一样的。

缓和了周奕的情绪之后，苏南星就从他的办公室离开了。

她回到工位上没多久，周奕就从办公室里走了出来，正好碰上人事部经理领着一个穿着黄衣服的女孩站在系集部门口。

人事经理跟周奕说："人我可是给你送到了，至于怎么分配就看你自己了。”又对黄衣女孩说，“你就在系集部待着吧，好好跟着周经理干。”

女孩笑着说了声谢谢，露出了一颗小虎牙，看起来很可爱。

等人事经理走了之后，部门里正在工作的大家也都预感到了周奕身边的这个女孩应该是部门里刚分配来的新人。

果然，周奕开口介绍道：“这位是我们部门的新人，黄欣然。”

宋集最热情，站起来说：“欢迎新人啊。”

接着，周奕对黄欣然说道：“欣然，你跟大家打个招呼吧。”

所有人都是一愣，周经理这个说话语气，看来这个黄欣然跟他的关系不一般啊，应该是之前就认识。

“大家好，我是黄欣然，以后请大家多指教。”

周奕环视了一圈，对苏南星说：“苏总监，以后黄欣然跟着你。”他又对黄欣然说，“以后你就跟着苏总监，有什么不懂的可以问她，同时她分配给你的工作你也要认真完成。”

“好的。”

苏南星跟黄欣然打了个招呼，跟周奕一起给黄欣然分配了工作位。周奕安排好了黄欣然之后，才拿着文件匆匆去开会了。

等周奕走了之后，由宋集牵头开始跟黄欣然自我介绍，黄欣然都乖乖地喊“姐”或者“哥”，一圈叫下来，大家对这个部门新人的第一直观感觉还都不错，对她都很客气。

除了李婉，李婉对黄欣然有点爱搭不理。黄欣然叫她“李姐”，她也不爱搭理，过了几秒钟才从鼻子里发出了声音，算是应了一声。

黄欣然脾气挺好的，也没生气。李婉又问了一句大家心里都想知道的问题：“你跟我们周经理以前认识啊？”

苏南星觉得其实李婉想问的应该是：你跟我们周经理什么关系？

黄欣然说：“我们小时候就认识，两家的长辈认识。”

大家一听这话，周奕的爹可是C省的二把手，能跟周奕的爹认识，看来也不是一般人物啊。

中午吃饭的时候，黄欣然乖巧地跟在苏南星身后，苏南星中午吃饭没有固定小团体，就是哪里有位置坐哪里。钱大姐在餐桌旁主动叫苏南星过去吃饭，黄欣然也跟着坐了过来。

等坐下之后，钱大姐就开始聊天了，话题都是围绕黄欣然的：“你多大啊？”“是哪里人啊？”“哪所大学毕业的啊？”

苏南星在旁边也把黄欣然的个人信息拼凑了出来，二十三岁大学刚毕业的小姑娘，从她穿的衣服上看得出来家里条件应该是很好，家教也好，为人很有礼貌。

整体而言，黄欣然是个看起来很乖巧的女孩子，在家里是受到全家宠爱的那种，因为她谈话之间总提起家里人，什么这边的爷爷奶奶，外省的爸爸妈妈之类的。

苏南星明明才比她大三岁，却感觉看她像在看一个孩子。不过又觉得黄欣然好歹也是211本科毕业，工作能力肯定比部门里那些打字慢腾腾的大哥大姐要强。

快吃完饭时，钱大姐又问了一句：“欣然有没有对象啊？”

这一问让黄欣然脸红了，不好意思说的样子。

钱大姐说：“看你长得这么好看，应该是有男朋友了吧？”

黄欣然小声地说：“没有呢。”

钱大姐语重心长地说了句：“你条件这么好，人也漂亮，一定能挑到合适的、条件好的。”

下午，苏南星先给黄欣然大致讲了系集部日常的主要工作，简单地给黄欣然分配了一些打印文件或者复印的工作。

周奕到了下午才在部门里露面，回到他的办公室就急匆匆地收拾东西。他将几个文件夹塞进公文包里，拎着西装外套一边走一边穿，姿态还是那么潇洒，让人觉得赏心悦目。苏南星看见旁边的李婉偷偷地瞄着周奕看。

周奕在匆忙中也仍然有条理地交代苏南星和宋集：“我要跟李总去集团那边汇报工作，大概得两天，有什么事给我打电话。”

他又对苏南星交代道：“浦口市那个项目，今天我跟市场部、研发部、产品部那边都说好了，你一会儿把那个参数文件给几位经理都发过去，等我回来就开研讨会议。”苏南星应了一声，周奕就急匆匆地走了。

等周奕走了没多久，钱大姐就起身出了办公室，她再回来的时候满脸都是压不住的兴奋。

逮到了黄欣然离开办公室的机会，钱大姐兴奋地跟大家八卦：“你们知道吗？这个小黄的来头可大着呢！”

张大姐说：“那必然是有背景了，你没看今年省公司就进来她这么一个正式工吗？”

钱大姐直接掀开了谜底：“人家能进来也很正常，人家父亲是C省的一把手总经理黄良玉啊。”

大家一听，竟然是这么大的来头，都在思索有没有对黄欣然说什么不对的话，同时大家都觉得以后得跟这个黄欣然多套套近乎。毕竟是C省一把手的女儿啊，谁知道什么时候能用上这个关系？

这时有人反应过来了：“C省的总经理的话，那岂不就是我们周经理父亲的上司？”周奕的父亲在C省是二把手副总经理。

有人意味深长地“哇”了一声，大家都相视一笑，不再说其他的了。

等黄欣然再回来，她手里拿了一大袋零食，开始给大家分零食：“请大家吃点零食，我什么都不懂，以后请哥哥姐姐们多指教。”

这回大家的态度比早上更热情了，连李婉都不敢再阴阳怪气的了，扬着一张笑脸叫她：“欣然妹妹啊，有空一起逛街啊。”李婉就是这么直接，这就开始粗暴地套近乎了。

到了下班的时候，全部门的人都不叫黄欣然“小黄”了，而是叫她“欣然”，显得十分亲切。

黄欣然叫苏南星“苏苏姐”，下班的时候她跟苏南星摆摆手：“苏苏姐再见！”

“再见。”苏南星今天也不打算加班，周奕不在，她也没有那么忙碌了。

晚上回家之后，苗萌萌也没加班早早到家了，俩人一起做沙拉吃。苗萌萌吃了几口生菜叶跟苏南星说：“等会儿吃完饭你给我录个短视频，记录我的减肥过程，我要传到网上去。”

不过等她们吃完了草之后，苗萌萌就忘了录短视频的事，因为她发现了一个新大陆，她兴奋地叫苏南星：“星星，你快打开手机云宝网！”

“怎么了？”

苗萌萌点开云宝说：“云宝推出了一个新功能，叫作‘大数据相亲’，只有信用点超过650的人才能看到，你快点开看看！”

苗萌萌说：“微博上今天都在热议这个话题，说‘云爸爸’不仅操心我们的钱包，还操心我们的婚姻大事了！给我们介绍对象了！”

她念了微博上的一段话：“你在网上买过的东西、标记过的电影和书籍、喜欢听的歌曲、点赞过的饭店、重复点过的外卖，甚至每天上班的滴滴路线、骑过的共享单车等网络痕迹，都在网络上成了你这个人的数据。大数据分析了你的喜好之后，开始给你推荐与你相匹配的人。

“听说这是因为云宝网把婚恋网站千禧之春收购了，所以云宝增加了这个新功能，一些婚恋网站早就开始用大数据来匹配对象了，但是他们都没有像云宝这么庞大的数据库，能这么精准地给用户匹配对象。”

苏南星也点开了“大数据相亲”，点开之后，里面有两个头像，也就是说云宝根据她的条件向她推荐了两个人，这两个头像下面没有什么特别的介绍。苏南星随便点开一个人，这个人的真实名字叫作张涛，且是S市人。

点开头像照片，她发现这个人的年纪也跟自己差不多，短发，戴着一副黑框眼镜，笑起来很憨厚的样子。

苗萌萌这时拿着手机大声念道：“微博上有人已经跟推荐的对象聊过天了，总结出来大数据推荐的对象要么是跟你的兴趣相匹配，要么是跟你的消费能力相匹配。”

苏南星想了想，所以大数据相亲其实是更直接地告诉你一个真相，就是你是什么层次，你未来的另一半也会跟你差不多。

有点残酷，但是很真实。

苏南星退出了云宝，不用和大数据给她推荐的人聊天她都知道，对方的层次不会太高，因为她那么穷。

她跟苗萌萌说：“所以啊，好好努力、好好减肥、好好挣钱吧，我们变得更好，另一半才会更好。”

晚上洗漱完，苏南星发现云宝不断地提示有未读信息，打开一看，竟然是大数据推荐的那个叫作张涛的男生给她发了好几条信息：“在吗？”“你好？”“你是大数据给我推荐的另一半吗？”

见苏南星没回，他又发了一句：“请问你是单身吗？”

“别误会，我就是看看大数据准不准？我平常喜欢运动，月薪四千，我看看你是不是跟我一样？”

苏南星看到张涛的自我介绍，想着大数据果然很准，因为她也月薪四千，喜欢运动。但是苏南星仍然没有回他，因为她根本没有找男朋友的想法。

第二天上班，走到距离公司不远处的公交车站的时候，苏南星遇到了刚下公交车的钱大姐，俩人一起往公司走。这时，她忽然听见隔壁科技园门口有人喊了一声：“张涛，你的帽子掉了！”

苏南星回头一看，正好看见一个头发很短、戴着黑框眼镜的大男孩，他捡起掉在地上的帽子戴上，对同伴露出一脸笑容。这不就是昨天云宝大数据给她推荐的那个男生吗？

所以，云宝网给月薪四千的她推荐了一个月薪四千、喜欢运动的保安。

想想也是，每个月她在云宝消费不到一千块，偶尔有点大额进项也很快就转到父母的卡上给他们还债了。

这就是大数据根据她的实际情况给配的，既残酷又真实。

苏南星安慰自己，幸亏她还不想找男朋友，而且她也会变得更好的，挣更多的钱、变得更漂亮，到时候会有更好的人在等着她。

所以再努力一点吧，一定会更好的！

她暗自给自己打气，迎来了一个新的早晨。

到了办公室之后，她发现部门的同事们也在讨论这个大数据相亲的事，尤其是部门里的几个年轻人，他们讨论得很热烈。李婉说："大数据给我推送了一个公务员，我问他做什么职位，他说在一个职权部门做科长。"

宋集说："没问问是什么职权部门啊？兴许还能认识认识呢？"

李婉翻了个白眼："一个科长而已，谁要认识？"

宋集微微一笑，说了句："三十岁不到的年纪做到职权部门的科长很优秀了。"

李婉不以为然："我们周经理也三十不到就做到省公司经理级别呢，比副科长不是厉害多了吗？"

宋集再没多说了，他很少会说得罪同事的话。

倒是旁边的张大姐暗自翻了个白眼，说："有几个能有周经理这么厉害的？"言下之意，你也得看看你自己啊。

钱大姐会做人，立刻打圆场："我们李婉也很优秀啊，云宝网能给你推送一个这么优秀的对象，说明你本身的条件也好啊。"

这话说得李婉的嘴角压不住地翘了起来："哎呀，我哪有那么好啊？"

苏南星手上的工作没断，留着耳朵听他们聊天，并没有参与，因为这个话题太扎心。

李婉又对一直没说话的黄欣然说："欣然，云宝给你推送了什么对象啊？"

黄欣然是从他们的聊天之中才知道云宝网推送对象这件事的，才打开手机看：“我才知道这件事，昨天晚上一直在陪爷爷聊天，早早就睡了。我看看我的哦……啊，看到了！”

她开心的声音都掩饰不住，连苏南星都抬头看向她，小女孩笑得很开心，虎牙都笑得露出来了。

李婉好奇想去看大数据给黄欣然推送了什么对象，但是被黄欣然一下关了屏幕。李婉说：“哎哟，说说呗，大数据给你推荐了什么人？”

黄欣然说：“没、没什么人……”

可是看她高兴的样子，分明是很好的对象了。大家很好奇，但人家不想说，也不能强求。

这一天下来，黄欣然都是很开心的。

下班的时候路过隔壁的科技公司，苏南星还看了眼科技公司的门口，发现那个叫作张涛的保安站在岗亭下站岗，对来往的人一边敬礼一边问好。

苏南星淡淡地收回目光，对自己说：姑娘，好好努力吧！

因为有这么一件事刺激，第二天一大早，苏南星起床就去跑步了。苗萌萌昨天加班到半夜，早上实在爬不起来，就只有苏南星一个人跑步了。

不用带着苗萌萌，苏南星自己跑得更快了。今天她想跑六公里，做好了热身之后，插上耳机，点开音乐APP的跑步歌单，动感的音乐节奏放出来，她就开始慢慢地迎着朝阳跑步。

除了睡觉之外，她就最喜欢跑步了。

喜欢睡觉是因为再难的事，好好睡一觉之后，她都会心情好。

而跑步的时候，她会觉得自己好像可以超越自己，可以越过任何困难的事情。尤其是累到大口喘气、全身都酸痛的时候，那个时候继续跑下去，脚步一步叠着一步，心里只想着前方的目标，觉得自己特别厉害。

等跑步结束真的超越了极限，会有一种放松和喜悦，让她觉得开心。

这是这些年以来少数几件让她觉得放松的事了，以前上学的时候，家里总有讨债的亲戚上门，后来工作了，就开始努力挣钱、省钱给家里还债，没有多少轻松的时候。

苏南星想到了昨天的保安，又想到了因为她条件不好而分手的徐良骏，一点也不怪徐良骏了，这是很正常的选择。

正因为如此，她什么都不敢要，因为她要不起。

奢华的衣服是如此，昂贵的法国大餐也是如此。

五月的风暖洋洋的，晨光照在脸上，她觉得很舒服。她出了很多汗，前方不远处就是便利亭了，她停下来扫码买了一瓶水，刚慢慢地喝了一小口，忽然有人轻拽了她的马尾辫一下。

苏南星吓了一跳，回头一看，发现是周奕站在她身后。

他也穿着运动装，身上也出了很多汗，应该也是在跑步。

苏南星摘下耳机："早啊经理。"

周奕说："听什么呢，这么专心，我喊你都没有听到。"说着，他还拿起了搭在苏南星肩膀上的耳机听，一下子就靠近了苏南星。他身上热烘烘的汗味、烟味、薄荷的气息，还有强烈的雄性气息，一下子侵略着苏南星。

苏南星若无其事地说了句："是那种带节奏的跑步歌。"

周奕也扫码买了一瓶水，慢慢吞咽了两口，问苏南星："你往哪边跑？"

苏南星指了个方向，说："今天想挑战六公里。"

周奕说："行啊，不错。有挑战挺好的。"

苏南星算了下那个方向应该是跟周奕家的方向相反，结果，她听见周奕说："那我带你吧，今天我跑十公里。"

没等苏南星拒绝，周奕就开始跑了起来，喊了一声："走啊。"

苏南星也只得跟上，其实一个人跑步有时候也挺无聊的，有人陪着一起跑，尤其是陪着跑的这个人也很厉害——不像苗萌萌那种跑出一百米都恨不得喘三喘，其实感觉挺好的，而且周奕的体力和耐力比苏南星更好，跟着他的节奏跑感觉似乎轻松了一点。

他们两个一起跑在公园里的小路上，路上行人稀少，偶尔听见周奕说苏南星："跟上来啊，别偷懒。"

苏南星跑过了五公里之后就惯性歇菜了，她这时候忽然能理解苗萌萌被她虐的时候了："我快不行了。"

周奕回身去拉她的手，拽着她跑："不是说要挑战自己吗？才多一公里而已，坚持住。"

苏南星看着拉着她的周奕，他的手那么有力，跑步时回头带着笑看她。晨光之中，他的笑容让人觉得此时的他跟工作中那个严肃的周经理仿佛两个人，这样一个放松的、私人的周奕，大概只有她见过吧。

周奕说她："你笑什么？还有力气笑，看来是还可以跑，别偷懒！"最后一句"别偷懒"的语气和平常周经理说那句"来加班"的语气很像，让苏南星更想笑。

后来，苏南星被周奕拉拽着跑完了六公里，她喘匀了气才说："我笑你啊，笑你跟上班的时候不一样。"

周奕说："怎么不一样？不都是逼着你往前走吗？"

苏南星想到，是啊，确实都是他带着她往前走的，不管在工作上还是跑步上。

苏南星从草地上起身："回程吧，一会儿还得上班呢。"

周奕也从草地上起身，说："那你回去吧，我也往家的方向跑了。"

俩人就此分开了。

回到公司，周奕穿上了西装变成了工作能力卓越的系集部老大周经理，而苏南星穿上肥大的工装变成了执行力强的行业总监苏总监。

在办公室再见的时候，苏南星主动向领导打招呼："早啊经理。"

周奕微微颔首，"嗯"了一声，说："我走之前让你把浦口项目的参数表格发下去，你发了吧？"

"发了。"

周奕又说："跟他们几个部门经理配合一下时间，看看一会儿开个研讨会议。"

苏南星应了一声："好的。"

如此的他们，一本正经。

回过身的时候，苏南星莫名想笑，嘴角微微翘起，今天也是努力的一天呢。

上午，他们就召集了市场部、研发部、产品部等几位经理一起开会，苏南星是跟着这个项目的，周奕也带着她一起出席。

走向会议室的时候，周奕还说："以后你熟悉了业务之后，会经常替我开这种会议的。"

苏南星"嗯"了一声，周奕忽然又问了一句："你都是晨跑吗？"

苏南星这回声音很轻地应了一声"是"，周奕说："晨跑挺好的。"

进会议室了，苏南星正式以行业总监的身份跟经理级的领导们一起开会。

她刚坐在周奕身边，会议室门口就又走进来一个高大身影。

穿着淡蓝色衬衫的丁琰走了进来，他面上带着微笑跟众人寒暄，还跟周奕说："两亿的项目谈下来的话，今年我们公司的销售额压力也会减缓不少。"

周奕说：“还得看看具体的利润如何。”

丁琰说：“我个人觉得这样一个项目，就算是利润让一点也是可以的，毕竟是便民工程。”

周奕道：“李总也是这个意思，集团公司那边对这个项目也很重视。”

丁琰点了点头，目光扫向了一旁的苏南星，说了一句：“小苏也上来了？”

苏南星说：“周经理带着我，让我多学习。”

丁琰说：“这是个学习的好机会。”又对周奕说，“小苏这样的人才到哪里都会发光的，以前在我们市场部的时候她就很优秀，没想到我栽培的苗让你给摘了果子吃。我是痛失爱将，你若是不好好栽培小苏，我可是会把她要回来的。”这话显然是明里暗里地夸苏南星，还有隐隐给她撑腰的意思。

周奕自然接了下来：“不用你说，她可是我的得力干将。”

苏南星适时地站起来表态：“多谢两位经理栽培，我一定好好努力。”

丁琰对苏南星微微一笑，开始准备开会了。

各部门就浦口项目给出了意见之后，周奕这边决定派人再去一趟浦口市，具体调查一下需要的材料数量。这个工作苏南星立刻一口接了下来，她就是想接下这个项目，这不仅会是履历里漂亮的一笔，到年底的时候奖金也会多给一点啊，是个好机会啊。

开了一个多小时的会，大家的电话都是响个不停，等会议结束的时候，周奕这边进来一个集团公司的电话，他赶紧散会，一边打电话一边往系集部走。

领导走了，苏南星还得收拾一下小会议室，等她收拾好了从会议室走出来的时候，就看见了站在走廊边抽烟的丁琰。

站在窗边的丁琰看起来似乎有几分憔悴，但眼神清亮，看起来精神还是很好的，他见苏南星出来，将手里的烟灭了扔到了旁边的垃圾桶里，对苏南星说了一句：“收拾好了？”

苏南星“嗯”了一声。

丁琰也不说话了，就站在窗边那么看着她。

苏南星觉得太尴尬，想到刚才丁琰跟周奕夸她的那些话，想跟他道谢，结果道谢的话还没说出来，丁琰就说话了。

他说：“你穿成这样，和以前在市场部的时候不一样了。”

苏南星说：“穿成这样不起眼，容易融入团体，方便工作。”

丁琰忽然笑了，说：“你总有一堆借口等着我。”

这么一句话，好像回到了曾经在市场部的时候。

苏南星不说话了。

丁琰看着她，又掏出一根烟，没有点，但是他对她说：“南星，我离婚了。”

不再是刚才在会议室里的“小苏”，而是“南星”。

丁琰离婚了。

第五章
成年男人的心动

之前就听说过丁琰要离婚的消息，没想到是真的。

苏南星的脸上没有露出太惊讶的表情，但也没有过多的评论，这毕竟是丁琰的私事。

作为一个前任下属，苏南星只是淡淡地安慰着丁琰："您也别太难过，都是过去的事了，人总得往前看，以后您会遇到更好的。"

丁琰清亮的眼神一直看着她的表情，听到她说出这句话之后，脸上已经露出了一点自嘲的神色。他在期待什么呢？

她已经那么躲着他了。

丁琰也转了个话题，说了一句："你在周奕手下历练得很好。"这才去系集部两年，她这种一语双关的话，说得倒是溜。

苏南星当作听不懂，还顺着话感谢丁琰刚才在会议室夸她："多谢您在周经理面前夸我。"

他们俩的话都是点到为止，但互相心里都明白。

丁琰也换上了上级对下级的神态："你是从市场部出去的，夸你是应该的，好好干。"

苏南星也客套地说："一定不给市场部丢人。"

丁琰淡淡地道："你忙你的吧，我再抽根烟。"

苏南星微微点头，抱着文件离开了。

丁琰的目光从苏南星消失在电梯里的背影上转到了窗外，想起当年在市场部时的那个爱笑的苏南星，两年了。

苏南星很快就把丁琰这段小插曲抛在了脑后，因为周奕出差回来之后，她又开始忙了起来。

下班前，苏南星正在加紧赶文件，却听见隔壁工位的李婉用一种听起来和善，但其实充满着嫉妒的语气对黄欣然说："哟，欣然，新买的香奈儿包包啊？"

苏南星抬眼看了过去，发现黄欣然背了一个香奈儿小菱格包包，她记得李婉好像一直想买一个香奈儿的，无奈太贵一直没有出手。

黄欣然好像没有听出来李婉语气里的嫉妒，还笑着回复："这是我爸妈给我买的，说是送我的大学毕业礼物。"

李婉一听是黄欣然那个当一把手的黄总给买的，羡慕地说了句："你爸妈真好啊。"

黄欣然的语气中不自觉地带着一丝炫耀："他们俩总把我当小孩子，我喜欢的东西他们都会默默地记下来。这个包包我看中很久了，觉得太贵没直接下手，没想到他们当作礼物送给我了，我本来还想自己攒几个月的工资再买的。"

李婉说："真羡慕你啊。"

黄欣然抿嘴一乐，对于这种羡慕，她是享受的，尤其李婉的眼神那么直接，让她很有优越感。

苏南星一边听着她们聊天，一边手下也一直没停，赶紧敲完了最后一个字，准备起身去向周奕汇报一下明天她要出差去浦口市的事。她刚从工位上站起来，黄欣然工位上的内线电话就响了。

黄欣然接了电话之后，就起身去了周奕办公室。苏南星落后几步，正合计着等黄欣然出来之后再进去，就听见里面周奕对黄欣然说："我奶奶说晚上想请你到家里吃饭。"

黄欣然高兴地道："我也很久没有去看望周奶奶了。"

周奕说："你等我一会儿，我把手头文件批完，一起走。"

苏南星觉得这时候进去好像不太合适，就想回头给周奕发条微信汇报一下，便回到工作位开始收拾明天出差要带的文件。

她看着自己手上这个用了好几年的布包，心里想着人和人之间真是不同命，人家毕业礼物是那么贵的香奈儿，又想到之前钱大姐她们说黄欣然的话："黄欣然这样条件好的女孩子，在相亲市场属于上层，是挑别人的，抢手着呢。"

苏南星稍微感慨一下，就拎着包轻松地下班了。

回到家里，她给自己和苗萌萌准备了两盆沙拉，一边吃草一边等苗萌萌回家。

苗萌萌一进门就开心地跟苏南星说："南星，你看没看今天的云宝大数据推荐对象？"

"怎么了？"

苗萌萌兴奋地说："大数据给我推荐的对象变了！可笑死我了，我跟那个男生说话了，问他最近买了什么，怎么会推荐给我。"

"结果那个男生说，他最近就买了一大堆小白猪午餐肉罐头！"苗萌萌哈哈大笑，"大数据可真逗，我以前也买了好几次小白猪午餐肉，竟然因为爱吃小白猪午餐肉给我们俩匹配了！"

苏南星关注的点却不在这里："所以你减肥还吃小白猪午餐肉吗？"

苗萌萌："呃……"

"那是之前的事了，我发誓，我减肥以后就没吃过，每天都跟你吃草啊！"洗好了手，抱着沙拉盆开始吃草的苗萌萌满脸痛苦。

苗萌萌让苏南星也赶紧看看她的大数据推荐是不是也变了。苏南星掏出手机一看，发现原来给她推荐的两个对象中，下面那个没了，只剩下保安张涛一个了。

云宝还给她发了一条提示信息："您的大数据推荐对象'快乐的张强'因为逾期不还信用卡而被降低了信用点。"

苏南星觉得，所以不好好还信用卡连对象都不给你介绍！

苗萌萌吃草的时候对着手机拍了一段视频："我要把我的减肥经历发到B站上去，我是最真实的减肥UP主。"

视频传上去之后，苗萌萌就抱着手机等着有人发弹幕，可惜等了半天也没人发一条。

苗萌萌沮丧地说："看来大家都不爱看减肥中的胖胖UP主，喜欢看瘦了之后的美人。"

等到八点多，终于有一条弹幕了，弹幕写着："阿婆主加油，我也在减肥呢！"

苗萌萌抱着手机向苏南星炫耀："星星你快看，有人支持我呢！"

苏南星默默地退出了B站，淡淡地跟苗萌萌"嗯"了一声，鼓励她："所以明天继续跟我吃草吧。"

苗萌萌开心地点头："我也是有人关注的UP主了！"

苗萌萌就是这么一个简单快乐的人，又傻又可爱。

晚上，苏南星正在给苗萌萌洗脑让她准时起床晨跑，忽然接到了周奕的电话，周奕问："你在哪儿呢？"

"在家里。"

周奕说："集团公司那边要一个数据，我现在赶不回去，你能回到公司去给集团报个数吗？"

简单翻译一下，就是回公司加个班。

"好，我现在回去。"

苏南星赶紧回公司去给集团发报表，好不容易弄完了，也快十点了。

苏南星出了公司往家走，路过隔壁科技公司的时候看了一眼门岗，这时科技公司的大门也关上了，她竟然看到那个张涛坐在门岗的灯下面看书。

张涛听见有人走过的动静，从书中抬起了头，看见了路过的苏南星，竟然对苏南星笑了。苏南星被弄得一愣，接着张涛走了过来，他直接跟苏南星说："你是云宝大数据推荐的苏南星吧，我是张涛。"

苏南星真没想到张涛竟然认识她！

"我是，你怎么知道是我的？"

张涛说："我看了你的头像照片啊，而且云宝上显示了真实姓名，白天的时候我没好意思叫你。"他又问苏南星，"其实我总能看到你加班到很晚从公司里出来。"

苏南星也客套地说："工作是有点忙。"

张涛说："你别害怕，我不是坏人，我就是觉得大数据推荐对象这事儿很有趣。"他笑得憨厚。苏南星也回以微笑："我也觉得有趣，有时路过会好奇地看看你。"

张涛主动说起了自己的事："大学毕业之后没找到工作，看到科技公司招保安就先干了起来，最近我打算重新考研，所以在看书呢。"

苏南星听了，觉得每一个为了生活和梦想努力的人都值得尊敬，笑着祝福他："祝你成功。"

张涛也叮嘱她注意安全，苏南星说了声"谢谢"，正要继续往家走，一辆黑色的 SUV 就停在了路边。车窗降下来，周奕那张英俊的脸庞露了出来，他对苏南星喊了一句："上车，我送你。"

苏南星跟张涛说了再见，上了周奕的车。

周奕升起了车窗，挡住了张涛探究的视线，状似随意地问了句：“认识他？”

苏南星怎么跟周奕解释张涛是她的大数据相亲对象呢？就简单地说：“他见我总加班到很晚，让我注意安全。”

苏南星说完之后觉得不妥，转而说道：“已经把表格报过去了，对方说了 OK。”

周奕“嗯”了一声，俩人陷入了沉默。

过了一会儿，周奕忽然叫了她一声：“南星？”

苏南星一愣，但还是应了一声：“嗯？”

周奕说：“工作量太大了吗？”

苏南星却没有直接回答，而是说：“我一直没有跟你说，对于你能把我这个临时工提到总监的位置上，我心存感谢。我会努力工作，配得上你对我的这份看重和提拔的。”

这是她的真心话，不是白天那些随便出口的套话。

周奕从后视镜里看到苏南星闪闪发光的眼睛，心里想到，也是她的这份努力，让他对她格外看重吧。

她认真起来的样子，好像闪闪发光。

第二天，苏南星要赶早上的高铁，就没有去晨跑，但走之前还是把苗萌萌从被窝里拉出来督促她去跑步。

苏南星刚坐上了高铁，就看到苗萌萌在 B 站上的账号“失恋的胖虎”更新了一条视频。视频里镜头对着苗萌萌那张大脸，她一边喘气一边说：“你们的 UP 主在晨跑，减肥我是认真的！”

苏南星笑，过了一会儿装作游客，发了一条弹幕：“UP 主很努力，加油！”想到苗萌萌跑完步看到弹幕后有的惊喜，忍不住发笑。

身边座位那人刚坐下就站了起来，苏南星也没注意，因为她刚收到周奕给她发的一条微信：“没来跑步？”

苏南星才想起来昨天忘了跟他汇报自己要出差这件事了：“昨天忘了跟你说，今天我来浦口这边出差，昨天会议上我提过。”

周奕：“好。”

他又加了一条：“注意安全。”

苏南星：“嗯。”

收了手机，苏南星想，周奕这是又去晨跑了？

身边的座位又有人坐下了，然后一个声音打断了她的思绪："在想什么呢？"

听到熟悉的声音，苏南星抬头一看，竟然是丁琰。

丁琰穿着一件白衬衫，手里拎着公文包。因为在外面，丁琰看起来比在公司随意了一些，衬衫的袖口挽上两折，露出他劲瘦的肌肉，姿态随意而潇洒。

"丁经理。"

丁琰说："刚才在站台的时候见到你，才找你旁边的人换的座位。"

他放下小桌板拿出电脑："昨天会议上你说要去浦口市出差，没想到今天你就去了，执行力还是和以前一样强。"

苏南星说："那您去哪儿啊？"

丁琰道："我也去趟浦口，例行巡视。"

苏南星客套地说："您还和以前一样忙。"

丁琰微微一笑，应了一声"是啊"，就不再跟苏南星多说了，开始打开电脑处理工作。

苏南星也打开电脑投入到工作之中。偶尔余光扫到丁琰，她发现他在认真地看报表，修长的手指敲击键盘打文件，很是投入的样子。

苏南星看着他认真的样子倒是一点也没变，跟以前一模一样。

下了高铁，她和丁琰一起坐上了浦口市公司来接的车，不过这次是市场部部长来接的，这就跟上次周奕来浦口的时候是系集部部长来接一样，都是顶头上司下地级市，地方部门都想好好表现。

苏南星也是一回生二回熟了，上次跟周奕一起来的时候，市公司这边的领导也都认全了，市场部部长一边开车还一边说："晚上我们一起吃个饭，苏总监可别拒绝啊。"

苏南星半是玩笑半是认真地说："可不敢跟你们吃饭了，你们太能喝了。"

市场部部长说："喝酒就是活跃一下气氛嘛，这回少喝点，晚上你可一定得来啊。"

苏南星知道这种饭局推不掉，何况还是跟着丁琰一起来的，市公司这边必然也得像招待周奕那样招待丁琰。

苏南星是来工作的，中午匆匆在市公司食堂吃了饭，下午就在市公司技术部几个人的陪同下核实了浦口天眼项目的数据，工作进展得很快。

到了晚上，她就被市公司的人拉着去参加了饭局。

市公司的领导层又都到齐了，市公司的市场部骨干也来了，一群人围了一大桌。

市公司徐经理举杯敬丁琰："来，欢迎丁经理莅临我们浦口市公司。"

丁琰也站起来跟他碰杯，熟练地一口掀杯，然后拉开了这场饭局热闹的序幕。

苏南星作为省公司的总监，还是第二次来了，自然少不得被人敬酒。她中午因为着急工作没吃太多，晚上还没吃几口饭，就开始被敬酒了。喝了三四杯之后，胃就有点不太舒服，她喝酒的速度也慢了。

等到第五个人来敬酒的时候，旁边的丁琰举起杯子，跟对方说了句："我也跟你喝一杯。"

那人是市场部的一个中层组长，得到了顶头大领导的发话，简直是喜不自胜，他赶紧说："敬您一杯，我干杯，您随意。"

丁琰虽然不常来地级市公司，但竟然记得这个人，说："我记得你，去年我来的时候，你们部长还夸你能干，去年年底提干的时候，你们部长报了你的名字，我亲自批复的他的申请。"

苏南星听着丁琰的话，心想这就是省公司市场部经理丁琰的魅力，在周奕二十七岁升职为系集部经理之前，丁琰是省公司最年轻的经理级领导，听说他在集团公司还有做人事部长的舅舅，能力和人脉都很是不一般。

那个中层组长听到丁琰的话之后，果然满脸激动："没想到您还记得我。"

丁琰笑如春风："优秀的人才我都记得。"

市公司众人见识到了丁琰的风采，白天工作一个能顶两个，下班了在饭桌上也能谈笑风生，真是人才。

后来又有人跟苏南星喝酒，都被丁琰若有似无地挡过去了，苏南星知道丁琰是在帮她挡酒，心里微微叹了一口气，这就是丁琰的细心了，嘴上从来不说，但是为人周到细致。

在座的人也都看出来丁琰在为苏南星挡酒了，大家也都没说什么，但不约而同地没有再跟苏南星多喝。到了散局的时候，喝了不知道多少瓶的丁琰竟然一个人干倒了市公司这些大小领导。

而他自己脸色如常，神色也清明，被代驾司机送回酒店的时候，他跟车上的苏南星说："要不要去海边走一走？我想吹吹风，散散酒气。"

想到刚才饭局上丁琰的帮助，苏南星想拒绝的话就没说出来，应了一声"好"，跟丁琰通过酒店的地下通道走向了海滩。

浦口市作为海滨城市，海边有很多高档酒店，酒店都会修一条通道直接到海边，有点私家海滩的味道。

夜深了，周围的海滩上也没什么人，月亮挂在海面上，海浪的声音一波接一波地荡到苏南星的耳朵里。

她的鞋子里进了沙子，就脱了鞋拎在手上，光着脚漫步在沙滩上。

丁琰的目光落在了她白皙的脚上，又淡淡地收回了目光。

俩人吹着海风走了一段，苏南星才说："刚才谢谢你，替我挡酒。"

丁琰说："没什么，也习惯了，见你没吃几口饭……"他又说，"工作再忙，也得好好吃饭。"

苏南星"嗯"了一声，俩人继续往前走。

又走了一会儿，丁琰说："往回走吧。"

俩人静静的，都没有说话。

苏南星想，这样就挺好了。

走到地下通道的时候，丁琰忽然说："当年，你从市场部调到系集部，是因为什么？"

苏南星没说话，不知道怎么说。

但是丁琰不给她机会沉默，他说："是因为你看出来了吗？"

他们都没有说破。

苏南星在市场部的时候发展挺好的，若是按照丁琰对她的重视程度，她不调到系集部的话，兴许能更早当上行业总监。

但是苏南星偏偏放弃了在市场部的发展势头，去系集部重新开始。

丁琰淡淡地说："就算你不调走，也不用想太多。"

成年人的心动，没有那么冲动。

他和前妻就是非常典型的公司内部二代的结合，继承了父母辈留给他们的人脉遗产，在公司里混得风生水起，但就像他们的结合充满了利益交换一样，婚后的他们各玩各的，前妻在C省很少回L省来，俩人最后连打电话都是谈公事居多。

丁琰觉得这样的婚姻没什么意义，但是也没有提过离婚，直到妻子在C省公司那边也当上了财务经理，大概觉得资源已经丰厚，就跟他提了离婚。丁琰也就顺势同意了，结束了这段利益交换的婚姻。

当年遇到苏南星的时候，她才二十三岁，明艳爱笑，努力认真，充满着干劲，加班到很晚的时候，也傻傻地一边走一边给自己打气“你可以的，要好好努力啊”，笑的时候满眼生光一样。

那种努力的样子，让丁琰对她有点心动。

但丁琰知道分寸，压得住心思。

不过，他总喜欢多看她几眼，看到她这样生机勃勃地努力着，好像他平静的生活也能沾到一点生机一样。

后来有一次市场部组织爬山，苏南星那天正好赶上了生理期，爬到了半山腰之后，就落在了队伍后面。

那天大概是因为不在公司的环境里，所以丁琰有点放纵了自己的心思，找了个借口回头去找落后的苏南星。

他找到她的时候，看见她抱着膝盖坐到石阶上，整个人小小的一团，抬头看他的时候，眼睛水汪汪的。

丁琰想，也许是那时候的眼神没藏好，又或许是当时的语气太温柔了，不像一个普通的领导对属下，所以被聪明的苏南星看出来了。过后没多久，她就调到了系集部。

丁琰就知道，她应该是知道了。

而且，她调到系集部之后，还刻意回避了跟他的接触，这让他心里很不痛快，偶尔有几次机会跟她见面，她喊他“丁经理”，他也淡淡地点个头就走了。

看见她从在市场部时那个明艳的女孩子，变成了在系集部里穿着一身灰扑扑工装的苏总监，她很好地融入了国企那种不起眼的氛围之中，不被人非议，工作出色，眼神还是那么充满着生机。

丁琰想，就这样吧。

两年了，工作那么忙、那么累，心动早就淡了。

一个成年男人的心动，能维持多久呢？

此时此刻，面对现在的苏南星，今晚她大概是因为要参加饭局，并没有穿那身肥大的工装，而是穿了简单的白T恤和牛仔裤，扎了高高的马尾辫，不施粉黛，和当年在市场部的她一样。

也许是因为他终于自由了，可以就那段心动做出一点主动了，也许是酒精上头或者是月色太美、海风太舒服，丁琰觉得自己一向理智的思绪今晚有点冲动了，所以才挑明问了那句话。

但既然问了出来，就不后悔。

丁琰淡淡地叹了一口气："你不用多想的……"

苏南星没有抬头，仍旧低声"嗯"了一声，算是一切尽在不言中的回复了。

"以后，你也不用躲我了，太刻意了些。"这句的语气有点带着笑，丁琰就算在这个时候，说话也从来不让人难堪。

苏南星忍不住笑了，既是尴尬又觉得自己有点傻，以为自己做得不明显，其实人家看得明明白白。

她这回清脆地应了一声："好。"

丁琰这才露出了微笑。

她笑的时候，还像以前一样，满目生光。

真好啊。

第二天，苏南星又在浦口这边忙了半天，下午的时候要回去了，丁琰没有跟她一道，因为他还要继续去区县营业公司转一圈。

临走之前，他跟给他开车的市场部部长状若随意地说了一句："正好顺路，把苏总监送到高铁站吧。"

市场部部长自然也会说话，说："是，要不然系集部的陈部长还合计亲自送苏总监呢。"

到了高铁站之后，丁琰没有下车，坐在车里跟苏南星摆了摆手，说了一句："回头公司见。"

苏南星冲他微微一笑："谢谢丁经理。"转身进了高铁站。

在高铁上，她想到昨天晚上和丁琰的对话，竟有种放下了一桩心事的感觉。这两年刻意回避丁琰，她也累啊。毕竟系集部也跟市场部有一些业务交集，以后随着她过手的项目越来越多，交集会越来越频繁。

能跟丁琰说开了也挺好的，而且他大概没生气吧？

又想到丁琰这个人若是真有情绪，也不会让她看出来，她还是有点猜不准他的真实情绪。

她将昨晚他说的话和脸上的神态回忆了一遍，毕竟也曾在他手下干了一年多，还是能感觉到的，他没有真正生她的气。

也是，丁琰的心胸没有那么狭窄。

苏南星很快就把这件事抛在了脑后，打开电脑将这两天实地考察的数据录入到表格里，预计等一会儿回公司跟周奕汇报。

结果要下车的时候，周奕的电话就打来了。

他问：“到站了吗？”

“快了，五分钟之后到。”

周奕说：“你从东广场出来，我的车停在那边。”

苏南星一愣，他来接她了？

周奕又补了一句，像是解释：“正好路过这边，顺路。”

苏南星跟自己说不要多想，他说顺路就顺路。

等到从出站口出来，她远远地就看到周奕高大挺拔的身影，即使在人群密集的车站，周奕也极为显眼，几乎一眼就能看到他。他穿着一件淡蓝色格子衬衫，大概因为不在公司了，他随意地在嘴边叼了一根烟，姿态十分潇洒。过往的小姑娘都忍不住去看他，他也毫不在意。

他回头的时候，刚好看到从扶梯上上来的苏南星，一只手夹起了烟，冲苏南星挑眉笑了笑。剑眉星目，英俊得仿佛整个人都闪闪发光。

那一刻，苏南星觉得全省公司单身女员工都想睡周奕，不是没有道理的。

她忽然觉得曾经睡过这个男人，一点儿也不吃亏。

周奕走了过来，随意地指了一下：“车停在那边。”

苏南星“嗯”了一声，跟着他上了车。

周奕问了句：“出差怎么样？”

苏南星便开始向他汇报工作。等她终于汇报完了之后，车子也开到了省公司附近，周奕说了句：“今天就特赦你，不用回公司了，让你提早下班回家。”

苏南星一听，笑着感谢领导：“谢谢经理开恩。”

周奕心情很好的样子，跟她开玩笑：“你若是说谢主隆恩，我兴许更高兴。”

苏南星抿嘴乐，眉眼弯弯的，让周奕在后视镜里多看了好几眼，他忍不住说了句：“你还是这么笑好看。”

周奕说完之后顿了一下，觉得反正都说出来了，就又说了一句：“穿得正常点的时候，也好看。”

俩人不约而同地想到了在浦口市的时候，苏南星那件红色丝绸衬衫和被他蹂躏得皱巴巴的一步裙，还有两个人在那张沙发上翻云覆雨的样子。

苏南星还能绷得住，一本正经地说道："我这是融入集体之中，为了更顺利地展开工作，有职业追求。"

周奕听她这么说，也不再多说了。他尺寸掌握得也好，语气随意又透着亲近："好吧，你高兴就好。"

要下车的时候，苏南星说了一句："难得提前下班，回父母家看看，周末不跑步了……"

周奕听了，想到昨天早上自己在便利亭那块儿等她半天的样子，说她："别想逃过六公里。"

苏南星回了句："六公里而已，不要小看我。"说着，拎着公文包就下车了。

周奕看着她的身影进了单元门才开车走。

苏南星有一个多月没有回父母家了，苏母一直在数落她："怎么不经常回家呢？"

苏南星解释之前脚扭了不方便行走的事，苏母又心疼地说："怎么不跟家里说啊？我好去照顾你啊。"跟着又给她夹了一堆菜放在她的碗里，"多吃点排骨，补补钙。"

苏父在旁边也给苏南星夹菜，还说："一会儿给星星热杯牛奶，牛奶最补钙了。"

苏母应了一声，又回厨房炒最后一道菜，苏南星很喜欢苏母做的家常豆腐，拌着饭一起吃，特别下饭。

苏父也喜欢吃这道菜，尤其是热乎乎的时候，吃进嘴里很烫，但进了食道却热乎乎的，很舒服。

只不过他吃得急了就爱咳嗽。

苏南星见他咳嗽赶紧给他倒杯水，说："怎么总咳嗽啊？是不是生病了？生病了可得去医院看，别拖着。"

苏父不在意地说："我这是上火，我一上火就嗓子疼，一会儿吃点牛黄解毒片，多喝点菊花茶就好了。"

苏南星再劝他，他就给她夹菜："你多吃点，我没事的。"苏南星只得埋头吃饭，顾不上说他了。

苏母炒完了菜也一起吃饭，一边吃一边聊起家常。讲到苏南星的舅舅和舅妈操心她表姐结婚的事，苏母就跟苏南星说："我跟你爸合计了，我们可不会像你舅舅家那么着急，好不容易养大的女儿当然得在自己身边才好呢，我跟你爸不会逼迫你的。"

苏南星说："我现在只想努力工作，升了行业总监之后，绩效奖金也比以前多，想多挣点钱。"

多挣钱干什么？当然是给家里还债啊。虽然没说出来，但是家里人怎么不知道？

苏父喝了一口酒，说："星星，这些年苦了你了。"

苏南星只低头吃饭，不想露出一丁点的泪目。

"我都习惯了，有压力才有动力。"

苏母说："我和你爸只希望你开心就好。"

苏南星"嗯"了一声，埋头吃饭。那个周末，她是在家里过的，跟父母在一起，难得地没有被突如其来的工作叫回去加班。

等到周末晚上回到和苗萌萌租的房子里，苗萌萌正在家里赶图，见到苏南星回来就立刻向她炫耀道："南星你快看，我在B站的视频又有几个粉丝了，还有条弹幕夸我真实不做作，哈哈哈。"

苗萌萌抱着自己做的一碗沙拉，说："还是你做得好看，我刚才发视频给他们看我的晚饭，有条弹幕说我吃的是野草。"她又说，"下回你做沙拉的时候，我给你拍个视频，让他们见识一下！"

苏南星说："形式不重要，重要的是坚持住就行了，明早跟我跑步啊。"

苗萌萌"哦"了一声，然后第二天早上也没爬起来。苏南星叫她，苗萌萌蒙着被子说："昨晚赶图到两点，今天就不去跑步了……"

苏南星一听，也是心疼苗萌萌，轻手轻脚给她关上门，自己去跑步了。

快跑到便利亭的时候，她忽然想，今天会不会遇到周奕呢？

然而在便利亭附近并没有见到那个熟悉的身影，苏南星没有买水，继续往前跑了。

她忽然想着，还是专心跑下去比较好。

将心思沉浸在不断向前踏步奔跑的腿上，感受到腰臀的发力感，苏南星对自己露出微笑，今天也是一个努力的早晨呢！

忽然，她的马尾辫被拽了一下，然后一个声音响在她头上，她熟悉的那股烟味和淡薄荷的气息也出现了。

“在后面叫你，你也没有听见。”

她听见周奕又说：“今天也要跑六公里，不要偷懒。”

苏南星听见自己带着笑的声音：“好。”

周一早晨仍旧是忙碌的，但是仍然挡不住部门的大姐们八卦的心。

苏南星上周四、周五出差了，钱大姐有一腔八卦想跟她说，趁着黄欣然离开办公室的工夫，钱大姐说：“欸，小苏，我给你讲啊，上周三那天晚上，有人看见小黄坐我们周经理的车走的。”

苏南星说：“之前她不就说了嘛，家里跟周经理他家是世交，两家长辈早就认识，而且黄欣然的父亲还是周经理父亲的上司，周经理照顾她也是正常的吧？”

钱大姐感慨地说了一句：“小黄这个条件算是很好了，李婉可比不过她。”又说，“李婉知道这件事之后，两天没怎么搭理小黄了。”

钱大姐也就聊了两句关于黄欣然的八卦，接着就开始说她最想告诉苏南星的事了：“欸，小苏，我听说个事儿，集团公司那边给我们省公司批了几个转正名额。转正这个事儿，你若是有心思，找找门路。”

苏南星能说什么，她既没有钱也没有人脉，哪儿来的门路？

她当然想转正，转正之后的行业总监直接就能多挣两千多块啊！

在华信，正式工和临时工虽然都做着一样的工作，但其实在工资、待遇、升职方面真是差别很大的。

像她和宋集都是行业总监，宋集不仅薪水比她高，将来升职前景也比她好，因为对于临时工的她而言，升到行业总监就是职业天花板了，而且这还是因为周奕看重她，给她提拔后的结果。

所以转正这件事，她都不敢多想。看黄欣然就知道了，能以正式工的身份进来的人都是什么样的身份和背景，人家亲爹是C省公司一把手。

苏南星可没有当省公司总经理的亲爹，所以转正这件事儿，听听就算了吧。

钱大姐是一片好心告诉她，但是她也不能多说，只是面上带着笑感谢钱大姐：“这事儿我研究一下。”

苏南星很快就将心思投入到工作中去了，之前一直跟进的南环区公安局的项目，因为前一阵脚受伤还有浦口出差耽误了一段时间，最近那边又有新进展了。苏南星下午要出一趟外勤，开始准备投标的材料了。

中午也没见到周奕，苏南星给周奕发了条微信说这件事，周奕回了个：“嗯。”

估计他还在哪个领导层的例会上没散会呢。

苏南星下午整理好资料就坐地铁去了南环区公安局，先跟省公司驻扎在这里施工的网络部同事打了下招呼，然后开始查看分包商的施工进度。

苏南星作为项目负责人，要经常来现场检查一下工程进度的。

她跟分包商的人见面了解一下现场进度之后，就主要跟公安局技术科的人聊新项目的事了。这个项目她跟进到现在，几乎也就可以确定了，她会拿到这个合同。

这是她第一次独立签下合同，虽然是个三百万的小项目，但她格外仔细，想给自己行业总监这个头衔开一个吉祥的好头。

从技术科出来之后，苏南星正打算下班回家，结果在门口遇到了一直在等她的分包商项目主管李工。李工客气地说：“苏总监今晚有空吗？择日不如撞日，我们王总想请您和周经理一起吃个饭。”

自从苏南星升职为行业总监之后，分包商们就一直想请她吃饭，但是苏南星都以加班出差等理由拒绝了。当然也有一个重要的原因是，她手里还没有项目，跟他们出去吃饭也没有意义。

现在她手里有项目了，这种应酬也多了。她拿下公安局探针这个项目之后，也得考虑找分包商……

她说：“哦？你们还找了我们周经理？他今晚有空吗？”

李工一听苏南星这口吻，就知道有戏，赶紧说：“我们王总跟周经理是老相识了，周经理今晚推了别人的饭局跟我们王总一起，苏总监若是有空的话，大家正好一起热闹热闹，您看如何？”

周奕都去了，她能不去吗？

苏南星手头的这个探针项目，若是找李工他们来做也还能方便一些，她本来也有这个意向。

正好她也不想拒绝，就顺嘴同意了。

吃饭的地方是在一家五星酒店，苏南星才落座，王总和周奕也进来了。

王总是个身材高大、皮肤黝黑的四十岁左右的男子，苏南星以前跟着周奕跑项目的时候见过他，所以这会儿大家也都不陌生。

苏南星见了周奕，习惯性地汇报了两句工作，把新项目的事大致提了几句。周奕对她说："这个项目你自己掂量，这些流程你以前跟着我的时候也都熟悉，现在你自己练练手。拿下合同之后，分包商这边也由你来做主。"

苏南星这话也是给今天做局的分包商听的，没想到周奕更直接地把这个项目全权交给她了。

周奕直接把这个权力给了苏南星，也就是在分包商面前极为给她脸面了。

王总和李工听完之后，果然眼前一亮，频频给苏南星倒酒让她吃菜。

他们这个饭局因为是以苏南星和周奕为主，所以酒没有喝太多，大家喝点葡萄酒助兴，下了饭桌之后还安排了别的娱乐项目。

苏南星从进这家五星酒店开始就知道今晚不会只吃饭，因为这里最有名就是温泉浴池，据说又干净又享受，景色也好，是很多人做局的一个有名的地方。

果然吃完饭之后，王总和李工就招呼他俩去泡温泉。

这里的温泉更像个温泉大浴场，露天的泳池修得像那种梯田一样，每一层都铺上绿色、蓝色、红色的石砖，四处遍植着绿色乔木，既保证了隐蔽，又有开阔的景色，非常受欢迎。

换衣服的时候，苏南星才意识到她没带泳装。服务员就给她拿了一排的泳装让她挑选，她正想挑选一套保守的，忽然有个服务员过来说："请问您是手牌号为42号的苏南星小姐吗？"

"我是，怎么了？"

服务员笑容可掬："男宾部那边周奕先生说给您选好了一套泳装，让我给您送来。"说着就把泳装递给了苏南星。

苏南星满头黑线，周奕到底在搞什么？不会给她选了一套比基尼之类的泳装吧？

结果抖开一看，没她想的那么夸张，是一件连体的泳装，前面捂得特别严实，几乎只露出了锁骨而已，但是后面露出了很大一片，直到臀部上面都是用几条带子系起来的，穿上的话就会露出整个后背。

苏南星本来不想穿的，但是想来想去，还是决定穿上了。

此时天色已经暗了下去，黄昏之中最美的时刻，晚霞映在一层一层的温泉泳池上，洒落了点点金光。

小路上的昏黄小灯也亮了起来，有三三两两的人坐在躺椅上喝着饮品或者香槟，有漂亮的长腿女孩和男人们调笑的声音，也有富豪纯粹来游泳的哗啦水声。

当苏南星披散着头发穿着黑色的泳装走出去时，所有看到她的人都忍不住多看了好几眼。

从她修长笔直的大长腿开始，还有那纤细不盈一握的腰肢，甚至是那傲人的上围，长发及腰的她简直就像个浑身上下充满了雌性荷尔蒙的妖精一样，光是看她的身材，有的男人就直眼了。

等她走过去，露出了一大片白得发光的美背，还有那丰满又挺翘的臀部，性感得有人悄悄地滑进了水里，因为需要冷静。

而有的男人已经准备上前来搭讪了。

忽然，一件浴袍搭在了她身上，将她的好身材遮住。周奕一把搂住了她肩膀，好像强悍地宣告了他的主权一样。

苏南星听见周奕的声音响在了她的头上："才一会儿不见，就这么招蜂引蝶。"

苏南星微微一笑："我可是遵照领导您的意思，穿的是您选的泳装。"

周奕有点郁闷地说："我后悔了。"

苏南星哈哈一笑，周奕拉着她的手进了一个铺着蓝色石砖的温泉浴池里。

这层浴池在所有泳池的最上面，因为地方小，是专门用来泡温泉不是用来游泳的，所以来的人不多，尤其还是在傍晚，这里就只有他们俩。

苏南星脱了浴袍进了水，浴池不是很深，水面才到胸口下面。她站在那里，上半身露出水面，那对高耸丰满的胸部贴在水面上，看得人眼发直。

她伸手将长发高高地盘了起来，露出一大片细腻、线条优美的背部。

周奕就在静静地看着她扎头发。苏南星再回头看他的时候，觉得他的眼底也好像映衬着红似火的晚霞一样，有什么在燃烧。

分包商王总和李工还没有来，苏南星随口问了一句，周奕说："他们大概在其他的泳池吧。"然后他按服务铃点了瓶香槟。

苏南星说："既然他们不在，我们就不要喝酒了吧？"

周奕靠在泳池边，露出他精赤、强壮的上半身，头发湿漉漉地被他拢过脑后，眼神亮得好像有火一样，他说："还是喝一点好。酒不醉人人自醉，景色醉人，你说是吗？"

苏南星说："既然非得要喝，那我陪你喝一点儿。"

等香槟来了之后，苏南星给周奕倒上，她坐在浴池边的水中阶梯里，将身子埋进水里，因为她已经感觉到周奕越来越炙热的眼神了。

俩人清脆地碰杯，周奕说："这算是你第一个独立项目，那我就祝你开头顺利，前程似锦，苏总监。"前面两句说得还挺认真的，后面两句就有点调笑了。

这里景色好，人泡在温泉之中，苏南星也放松下来，笑着应着："我前程似锦还得指望经理您的提拔，以后请多提拔。"

周奕喝了一口香槟，苏南星看见他的喉结动了。

脱了衣服的周奕也不能看太久，这个男人穿上衬衫性感，脱下衣服之后简直想让人生扑。

尤其是她还记得他们曾经多么热烈，他们的身体是那么契合。

甚至现在，只是坐得近了一点，还隔着温泉水，就好像能感觉到周奕身上那散发着致命吸引力的雄性荷尔蒙。

可是苏南星知道，不能再和他纠缠下去了。工作接触是很正常的，玩笑也可以有，但是再多的身体接触，他们的关系就会更乱。

理智在说，不能再"深入"了。

如果今晚她仍然喝多了，酒精让神经乱蹦的话，也许理智丧失了之后，她还是会控制不住半推半就，吃下他这份美味的法国大餐。

但他们现在都还清醒着，所以一切的事都得有个合理的理由。

苏南星想，趁着有理智，应该远离的。

结果，周奕听见苏南星说那句提拔，笑出了声，低沉磁性的声音在这夕阳里好像能荡进人的心里一样，让人听得心头有点微微发痒，他说："想让我提拔你，你是不是应该好好贿赂我呢？"

说到"贿赂"两个字的时候，他的身子已经滑进了水中，苏南星甚至能感觉到他靠近过来荡起的波动和水纹。

第六章 转正

后来那天晚上，周奕所说的贿赂他之类的话，也不过是在调笑苏南星而已。

甚至他们在温暖泉水下的身体，也都隔着一个安全的距离。

所谓的贿赂不过是俩人坐在温泉浴池里多喝了两杯香槟酒而已，而两杯香槟酒并不会让他们之间再一次失控。

他们都还清明着，所以谁都无法借着酒劲去理直气壮地接近对方。

一瓶香槟酒还没喝完，王总那边就打电话找周奕一起打网球，周奕起身将浴巾围上了腰间，对苏南星说："我们去打网球了，王总那边给你安排了按摩。"说着，就只留给了苏南星一个后背肌肉也练得线条分明的背影。

苏南星收回了视线，将杯子里的香槟酒喝光，也披上浴袍起身去按摩。

这样的关系就最好了。

他们都还披着周经理和苏总监的身份，这样安全。

按摩的时候，那个女技师一直在夸赞苏南星的好身材、好皮肤，后来苏南星太累了，被按着睡着了。等她醒来之后，觉得全身轻松，她穿上浴袍走出来，天色已经完全黑透了。

看了眼手机，已经十点多了。

分包商王总十分贴心地给她和周奕分别开了酒店的房间，带着手牌直接去住就可以了。

走在开放的连廊里，路过中庭那错落有致的温泉泳池的时候，她发现泳池里已经没有人了，中庭的灯光暗了下来。浴池边摆着的几张躺椅上，倒还有一个人躺着喝香槟酒。

苏南星只扫了一眼，就从轮廓认出来，那个线条流畅的高大身影就是周奕。

她还在犹豫要不要过去的时候，周奕已经看见了她，苏南星就走了过去。

月色之下，灯光昏黄，远处是城市通明的灯光，好像都缩进了周奕那杯金黄色的香槟酒里。

他们没有说话，周奕主动给她倒了一杯，苏南星轻轻抿了一小口。

她不敢喝多。

是的，不敢喝醉。

她怕自己会做出什么让她和周奕变得更复杂的事情。

周奕也看出来了。

所以今天从一开始，他都恪守在俩人本来应该遵守的尺度线之外。

但也许夜色太静谧，此刻这里只有他们两个人，周经理和苏总监这两个躯壳又悄悄地远离他们一点了。

周奕的表情懒散而自然，见到拘谨的苏南星，还对她调笑地说了一句："害怕什么？"

没等苏南星回答，他又说了一句："不会的。"

再多的话，他也没有多说。

但是他们都懂。

他不会主动去和苏南星做出一些"深入"的事情了。

他们坐在那里，连一杯香槟酒都没有喝完，就有几个长腿细腰大胸的女孩穿着浴袍走了进来，在他俩面前脱下浴袍露出了好身材，滑进了泳池里。

几个女孩子嬉笑的声音一下充斥着浴池。

一个短发、穿着黄色比基尼的女孩子扫了眼坐在旁边的周奕，周奕的浴袍松松垮垮的，完全可以看出浴袍之下那精壮的身材。短发女孩从泳池里走出来，踩着湿漉漉的步伐向周奕走了过来，说了声："帅哥，请我喝杯酒？"

所以，全省公司女员工都想睡的周经理，即使没有权势和钱财的外壳包裹，想睡他的女人都可以排到五环去。

苏南星起身想把空间留给他们，这时，周奕忽然喊了她一声"南星"。

苏南星转身看他。

只见周奕跟她说："转正那件事，我一直记着的。"

苏南星一愣，没想到他会在这个时候说起这件事。

周奕给那个女孩倒了一杯酒，然后露出了一个抱歉的表情，伸手拉住了苏南星的手腕，说了声："我有伴了。"那女孩仰头喝光了酒，潇洒地转身走了。

周奕将苏南星拉下身子，顺势让她坐在了他身边。

他的雄性气息一下子贴近了苏南星，热烘烘的身子就在她身边。

他说："今晚除了帮你撑一下场面之外，还有就是想跟你说这件事。"

苏南星一听，立刻明白他今天之所以出现在这顿饭局上，完全是为了罩着她。想到刚才在饭桌上他对她明里暗里的支持，她心中涌起一股暖流。

"转正这事儿我都记着呢。"大概是他们现在坐得那么近，他忍不住伸手拍了拍苏南星的头，"若是让你这样的人才流失的话，我可是很苦恼啊。"

说完之后，周奕起身拿起房间牌，冲苏南星摆了摆手："晚安，苏总监。"

周经理和苏总监各自安睡了。

第二天一早，苏南星起得很早，特意回家去换了一身衣服，也没时间跑步了，匆匆赶去上班。

在办公室遇到周奕，他也换了一件格子衬衫，一点都看不出昨天晚上那个在泳池边慵懒喝香槟的样子了。穿上西装和衬衫之后，他又变成了那个工作严肃、条理清晰的周经理。

上班之后，苏南星开始为公安局项目准备投标材料和资质证明，经常要跑外勤。

周五的上午，苏南星一大早就带着昨晚加班到十点多终于赶出来的标书材料去投标。正在赶去地铁站的时候，一辆白色的CRV停在了路边，车窗降下来之后，苏南星竟然看见了穿着淡蓝色衬衫的丁琰。

丁琰问道："要去哪儿啊？我送你。"

苏南星说："去坐地铁。"

丁琰道："上来吧，我送你过去。"

苏南星就坐上了丁琰的车。

自从上次在浦口市分开之后，两人已经半个多月没有这么近距离说过话了，中间也有见到丁琰的时候，不过大多都是走廊里遇到，点头打个招呼，和他俩把话说开之前，好像也没有什么不一样。

其实这样也挺好的，这种距离让苏南星觉得安全。况且，她也觉得大家都是成年人了，喜欢或者爱，甚至最淡的好感这种感情，并没有看得那么重。

丁琰见她手里拿着的公文包里夹了那么多文件，随口问了一句：“怎么带这么多文件啊？要去哪儿？”

苏南星说要去南环区公安局那边，丁琰作为市场部老大，对于系集部这边签的合同也了如指掌，说：“听说你在公安局那边独立签下个项目？”

苏南星谦虚道：“还没中标，都还不作数，我就是在为这事儿努力呢。”

丁琰听她这么说倒是微微一笑，这一笑整个人显得放松多了，说了句：“现在说话倒是严谨多了，有长进。”

苏南星也想起了刚进入公司在市场部的日子，那时候她作为职场新人比较莽撞，像只小鹌鹑一样被人使唤来使唤去的。

“毕竟也工作好几年了，得有点长进了。”

丁琰说：“你一直要比别的女孩子心细，进步也快。”又特别会看人眼色，知道说话的分寸，这些特质他早就发现了。

虽然丁琰这可能是客气话，但苏南星听着还是挺开心的，毕竟得到了前任领导的夸奖啊。

大概是俩人聊得很投入的原因，不小心就把地铁站给错过去了，等苏南星反应过来的时候，已经开出去很远了。

丁琰便说：“正好我要去市公司一趟，给你顺到南环区公安局吧。”苏南星轻声说了谢。

脱离了工作的话题，俩人的话忽然变少了，一下子安静了下来，车里的广播声显得大了起来。

一阵轻缓的音乐之后，一档情感类广播节目开始了。开头就是一个女孩咨询她喜欢上了一个有妇之夫的事，她很喜欢对方，但也知道这是不对的，可就是忍不住，请主持人骂醒她。

丁琰听了之后，有点苦恼的样子跟苏南星说了一句：“你说现在的小姑娘，都想什么呢？”

苏南星一下子会意，丁琰这有感而发的不是广播里的女孩，而是公司里那些对他前仆后继的女孩。

苏南星又想到以前在市场部的时候，那时候丁琰还没有离婚，也有很多小姑娘在他跟前动不动就脸红，明里暗里喜欢他。

她微微一笑，忍不住说了句："丁经理魅力大，没办法，挡不住啊。"

丁琰被她调侃了也不生气，说："我一个二婚男，她们怎么会看上我呢？"

苏南星却说："不要妄自菲薄啊，您这样长得帅、性格好、又有能力的男性，公司里那些单身小姑娘喜欢你，也很正常。"

听到她这么说，丁琰的脸上带着笑意，是很开心的那种笑，清亮的眼睛里都染上了笑。他状似无意地说："那你也是单身小姑娘啊。"

那你会喜欢这样的我吗？

看似无心，其实话里藏着丁琰的心思。

苏南星一下子被他问愣了，但也立刻准备好了话应对："我虽然是单身姑娘，但我还得拼事业啊，还想努力升职呢，先不考虑个人问题。"

这种试探的话，点了一句，就不再多说了。丁琰转而顺着苏南星的话说了一句："既然想升职，那转正这件事，你考虑过没？"

苏南星淡淡地说："我也听说了，不过这事儿您也知道有多难……"

丁琰难得地打断了她的话，说了句："我只问你，你想不想？"

苏南星自然说："谁不想转正啊？转正之后工资立刻涨两千多呢。"

丁琰听了，"嗯"了一声，说了句："这事儿我帮你问问看。"

苏南星知道，丁琰能说出这种程度的话，其实就是很上心了。她立刻说了声谢谢。

丁琰说："别谢，等事成之后再说谢也不迟。"

南环区公安局到了，苏南星下车目送丁琰的车开走。

她拎着公文包往公安局里走，一边跟人打招呼，一边想到了从前的事，那时候她为什么会着急离开市场部呢？明明她在市场部发展得很好。

因为那时候有男朋友的她也害怕啊。

丁琰的魅力那么大，她也曾经有一瞬间为他清亮带笑的眼心动过啊。

不过，都过去了。

苏南星又忙了几天，公安局新项目终于开标了，华信果然中标了。虽然这是她之前就预估到的结果，可真正中标的时候，她还是非常高兴的。

跟甲方的人也是熟门熟路，双方就合同问题又来回改了两遍，下午的时候就把合同传给了苏南星，她拿着合同来找周奕签字。

周奕接过文件扫了一眼，抬头见苏南星满脸喜滋滋的笑容："恭喜你，苏总监，独立中标的第一个项目。"

苏南星顺溜的套话立刻就甩出来送给领导："都是经理栽培得好啊。"

周奕翻了一遍合同，最后在合同下面签了字，说："接下来要找李总签字了？"

苏南星拿起合同点了点头，刚想说她去找李总签字，周奕就起身跟她说："我跟你一起去。"

苏南星还以为周奕跟李总有公事汇报，结果周奕领着苏南星进去之后，先把合同文件放在李总桌面上。李总戴上老花镜看了一眼才露出了笑容："这个合同签下来了？"然后对着苏南星说了声，"不错，不枉你们周经理给你这么大的机会。"

苏南星立刻跟上话："不敢辜负领导们的栽培，一直在努力。"

李总赞许地点了点头，旁边的周奕说话了："上次去集团汇报工作的时候，我特意找人事部那边多要了一个转正的名额……您也知道我们系集部的情况，小苏才提上总监，若是不转正的话，她也压不住下面那些资历老的员工。而且像她这样既有能力又努力的人才，若是流失的话，实在是我们华信的损失……"

周奕当年刚来省公司的时候，就是李总带出来的，所以李总后来升了总经理之后也没忘提携周奕。

李总听了周奕这种理直气壮要名额的话也没生气，反倒说："我说今年集团公司怎么给了我们两个名额呢？原来另一个名额你早就替小苏运作了。"这话是把这个功劳都给了周奕，让苏南星感谢周奕。这才看得出来李总对周奕的一番回护。

苏南星根本不用李总点她，就已经十分感谢周奕了。她才想起来之前周奕急匆匆地去集团公司开会，没想到他还为她运作了这么一件大事。这已经是一个月前的事了，那时候他就开始替她做准备了。

转正这件事虽然她嘴上说不敢想，但是心里也曾经奢望着万一有机会呢？

苏南星立刻感激地向两位领导表态："太感谢李总和周经理给的机会了，我一定更加努力工作。"

李总笑呵呵道："好好配合你们周经理工作就行了，总听你们经理夸你工作认真，转正之后继续保持。”苏南星忙不迭地点头，才跟着周奕出了李总办公室。

这么一件对她而言几乎转变了人生的大事，就这样定下来了。走出来的时候，她简直不敢置信。

看着旁边身姿挺拔的周奕，苏南星说：“谢谢经理。”这时候对周奕，顺溜的套话倒说不出来了，只剩下心里最真实的感谢了。

周奕转头看她，虽然总经理这层楼来往的人不多，但毕竟是在外面，他面上仍旧是一副严肃的表情：“以后加倍努力工作就行了。”苏南星点点头，说了声：“一定。”俩人就一起下楼了。

外人就算看见了，也看不出这对上下级有什么不对。

苏南星回到工位上平复了一下激动的心情，下午才把签好的合同整理好，准备亲自给南环区公安局那边送过去。她刚跟周奕报备了一声，周奕就起身跟她说：“我也去看看。”俩人就一起走出了办公室。

上了车，车子离开了省公司的范围之后，苏南星才说：“虽然刚才已经说谢谢了，但现在我还得对你再说一声谢谢，我没想到你之前就替我开始运作了……”

周奕这会儿就不像刚才在李总面前装着严肃的样子了，等红灯的时候，他转过身子看向苏南星，嘴角翘起，带着一丝戏谑说道：“既然这么感谢我，那是不是得贿赂我呢？”

说完之后，他又觉得这话似乎有点过了线，补了一句：“我想想，要个什么贿赂好呢？这样吧，你若是真的感谢我，就每天早上晨跑的时候，给我买瓶水喝吧。”

苏南星一听，愣了。

买瓶水才值几个钱？

但是这是每天晨跑的时候买的水，也就是说，需要她每天和他一起晨跑。

这样的小事，又有周奕的一番心思在里面。

苏南星的心里真是又暖又五味杂陈。

最终，她点了点头：“好啊。”

周奕还说：“终于是要转正了，你转正之后能不能重视一下我们系统集成部作为省公司三大部门之一的门面？”

苏南星不解，周奕就说：“把你那身不忍直视的衣服换了！他忍不住吐槽，“太丑了，你能穿着这身衣服谈下这个项目，真是奇迹。”

苏南星：刚才的感动什么的，可不可以收回来……

丁琰既然跟苏南星说过要帮她转正这件事，自然是十分上心的。那天下午，他也去找了李总。

跟周奕相比，丁琰不算是李总嫡系，但因为工作能力突出，并且背景深厚，李总对他也很是不错。

丁琰先跟李总谈了一会儿公事，然后才开始进入正题，先提了他们市场部李莹莹转正的事，才提另一个名额：“我听说这次转正名额有两个，一个给了李莹莹，她当行业总监很久了，还是临时工实在有点不像样子。那另一个名额呢，您现在有没有属意的人？”

李总说：“这事儿你还真是来晚了，集团公司给两个转正名额这件事，另一个多出来的名额是有人特意从集团那边找关系要来的，不可能让人家把名额让出来给你啊？”

丁琰一听，原来第二个名额是有人特意运作出来的，那确实是要不到了，可这事到这个程度，他又不甘心。

他跟苏南星虽然没有把话说得那么肯定，但是既然已经说要问问看，在他心里就是一定要把这件事办成的。

从李总办公室出来，他就给他那位在集团人事部当部长的舅舅打了个电话，跟自己亲舅舅没有那么多客套话，想问什么都是很直接的。

丁琰先打了两声招呼，说：“我还想要个转正名额出来，现在要还来得及吗？”

丁舅舅说：“倒也不是不行，就是费点劲，名额总数是固定的，只是得从别的省调回来一个。”

丁琰说：“我需要这个名额，您看是哪个省能空出来一个，我去找找关系。”

“等等，我看看。唔，C省那边应该可以空出来一个……”

丁琰说：“我找关系问问。”

他舅舅笑骂他：“算了，还是我给你问吧，毕竟这是人事的事儿。”

丁琰也懂，他舅舅替他问的话，这事儿就肯定是成了，只不过欠了C省人事经理一个人情，丁琰说：“C省人事部王经理好像喜欢喝茶？我正好有点好茶，给他寄过去点。”

他舅舅为丁琰办事的老到满意，就丁琰这不动声色的劲儿，就不会止于一个省公司的经理。

舅舅“嗯”了一声，当天下班之前就把这件事办成了。

今年L省公司转正有三个名额了。

苏南星转正这事几乎第一时间就被部门大姐们知道了，据说钱大姐的侄女就在人事部上班，钱大姐几乎是人事部的编外人员。

等苏南星从南环区公安局送完合同回来，部门里的人对苏南星的态度就不一样了。

知道她要转正，众人就开始起哄：“苏总监，这是大好事，请客吃饭啊！”

苏南星自然是一口应下来：“晚上大家聚个餐！想吃什么？”部门里最有发言资格的钱大姐细心地点了公司附近的一家烤肉店，价格不太贵还实惠，替苏南星省钱。

下班之后，系集部的一群人就聚在一起吃烤肉喝酒，这种部门聚餐不喝酒就没有气氛，大家吃了几口烤肉之后，啤酒就开始轮圈了。

开头还是老规矩，先从职位最大的开始，大家先敬了周奕，又敬了资历深的宋集，才开始敬苏南星。这种庆祝敬酒是不能拒绝的，但苏南星不想喝醉，所以一直有所保留。

喝了几圈之后，苏南星还没喝醉，但才喝了不到一瓶啤酒的黄欣然醉倒了。她伏倒在桌子上，脸蛋红扑扑的，低头埋在胳膊之间，看来是真的醉了。

众人笑起来，张大姐说了句：“这才刚开始就有一个倒了的。”

后来，这顿饭吃了三四个小时，肉已进肚，酒过微醺，所有人都喝得满意了，这顿饭才结束。

苏南星今天特意没喝那么多，保持住了清明，最后散局的时候，她状态看起来还是没有大问题的。

倒是黄欣然还晕乎乎的，有点醉了的样子，在座的人只有周奕知道她家在哪里，所以把黄欣然送回家这个任务就责无旁贷地落在了周奕身上。

周奕为了跟黄欣然避嫌，特意叫苏南星照顾她。

从烤肉店到车上这一段路程，黄欣然的酒气散了不少。等到车上的时候，她迷迷糊糊地看见周奕，喊了一声：“奕哥！”

周奕对她说：“你好好坐着，别乱动，系好安全带！”

黄欣然“哦哦”了两声，然后又不说话了。苏南星见她垂着头，仿佛是睡着了。

很快先到了苏南星家，苏南星下了车跟周奕道了个别，就转身上了楼。

苗萌萌正在家里认真地拍B站小视频，听说昨天弹幕已经升到了十条，所以她很高兴。

苏南星进了家门就抱住了还有点肉乎乎的苗萌萌，夸她手感好。

苗萌萌十分得意地说自己减掉十六斤了，现在是一百二十四斤！

苗萌萌说：“等我瘦到一百斤，我们去拍最漂亮的姐妹照，怎么样？”

苏南星自然同意，这让苗萌萌更有干劲了。

第二天早上，苏南星并没有去晨跑，也没有去给周奕买水。

准确来说，不是苏南星一个人失约，而是他们两个人不约而同地失约了。

苏南星是宿醉后头有点疼，定了闹钟醒过来了，看了一眼手机，发现周奕给她发了微信：“明天的晨跑改为夜跑吧？”

她看了下发微信的时间，是深夜一点多发的。

她记得她从他的车里下来回家的时候好像不到十一点。

所以，他送黄欣然送到了一点多？

算了，领导的事，作为下属就不要揣摩了。

早上七点，她给周奕回了一个“好”字，然后继续睡了。

等再醒过来的时候已经八点多了，对苏南星而言，难得睡一个懒觉。

但对苗萌萌而言，周末的八点多算是早起了。等苗萌萌起床的时候，苏南星已经给她准备好了简单的早餐。

人生的幸福之一就是睡到自然醒，并且起床还有准备好的香喷喷的早饭。

所以，苗萌萌一大早就很兴奋，开心地跟苏南星商量：“我还有二十四斤就减到一百斤了！我们就可以去拍美美的闺蜜照了！这是多么有纪念意义的时刻啊，所以我觉得我应该为我们俩专门设计一套衣服，你觉得怎么样？”

苏南星对于苗萌萌的天马行空一向是无条件支持：“很好啊，听起来就不错。”

苗萌萌更有精神了，说：“我昨晚琢磨了半天，觉得做一套婚纱应该是最有纪念意义的，将来你结婚的话，就穿上我亲手为你缝制的婚纱，不仅能秒杀全场，还代表我对你的祝福。”

小胖妞苗萌萌看似大大咧咧，其实内心细腻着呢。虽然不知道自己结婚是猴年马月的事，但是苗萌萌这个想法很好啊。

苏南星点头称赞她：“好啊，我结婚就穿你亲手给我做的婚纱，世界上独一无二的。”

苗萌萌目光闪闪的，感性地说了一句：“我觉得你结婚那天，我可能会哭晕在现场。”

苏南星摸摸她的头，说她：“傻样儿。”

吃完了饭，苗萌萌就兴冲冲地研究婚纱布料去了。苏南星开始收拾卫生、洗衣服，刚把脏衣服扔进洗衣机里，就接到了丁琰的电话。

接通电话之后，丁琰先问了一句：“在哪儿呢？”

“在家里。”

丁琰说：“有件事情想跟你说，一会儿在外面吃顿午饭吧？方便吗？”

“方便。”

接着，丁琰问了一句：“你还住在公司附近那个房子吗？”

这倒是把苏南星问得一愣，想起当年在市场部的时候，她也经常加班到很晚，只要丁琰也在公司里，就会开车送她回家。没想到两年多过去了，丁琰还记得。

“对，还在那里。”

丁琰说：“我大概二十分钟之后到。”

“好的。”

苏南星挂了电话后随意穿了一件白 T 恤和牛仔裤，把头发扎成一个马尾辫，又擦了点防晒霜，就这么素面朝天地下楼去等丁琰了。

丁琰今天穿得很休闲，竟然也穿了牛仔裤和休闲的纯棉格子衬衫。这身装束让他这个管理着省公司最大部门的经理看起来像个二十多岁的年轻人一样，充满着斯文和俊秀气息。

丁琰看起来是那种周末的休闲状态，苏南星上车的时候，他很随意地问她：“饿不饿？”

苏南星才跟苗萌萌一起吃了饭：“不饿。”

丁琰说：“那好，我带你去个地方。”

苏南星也没问丁琰要带她去哪儿，她心里其实一直在犹豫怎么跟丁琰道歉和道谢。

因为，她隐约能猜到丁琰今天要跟她说什么事，上次他在车里就她转正这件事说帮她问问看，但是丁琰是什么人啊？丁琰是那种没有一定把握不会开口承诺的人，他虽然说得轻描淡写，但今天来找她，应该是要给她一个说法的。

上次丁琰问她的时候，她还不知道周奕帮她私底下运作了，所以一口就求人家帮忙了，现在李总已经承诺了让她转正，丁琰这边……

苏南星在想一会儿怎么跟他说，毕竟这事儿是她没处理好。

车开了一路，苏南星也没找到机会提这件事，而丁琰也不着急开口，反倒跟她聊一些家常。

车开了一个多小时才到目的地，那是一片郊区的人工湖，区政府有意发展经济，将湖里种满了荷花，荷叶田田挺立，映衬在蓝天白云之下，景色非常美。

苏南星站在湖中间的亭子里看着周围的荷叶，六月的天气还不是特别热，微风习习，荷叶晃动，连空气都是清新的。

丁琰看她闭上眼深呼吸的样子，声音也带着笑意："这里最有名的是湖中的花鲢鱼，炖鱼头是当地一绝。"

苏南星接话道："西村的鱼头泡饼啊，很有名。"

丁琰说："没错，今天就是来吃这道鱼头泡饼的。"

后来，苏南星没想到为了吃这道鱼头泡饼，她和丁琰两个人竟然划船去捞鱼了。

苏南星很想说，丁经理真的是很让人觉得如沐春风的人，自始至终她都开开心心地跟着他的节奏，连后来划船进了湖中心也是。

等她反应过来的时候，他们俩已经划着船在荷叶挺立的湖中心了。两边的荷叶让出了一个过船的水道，荷叶触手可及，水面下不断上来吸氧的鲤鱼在水面上形成了一个个水圈。

丁琰看着周围的美景和兴致勃勃拿着网准备捞鱼的苏南星，说："虽然是吃饭，但也别有一番趣味。"

苏南星觉得，明知道这是安排，但还是挺开心的……而且现在这里没有外人，大概是说话的最好时机了。

可能丁琰也这么觉得，所以苏南星刚想说话的时候，丁琰已经开口了，他低声喊了一声："南星？"

苏南星转头看他，丁琰接着说："上次我跟你提转正那件事，我办妥了。"

苏南星一下子愣住了。

丁琰见苏南星愣住的表情，还以为她是高兴的，说："这次集团公司一共批了两个名额，一个给了李总的侄女，一个是别人特意向集团要的名额，我又托人要了一个名额，所以现在集团批给我们省公司三个名额了。这第三个名额就是你的，你可以转正了。"

苏南星一听，丁琰竟然又特意给她要了一个名额！

这是多么大的人情啊！

她稳住了情绪，刚才在来的路上已经在脑子里想了好几次要说的话，此时她先向丁琰表示了感谢："谢谢您的帮忙。"又说，"这件事是我的不对了，之前您问我的时候，我还不知道周经理那边已经帮我准备了。这次集团批给省公司的第二个名额，就是周经理帮我要来的……"

丁琰一听，真是没想到竟然是周奕特意要了那个名额给苏南星！

不过惊讶的神色也只在他脸上露出了一瞬间，转瞬，他脸上就带了笑："哦？看来周经理跟我一样，也都知道替集团留住人才啊。既然如此，你能转正就好了，不管是用我的还是周奕的名额。"

苏南星听丁琰这话，心里真是暖得不得了。丁琰就是有这样的魅力，让手下人对他死心塌地地拥护。

苏南星非常真情实意地对丁琰说："丁经理，谢谢您，真的非常感谢。"

丁琰微微一笑："既然感谢我，那我们现在是在公司外，就不要喊我的职称了，直接喊我的名字吧。"

苏南星哪敢直接喊丁琰的名字，立刻机灵地喊了一声："丁哥。"

丁琰听她叫他哥，微微一笑："既然叫我一声哥，那我今天得露出点手艺了，给你钓一条大鱼吃。"说完，他就将鱼线甩出一条漂亮的弧线，没过多久，就钓上来一条十来斤的大鱼。

苏南星在旁边拿渔网捞着鱼，也就捞上来两三条巴掌大的小鱼，后来也都放回去了。

因为把心里话说了出来，苏南星也觉得舒坦多了，回程的时候状态好多了，比来的时候更爱笑了。鱼头泡饼很好吃，一向有节制的她也没忍住，吃得肚子很撑。

除了鱼头泡饼，这里最好吃的还有荷叶蒸肉，农家猪肉沾着一层糯米再被新鲜的荷叶包裹着放在锅里蒸，蒸熟端上来，一股荷叶清香扑鼻而来，简直让人口水直流。

回程的车里，苏南星直呼吃多了，丁琰就顺着话题聊起了苏南星坚持运动这件事，说他自己："我这样的老人家平常就喜欢钓鱼、爬山。"

苏南星自然也会捧着聊天："难怪你刚才那么快就钓上来一条大鱼。"

丁琰说："也很想去爬山的，只可惜平常工作太忙了，周末总加班。"

苏南星也在市场部干过，自然知道丁琰的忙碌，点头附和了一下。丁琰又说："若是有时间的话，一起去爬山吧？"

苏南星对丁琰既是感激又是愧疚，自然不会拒绝，立刻应了下来："好啊，等哪天你有空，我随时都可以。"

丁琰微微一笑："这事儿我可记住了。"

等到要下车时，苏南星再一次真心实意地向他道谢："谢谢丁哥，今天很开心。也谢谢你的帮忙，让你费心了。"

丁琰说："你能陪我这个老人家过一个休闲周末，我也很高兴。"

"你可一点都不老。"办公室里那么多漂亮的小姑娘想嫁给你啊！

丁琰又说："那件事就不要放在心上了，你安心等着转正就好，辛苦了这么多年，这都是你应得的。"

听丁琰这话，苏南星都想再调回市场部了，丁经理太会做人了啊！

丁琰的车开走之后，苏南星也转身上楼了。苗萌萌还在家里研究做婚纱呢，已经开始画设计图了。苏南星站在她电脑旁看了一会儿，觉得很漂亮，夸了她好几句，美得苗萌萌嘿嘿直笑。

苏南星后来一直在家里等周奕的微信。直到八点多，周奕才发微信过来："出来？"

苏南星回了一个"好"。

周奕说："我还在便利亭那里等你。"

苏南星回了一个"好的"，就换好运动装出去运动了。

夜晚的公园里，苏南星跟着三三两两的人往便利亭的方向跑，大概二十多分钟就跑到了。

周奕已经在那里等着她了，他也刚跑到这里，已经跑得一身汗，跟苏南星说："为了等你给我买水，我一直忍着没买。"倒把苏南星逗乐了，她立刻扫码给他买水，递给他："领导，请喝水。"

俩人站在旁边慢慢喝了半瓶水，才重新开始沿着小路往前跑，越往前跑，散步的人越少了，最后跑道上只有几个在夜跑的人。

路灯照着他们俩的影子，影子叠着影子。

苏南星今天没跑动六公里，只跑了五公里，手机 APP 提醒了公里数之后，她就开始降低速度，慢慢走着。

等喘匀了气，俩人坐在旁边的草地上歇了一会儿。

周奕主动提起昨晚的事："昨天晚上送黄欣然回家之后，正好她爷爷说黄总要下飞机，若是我方便的话帮忙去接一下。我怎么能说不方便？自然就得去接，在车上跟黄总聊了一下，等把他也送到家都一点多了。所以今早就起不来了，改为夜跑了。"

苏南星一听，这是周奕主动解释了？

她心里还是觉得有点高兴。

她"嗯"了一声，说："黄总不是在 C 省吗？怎么回来了？"

周奕回道："说出来你可能都不相信，因为前两天黄欣然感冒了，再加上黄老爷子身体也不好，黄总就特意周末飞回来一趟看看。"

苏南星听了之后真是感慨啊，羡慕地说："黄总真是疼爱女儿啊。"

周奕一向不在背后点评别人，说了一句："不过毕竟也都进入社会工作了，也该放手了，父母也不能护着一辈子。"

俩人也没有继续再聊黄欣然和黄总的话题，转而说到转正这个话题，周奕说她："等过几天转正合同正式签了之后，你去买几身正常衣服，我忍你很久了苏南星。"

说完之后，他又忍不住说："算了，等你去不知道什么时候呢，明天有没有空？"

苏南星愣了："啊？"

周奕说："明天中午，我领你去买衣服。"

苏南星赶紧表示："不用麻烦你，我自己去就好了。"

周奕说："我怕你又买回来那些丢我们系统集成部脸面的衣服，以前我是不好意思，觉得我一个男领导盯着女员工的着装说事儿不太好，现在我是……"

现在是什么？

现在是在"深入"了解之后，他们之间的关系毕竟不一样了。

第七章

只有他和她

后来，事情的发展让苏南星有些措手不及。

在夜跑回程的路上，她多次跟周奕提出不用他陪，她自己能买到不给系集部丢脸的衣服：“我保证！”

结果，周奕又甩出了一个理由：“其实是这样的，过几天我要带你和宋集去沙海市参加一个全国性的科技展览，这是我们公司的合作方科未公司邀请的，你若是准备不够的话，丢的不仅是我们部门的脸，还是我们省公司的脸。”

他又说了一句：“起码你也是我带出去的人啊，别给我丢人。”

这个理由让苏南星一下拒绝不了，等到周奕把她送到家楼下，他还叮嘱她：“明天中午等我微信。”

苏南星只得点了点头。

第二天中午，苏南星就揣着自己那张额度不是很高的信用卡坐上了周奕的车。开车的时候，苏南星还在想，今天一定要省着点花。

结果，周奕带她去的是那种特别高档的购物中心。

苏南星跟周奕说：“领导，我消费不起，咱们能不能换个地方？”

周奕瞥她一眼，说她：“难道你还以为我领你买衣服会让你掏钱吗？”见苏南星要拒绝，他又说了句，“这是商务费用，回头可以走我的报销，放心吧。”

苏南星半信半疑，上次在浦口市的时候，周奕也说可以报销，但她也没敢多花，买两套衣服花了三千来块还肉疼了半天。

等进了店，那些柜员就围了上来，周奕坐在沙发上跟苏南星说：“挑你喜欢的试，不要考虑价格。”

他还反复跟她强调：“可以报销，不用担心。”

苏南星见他这样子，也知道周奕是怕她有负担才这么说的。也许作为经理级别的领导真的有报销，但是也不会报销这种奢侈品衣服吧？

她看了一眼坐在沙发上埋头看手机的周奕，心里微微暖了起来，转头就去挑衣服去了。

柜员跟在她身边，给她推荐了好几套商务套装，有一套裸粉色系的套裙很好看，料子摸起来也滑滑的。柜员一直在说：“这套您试试吧，我觉得您穿上一定很好看。”苏南星看了一下价签，觉得太贵了，就放下没有试，又继续看别的套装。

后来，她自己挑了最基础的白衬衫、黑色一步裙的套装，款式简单，但是布料和裁剪都非常好，穿上之后整个人气场都变强了。

苏南星站在镜子前感慨，果然人靠衣装啊，觉得自己穿上这样的衣服简直不像个总监，倒像是董事长秘书，还是金牌秘书的那种。

旁边的柜员说：“若是您再化一点淡妆的话，效果就更好了。”

周奕在旁边看苏南星试衣服，他并没有点评哪套好不好看之类的，只是指挥柜员：“再给她找几套这样的。”

苏南星还以为他觉得她穿这身不好看，所以让她试别的。她又试了好几套，其中就有刚才她想试没敢试的那套裸粉色衣服，穿上之后效果非常好，但她在心里想一会儿要买就买最便宜的那套。

试了一圈下来，没等她说要哪套，周奕已经掏卡给柜员：“把她刚才试的几套都包起来。”

柜员满脸带笑：“好的，先生。”

苏南星立刻阻止：“我买一套就够了，不用这么多。”

周奕冲柜员摆摆手：“这次出差大概一周时间，你确定要在出席商务场合的时候一直只穿一套衣服吗？我可丢不起那个人。”

柜员一个刷卡，一个包装衣服，卡刷完了，衣服也都包装好了递给周奕：“都包装好了。”

周奕利落地起身，帮苏南星拎着衣服，回头对她说：“走吧，下一家。”

既然衣服都买了，苏南星再阻止就是矫情了。这时候，她也绷不住了，装不下去跟周奕是普通上下级了，叹了一口气，说他：“买太多了……”

周奕见她那舍不得花钱的模样，忍不住笑，转头认真地对她说："你穿那些都好看。"

苏南星听了，觉得自己心里好像有点开心……

好吧，女人被夸好看，大概都会开心吧。

等试到第二家，苏南星挑衣服的时候，周奕指着假模特身上穿着的一条水红色裙子，跟柜员说："那条红裙子给她找来试试。"

苏南星穿上之后，发现这条裙子简直就像是为她量身定制的一样，一字荷叶领露出了她曲线优美的脖颈和肩膀线条，贴身鱼尾的款式展露了她细腰丰臀的身材优势。

等她走出来的时候，连柜员都惊呼："您穿这条裙子真好看。"

苏南星见周奕没有说话，还以为不好看，可是几秒钟之后，就听见他跟柜员说："这条包起来吧。"一边说一边掏卡。

苏南星想阻止，这条裙子虽然好看，却是礼服裙的款式，平常根本穿不到。

周奕说："到时候晚上会有合作方的鸡尾酒会，你难道还要穿商务套装出席吗？"

他似乎总有理由在等着她。

后来，周奕还领她去买了鞋子，Jimmy Choo 的高跟鞋买了两双，一双银色的配礼服裙，一双白色的百搭商务套装。

等拎着纸袋子从楼上走下来的时候，路过一家内衣店，周奕站在门口让苏南星进去。苏南星崩溃地说："你别告诉我参加商务派对连内衣的款式也管？"

周奕笑了，说："是让你去买泳装，沙海市的海滩派对，难道你穿内衣去啊？"

苏南星嘟囔着："我感觉你说的这个地方不像是去参加商务会议，像是去参加相亲派对。"

周奕被她逗笑了，说："自己去挑，这个我就不帮你了。"

结果，苏南星进去试衣服的时候，听见周奕在外面跟柜员说话的声音："请把这件，还有这件都包起来。"接着，就听见柜员笑着说："先生，您真是好眼光，您的女朋友一定会喜欢的。"

苏南星在试衣间里试了一件保守的泳装之后出来，发现周奕手里又多了一个小袋子，苏南星并没有多问，只把自己的泳装交给柜员付款。

终于全买好了，周奕又领着苏南星去吃了顶楼的高档西餐。

吃着美味法式大餐的时候，苏南星看着对面的周奕，他今天也很随意地穿着白T恤和牛仔裤，但是柔软棉布之下他紧致的肌肉线条遮都遮不住。今天这一路逛下来，每个店里的柜员都会多看他好几眼。

如果是正常的女孩子，就会死心塌地地爱上他了吧。

苏南星吃了一口鹅肝，细腻肥美的口感在舌尖上炸开，心里却想到，爱、喜欢对她而言已经太奢侈了。

不该是她得到的东西，她从来都不多想。

等周奕送她回家，她要下车的时候，她发现刚才在内衣店里周奕买的那个纸袋子并没有递给她，而是放在了后车座上。

苏南星的目光扫了一眼就收了回来，作为下属不会多问领导的事。今天买了这么多东西，花了这么多钱，对她而言若是说将来我会还给你，就太假了，因为这些东西她还不起，她唯一能还的就是：“今天让你破费了，我会努力工作，为你创造出更多价值的。”

周奕显然没想到她会说出这句话，心里微微一叹，苏南星毕竟不是那种能被物质遮了眼的女孩。他终究还是顺着她的话说：“过几天就出差了，把手头的工作赶一赶。”

苏南星应了一声，就上楼了。

第二天上班，她仍然穿着自己那身肥大的工装，因为对她而言，转正合同没有签上，就不能太张扬。

因为要去出差了，所以她更加忙碌，想提前把工作都安排下去，尤其是跟南环区公安局新签的项目，她要在走之前跟分包商签好合同，所以下午她就召集几家分包商开了个简短的会议。

她开会也跟周奕一个风格，时间宝贵，所以言简意赅。

等开完会从会议室出来，正好遇到了下一轮要开会的丁琰，他还站在窗边抽烟，见到苏南星之后立刻将烟掐了。苏南星喊他一声：“丁经理。”

丁琰说了一句：“你喊我什么？”透着那么一丝亲近。

苏南星见周围没有人，就改口喊了一声：“丁哥。”

丁琰笑着应了一声，电梯门开了，其他来开会的人上来了。苏南星向丁琰点了点头，抱着文件走了。

要下班的时候，苏南星听见钱大姐跟大家八卦：“诶，你们听说没？市场部的丁经理真是神通广大，竟然给市公司的吴经理要到一个转正名额！”

张大姐问：“给吴经理？”

钱大姐说：“吴经理的侄子去年以临时工的身份进来的，吴经理一直想帮着转正，这不，丁经理就帮了忙。”

黄欣然接了一句：“听说丁经理的亲舅舅是集团公司人事部部长。”

李婉感慨地说了一句：“没想到这个传闻是真的，丁经理可真厉害啊！”

苏南星心里想的是，看来丁琰把那个名额用出去了，这让她心里的愧疚小了不少。

晚上，丁琰下班之后接到了他舅舅的电话。他舅舅说：“没想到你这个名额是为吴经理要的，你是不是知道了吴经理想要调走的事儿？”

丁琰说：“倒是听到一点风声。”

他舅舅说：“也是，这事儿不是什么秘密，C省那边的周副总要退休了，位置空下来了，有资格往上升的人都盯着呢。哦，对了，周副总还是你们系集部经理周奕的父亲。”

所以，周奕的父亲要退休了。

丁琰想到了周奕替苏南星运作的那个转正名额，说了一句：“就算他父亲退休，对他的影响也不大，毕竟他是李总的心腹爱将。”

他舅舅又说了一句：“周奕个人能力很强，集团公司这边也常听到他的名字。不过既然吴经理想调走，那么他空下来的位置，你就可以……”

丁琰微微一笑，说：“这还得看我们李总的想法。”

苏南星又忙了几天，终于赶在出差之前把分包商合同给签了出去。

第一次去景色那么美的旅游胜地出差，她还有点雀跃。收拾行李的时候，苗萌萌还说：“去沙海市出差啊，那里景色好，蓝天白云，你去钓个帅哥回来吧！”

苏南星心里想到，不用钓，帅哥也跟着一起出差。

等到了机场，苏南星发现本来定好了一起出差的宋集没来，还以为宋集没赶上飞机，说：“宋总监怎么了？要错过航班了。”

周奕脸色淡定地说：“哦，宋集临时家里有事，不来了。”

所以本次出差沙海市，只有他们俩。

知道宋集不去了，苏南星也没说什么，上飞机之后，继续她原本计划的事情，开始看参加这次科技展览厂商的资料。一百多家厂商，中英文介绍混杂，好在苏南星大学是学英文专业的，毕业这么多年也没扔了专业，看起资料来没有压力。

旁边的周奕见她埋头工作，也打开电脑开始处理文件，俩人都没怎么说话，偶尔交流都是在说一些公事，看起来就像很正常的上下级。

苏南星在避嫌，周奕能看出来，所以也没有跟她多说什么。

看了两个多小时资料之后，她也累了，合上电脑闭目养神。早上为了赶飞机不到五点就醒了，靠了一会儿，她就困了，迷迷糊糊之间听见周奕跟空姐说：“请给我一条毯子。”然后，她就被温暖包裹住了。

呼吸之间，能闻到周奕身上那股淡淡的薄荷气息。

她在心里一声叹息，渐渐地跌入了黑暗之中。等她再醒过来，已经是两个小时之后的事了，脖颈睡得有点疼，伸胳膊揉了揉脖子，发现旁边的周奕正在看飞机上播放的一部电影。

电影看起来有点年代感了，好像是九十年代的电影。苏南星看的时候，正好是男主角在火车上邀请女主角和他一起去维也纳旅游的镜头，男主角说：“多年之后，你也许嫁给了一个无聊的男人，当你们的生活变得一潭死水的时候，你会回想起这些年你曾经遇到的男人，在想若是选择了别人就好了，现在你就当穿越时空，与我一起……”

苏南星听到这里，觉得男主角那句就当是穿越时空也可以换一种说法，就当是曾经做了一场甜美的梦。

她已经想起了这部电影，叫《爱在黎明破晓前》，讲述了一对陌生男女在旅游时相爱，然后在黎明破晓前在火车站吻别的故事。

她现在已经记不住情节了，但能记得当时她是和徐良骏一起看的，那时徐良骏还说：“怎么可能短短一天就互相爱上对方呢？外国人真能瞎编。”

苏南星当时也那么想。现在看到这部电影，想到了当时和徐良骏在一起的她，那时候她也曾很喜欢他，在大学的校园里，大家单纯地享受着喜欢，享受着彼此的一些小感动，还没有意识到彼此之间巨大的差距。

也没有后来所谓的月薪一万的正式工和月薪三千的临时工的差距。

电影里演到男女主角为了互相了解，开始聊真心话，女主角问男主角一个问题："曾经真心爱过吗？"

这时，一直看电影的周奕忽然说话了，他问苏南星："现在你还会想前任吗？"

苏南星想了想，说："偶尔也会想起他，毕竟我们有四年的感情，但现在想起他更多的是一种怅然吧，最单纯美好的时光和他一起分享了，最后竟然是因为那样一个脆弱的理由分手了，现实得有点可笑。"

也许是因为他们此刻已经距离S市快半个中国那么远了，苏南星比平常更放松，也更容易敞开心扉："和他的分手其实也给我迎面一巴掌，让我深深地意识到差距，但怎么说呢，我已经不伤心了，现实就是如此，人得往前看。

"一句很鸡汤的话，你若盛开，蝴蝶自来，努力学习、努力工作、努力运动，不放弃自己，坚持走下去，我也会引来蝴蝶吧。我想也许有一天我会遇到爱情，然后开心地嫁给爱情，遇不到也没关系，我自己也很好。但经历过前任之后，我其实已经不太相信所谓的爱情了，我更相信开心，我想嫁给开心。"

周奕静静地听她说着，这大概是他们少有能如此敞开心扉交流的时刻，眼前这个谈着努力，想嫁给开心的女孩子眼睛里好像有光，她那么努力，那么认真，从来不想靠别人，只想靠自己。

这一刻，周奕忽然想把如此努力的她搂在怀里，想让她依靠一下。

周奕忽然很想打破她小心翼翼守着的界线。

他说出了自己的心思："南星？"

从他叫她名字而不叫她小苏或者苏总监的时刻开始，他们的关系就变了，他们开始渐渐地剥开外壳，变成了单纯的周奕和苏南星。

"嗯？"

"我想抱你一下，可以吗？"

苏南星一愣，没说话。

周奕说："不说话，就当同意了。"然后，他一把将她搂进自己的怀里，说，"偶尔，你也可以不那么努力，也可以去放松一下，卸下你身上的重担。

如果你愿意的话，在沙海市的这些天，你可以试着将你的重担扔给我，我愿意替你扛着。”

苏南星沉默了好半晌，才低声问：“只在这几天对吗？就像电影里演的那样，黎明破晓时就会各自回到正常的生活里，对吗？”

周奕说：“如果这是你的选择的话。”

苏南星说：“如果把这几天当成是做过的一场美梦的话，我愿意。”

因为梦终究会散，醒来之后也就忘了。

醒来之后，她仍然是负债累累需要努力的苏南星，而他仍然是高高在上、青年才俊的周经理，差距仍然那么巨大。

周奕一直搂着苏南星的肩膀，下飞机的时候还主动牵起了她的手。苏南星下意识地想抽开，周奕说：“这里距离S市有半个中国那么远，没有人认识我和你，也没有人会说我们的流言蜚语。”

他说：“在这里，你就做自己就好了。”

单纯地，只是苏南星和周奕，单纯地手牵着手，享受着甜美的梦境。

苏南星“嗯”了一声，周奕牵着她的手干燥而温暖，机场外的热浪扑面而来，蓝天白云，椰林沙滩，如画卷一样在他们面前展开，这场甜美的梦也开始了。

苏南星想，就当是给努力工作的自己一个奖励好了。这个奖励里有觥筹交错，也有周奕这样又帅又性感的男人。

出机场之后，就有周奕的发小来接机，周奕解释了一句：“我发小是个专门给企业做视频会议的公司的老板，人挺好相处的，你不用紧张，正常相处就行了。”

等见了发小，发现是个开玛莎拉蒂的发小。身材高大，皮肤白净，笑起来的时候眯眯眼，看着挺可亲的。

互相介绍的时候，周奕没有对发小说苏南星是他的下属，只是很简单地介绍道：“这是苏南星。”

发小立刻变得热情了，说：“哟，稀奇啊，我还以为周奕不太正常呢，以至于我有很长时间有些害怕，就怕他看上了我，我家可是三代单传！”

他伸出双手使劲地握了握苏南星的手：“谢谢你拯救了我，我终于不用害怕了，一会儿吃饭的时候，我得敬你一杯。对了，我叫许楷森，叫我森哥或者许哥都行，千万别叫我许总。”

逗得苏南星忍不住笑，周奕的发小跟他真是很不同。

周奕跟苏南星说："直接叫他开心就行了，许楷森，许开心啊。"

许开心一副认命的表情："叫我开心哥也行，反正大家都这么叫我。"

苏南星立刻喊了一声："开心哥。"

许开心"哎"了一声："走，哥带你们吃点好吃的！"

去酒店的路上，许开心一直在给第一次来沙海市的苏南星介绍沿途的风景，又说："我今晚在鼎盛阁订的桌，他家的龙虾面真是一绝，鲜得让人恨不得吞下舌头，其他地方再也没吃到过这么好吃的龙虾面。"

苏南星也顺着话题："好啊，很期待。"

许开心又介绍了一些附近的玩乐项目之后，就跟周奕谈工作上的事。苏南星看着沿途的美景，吹着带着海洋气息的风，身边的周奕一直拉着她的手。

限时限量的美味大餐啊，真好呢。

许开心大概是把苏南星当成周奕的女朋友，所以说话的时候也没有太顾忌，说了一句："老爷子这边要退了，我们视清公司和华信C省的合作还能有这么大的力度吗？"

周奕淡淡地说了一句："别担心，那边我都处理好了，前几天黄总回S市的时候，见面聊过。"

许开心说："不错啊，我曾经多次想请黄总吃顿饭，人家都没给我这个机会。"

周奕说："他也是在避嫌，黄总为人处世很小心。"顿了一下，说，"不过利益实惠就行。"

许开心说："你那劳什子经理一年挣不到一百万，要不是有这层关系在，真不如早点出来跟我分担一下，把业务量扩大一下，能拿下的项目肯定更多。"

苏南星听到这么一句，心里大致能猜测出来了，看来周奕和许开心除了发小关系之外，还有更深层的合作关系。

周奕也没有避着苏南星，跟许开心说了句："我在，关系在，才能更好。"

许开心也明白，刚才不过就是抱怨一下而已，转而说："这次出差就当旅行好了，要尽情地玩起来！"

到酒店之后，苏南星洗漱一下，换了一身干净衣服，因为太热了，她把牛仔长裤换成了短裤，穿了一件宽松的白T恤，露出了一双白得发光的美腿。

许开心看到她的时候，飞了个眼神给周奕，那意思是：你小子艳福不浅啊，眼光不错。

周奕微微一笑，当着许开心的面拉起了苏南星的手，对许开心说："你也找一个吧。"

许开心很随意地说了句："我要想找一个，现在大街上随便叫一个都能拉上车，没意思。"

然而这么一个说没意思的开心哥，晚上吃完饭之后就去酒吧快活了，问周奕和苏南星去不去，被俩人拒绝了。

许开心说："那行，你俩二人世界吧，我去寻自己的开心了。"

周奕说了句："你悠着点。"

许开心笑嘻嘻地道："我知道分寸。"

周奕和苏南星并没有直接回酒店，而是在酒店的私家海滩上散步，海上一轮明月照得一切都显得温柔极了，夜晚的风带着海洋味的清凉，吹得人也舒爽极了。

晚风吹过椰林树梢，发出了沙沙声，海浪一波一波地荡漾。

就好像荡漾在他们心头一样。

他们手牵着手走在海滩上，刚开始的话还很少，后来就打开了话匣子。苏南星讲起了小时候的事："小时候，我家还没破产的时候，我爸妈领我来海边玩，那时候我妈还跟我说捡樱花色的贝壳会得到幸福，我就在海边蹲着捡了很久，好不容易捡到了，在回程的车上被我给压碎了，我难过了很久。

"然后没多久，我家就破产了，所以我小时候觉得大概樱花色的贝壳真的有魔力吧。"

周奕掏出手机点开手电筒，说："那我们再捡一个吧。"

苏南星拉起他："大晚上这么黑，看不到啦。"又笑嘻嘻地说，"如果要捡的话，白天来吧，我们一起。"

周奕说："好。"

那天晚上，后来他们各自回了房间。

在走进相邻的房间之前，周奕叫住苏南星，亲吻了她的额头。

“晚安。”周奕说。

“晚安。”苏南星带着周奕温暖的吻回到了房间里。

忽然觉得，自己竟然因为这样一个简单的吻心跳多了一拍。

景色太美，美梦太甜，请让她继续做一会儿梦吧。

昨天见面穿着花衬衫笑嘻嘻去酒吧寻欢作乐的开心哥，今天穿着西装打着领带出现在苏南星面前的时候，看着真的像许总，而不是开心哥了。

这时候，苏南星才觉得，怪不得开心哥能跟周奕成为多年好友，这俩人穿上西装谈工作的时候，真是连头发丝都透着精英的味道。

苏南星也穿上了周奕给她买的工作套装，她特意穿上了最喜欢的那套裸粉色套装，这种颜色很奇妙，既不是那种小女孩的粉色，又带着一点沉稳和低调，同时又非常显肤色。那件真丝衬衫的设计很简单，只是在领口那块系了一个蝴蝶结，下面配了一条裸色系的一步裙，脚上穿了一双白色细高跟鞋。

踩上那双鞋子之后，身子随着高跟鞋发出韵律的款摆，被扎成马尾辫的长发也随着她的节奏微微甩动。

她的好身材完全被一步裙衬托出来了，细腰酥胸丰臀，一样都不少。

她从房间走出来的时候，周奕就倾身在她耳边说：“那天陪你买衣服的时候，我就觉得你穿这种裙子很漂亮。”

苏南星微微一笑，水红色的口红显得她更加精致了，又自信又美丽：“周经理，走吧。”

周奕看着这样开朗自信的她，心里那种暖洋洋的又对明天充满着期待的感觉，真是好久没有过了。

当苏南星跟在周奕身边出现在许开心面前的时候，开心哥说：“哟，差点没认出来。”又跟周奕说，“我们小苏妹妹穿上这身跟在你身后的时候，觉得你不像个年薪不到百万的小经理，倒像个集团公司总裁，特别有档次。”

这话给周奕气得懒得搭理他，年薪不到百万已经成为许开心嘴里寻开心的一个笑话了。

开心哥早就看出来他俩不是单纯的情侣关系，这会儿苏南星穿着职业装站在周奕身边，他也什么都没问。甚至到了展览会场，苏南星一本正经地喊周奕为“周经理”的时候，开心哥也没有露出惊讶。

苏南星跟在周奕身边去了几个展厅，尤其是合作方科未公司的展厅，他们公司中国区副总裁也来了，资料上写着副总裁叫陆杰，是个四十来岁的中年男子。他穿着灰色西装，看着很儒雅的样子，身边还跟着一位梳着大波浪涂大红色口红的漂亮女子。

苏南星觉得这个女人怎么让她觉得有点面熟呢？

紧接着，这位波浪鬈发美女就跟周奕很熟稔地打了个招呼：“你来了。”她看见周奕的时候，目光都闪亮了起来。

苏南星想起来了，她曾经在公司楼下见过，这是周奕以前的相亲对象，好像他俩相处了不到半年，后来就听说分了。钱大姐那时候还八卦说：“因为我们经理总加班，没时间约会，所以那位美女就把我们经理给甩了。”

周奕见到波浪鬈发美女，熟悉之中带着一丝客气：“听说你调到沙海市这边了，恭喜啊，赵总。”

苏南星想到，是了，听说这位赵总以前在S市的时候，是科未S市的副总经理，那时候部门里的人看到他们两个约会，还夸这是标准的俊男美女精英结合呢，没想到赵总跟周奕分手之后就到这边来当总经理了，这么年轻就是总经理了，真是厉害啊。

赵总跟陆副总裁介绍了周奕，陆副总裁跟周奕打招呼，他是美籍华裔，所以中文说得不太标准。周奕贴心地说起了英文，陆总夸周奕人很nice，就在展厅里带着周奕和苏南星他们随便看了看。

作为一家国内新兴的科技公司，科未致力于科技生活的概念，样板间里连洗手间的镜子都是智能的。苏南星站在镜子前的时候，镜子屏幕上就显示出：“您的口红颜色很美。”逗得大家都笑了起来。

他们也没有停留太久，因为很快就有别的合作公司走进来，陆副总裁和赵总要招待别人，下午还有科未关于人工智能和公司布局的讲演，也不着急这一会儿的接触。

中午吃了饭之后，下午他们就拿着邀请函去参加陆副总裁的讲演。

苏南星本来听得还很顺利，后来陆副总裁讲到一些专业知识的时候，苏南星发现自己的知识储备有点跟不上了，掏出手机将他提到的一些关键词记下来，准备回去查一查资料学习一下。

同时，她也在感慨自己需要学习的知识还很多，转正之后，她有了升迁的可能性，要更多地学习专业知识才行。

周奕看了一眼一脸认真听讲的苏南星，有点想笑，但又被她的努力所感染，伸手去捏了捏她的手，又继续听演讲。

等到演讲结束之后才是晚上的重头戏，鸡尾酒派对。

晚上和各大公司代表的派对才是交际的好时刻，也是周奕这次出差的真正目的。

苏南星自然换上了那条水红色的礼服裙，露肩荷叶领的鱼尾裙将她的好身材勾勒得一丝不苟，肩膀和脖颈的比例简直优美得像天鹅一样，肌肤白得发光，纤细的腰肢衬得她挺翘的臀线诱人极了，整个人都散发着美丽诱人的气息。

以至于，开心哥惋惜地说："小苏妹妹这样上得厅堂、下得厨房的人才，怎么不来我公司应聘呢？我们视清公司给你这样的人才年薪起码二十万啊，要不要考虑一下？"

苏南星抿嘴笑，国企是比不上私企工资高，但是有一点是大多数私企比不上的，那就是国企的平台高，接触的人是很多同等级私企里接触不到的。

比如，她这个国企总监就可以见到像科未陆副总裁这样财经杂志里出现的人物。如果是普通的私企总监，大概是很难深入接触到的。

但对她而言，更主要的是因为父母对她这份工作太在乎了。老一辈那种觉得国企是铁饭碗、是一辈子保障这种想法根深蒂固了。

周奕不满地说了一句："怎么当着我的面就撬人呢？有点不尊重我吧？"

开心哥捡起了他的老梗，嘲笑周奕："年薪不到百万的小经理没资格挽留美人。"

周奕说他："说上瘾了是吧？"又拉住了苏南星，说，"他要挖你，你怎么说？"

苏南星的手臂挎上了周奕的臂弯，甜甜地说了句："我自然得跟着您啊，周经理，请收下我的忠心。"

苏南星甜起来真是让周奕觉得心尖儿都软了，她就像一朵玫瑰花一样，在他手里缓缓地绽放，散发着甜美的芳香。

开心哥"嘁"了一声，嘟囔了句："欺负我这个单身狗是吧？等会儿我也找一个。”

说等会儿要找一个的开心哥，果然在半个小时之后就找到一位美丽女孩，女孩穿着吊带亮片裙，涂着玫红色的口红。许开心不过给她端了杯香槟，聊了几句之后，她就挎上了开心哥的臂弯。

开心哥以迅雷不及掩耳之势，想脱单就脱单了。

这真是让苏南星目瞪口呆，究竟是开心哥的魅力太大，还是总裁的魅力太大呢？

苏南星和周奕到了现场之后，那位看到周奕就目光闪亮的前女友赵总端着香槟走了过来，她穿着一条大红色的塔夫绸礼服裙，就像是本场宴会的正宫娘娘一样，一头波浪鬈发慵懒地盘了起来，耳朵上戴着的钻石耳环闪闪发亮。在这种派对场合，这位二十九岁就当上总经理的赵总也是游刃有余。

不过当她看到苏南星挎着周奕手臂的时候，脸上灿烂的笑容凝了一下。

苏南星一惯会看人脸色，她特别聪明地找借口说去洗手间，将空间留给了这一对前情侣。

不知道周奕是不是看出了她的小心思，特意叮嘱她一句："快点回来。"眷恋不舍的样子，让赵总美丽的笑容又凝了几分。

苏南星故意在洗手间里磨蹭了一会儿，等出来之后，发现赵总仍然在跟周奕聊天，她没有过去，找了个角落待了一会儿。

然而美丽的人在这种环境下是落不了单的，她才拿着橙汁喝了一点，那位陆副总裁就操着生硬的中文跟苏南星打招呼："嗨，你好吗？"

见到这样的大人物亲自招呼，苏南星简直受宠若惊。陆副总裁还亲自从服务生那里端来一杯香槟递给苏南星，解释了一句："度数很低，不会醉的。"

苏南星接过来，俩人撞了下杯，浅浅地喝了一口。陆副总裁跟苏南星聊着："我记得你是华信的代表？"他在想"代表"这个词的时候想了半天才说出来。

体贴起见，苏南星也说了英文，陆副总裁微微一笑，对苏南星这样美丽贴心的女孩子，好感总是不缺乏的。

香槟酒还没喝完，他就请她跳舞。

派对现场请了乐队，音乐一直是悠扬婉转的，舞池那边有几对在跳慢摇。

被陆副总裁邀请，自然不能拒绝，苏南星将手搭在他的手上，他带着她在舞池里翩翩起舞。

陆副总裁虽然人到中年，但是风度翩翩，身材保养得好，看起来儒雅潇洒，和苏南星在舞池里跳舞也是赏心悦目的场景。

苏南星水红色的鱼尾裙旋转起来，美得像一朵绽放的玫瑰花。

一曲结束，陆副总裁微笑离开，苏南星发现周奕和赵总也分开了，她才走回去。

周奕半真半假地说："你再和他跳下去，我就要吃醋了。"

这话让苏南星简直接不下去，她只能报以傻笑，解释了一句："陆总邀请我，我也不能拒绝呀，毕竟是合作方。"

周奕搂着她的腰肢，像是宣告他的主权一样，后来他就一直跟在她身边，没有离开过了。

所以，苏南星就站在周奕身边，看着他微笑地跟几个来搭讪的女孩说："我有伴了。"

苏南星觉得，尽管是周奕的借口，但他搂着她的腰肢，热烘烘的温度从他手臂上传来，然后一本正经地说她是他的女伴的时候，她还是觉得开心。

所以，这是一场限时美梦的话，那么她是不是可以放纵自己，让自己在梦里随意地高兴，可以露出一点情绪呢?

她又跟着周奕和一些公司代表应酬起来，甚至还跟几位日本科技公司的代表聊天，苏南星当年在外国语大学第二外语辅修的是日语，简单聊天还是没问题的。

所以，她跟在周奕身边，英语、日语淡定切换，表情镇定自若，高跟鞋上款摆的妖娆身体让她更加迷人，嘴角的自信微笑让她看起来更加美丽了。

周奕想着，这个短暂的沙海市旅行中，到底有多少他曾经没有见过的苏南星会出现呢?

自信微笑的苏南星真是让人想将她藏起来，太美丽，只想他一个人来观赏。

那天的鸡尾酒会开到了半夜，等到酒会结束，俩人回到酒店，苏南星踩着高跟鞋的脚已经疼得不得了。到酒店大堂，她就忍不住脱了鞋子拎在手里，光着脚走在地上。

周奕说："地上凉。"

苏南星声音软软的："脚好痛啊。"带着一点随意的撒娇，刚才那样淡定自信，这会儿又像个小女生一样软声撒娇，简直就像频道一样切换自如，酥得周奕心头痒痒的。他甚至有一种危险的预感，可是他没有办法了，因为他愿意走进这种危险里。

他一把将苏南星打横抱起来，这是他第二次这样抱着她。

这次的她不像上次那么僵硬，她顺势搂住了他的脖颈，娇软的身躯贴着他的，她迷人的气息和肉体也贴着他，那又软又香的感觉让周奕心头荡漾。

跟苏南星曾经那两次炙热的记忆无法控制地浮上心头，简直像疯草一样在周奕心中滋长。

他觉得自己需要到海边冷静冷静，如果立刻回到房间里，他会控制不住破开她的房门疯狂地压住她，所以他抱着苏南星走到海边。

走到沙滩上之后，苏南星让他放她下来，她提着裙子光着脚踩在沙滩上，银色的月光铺满了海面，不远处海滨公园里的灯光将沙滩照得影影绰绰的。但是苏南星美丽的脸庞和妖娆的曲线已经让周奕心头难以平静，俩人手拉着手缓缓地走在沙滩上。

周奕说："今晚的你真美。"美得让他心肝颤。

他说："我喜欢这样自信美丽的你。"

苏南星谦虚地说："感谢你给我买的Jimmy Choo高跟鞋和这条美丽至极的礼服裙，它们让我觉得自己好像是被施了魔法的灰姑娘一样，在舞会的时候可以艳光四射。但魔法消失之后，我还是那个穿着灰扑扑衣服的小可怜。"

周奕说："你才不是小可怜。"

不远处的草坪上，仍然有继续进行的派对，派对上乐队奏出的悠扬音乐传过来，周奕忽然倾身向她伸出手，说："我的美丽公主，可否与我一舞？"

那一刻，周奕帅得让苏南星的心狂跳，她微微一笑，星眸明亮，笑容迷人，将手搭在他的手上，说了一声：“好。”

然后在柔软的沙滩上，他拥着她，跳了一支舞。

苏南星后来回想，那天晚上发生的一切都那么顺其自然。

甚至那支舞跳到后来，周奕就已经忍不住亲上了她，从慢慢地品尝到迫不及待，甚至到最后急切地想将她拆吃入腹。

他们刚才在鸡尾酒会上喝了一些香槟酒，有点兴奋，但都清明着。

淡淡的酒香让他们的吻更加甜美。

后来，他将她一路抱回了房间，剥开那件美丽的礼服裙，周奕贴在她的耳边说：“当初你试这条裙子的时候，我脑子里想的就是，多么希望有一天由我来亲手剥开它，品尝你裙子下的甜美，让你为我绽放，为我哭泣和求饶……”

然后，周奕变成了周待机。

月夜之下，他们的大落地窗对着海洋，月光清冷地洒在大床之上，上面纠缠在一起的两个人热烈无比。

她是那么甜美，那么柔软，肌肤的触感和跌宕起伏的曲线简直让周奕疯狂，只想将她揉进身体里，一直一直这样下去。

当苏南星再一次从周奕怀里醒来的时候，已经日上三竿了。

想到昨晚的狂乱，她一阵脸红，尤其是周奕最后竟然在落地窗前的躺椅上，还说：“这叫面朝大海，春暖花开。”

苏南星觉得以后都没法好好面对海子这首诗了。

周奕很快醒过来了，随之醒过来的还有他的另一个地方，把苏南星弄得又求了他一次。她娇娇软软地喊他：“经理，求你放过我吧，我不行了。”

那声经理简直让周奕差点没忍住，平常上班的时候，苏南星一本正经，他还觉得她守着那道界线不放，等她突破那道界线过来的时候，周奕简直要发疯。

苏南星总有各种各样的新鲜面孔等着他，让他应接不暇，可是这样的她，一会儿撒娇到让他心里发酥，一会儿又自信迷人，真是让他想狠狠地抓住。

他忽然嫉妒起她的前男友，她这样迷人的一面，是不是曾经也给过别人？想到这里，他就嫉妒得狠狠地惩罚她，让她禁不住求他。

他喜欢她求他，百转千回地叫他“经理，放过我”。

他们过了很久才从酒店房间里出来。

已经饿得饥肠辘辘的许开心看见周奕的时候本来想损他两句的，但是看到周奕满脸餍足的模样，又贱贱地凑到他身边揶揄他：“哟，老房子着火啦？你可悠着点啊，还行不行啊？”

周奕扯开他的胳膊，淡淡地说：“你不行，我都行。”他拉着苏南星的手，细致地问她，“想吃什么？”

苏南星觉得经历了昨晚的周奕，好像有点变了，不过这变化她又说不出来，也许是因为俩人对彼此身体的满意程度都太高了吧，所以对她还很难忘？

她觉得她全身上下可能都散发着一种被周奕狠狠疼爱过的气息了。

“我吃什么都可以，随你们。”

许开心说：“我预订了龙虾粥，这碗龙虾粥的精髓都在米里了，龙虾反倒一般。”

苏南星还在心里吐槽开心哥真是财大气粗，连龙虾都看不上了，结果等她吃了龙虾粥之后，觉得那米粥好吃得简直要吞掉舌头。龙虾的精华好像都熬进了粥里，龙虾肉就不那么好吃了。

她又吃撑了，跟周奕嘟囔：“我觉得晚上我得去夜跑。”

周奕说：“我陪你。”

许开心忍不住说：“跑什么步啊，晚上就去海边游泳，夜游，多的是裸体游泳的呢！”

苏南星觉得随着她和许开心越来越熟，他好像也越来越暴露本性。

许开心说：“晚上我们去参加游轮派对，我记得最后停靠在岛上酒店的时候，就可以在近海游泳，夜里还有海鲜烧烤，特好。”

吃完饭之后，苏南星准备回酒店房间里打扮一下，晚上去参加游轮派对。结果走到房间门口的时候，她被周奕拉住：“我看，不用那么麻烦了，我们俩睡一间房间吧……”虽然问的时候语气也有点不确定，但周奕一副“就算你不同意，我也会跟你一起进房间”的表情。

苏南星本来还犹豫，但又想，反正在沙海市也确实不用考虑被人发现什么的，就点了点头。

周奕立刻说："那我让人帮我收拾行李。"

苏南星回到自己房间里没一会儿，周奕的行李就都搬过来了。等服务员出去之后，周奕一把将苏南星压在床上，熟练地将她的双手举在头顶上，贴着苏南星，声音低沉迷人："你这是引狼入室，害怕吗？"

说着，他的手已经不规矩地向下揉了几下。

苏南星说："别闹，一会儿还有正事儿呢。"

周奕一本正经地说："那晚上谈完了正事之后，我就可以对你为所欲为了是吗？"

"我可是会把你拆皮入骨地吃掉的……"说完，他就忍不住亲上了她的蜜唇，才触碰上，周奕就撬开她的嘴唇想攫取更多。

越是和她接触，越觉得苏南星看似满不在乎的神色下，其实内心特别有自己的主意，别人很难轻易改变她的想法，是一个看起来随和，但其实很倔强的女孩。

等俩人气喘吁吁分开，周奕的另一个地方又十分精神地贴着苏南星的大腿，苏南星说他："安分点吧。"

周奕也是无奈："要怪也怪你。"怪你太妖娆、太娇软。

后来，周奕带着满身燥火进了洗手间，苏南星在化妆。等他出来之后，他郁闷地说："一会儿我得注意跟你保持距离，只拉手就好了。"逗得苏南星"扑哧"笑了。好像不止周奕对她了解多了，她对周奕也了解多了，私底下的周奕有着跟在公司里完全不一样的面孔，在公务场合谈笑风生、进退有度；等回到房间里，他又有点像个无赖，可又那么照顾她。

其实，想控制住不喜欢上他，挺难的。

苏南星在卫生间里最后整理了一下妆容，出来的时候周奕正在穿西装，他站在穿衣镜前向她招手："来，帮我打领带。"

苏南星说："我不会。"

周奕说："我教你。"

"你既然会，还让我帮你干什么？"

周奕说："因为我想让你帮我。"

苏南星哼了一声，走了过去："怎么弄啊？"

周奕示范了一次，苏南星试着给他打了两次，刚开始不熟练，但很快就很好了。

周奕微微垂下头，就能看到苏南星一脸认真地为他系领带，忍不住搂上她纤细的腰肢，亲吻了她的额头，说："我很喜欢你替我打领带的样子，又认真又可爱。"

苏南星听了，心里真是百转千回，一个女人帮一个男人打领带，这俩人是什么关系呢？要么是女朋友、要么是妻子，他们算什么？

想了想，苏南星觉得，好吧，下属帮领导打领带也很正常，秘书不都干这个活吗？

不多期待，不多想，一向是她的美德。

如果说对周奕而言，这次沙海之行最重要的是昨晚的鸡尾酒会，那么对许开心而言，最重要的交际就是今晚的游轮派对了。

因为这是一个他们创业者的年度聚会，这些创业发家的总裁、总经理大多年轻，穿上西装还有些不太自在的样子。

不过统一的标准就是这些人身边都带着一个漂亮的女伴，许开心当然也带了一个漂亮女伴，但这个女孩已经不是昨晚那个了。

这让苏南星再一次感慨玛莎拉蒂的魅力。

苏南星送了许开心一个眼神，许开心竟然懂她那揶揄，耸了耸肩，满不在乎地搂着女孩亲了一口，说了句："一会儿你去玩吧，我跟老周还有正经事。"

女孩乖乖地点点头，许开心又说了一句："随便消费，都算在我头上。"那女孩一脸灿烂笑容，亲了许开心一口："谢谢亲爱的！"

所以，这就喊上"亲爱的"了？

苏南星觉得这声亲爱的也太不值钱了。

不过人各有志，也称不上瞧不起谁，每一个不认同的生活方式都有人家的理由，谁也没有资格对别人指手画脚。

刚才在酒店房间里说一会儿只拉苏南星手的周奕，这会儿搂着她纤细的腰肢，又倾身在她耳边落下吻，才跟许开心一起应酬去了。

这大概是他们视清科技公司的业务交际，苏南星也没必要参与，自己端了杯果汁去甲板上吹风看风景。

远处的沙海市金碧辉煌，甚至沿海岸线的高大建筑物的灯光都是不停变幻的，远远望过去，一片灯火辉煌。

因为今天不是周奕和她的应酬场合，所以她简单地穿了一条红色一步裙和米白色衬衫，跟派对里那些女孩相比，布料有点多，但是她只是一个细腰翘臀的背影，就已经勾得人遐思无限。

一杯果汁的工夫，就有几个男人上来搭讪了，都被苏南星委婉地拒绝了。这里来搭讪的不过都想着一夜情罢了，如果是想一夜情的话，没人能比得过跟周奕上床的刺激。

可能见她拒绝了好几个，过一会儿就没有人上来打扰她了。

她回身看着宴会厅内正端着香槟酒跟人觥筹交错的周奕，他站在一群科技新贵之中，也仍然是鹤立鸡群的存在，高大的身材，挺直的背脊，甚至谈笑风生的样子都让他透着属于成功男人的气质。

他明明站在不远处，她只要走过去，就可以和他站在一起，但是苏南星看着金碧辉煌宴会厅里的周奕，清醒地知道，她和周奕之间巨大的鸿沟。

所以，美梦之所以让人觉得甜美，是因为它终究会醒啊。

苏南星没有在甲板上待多久，周奕就找来了，他拉着苏南星的手说她："怎么跑这里来了，找你都找不到。"

"你找我了？"

周奕说："没看到我的眼神满场找你吗？"

"没看见，我只看见好几个漂亮女孩都在约你请她们喝酒。"

周奕闷笑两声："所以你吃醋了？"但问完，他又自己接上了话，大概是怕苏南星一如既往地逃避他，他说，"我有你了啊，你在我身边，我怎么会看她们？"

这一刻，苏南星笑了，真心实意，因为她觉得周奕在这一刻也是真心实意的，所以她笑得很开心。

她对周奕说："你低头，我跟你说句话。"

他低头："什么话？"

话刚说完，苏南星已经轻轻地吻上了他的嘴唇。淡淡的一个吻却让周奕全身都热了一样，他的眼神一下变得深沉："今晚我也不会放过你的。"

苏南星笑嘻嘻的，还撩他，低声在他耳边说了句："经理，求你放过我吧。”

然后，等到游轮靠在海岛上停下来之后，大家都换上了准备好的泳装。苏南星也穿上了那件保守的泳衣，周奕穿着泳裤露出他精干的身材，在一众肌肉垮塌的人群之中格外显眼，几乎所有的女人都会把目光在他身上绕一圈。

周奕拉着苏南星说是去夜游，但是在海水之中，众人看不见的水面下，周奕还是“惩罚”了她。等他们从海里出来的时候，苏南星的脚都软了，差点走不动。

周奕微笑地跟人解释她这是脚抽筋了，一把抱起她回了房间。

第八章
燃烧的理智

等他们再出现在海滩烧烤派对上的时候，苏南星已经换上了一身新的泳装，一套红色的比基尼泳装。

标准比基尼款式，只有几根带子系着几块薄薄的布料，她怕羞，还特意用一条大披巾系在了身上，可是在海滩灯光的映衬之下，她前凸后翘的身材还是一览无余，影影绰绰的更吸引人的目光。

俩人坐在椅子上吃烤海鲜的工夫，就有几个男人上来跟苏南星搭讪，远远超过了跟周奕搭讪的女人。后来，周奕非常直接地跟人说："很抱歉，她不接受邀请，她有伴了，就是在下我。"

苏南星难得见他这么没风度的样子，忍不住笑了，说他："这是你非得让我穿上的，我还真不知道你的心思这么多，上次我买泳装的时候，没想到你偷偷买了这么一身……"

周奕郁闷地说："我买的时候，只是觉得这套泳装你穿上一定会非常好看，我会很喜欢，谁想到会变成这样？"

谁让他刚才没忍住，在房间里就已经不知餍足地吃了她一次呢？以至于她原来那身泳衣被蹂躏得不成样子，只能穿这身出来，让别人也看到了她美丽的风情呢？

苏南星笑，周奕特别喜欢看她笑，在沙海市，她整个人很轻松，笑起来的时候是真的很开心的，他喜欢这样的苏南星。

那天晚上，他们就住在岛上的酒店，酒店十分奢华，他们的房间里还有个带泳池的小院子，旁边还有个秋千摇椅。

周奕对这里十分满意，满天星斗在天上旋转，无数的快感和白光在身体里汇聚。

苏南星忽然觉得吃过周奕这样的顶级大餐之后，她还能吃得下别的清粥小菜吗？

没等她想明白，周奕就夺走了她的思绪，夺走了对她身体的主导权。

结束之后，他抱着她回到床上，将她搂在怀里，如珍如宝。那一刻，苏南星真的觉得她和周奕之间好像不只是短暂的沙海市的美梦关系一样，他对她好像真的不一样，他的吻那么温柔，那么怜惜。

她靠在他怀里，听着他沉稳有力的心跳声，外面海浪一波一波的声音像催眠一样，让她的身体疲倦又舒坦，她在他怀里渐渐地睡了。

迷糊之间，她听见周奕说话了，大概是自言自语："你还记得当年我面试你的情形吗？嗯，你大概是记不住了，我还记得，我面试你那次，你穿着一件白衬衫，脸上化着淡妆，笑容得体，跟我说进入系集部一定会努力的。其实那时候我只是能看出来你是个努力的下属，会很得力，而且你的业务能力也不错，我就选了你。

"后来，我真正记住你，是有一次我在车里等红灯的时候，看到你穿着一条红色的连衣裙从我车前跑过去，那时候你跑向你的男朋友，笑得一脸灿烂，裙角飞扬，我就记住了原来你穿红色的裙子那么好看……"

苏南星迷迷糊糊地心想，怪不得他总喜欢看她穿红色的衣服，原来是这样。

再后来，周奕轻轻地吻了她的额头，温温热热的，让她觉得安心。她向周奕的怀里拱了拱，不知道什么时候开始，她好像喜欢上了和他肌肤相亲的感觉。

周奕见苏南星迷糊可爱的模样，将她搂在自己怀里，也慢慢地睡着了。

第二天上午醒过来之后，周奕果然没有放过小院子里另一个让他十分心仪的秋千摇椅。

后来，苏南星在沙海市的旅行几乎就是天天跟周奕腻在一起，准确来说有一半时间在床上、浴室里、沙发上等，另一半时间周奕领她吃美食、看风景。

苏南星总结自己这次旅行就是：和最激情四射的男人看最迷人的风景，吃最美味的食物。

以至于离回家的时间越来越近了，他们都选择性地忽略，但是就算再忽略，这一天也仍然要到来。

苏南星心里当然也有惋惜，但是时间就是这样，对每一个人都很公平，没有谁能永远活在美梦之中。

最后一天的傍晚是苏南星和周奕两个人一起度过的，被甩开的许开心还愤愤不平地说周奕重色轻友，被周奕翻了个白眼，没动静了。

那天傍晚，周奕带着苏南星去坐游艇，游艇开出去很远，远到苏南星回头看沙海市的海岸线都模糊成了灯光点点。

她的眼前只有碧蓝无际的大海，不断西落的夕阳，还有停了游艇之后回身看着她的周奕。

仿佛这个天地之间，好像只有她和周奕两个人一样。

他们都知道这是两个人在沙海市的最后一晚了，所以谁先主动似乎都不重要了。

苏南星记得，是她先亲了周奕的嘴唇的，然后周奕将一切都加深了。他含着一口红酒去亲她，亲她的嘴唇，亲她全身的肌肤，好像她就是那让人迷醉的醇香美酒一样。

她仿佛也醉了，在甲板上，他那熟悉的身躯沉甸甸地压过来的时候，苏南星觉得天空都好像在旋转，她听见周奕说："你还记得我们俩第一次的晚上吗？那天晚上我们都喝多了……其实是你喝多了，但我还有意识，知道自己在做什么。"

苏南星压抑着声音，怕自己张嘴就是破碎的，咬着下唇不说话。后来，她整个人被周奕抱起来，被抱进了游艇的休息室里。

苏南星迷醉之间也没注意屋里什么样，但是等她躺在床上的时候，才意识到她身下是一片玫瑰花瓣，她听见周奕说："在公司里也没法送你花，就在这里送了吧。"

后来，苏南星觉得那天晚上他们所有的一切情事都好像是玫瑰味道的。

又浓烈又甜蜜，让人沉迷。

终于结束之后，苏南星在周奕怀里平息的时候，周奕忽然递给她一个纸袋子。苏南星打开一看，发现竟是一套红色蕾丝内衣。

苏南星嘲笑他："你那天到底买了多少套？"

周奕说："就这两套。"一套比基尼，一套内衣。

苏南星摸着那薄薄的布料："对红色情有独钟是吧？"

周奕贴过来："我喜欢你穿红色的样子……"

苏南星"哼"了一声，说他："看你平常在公司里一本正经的样子，私底下竟是这种恶趣味。"

苏南星觉得这就是一个蕾丝比基尼，比基尼好歹还不透明，这内衣穿上了比不穿好不了多少。

特别惹火。

周奕从卫生间里走出来的时候，发现苏南星不见了，走到甲板上去找她，正好看见苏南星从游艇边的梯子上爬上来，她的头发湿漉漉的，是刚从海里出来。

周奕刚想问她怎么下海了，可是随之就看到她穿着那身红色蕾丝内衣。那身内衣被海水浸湿了之后几乎贴在她身上，她踏上甲板，身姿妖娆无比，随意地将长发拢到耳边，一根手指点着他的胸膛，说："我穿这身，好看吗？"

周奕几乎是下意识地说："好看。"

他想，他恐怕再也忘不了这一幕。

然后，他们之间再也不剩下理智了。

当所有的一切都平息之后，天空已经挂满了星斗，海浪的声音一波一波的让人昏昏欲睡。

苏南星枕在周奕的怀里，听着他沉稳的心跳声，有些困了。

可是周奕还没有，他似乎在酝酿要说出口的话。过了一会儿，他整理好了思绪，喊了苏南星一声："南星？"

苏南星已经耷上了眼皮："嗯？"

周奕说："你觉得，我们回去了之后……"

苏南星略清醒了一些，这是他们第一次在这里提到回去之后的事。

周奕说："回到S市之后，我们可不可以……"在一起。

没等他说完，苏南星就轻声打断了他接下来要说的话，准确来说是一只手捂上了他的嘴。她反问了一句："你知道为什么前两次我试图撇清我们之间的关系吗？"

"知道，你怕流言蜚语。"

"嗯，对，而且更重要的是，我还想努力工作、努力挣钱，我还想升职，还想有更多的发展，我也有我的职业抱负。"

周奕说："或者，我们其中一个人调走……"

苏南星不接这个话，周奕前途正好，他调走难道要自断前程吗，还是刚升到行业总监的她调走？这对他们俩的职业前途而言，都不那么现实。

苏南星一直活得清醒，其实能听到周奕这些话，知道他真的考虑过他们之间的事，这就够了，真的，她已经很高兴了。

她说：“来的时候在飞机上，你跟我说当作一次旅行，但是我却把这几天当作一个美梦，有碧海蓝天还有你相伴，对我而言就是特别好了。”

“美梦就是用来回忆的。”苏南星说。

周奕说：“若是我能解决工作上的事呢？”

若是工作不再成为他们的阻碍呢？

苏南星微微一笑，说：“你知道前些日子云宝网推出了大数据相亲这个功能吗？”

“知道。”

“你知道大数据给我推送的是什么人吗？”

“是谁？”

“你还记得有一次加班，你来接我的时候，我正在跟隔壁科技公司的保安说话吗？那个保安，就是大数据给我推荐的对象。”苏南星反问周奕，“大数据给你推送了什么对象呢？”

周奕沉默，苏南星知道，大数据必然不会把她推荐给他。

她说：“你知道我心里对你的想法是什么吗？我把你当成一顿极为奢华美味的法国大餐，很美味，但是也昂贵不菲，不是我能时常消费起的。”

周奕说：“若我愿意被你消费呢？”

苏南星支起身子，在满天星斗下，轻轻地亲吻他的嘴唇。她的眼睛里也好像有闪亮的星星一样：“谢谢你，但是我消费不起啊，你很好，但我们终究是两个世界的人，我不想以后每天都在过那种去追赶你的生活。我只是普通人，你们的生活对我而言太远了。”

说开了之后，苏南星反倒心里舒坦了。

第二天离开的时候，她也没有任何负担了。

反倒是周奕，心情一直不太好，算起来这已经是他第三次被苏南星嫌弃了。

苏南星觉得周奕一定是在报复她。

早上，他把她叫醒说要看日出，结果她倒是看到了日出，不过她当时被他压在甲板上狠狠地折腾，哪里还有心情看日出。结束之后，她腰酸腿软，周奕将她抱下游艇。

在下游艇的时候，苏南星听见周奕说了句：“你躲你的，我自有我的办法。”

许开心坐在驾驶座上都能感觉到周奕的低气压，他用眼神询问苏南星，苏南星耸耸肩回一个我也不知道他怎么了的表情，气得周奕牙痒痒的。

许开心还要在沙海市待几天，用他的话来说："这里的漂亮女孩太多了，我还想多玩几天。"

周奕叮嘱他："你也悠着点，注意身体，别总玩，适当的时候可以考虑稳定下来的事。"

许开心满不在乎地说："等我玩够了，想稳定的时候我找一个门当户对的，在资源上能互惠互利的老婆，就安安心心地过日子了。现在这些漂亮女孩，漂亮是漂亮，玩在一起的时候也很开心，但是呢也不过就是玩玩。"

苏南星心里一叹，是了，可不就是这样吗？差距太大的，终究不是长久之计。

若说昨晚没有心动，那是骗人的，昨晚她很久才睡着。

她不敢拿自己的前途开玩笑，她付出了多少努力，加了多少班才得到现在这个位置她是知道的。她的人生哪里还有另一个四年去让她离开这里重新开始呢？

等到了机场，俩人正要去办理登机牌，就听见有人喊周奕的名字。

苏南星一看，发现是周奕那位前女友赵总。

许开心看了周奕一眼，一副看好戏的兴奋样子。

苏南星也想加入到许开心的吃瓜群众范围内，却被发现她逃跑的周奕一把拉住。

赵总走过来说："怎么不多待两天？"

周奕说："公司还有很多工作堆着，得回去了。"

赵总看见周奕拉着苏南星的手，眼神在苏南星身上转了一圈，又转回到周奕身上，问道："她就是你一直在等的那个女人吗？"

苏南星一愣，下意识地看了周奕一眼，听见赵总又说："我们都知道，工作忙不过是借口，其实你根本也没有把我放在心上，我跟你分手不是因为我要来沙海市当总经理，是因为我觉得我根本走不进你的心里。后来我才知道，你心里一直有个她。"

周奕说："谢谢你来送我。不过我们的事，都过去了。"

过去了，就没必要再提。

后来，苏南星也没有挣脱开周奕拉着她的手。直到上了飞机，周奕对她说："你没有什么想问我的吗？"

"没有。领导的私事，作为属下就不多问了吧。"

给周奕气得，后来一直没说话。

苏南星闭上眼睛假装睡了，这回她自己向空姐要了毯子给自己盖好，觉得这年头靠山靠父母靠男人，都不如靠自己来得靠谱。

可是她的脑子里总想到刚才赵总说的那句话——她就是你一直在等的那个女人吗？

飞机很快就到了S市，下飞机的时候，宋集给周奕打电话要来接，周奕拒绝了，说是自己打车离开。

在出租车上，苏南星看着两旁熟悉的景色，才真实地感受到他们真的回来了。

这场甜蜜的美梦终于结束了。

她看了一眼旁边的周奕，周奕大概跟她一个想法，也在转头看她。

周奕叹了一口气，将她一把搂过来，亲了亲她的额头，颇为无奈："我拿你真是没有办法，看着好脾气的样子，其实都得我顺着你。好吧，你说什么就是什么吧。"

你说要努力工作、努力成长，那就努力吧，大不了，我在旁边守着你就好了。

到苏南星家楼下的时候，周奕也跟着一起下了车，他让出租车等了一会儿，帮苏南星把行李拎进了她家，屋子里静悄悄的，苗萌萌没在家。

也就是说，这个时刻，这里只有他们两个人。

周奕看着她，说了句："难道不吻别一下吗？"

苏南星说："出租车还在楼下等你呢。"

周奕说："所以啊，那就更得抓紧时间了。"他一把将她压在墙上，在她半推半拒的微弱力道之下，狠狠地亲了她。

最后，他依依不舍地离开了。

苏南星摸着自己被周奕亲得发麻的嘴唇，叹了一口气，但是脸上还是控制不住地笑了起来，又甜又软。

看着镜子里满脸春色的自己，诚实一点吧，即使她再理智，可是有些事终究不是理智就能挡住的。

苏南星洗了个澡，换上一件纯棉大T恤。洗澡的时候，她发现自己身上再一次被周奕留下了成片的淡红色痕迹。今天早上的时候因为是最后一次，周奕特别激烈，胸口和脖颈被他种下了吻痕，像是要把她吃了一样。她的手指摸在上面，感觉到一点微妙的酥麻感。

就像刚才他留下的吻一样，带着又麻又酥的感觉。

吹干了头发，滑进被窝里，她把所有的烦心事放下，美美地睡了一会儿。

等她醒来后，苗萌萌已经回来了。

苗萌萌可怜巴巴地坐在桌边等苏南星醒过来开饭，不擅长厨艺的她点了一大桌子外卖，什么水煮鱼、宫保鸡丁、排骨炖豆角之类的菜，闻着香味就让人食指大动。

苗萌萌邀功般凑过来："这盆水煮鱼是我拿着我们家的不锈钢盆到楼下那家小四川水煮鱼排队买的，点外卖的话可没有这么大的量。为了庆祝你回家，今晚就不减肥了吧！"

苏南星发现，一周没见的苗萌萌似乎又瘦了一点。苗萌萌美滋滋地在她面前转圈："我又瘦了两斤！我现在一百二十二斤了！距离我们拍姐妹照的时间更近了！"

苏南星夸她："瘦了就变美了。"

"那是，人家都说减肥是最好的整容，我非得让陈飞大吃一惊，后悔跟我分手不可！"

开饭之前说要减肥的苗萌萌，在面对一盆香喷喷的水煮鱼的时候，她立刻就忘了开饭前的誓言，一顿饭把上一周减掉的两斤吃了回去。第二天早上称体重之后，她哭唧唧地抱住苏南星："星星，晚上我们一起跑步吧……"

"好啊。"

又是周一上班，苏南星没有穿周奕给她买的那些昂贵的套装，还是穿回了自己的肥大工装，显得低调不招眼。

到了办公室，她先给大家发在沙海市买的特产小零食。结果等宋集走进来，他也笑呵呵地开始给大家发沙海市的土特产，还说："哎呀，沙海市可太热了，太阳太毒辣，把我晒脱一层皮。"

苏南星瞥了宋集一眼，觉得宋集可真是个人才，无论是从演技还是特意买土特产送同事这点上，他都表现得好像真的在沙海市待了一周一样，一点都看不出来他其实没去过。

李婉羡慕地说：“你这能跟着周经理去公款吃喝的人，就不要说这种气人的话了。”

这种没大没小的话，宋集也不生气，反倒说：“什么公款吃喝啊？自助餐都冷飕飕的，我吃坏了肚子好几回，苏总监还帮我买过一回泻立停呢，后来我见到面条都亲。”

苏南星也顺着话题：“我只去海边吹了一天风，现在觉得自己头皮疼，红了一大片，不知道怎么了？”

钱大姐有经验地说：“哎哟，这是晒伤了头皮吧，可遭罪了。”

苏南星捂着头皮，一副痛苦的模样：“下班我去药店买点药膏。”

钱大姐说：“药膏也没用，非得脱掉一层皮才能好。”

苏南星装模作样地叹了一口气。

没有任何人怀疑宋集，也没人怀疑苏南星和周奕，从始至终，宋集一个眼神都没给过苏南星。

所以说，宋集能年纪轻轻就跟在周奕身边顺风顺水地升职，绝不是省油的灯。

周奕离开一周，工作堆积得比苏南星还多。整个周一，他基本就在各种大小会议之中度过了。直到周二的下午，系集部的大家才见到他在办公室坐下处理公务。

这时候有需要他签字的、向他汇报工作的，就都去找他了。

苏南星走之前已经签好了南环区公安局的分包商合同，预计明天去现场看看施工进度，得向周奕报备一声。

刚要进去，桌子上的内线电话响了，周奕说了句：“把你手头的项目进度表报一份我看看。”

这个表格她昨天就准备出来了，很快就打印出来，敲门进了周奕办公室。

周奕正低头在手机上打字：“今早怎么没来跑步？”

苏南星不说话。

周奕又打字：“你不来，我等了好久。”他还发了一个哭泣的表情，真是让苏南星无奈极了。

他又继续打字：“反正我还会等你的，你若是不心疼，就让我一直在那里傻等。”

苏南星用口型无声地说："别这样。"

周奕叹了一口气，又打一排字："那我可要报复你了。"

苏南星还没反应过来，就见周奕拿着她递过去的表格摔在桌子上，动静还不小，估计外面大办公室的人都能听见。接着，周奕就开始大声地数落苏南星："你怎么做的这个工作？多用点心思吧！这个数，还有这个数据，都写错了！"又说她，"转正不是让你业务能力变差了的！你若是还这么放松，我告诉你，你很危险！"

周奕呵斥苏南星："拿回去重改，回头给我！"

苏南星看着周奕一边表演，一边还在手机上打字给她看："配合一下！"

苏南星觉得怎么才发现系集部都是戏精？昨天刚发现宋集是实力派演技，还能自己准备道具的那种，今天发现他们领导周奕是灵魂派演技！

苏南星觉得自己也得磨炼演技了，要不在系集部都快混不下去了。她配合着哭丧着脸，说了句："对不起经理，我马上回去改。"拿着文件就出来了。

大办公室的人当然都隐隐约约听到周奕呵斥苏南星的声音，大家对她报以同情，因为周奕对属下一向很少发这么大的火，这次对苏南星看来是真的生气了。

之前周奕帮她转正，还有再之前提拔她升总监，甚至连去沙海市出差也有她的名额，部门里早就有人腹诽了。宋集作为周奕心腹爱将没人想到别处去，但苏南星被周奕另眼相待，就算她再遮掩自己的身材和容貌，众人对她和周奕的揣测到底还是会有的。

周奕对苏南星演这一出，让部门里那些大姐对她表面报之以同情，但心里又有那么一丝不足为外人道的看好戏的心情，觉得让你爬得那么快，跌得也快！

钱大姐小声地安慰她："没事吧？"

苏南星装作苦笑，从工作中抬头："没事，是我马虎，让经理生气了。"

钱大姐说："我们经理其实人挺好的，你别往心里去。"

苏南星说："嗯，我知道。"

没过两分钟，周奕就发来微信："没吓着吧？"

苏南星说："吓着了。"

周奕说："那你再进来，让我抱抱，安慰安慰你。"

苏南星：“……”

周奕：“晚上我请你吃饭，给你压压惊。”

苏南星没回话，周奕又发来一条：“乖，都是为了你好。”

苏南星这回回复了一句：“我知道。”

周奕说晚上要请苏南星吃饭，可是到下班的时候，周奕却开车载着黄欣然走了，他特意跟苏南星解释：“对不起，今晚失约了，我爸回来，一定要请小黄吃顿饭。”

苏南星回了一句：“本来也没打算跟你出去吃饭。”

周奕回了一个手捂着心的表情。

黄欣然又坐上周经理的车离开，这件事很快就被部门里的人知道了。张大姐跟钱大姐往周奕办公室的方向努了努嘴，那表情就不用言明什么了，大家都懂。

钱大姐说：“我听说我们周经理的爹最近要退了，回到L省之后请顶头上司的女儿吃顿家常饭，也挺正常的吧。毕竟他人不在了，但是周经理还在华信这个圈子里混呢。”

张大姐瞥了一眼脸色不佳的李婉，说了句：“小黄的条件真是好啊。”

苏南星并没有参与到他们的聊天，而是认真把手头的工作做完，晚上没有加班，跟苗萌萌夜跑去了。

结果，等她跑到家的时候，在家楼下看到了站在车边抽烟的丁琰。夏天的傍晚，丁琰穿着一件亚麻衬衫，修长手指夹着烟，看起来闲适又潇洒。

丁琰看到苏南星的第一反应仍然是先掐了烟，才向她走过来：“昨天就知道你回来了，可惜我加班到很晚，今天我也才下班，正好顺路来看看你。”

这理由，让苏南星接不上话。

丁琰自己倒是又抛出了一个能让苏南星继续聊下去的问题：“去跑步了？”

“嗯。”

旁边累得气喘吁吁的苗萌萌看着俩人，眼神乱瞟，决定自己还是乖乖待在星星后面好了。

丁琰问苏南星：“还有力气吗？陪我一起散散步？”

苏南星心里一直记着丁琰那次帮忙的人情，自然不会拒绝：“好啊。”

又跟苗萌萌说，“你自己上去吧，一会儿回家别吃饭啊，吃饭就白跑了。”

苗萌萌哭丧着脸：“我就吃半个苹果……另外半个留给你。”

苏南星摸摸她的头：“乖。”

丁琰看着这对闺蜜，看苏南星对苗萌萌那又宠溺又有爱心的样子，忽然想若是将来她有了孩子，是不是也会对孩子这么好？甚至对她的另一半也这么好呢？

在丁琰刚出现的时候，苏南星还在猜测他的意图，聊了一会儿之后，苏南星就放松下来了，丁琰好像就是单纯地来看看她而已。

不知不觉，她就被丁琰引导着说了很多话，尤其是在沙海市的一些有趣的事，让俩人的气氛很是融洽。

苏南星说：“出去转了一圈长了许多见识，觉得自己还是井底之蛙，要更加努力学习才行。”

苏南星还掏出手机给丁琰看那天听科未陆副总裁讲演时记下的一些听不懂的关键词：“我觉得我应该再系统学习一下这方面的知识。”

丁琰扫了一眼，说：“我觉得你可以先从最初级的 CCNA 开始学习。”

苏南星说：“我也觉得我该去考一个网络工程师，不过这种补习班良莠不齐，我还没从中挑选出一个靠谱的呢。”

丁琰说：“我正好认识个朋友是从事成人教育的，可以帮你问问。”

苏南星立刻道谢，想到好像最近几次都是丁琰主动提出帮助，心里真是很感激他。

“谢谢啊，又给你添麻烦了。”

丁琰说：“所以啊，你又欠我一顿饭了，可不能耍赖啊。”

苏南星笑道：“怎么会，一定请，都记着呢！”

丁琰说：“那好，这个周末我若是不加班的话，可是要找你履行约定的。”

苏南星自然说好。

丁琰体贴苏南星刚跑完步，怕她累，就赶紧让她回家了，自己也开车离开了。

苏南星目送丁琰的车离开，回到家中之后，迎接她的是苗萌萌八卦好奇的目光。苗萌萌先把那半个苹果递给苏南星，自己磨牙似的吃着另外半个小苹果，但是八卦让她两眼冒光：“诶，刚才那位帅哥是谁呀？”

“丁琰。”

苗萌萌这个正牌闺蜜当然知道当年苏南星转部门的真相，惊呼：“他就是丁经理！人这么帅！他怎么来了？”

苏南星抛出一句：“他离婚了。”

苗萌萌连那半个苹果都不吃了，激动得拍大腿：“他这是来……追求你？”

“不知道，人家也没说，而且最近我受了他很多帮助啊，也不能在人家什么都没明说的时候就直接去拒绝人家，万一他不是那个意思，这关系还怎么处理？”

苏南星一边脱衣服一边说：“不过我得注意好分寸，毕竟我马上就要转正了，就是正式的行业总监了，我得好好干，不想因为这些男人们影响我。”

苗萌萌平常迷糊，但今天一下就抓住了话里的重点：“男人们？除了这个斯文英俊的丁经理之外还有谁？”

苏南星觉得跟周奕的事扯了这么久，还是应该告诉苗萌萌：“还有我们系集部的周经理。”

苗萌萌的声音都提高了八个分贝：“周奕？我的天，那个顶级大帅哥？我就说嘛，他那天晚上还送我们俩回家，果然是有点事儿！”

她又开始八卦周奕的事，当她听到那么多周奕和苏南星的亲密之后，手里这小破苹果也吃不下去了，站起身叉腰，雄心勃勃地发誓：“老娘再也不去想那个嫌弃我的前男友了，我也要瘦瘦美美的，练出魔鬼身材，也要找一个周奕这样的大帅哥，就算不结婚，让我睡一睡，我也没有遗憾啊！”

苏南星觉得：好吧，苗萌萌关注的点总是不一样……

苗萌萌一激动，当天晚上就捧着她赶制了一半的婚纱在电脑前面录视频，一边缝婚纱一边在视频里念叨。这种独特的减肥小视频竟然让她也有一批固定粉丝，听说现在弹幕也有五六十条了，让苗萌萌很是得意。

第二天上班，苏南星上午去了南环区公安局现场看施工进度，下午的时候才搭乘地铁回公司，周奕的微信已经发过来了：“你早上又没去。”

苏南星：“昨晚和室友夜跑了，今早太累。”

周奕：“借口。”

苏南星：“嗯，对，就是借口。”

周奕打了一排字：“就是因为我太宠着你了。”

苏南星对着微信止不住地笑，没想到周奕竟然也会有这样一面，忽然很想看看他现在的表情。

想一想，苏南星就忍不住地笑了。

下午回到公司，周奕从她办公桌前路过的时候，连个眼风都没有甩给她，一副还在为昨天表格出错的事生气的样子。苏南星只埋头工作。

下午，她被人事部叫过去，人事部副经理客气地跟苏南星说："这是新的合同，你签好名字之后我录入到人事档案里，这个月你的工资就先按照这个调整了。"这就是非常直接地做人情了，苏南星立刻说了谢谢。

当她在合同上签上自己名字的时候，苏南星觉得自己也没有什么激动的感觉，其实这合同跟临时工的合同看起来没什么区别，可是从今以后，她苏南星这个行业总监就是名正言顺的了，她一下子就迈入到公司中层领导的行列了。

刚走回办公室，周奕打内线电话将她叫过去。进屋之后，他在手机上打了几个字："合同签了？"

苏南星点了点头，周奕问她："什么感觉？"

苏南星摇了摇头，意思是没什么感觉。

周奕又写："晚上庆祝一下？"

苏南星还是摇头。

周奕没搭理她，拿着她递过来的文件，又冷声训了她两句。等她出来之后，钱大姐她们说："看来这两天我们经理的心情很不好啊。"

张大姐八卦地问："是不是你们在沙海市出差的时候，有些什么事儿没做对，惹经理生气了？"

苏南星自然知道他们的探究之意，说了句："没有啊，我跟宋总监也不敢惹他，只想伺候好领导呢。"她一副思考的模样，随后露出一副我想起来的样子，说，"我想起来了，我们经理在展览会上遇到了他前女友！"

大家一听，八卦之心燃起："哪个前女友啊？我们经理的前女友太多了，光是相亲处的那几个我们都没认全。"

苏南星说："这个我们还都认识，就那位科未的副总经理啊，大波浪长发那位。"

众人一听，有人发出了恍然大悟的"哦哦"声，大家一下子就将话题转移到了这位赵总身上，开始打听赵总跟周奕到底发生了什么。苏南星半真半假地说：“我们在科未的展厅里见到这位赵总，俩人看起来挺正常的，不过那天下午听完演讲之后，我看到他俩单独站在那儿说话，我没敢上前打扰啊，我也得有点眼力见儿是不是？”

李婉说苏南星：“这时候你就应该冲上去，找一个最近的地方听一听，帮我们人民群众刺探一下情报。”

钱大姐感慨地说：“我们经理就是电视剧里演的那种高富帅，人长得帅，腿还长，身材也好，看他那挺直的腰板，跟那些垮塌的男人就是不一样，连背影都透着精神劲儿，而且年纪轻轻就是省公司的经理级领导了，这么好的条件得找个什么样的老婆啊？”

张大姐说：“是啊，一般的女生都配不上我们经理，得是条件特别好的那种。”

黄欣然一直在附和大姐们聊天，听到这里，她嘴角微微翘起，说了句：“是啊。”

李婉看到她笑，想到昨晚周奕又载着黄欣然走了，心里就来气，但又不敢明面得罪她，说了句：“欣然妹妹一直不说大数据给你推荐了什么对象，你条件这么好，想必介绍的对象也都特好吧？”

李婉又说：“我先说说我的，之前大数据给我推荐的那个公务员科长没了，最近换了一个私企小老板，据说每年挣个百十来万的。”

张大姐听了，在旁边跟钱大姐露出一个努嘴的表情，意思是：听她瞎吹。

黄欣然露出一副羡慕的表情，夸李婉：“婉婉姐好厉害啊，年入百万呢，真是不错。”

李婉说：“你看我都告诉你了，你是不是也该告诉我？”

黄欣然抿嘴笑，说：“我的云宝账号连着我爸的亲情账号，所以推荐的对象不太准，若是单凭我自己，可能不会推荐这么好的。”

钱大姐说：“哟，连上了父母的亲情号，那大数据就会再考虑到家世了，恐怕推荐的对象不止年薪百万了吧？”

黄欣然只是微笑，不再多说了。她大概为了转移话题，故意带上了一直在埋头工作的苏南星：“苏苏姐的大数据相亲对象怎么样的啊？”

苏南星就算此刻已经转正了，也是藏拙藏到底，不过她说的也是实话：“大数据给我推荐的不太好，就是一个很普通的人，我猜他年薪十万都没有。”

李婉一听，心里美，觉得苏南星就算升到了行业总监又怎样，大数据给她推荐的男人这么差。

黄欣然嘴上也安慰她："苏苏姐这么好，一定会遇到更好的人。"这姑娘连安慰的话也没个内容，苏南星也不在乎，本来就是放出来给他们听着让他们在心里幸灾乐祸的而已。

下班前一个小时，周奕过来交代了苏南星一个任务。苏南星到下班也没干完，结果又得加班了。

周奕也跟着大伙一起下班了，苏南星又干了一个多小时，办公室里除了她早就没人了，整个八楼都安静极了。忽然，一个高大的影子站在她办公桌旁，她抬头一看，竟是去而复返的周奕。

周奕先装模作样地说："干完了？"

苏南星不爱搭理他："没。"

周奕淡淡地说："哦，那就别干了。"

苏南星故意说："领导说明天着急要呢！"

周奕笑道："现在领导跟你说，领导最着急的事是想跟你一起吃顿饭。"

苏南星埋汰他："领导太难伺候了。"

周奕调侃道："领导一点也不难伺候……"

"今天为了庆祝你正式转正，我请你吃饭，你赶紧收拾一下，我先在楼下的车里等你。"不等苏南星答应，他就先下楼了。

苏南星磨蹭了一会儿，才下楼，沿着公司前面的马路走到十字路口。一辆黑色的奥迪静静地降下了车窗，周奕坐在驾驶座上跟她说："上车。"

苏南星上了车就发现这车的内饰十分豪华，看着就是那种很贵的车。

周奕扫了苏南星一眼，说："在吃饭之前，我先领你去个地方。"他很直接地领着她又去了服装店，直接买了两条连衣裙。周奕那执着的红色病又犯了，非得让苏南星穿一条红色连衣裙，柜员还帮着化了个淡妆。当她穿着那身无袖贴身红色连衣裙走出来的时候，周奕满意极了。

他还特意给苏南星买了一副墨镜，说："你穿成这样再戴上墨镜，就算走进公司里，也没人能认出你来。"

苏南星心中一暖，知道他是怕她担心被人看见，唉，明明之前已经决定了要结束和他的关系，但是当周奕这样贴心的时候，真的很难抗拒。

内心叹了一口气，她说："你不要这样……"

周奕一把搂上她的肩膀，说："今天可是庆祝的日子，晚上我推了好几个饭局呢，就为了等你。”又说她，“今晚就穿得漂漂亮亮的，跟我一起吃顿饭吧，不要想太多。”

苏南星能说什么呢？她能抗拒得了什么呢？

这样的周奕，怎么让人抗拒呢？

不过，苏南星还是吐槽他：“你怎么那么喜欢我穿红色衣服？”

周奕凑过来，低声道：“其实我最喜欢你穿那身红色蕾丝内衣，今天你穿了吗……”

苏南星一下子脸就红了，使劲推他一下，但是他身体硬邦邦的根本推不动，说：“你再说，我走了啊。”

周奕只得服软：“别，我不说了。”

苏南星说他：“你这算不算职场性骚扰？算不算以权谋私？”

周奕一本正经道：“我得检讨，作为领导总想请我的总监吃饭，喜欢我的总监穿得漂漂亮亮地对我笑。我觉得，起码我在整个过程中，包括晚上的一些体力劳动，我的总监对我还算满意，所以我认为就某些方面而言，我也不算是以权谋私，算是两情相悦吧，你说是不是？”

苏南星哼了一声，想反驳他，又反驳不出来，就送了他一个白眼，换来周奕闷笑，他在旁边捏了捏她的手。等菜上来之后，他开了一瓶香槟酒：“来，祝我们苏总监前程似锦。”

苏南星说：“那我祝领导步步高升。”

周奕笑：“借你吉言。”

那天晚上吃到很晚，周奕送她回家的时候，对要下车的苏南星说：“今晚开心吗？”

苏南星说：“饭菜可口，很好吃，多谢领导。”

周奕说：“既然是感谢领导，口头感谢可不行，怎么也得落到实处？”

苏南星不上他的当，周奕说：“怎么着也得亲我一下吧？”

“美得你。”

周奕说：“那行，你不亲我，我亲你总行了吧。”说完一把搂住她，深深地亲了过去。

似乎只要他们贴在一起，身体的记忆立刻就被唤醒一样，周奕忍不住想攫取更多，后来还是苏南星保持理智，推开他，说了句：“明天见。”

周奕平复了一下呼吸，说：“我送你上楼。”

在楼道里，周奕对她说：“你的顾虑我都知道，晨跑你若是不愿意的话，那以后就夜跑吧，夜里黑，也没人能认出来。”

苏南星终究还是敌不过内心，轻声应了一声：“嗯。”

改约夜跑之后，那一周剩下的几天反倒都没有约上，不是苏南星加班，就是周奕有饭局，回家都太晚了，周奕也不舍得让她太累，夜跑就一次也没约上。

到了周末，苏南星还有一堆事，她先去了丁琰帮她找的网络工程师初级班报名。这种专业性极强的课程特别贵，而且对报名人的条件也有限制，丁琰帮她找的这个是那种专门针对高管的课程，上课的学员都是各大网络公司的中层以上领导干部，既是上课也是攒人脉，非常难得。

苏南星知道自己这是又欠了丁琰一笔，从报名处出来她给丁琰打电话。丁琰先掐了她电话，他大概是在开会，过了二十分钟之后，他打电话过来，先解释了一下：“我在集团公司这边开会，刚才和主抓市场部的于副总汇报工作。”

苏南星在市场部干过，知道市场部那边对营业额的看重。她说：“我报上名了，才知道这是什么地方，又让你费心了。”

丁琰说：“也是我正好认识人而已，小事儿一桩。不过这个周末本来想约你一起吃饭的，恐怕是不行了，我回不去了。”

苏南星忙说：“那下个周末吧。”

丁琰说：“行啊，只要时间可以。”想了想，又说，“也不一定非得周末，哪天下班之后有空也可以。”

苏南星又欠了人家人情，自然说可以。

丁琰那边很忙，好像有集团公司的人在跟他打招呼了，他简短地说了一句：“回头再跟你说，我这边还有点事儿，先挂了。”就挂了电话。

苏南星报了名之后就坐地铁回父母家，一个来月没回家了，父母一直在念叨。

等回到家，父母果然已经准备好了一桌子饭菜，桌上还摆了三罐啤酒。等最后一道家常豆腐上桌之后，苏母端起啤酒，满脸带笑：“庆祝我们家星星转正啦！以后就是正式工了！”

苏父也极为高兴，笑呵呵地道：“我们家星星真争气，给爸长脸！”

苏南星也说：“转正之后我的薪资待遇也会变好，以后会让你们俩享福的。”

苏父笑着说：“你有这份心就行，以后你挣了钱自己也攒着点，欠债不着急，我们慢慢还。你是个女孩子，还是总监，得穿得漂漂亮亮的才对。”

苏南星上午去报名了那个学习班之后真的很穷了。

她和父母说了为了新工作岗位报班学习的事：“最近手头也会紧一点，学费太贵了，我还欠了一点信用卡。”

苏父说：“好好上进就对了，这个钱应该花，没事儿，家里不用你操心，你好好顾着你自己就行。”

苏南星还开玩笑地说了一句：“爸，你是不是发财了？”

苏父难得舒心地笑了：“发财没有，但有这个机会。”问再多，他就不说了。

苏南星和苏母很担心他又继续借钱搞东山再起，旁敲侧击问了好几句，苏父最后说了句：“我没借钱，不用担心，而且现在谁还敢借我钱呢？我想借也没人借我。”

这话倒是真的，大家都微微叹了一口气，苏母说：“这不是担心你嘛，来，吃菜吃菜，多吃点排骨。”

吃了一会儿，苏母有点得意地念叨：“当初那个徐良骏因为你不是正式工跟你分手，我看他知道你转正还升职了总监之后，会是什么表情？现在你挣得比他都多！”

苏父也得意，但他还知道克制，说了句：“这样的人品，早点分了也好。”

苏母还跟苏南星说：“星星啊，妈给你讲，就算徐良骏回来找你，你也别跟他再好了，这人靠不住。”

苏南星点了点头：“我知道，都是过去式了。”

苏母满意地说：“我们星星会遇到更好的。”

苏南星知道父母其实还是希望她早点结婚成家的，不过这事儿没法强求，还是等家里债务还完之后再说吧。

晚上，苏南星跟苏母出去散步，回来洗漱完刚躺上床就接到了丁琰的微信，他说：“白天太忙了，才回到酒店房间。”

说完之后，他又主动抛出一个问题：“睡了吗？”

苏南星：“没呢，正洗漱呢。”

丁琰：“CCNA 课程还有几本书，别忘了买。什么时候上课啊？”

苏南星：“周三晚上，还有周六全天。”

丁琰：“跟我那时候的时间安排一样，那时候为了挤出周末上课的时间，可把我忙坏了。”

因为有了共同点，他们的话匣子就打开了，苏南星问他：“你也学过这个课程啊？”

丁琰：“是啊，我也得不断学习啊，所以你有什么不会的，可以问我，我还记得考试的考点。”

苏南星发了个感谢的表情：“哇，那可真是太好了，我不会客气的。”

俩人微信聊了一会儿，直到苏南星困了，跟丁琰发了个晚安，才结束了聊天。

第二天傍晚吃完饭，她收拾了一下准备回自己的出租屋了。临走的时候，苏母非得让她带着排骨和猪蹄，她拗不过，到底拎着一堆美味走了。

苗萌萌见到这堆美味，纠结了半天，最后还是吸溜着自己快要流出来的口水，抱着自己缝了一半的婚纱在身上比画一下，坚定地说：“不，我不能吃，我要瘦，我要美，我要睡美男子！”

苏南星：“……”

好吧，你爱干啥就干啥吧。

回到自己的小屋子里，苏南星收拾了一会儿，接到了周奕的微信：“今晚有空？八点，夜跑？”

苏南星想了想，毕竟之前答应人家了，不能总找借口躲他，就回了个“好”。

等快到八点的时候，她换上运动装准备出门，忽然接到周奕的电话，电话那头他的声音有点无力的低沉：“今晚我去不了了。”

听他的声音，好像是不太舒服的样子，苏南星自然问：“你怎么了？”

“没事儿，老毛病了。”

那就是胃炎又犯了，苏南星说：“昨天在饭局上喝多了？”

“没喝多少，不过这几天没好好吃饭。我没事儿，缓一会儿就好了，你夜跑注意安全。”

苏南星忍不住问他：“那你吃饭、吃药了吗？”

周奕回：“没，太疼了，懒得动。”

他又补充了一句：“再说家里连挂面也没有了，外卖又不想吃。”

得，领导把话说到这个分上，做下属的要是还不明白，那她也不用升职了。

苏南星叹口气，认命地说：“你家在哪儿，给我发个定位，我给你送点挂面。”

周奕一听，语气一下活泛了，还点菜：“我想吃番茄鸡蛋面。”

苏南星只得应了一声，去附近的超市把材料买上，打车去了周奕家。

周奕家离她家很近，打车都没有超过起步价，她坐上电梯的时候就在想，一会儿给他做完饭就离开，绝对不跟他多纠缠。

到了他家，开门的周奕穿了一件灰色的T恤和家居裤，头发散乱着，脸色看着也差，整个人看着比平常虚弱很多。苏南星让他赶紧回屋里躺着，周奕说：“我就在沙发上躺着，想看到你。”

苏南星听他这么说，心里顿时有点软，叹了一口气，发现自己面对他的时候总是拿他没办法。她坐在沙发边帮他盖毯子，周奕说：“南星，你能来看我，我很高兴。”

苏南星低声“嗯”了一声：“你好好躺着吧，我去给你做饭。”

周奕的家很大，他一个人住着二百来平方米的房子，当年他买房子那会儿，开发新区的房价还挺便宜的。

房子虽然很大，但厨房用具很少，她翻了几个柜子，发现他家基本上只有五个碗盘、几双筷子。

完全是单身汉的生活，一点生活气息都没有。

苏南星一边准备食材，一边在锅里烧开了水，将挂面放进去，另一个灶台点火开始做番茄鸡蛋卤，动作熟练，很快就做出了一碗令人食指大动的番茄鸡蛋面。为了营养均衡，她还配了一点水煮青菜放在面条上面，绿色的小菜配上红黄相间的鸡蛋面，颜色看起来就让人觉得可口。

端到周奕面前的时候，他先是挑两根慢慢吃，发现胃不那么疼，才开始大口吃起来，吃到后来出了满头大汗，但整个人看着也精神一点了。

苏南星在他吃饭的工夫打量了一下房子，发现这套二百平方米的房子有四个房间，客厅很大，周奕在沙发对面的墙壁上安装了投影仪，投影仪前面还摆放了一台划船机，看起来他很喜欢一边看着电影一边运动。

周奕吃完了饭，苏南星起身收拾了碗筷，又给他端来一杯温开水，叮嘱他：“过半个小时后再吃药。”就打算离开了。

周奕没想到她立刻就要走，一下拉住了她的手腕：“怎么这么快就走？”

见苏南星不说话，他又说：“我的胃还不舒服呢，你再陪我一会儿好吗？我保证，不会做任何超出同事关系的事。”

苏南星一听，觉得人家周奕都这么说了，自己若是太冷硬也不好，就顺着他的力道坐了下来。俩人倒是坐得规规矩矩的，中间隔着两个人那么远。

周奕提议："陪我看会儿电影吧？"

苏南星是客随主便，点了点头，结果周奕放的是他们俩之前在去沙海市飞机上看的那部《爱在黎明破晓前》。周奕特意解释一句："上回没看全，这回从头看。"

苏南星能说什么，一部电影而已，就跟着看。电影中俊男美女精湛的演技很快就让她再一次沉浸在情节之中，当再一次看到女主角随着男主角下了火车，决定与他一起在维也纳短程旅游的时候，周奕忽然说："你还会想起在沙海市发生的事吗？"

苏南星靠着沙发："会啊，碧海蓝天，椰林树影，怎么不想呢？"

周奕说："我也会想。"

但是他更想的不是沙海市的景色，而是沙海市的苏南星。

他也知道，在不能解决他和苏南星的工作问题之前，这样着急贴近她会给她带来不好的影响。他已经十分克制自己了，也十分小心不让别人看出他的心思，甚至开始在公司里对她冷面相向了。

可还是忍不住想将她拉到自己怀里，想亲亲她、抱抱她，想跟她随意说话，甚至抬杠也好。

后来，苏南星陪着周奕终于看完了这部影片，结尾时恋人终究还是在黎明到来的时候分开了。尽管他们约定了六个月之后再见面，但那美好的感觉终究不再是昨晚那样让人心动了。

十点多，苏南星起身走了，这次周奕没再留她。

送到门口的时候，周奕说："我病得这么难受，你没有什么安慰吗？"

苏南星说："你吃进肚子里的西红柿鸡蛋面就是我对你的安慰。"

周奕说："那不够，只安慰了我的胃，我的心还没有被安慰。"

苏南星嘲笑他："够了，有得安慰就不错了。"

周奕说："起码，也得抱一下安慰吧？"

"不抱。"抱了的话，就容易被他拉到床上去，到时候又变了味道。

但周奕已经一把从后面将她抱住了，苏南星感觉到他的头埋在她的脖颈处，他喷出的热气激起了那里敏感的战栗。

他说："我食言了，还是忍不住做出了超出同事关系的动作。你不要动，就这样，让我抱一下。”

苏南星没说话，也没回头。最后，周奕放开她的时候，在她耳边低声说：“晚安。”

她才回应了一句：“晚安。”然后头也不转地离开了。

第二天上班，早上在办公室里遇到周奕的时候，他神色淡淡地跟她打招呼。

午饭前他开完会回来，苏南星进他办公室送文件，随着文件还递给他一盒胃药，声音极低地说了句：“别忘了吃药。”

周奕见到这盒胃药，心里暖了起来，忍不住伸手去拉她的手，在苏南星还没有挣扎的时候就放开，说了声谢。

苏南星放下文件，出了门。

周一是惯常的忙碌，苏南星那天没加班，因为下午的时候苗萌萌给她发微信让她早点回家，说晚上有事需要她帮忙，反复强调早点回家别加班。

等苏南星到家的时候发现苗萌萌在镜子前试裙子，苏南星问她：“什么事儿啊，这么着急？”

苗萌萌有点兴奋，还有点害羞：“那个，小白猪，哦，就是大数据给我推送的相亲对象今晚约我见面了，我想你陪我去。”

苏南星说：“你相亲我陪你去，这不太好吧。”

但又不放心大晚上让苗萌萌一个人去见相亲对象，她便说：“我可以装成路人甲坐在你们旁边桌，若是你看不上他，给我发个微信我就立刻打电话约你出来；若他对你图谋不轨，我还能帮你。”

苗萌萌一听，这招也不错啊，就同意了。

所以，苏南星就带着防狼喷雾去围观三次元的大数据相亲了。

第九章
总是身体更诚实

说是带着防狼喷雾去，但其实等见到小白猪的时候，发现他是那种看上去就根本不会做出格事情的男孩子。

苗萌萌坐在咖啡厅里等待的时候，还挺紧张的。苏南星坐她后面那把椅子上，背对着背，说："行啊你，什么时候跟小白猪联系上的？竟然没告诉我？"

苗萌萌说："就在云宝 APP 上，有一搭没一搭地聊天，可能因为我们俩这个匹配的原因太逗了，所以大家都没当回事。今天见面也是觉得应该为有趣的灵魂一起吃顿饭，毕竟因为买午餐肉罐头被匹配的人大概找不出来第二对了。"

这个理由是让苏南星服的，竟无言反驳，心里也跟着苗萌萌一起期待这个跟她一样奇葩的小白猪到底是个什么样的男孩子。

等小白猪出现了，苏南星当时还没反应过来，听到背后的苗萌萌说了一句"你好，我是苗萌萌"，她才知道小白猪出现了。

一个很斯文的男声响起："你好，我是陈彬。"这俩人还装模作样地握了下手，小白猪又说了一句，"嗯，我就是小白猪。"

苗萌萌笑了起来，说："我是胖虎哥。"

逗得苏南星忍不住笑，然后，她决定悄悄坐到她桌子对面的椅子上，看看小白猪的长相。

等她磨蹭着坐过去，装成低头刷手机的样子，用余光看小白猪时，发现这个男孩子看起来挺干净的，是一个长相不是十分出众，但是跟人聊天的时候倾听的姿态和表情都让人很舒服的男孩子。

这俩人开始聊天，小白猪问苗萌萌婚纱做好了吗？

苏南星听了，觉得他俩其实之前在云宝上已经聊挺多了，连苗萌萌缝制婚纱的事，小白猪都知道。

苗萌萌兴高采烈地讲她在B站一边缝婚纱一边讲减肥经历的奇葩事，小白猪竟然听得津津有味，还夸苗萌萌：“全B站，哦，不，全网也找不到一个像你这样一边缝婚纱一边讲减肥经历的UP主。”逗得苗萌萌哈哈大笑。

这俩人相谈甚欢，根本不需要苏南星和她的防狼喷雾。

苏南星扫了一眼苗萌萌的背影，连背影都能看出来她很高兴，像苗萌萌这样有趣的女孩子，就该遇到一个能聊到一块去的男孩子。

又坐了一会儿，她觉得这俩人完全不需要她继续在这儿掺和了，苏南星都想自己先走了，咖啡厅的玻璃门开了，走进来两个人。苏南星正低头给苗萌萌发微信，忽然听见有人喊她一声：“南星。”

苏南星抬头一看，是丁琰。

丁琰身后还跟着一个好像是运营商的人，她站起身客气地叫了声：“丁经理。”

丁琰说：“怎么自己来喝咖啡了？在等人吗？”

“没有，就自己来坐一会儿。”

丁琰说：“那你一会儿就是没事了？”

“嗯。”

丁琰便道：“那你等我一会儿？我先跟刘经理谈点工作的事。”

苏南星便坐在旁边等着丁琰，同时给苗萌萌发微信，说自己要先离开了。

苗萌萌还跟小白猪说：“对不起哦，我先发个微信，是个十分重要的吃瓜微信。”

苏南星：“……”

小白猪竟然很是理解地说：“吃瓜？哦？什么瓜？”

苏南星：“……”

丁琰跟刘经理很快谈完了，大概是怕苏南星等急了，俩人连一杯咖啡都没有喝完。走的时候，刘经理非常客气地要帮丁琰拉椅子，都被丁琰给阻止了。

苗萌萌还发来微信说："丁经理一看就是那种身居高位的人，而且还是很有气质的那种领导。"

等苏南星跟丁琰走出咖啡厅了，苗萌萌又发来一条："要不，你也把他追到手吧？"

苏南星就回了苗萌萌两个字："滚蛋。"

苗萌萌发了个哈哈大笑的表情。

后来，苗萌萌跟小白猪到底聊得怎么样，苏南星就不知道了，但她觉得不会太差，苗萌萌看着大大咧咧的，其实情商挺高的。而且，苗萌萌去之前对这次吃饭的定位早就定好了：就算没成情侣，但多认识了一个有趣的人，也挺好的。

开车的丁琰见苏南星笑，问她："笑什么呢？"

苏南星说："其实我刚才是在陪闺蜜相亲呢，就是我室友苗萌萌，她坐在隔壁桌相亲呢，我不放心，所以躲在旁边当路人甲。"

丁琰笑了："真有什么危险，你这细瘦的身体也保护不了她。"

"我带着防狼喷雾呢，而且大庭广众之下，对方也不敢怎么样。不过那个男孩子看着就像个很随和、性格很好的样子。"

丁琰说："你早点告诉我，刚才我也多看几眼好了。"

见丁琰也有点八卦的样子，苏南星笑了，讲了一下这俩人是因为都爱吃小白猪午餐肉才被大数据给推荐到一块的趣事，没想到丁琰听了十分感兴趣："大数据相亲？"

苏南星说："你不知道？"

丁琰说："没人跟我提过，我也没时间刷微博。听起来很有趣。那你的大数据相亲对象是谁啊？"

苏南星说："呃……"

丁琰见她吞吐，便说："没事，我不会传闲话的，我嘴巴很牢。"

很快就到了苏南星家，丁琰邀请她到公园里散步，俩人一边走一边闲聊，显然丁琰不打算放过那个大数据相亲的话题，问苏南星："到底是谁啊，我认识吗？"

苏南星觉得这也没什么好隐瞒的，便道："是隔壁科技公司喜欢运动的保安。"

丁琰惊讶了一下："哦？我上下班的时候没有注意隔壁科技公司的人，明早我留意一下看看。"

苏南星赶紧说："哎，别看了，我又不打算跟他怎么样，可能因为我们都喜欢运动，所以大数据才给匹配的吧。"

为了转移话题，她主动问起来："那大数据给你匹配了什么样的对象啊？"

丁琰掏出手机："我看看啊。"

过了几秒钟，丁琰忽然不说话了。

苏南星问："怎么了？"

丁琰问了句："大数据推送的相亲的对象是不是会变化？"

"是的。"

丁琰说："那你掏出手机，看看你现在的推荐对象有没有变化？"

苏南星掏出来点到大数据相亲，结果她的推荐对象竟然变了，保安没了，是一个头像是大海的人。昵称叫作一团火，而真实的姓名是：丁琰。

苏南星愣住了，丁琰微笑，十分舒心，说了一句："这个大数据相亲还挺有趣的。"

"所以，大数据把我们配在了一起。"

苏南星想不明白，大数据怎么会把她和丁琰这个级别的人物联系在了一起呢？他们俩怎么会是彼此的大数据相亲对象呢？

她不禁脱口问："难道你最近买了什么特别的东西？"

丁琰说："我很少网购。"

"大数据给我推送对象是特别直接地按照薪水、财产来作为依据的，你最近有什么财产的变化？"

丁琰想了想："嗯，房产和现金都缩水了一半。"

苏南星才想起来，丁琰离婚了，所以他的资产少了一半。

这才是大数据将他俩连在一起的理由吗？

怎么说呢，苏南星觉得不可思议，但是她心里有点窃喜的是，大数据竟然认可她能匹配上像丁琰这个级别的人了。

苏南星说："这还挺有趣的。"

丁琰微笑道："这大概就是缘分了吧。"

苏南星没敢接话，这个时候的她也不敢瞎说话，她真的不知道丁琰下一句会说什么，就干干地呵呵笑两声。

丁琰大概也看出来她的尴尬，所以也没多说。

俩人散了一会儿步，丁琰就送她回家了。临分开的时候，丁琰低声叫她的名字："南星？"

"嗯？"

丁琰说："我还没有跟你说，能作为你大数据的相亲对象，是我的荣幸。"

他眼镜后的双眸清亮，即使在昏暗的夜里也透着光，让苏南星简直不敢抬头看他。

她低声回应了一个"嗯"字。

丁琰叮嘱她："赶紧上楼睡觉吧。"

苏南星说了再见，在丁琰的目光之中上楼，她感觉自己的背都好像要被他的目光烧出两个洞，不知道是不是她的错觉。

当天晚上，苗萌萌回家的时候满脸带笑，直夸小白猪风趣，又兴致勃勃地宣布："我决定，除了白色的婚纱之外，我还要给我们俩设计一身唐朝服装，像我这样的小胖妞和像你这样上围丰满的女孩子，只有唐服能展现出我们的身材优势来！"

苏南星问："怎么又想做唐服了？"

苗萌萌说："刚才跟小白猪聊天他建议的，他说西式婚纱没有我们中式服装特别。我想了想，觉得他说得很对，尤其是唐服能衬托出我们俩的优势这一点，像唐朝的电视剧那种，满屏的大胸，我们俩也要拍个那样的！"

苏南星已经习惯了苗萌萌的天马行空，反正她等着苗萌萌的成果就好了，但也说苗萌萌："可以啊，不过你要坚持，不要三天打鱼两天晒网，这次决定了之后就不要再改了。"

苗萌萌点头："我会把婚纱和唐服都做好的！"

说完自己的事，她又开始八卦苏南星和丁琰走了之后发生的事。

苏南星想了想，不知道该怎么跟她解释大数据把他俩推送到一起这件事，就简单地说："没发生什么事啦，只在公园里散了一会儿步，就分开了。"

苗萌萌凑过来："我觉得丁经理看起来真帅啊，是站在人群里也让人忽视不了的那种人。”想了想，她又说，“周经理也很帅，不，他更帅，周经理身材好啊，满屏的荷尔蒙。”

苗萌萌劝苏南星：“我实在难以抉择，所以请你把两个人都收了吧！”

苏南星数落她：“想什么呢你？赶紧洗漱，早点睡觉！”

“恼羞成怒了吧，哼哼哼……”苗萌萌最后哼着小曲去卫生间洗漱去了。

苏南星熄灯准备睡觉，但是想到晚上丁琰那一向疏淡的眉眼含着笑对她说那句：“能成为你大数据相亲对象是我的荣幸……”就忽然想到了当年在市场部工作的时候，那个优秀的、得到全市场部员工拥戴的丁琰，甚至是那次登山的时候，回头来找她的那个丁琰。

她心里叹了一口气。

第二天上班，周奕吃过中饭就忽然接到通知要到集团公司汇报工作。临走之前，他特意叮嘱苏南星：“浦口市项目若是有什么事，直接告诉我。”便拎着公文包匆匆走了。

苏南星早就开始准备投标资质证书了，投标书也正在制作之中，这是近期她最重要的工作了，一点也不敢马虎。

在忙碌的工作中，时间很快过去了，周三那天下午，周奕也没有回来。

苏南星晚上特意没加班，因为她要开始去上网络工程师的课程了，下班没磨蹭，带着书本直接坐车去上课了。

到了教室，她发现班里的同学年纪都挺大的，大多是三四十岁的中年男人，本来大家以为她这样年轻漂亮的女性是陪某个领导来学习的，结果一打听，年纪轻轻的她就是华信省公司的行业总监了。

立刻就有人过来跟苏南星攀谈起来了，有一位大数据公司的唐总夸她：“苏总监真是年轻有为啊。”

苏南星想，她曾经跟在周奕身边听过许多人夸他这句话，如今也有人夸自己了。

这感觉蛮好的。

所以啊，付出的努力和汗水都会化为一种反馈回到自己身上。

要更努力、更坚定地向着自己的目标前进才行啊。

怀着这种感慨，她上课的时候格外认真，初级课程的第一节课对她而言不是很难，但她也认真听课做笔记，珍惜好不容易得来的机会。

两个小时的课程过得很快，九点下课了，讲课的老师还帮大家选了一位班级里年纪最大的学生当班长，是刚才夸苏南星的那位唐总。唐班长站起来很谦虚地说：“年纪比大家大了一点，也愿意为大家多服务，让我们一起努力，从初级班一直考到最高级班，一直做好同学。”

有人夸唐班长“讲得好”，大家为他鼓掌，唐班长满口笑，反复强调：“过几堂课大家得聚个餐。”

这种扩展人脉的好机会，大家都非常热络，包括苏南星。她在班级里跟大家寒暄了几句才从教室里走出来，刚走出门口就听见有人喊她：“南星？”

苏南星一抬头，看见了夹着书本站在门口的丁琰。

然后，她终于知道了为什么大数据会把他们俩推送在一起，因为丁琰报了互联网认证专家的课程，比苏南星报的这个初级班高出两个级别，是特别难考的那种证，但含金量也特别高。

大概因为省公司只有他们俩学习了这类课程，所以大数据才将他们匹配在一起的。

苏南星再一次感慨，大数据果然不是没有根据的。

丁琰约她去吃饭，她自然说好：“不过这顿得让我请，给我一个表达谢意的机会。”

“这顿可不行，这顿太便宜了，下次你请我吃大餐的时候再请我吧。”

苏南星还以为他在开玩笑，没想到他真的领她来到一间特别不起眼的小饭店，门脸很小，但卫生干净。老板娘亲切地跟丁琰打招呼：“小丁来了啊！”就知道这是他常来的饭店。

丁琰跟苏南星轻描淡写地说了句：“这家店开到晚上十二点，味道很家常，我只要加班不到十二点就可以顺路进来吃一口饭再回家，很方便。”

一句话就把他日常的生活勾勒出来了。

苏南星想到，他跟他前妻分居这么多年，过得像一个没人管的单身汉一样，又想到公司里那么多小姑娘想嫁给他当丁太太，但是丁琰也都洁身自好。

她忍不住说了句：“工作太辛苦了。”

丁琰说："不辛苦怎么有现在这些呢，谁都很不容易，像你，从市场部到系集部，如今爬到了行业总监，不辛苦吗？"

想到自己这些年加过的班、熬过的夜，苏南星微微叹了一口气："是啊。"

丁琰大概想到了什么，忽然说了一句："你呀，太倔。"如果不是太倔的话，怎么会放弃了在市场部的良好开端，调到系集部重新开始呢？她只要当作不知道，不回应，不就好了吗？

苏南星没说话，如果不倔强的话，怎么能这么拼呢？怎么能去面对家里一百多万的负债呢？

丁琰没有继续这个话题，他转而说到了两人学习的事："上次我说你可以问我题不是随便说说的，因为我也要准备考试，不仅得刷题库，还得有八百个小时的上机操作时间。"

俩人就这样一边闲聊一边吃了饭，苏南星觉得这顿饭称不上多美味，就像丁琰说的味道还可以，胜在干净，随便吃几口就回家了。

原来这就是省公司掌管着最大部门市场部经理丁琰下班之后的生活。

他开车载苏南星到她家楼下，说："我刚才有点吃多了，你陪我在这附近散散步吧？"

苏南星自然说好。

公园里晚上出来散步消食的人大多都回家了，这个时间点，只有他俩慢慢地走在小路上，路灯将他们的影子拉长，丁琰的影子显得更加瘦长了。

凉爽的夜风吹过树叶发出沙沙的声音，俩人走了一会儿，丁琰终于说话了，他说："其实当初你不用调走的，我不会怎么样的，你知道的。"

他这人做人那么有原则，是不会做出什么超过彼此身份的事，喜欢或者心动也不过是在他自己心里罢了。

苏南星没有说话，她不知道说什么，当年的事现在再说，已经没有任何意义了。

丁琰似乎也不是要她的答案，说："大数据将我们推送到一起，我其实特别高兴，南星。我现在终于可以为自己的心意做出努力了。

"我这个人其实挺无趣的，工作很多很忙，下班的时间很晚，周末的时候喜欢钓鱼和登山，如果我的妻子愿意，我很想和她一起发展一项共同的爱好，我们可以一起爬山，甚至我愿意为她学习户外慢跑。

“我这个年纪，经历了一次失败的婚姻，我已经知道我想要什么了，我也知道我想要过什么样的生活。我想要的生活很简单，想在下班回家之后，有一口热饭等着我，有个人在家里等着我，在我回家的时候给我一个笑脸，让我觉得一天的疲倦都是值得的。”

他说：“南星，我在说什么，你知道吧？”

这个时候，她甚至不敢多说，也不敢抬头，只应了一声：“知道的。”

丁琰说：“我在很认真地跟你说，我想以结婚为前提，追求你，和你交往。

“你愿意吗？”

那天晚上短短的十几分钟让苏南星很难忘，后来丁琰走的时候，她站在楼门口看着他的车消失。

想转身上楼的时候，忽然一只胳膊拉住了她，苏南星吓得想大叫，却被一个熟悉的怀抱搂住了，他说：“南星，是我。”

周奕回来了。

苏南星不知道周奕刚才看见了多少，甚至听见了多少，但是在她转头过来的一瞬间，她已经整理好了情绪，面上露出了一副被吓到的表情，说：“你吓死我了！”

周奕还趁机将她搂进怀里，哄着她：“别怕，是我。”

苏南星一看他这个状态，觉得他应该是没有看到丁琰，心里稍微放心了点。

可是也不知道自己在纠结个什么劲儿，面对周奕的时候，她竟然有一丝内疚。

苏南星压下心里这丝不自在，说：“大半夜的，你怎么在这里？”

周奕说：“才从集团那边出差回来，回到家里空荡荡的，忽然很想看你一眼，所以就来了。”

苏南星听了之后，心头莫名地软了起来，那丝甜仿佛从心里流出来的一样。

“怎么没给我打电话？”

“怕吵醒你，想着来撞撞运气，没想到真的见到你了，是不是我跟你有心电感应？”

“胡扯吧，什么心电感应……”她的话刚说出口，就被周奕扯着她的手放在他胸口上：“你摸摸看，是不是有感应？”

苏南星听着他沉稳的心跳声，说：“不是说今天下午就能回来吗？”

“跟集团刘副总多聊了几句，所以耽误了点时间。”

苏南星没有多问工作上的事，想从周奕怀里挣扎出来，却被周奕扯着手往外走。他说：“从下车到现在还一口水都没喝过，你答应过要一直请我喝水的，不知道欠我多少次了，这次可不能赖掉了。”他拉着她往24小时便利店走去。

苏南星看着他高大的背影，他真的是刚到家就来找她了，因为他身上的衬衫已经不像平常那么笔挺了，但仍然无损于他的英俊。他们被路灯拉长的影子手拉着手，走在开发区夜晚无人的大马路上。

好像一对年轻的小情侣手拉手轧马路一样。

有点傻，但满满的都是和对方在一起的欢喜。

苏南星心里叹了一口气，忽然想到刚才丁琰最后对她说的：“你不用立刻给我答案，你可以回去考虑一下再告诉我答案，我也不是要和你立刻在一起，只是想你不要拒绝我对你的追求。当然，我保证一切的事都不会被公司里的人察觉，不会让你陷入流言蜚语之中。”

面对丁琰这么认真、这么正式的告白，苏南星自然也同意了认真考虑一下。

可是此时被周奕牵着的手和她那颗不自觉地欢喜的心，不就已经是答案了吗？

等买到了矿泉水，他们俩一边喝水一边悠闲地走在马路上。

苏南星甩了几下都没有甩开他的手，周奕有点得逞地笑着，他笑起来目光闪闪，英俊极了，让苏南星错开眼不敢看他。

便利店离她家很近，走得再慢也还是很快到了她家楼下，周奕不舍得放手，低声叫她：“南星……”

“嗯？”

“我想抱抱你……”

苏南星说：“不行。”

周奕已经抱了上来：“反对无效，我控制不住自己。”

苏南星吐槽他："假装民主，虚伪。"

周奕说："对你，不能民主，只能独裁。"说完，一只手抬起她的下巴，低头便亲了上去。

刚开始只是浅浅地品尝，不知道从什么时候开始变了调子，等苏南星反应过来的时候，已经感觉到自己被周奕抵在了墙上，他的手已经隔着衣服捏了过来。

苏南星满脸通红，楼道里的感应灯灭了，黑漆漆的，只有他们的喘息声和亲在一起黏腻的声音。

苏南星觉得如果再继续这样下去，今天晚上恐怕会变调，她慌乱地说："很晚了，你赶紧回去吧，明天还要上班呢。"

周奕松开了她，楼道里的感应灯也亮了。

周奕却忽然对想上楼的苏南星说："南星，刚才你从丁琰的车上下来，我看见了，你和他做什么去了？"

没想到他竟然看见了。

他忍了这一路，脸上一点都看不出来征兆。

他一向这么能沉得住气。

不过，她和丁琰坦坦荡荡的，没有什么不能告诉别人的："我报了一个网络工程师的学习班，正好丁经理也报了个高级班，下课遇到了，他就送我回来了。"

周奕说了声："下次这么晚回家，我去接你吧。"又补充了一句，"我开另一辆车去，公司里的人都不知道那辆车，到时候我再戴一顶棒球帽挡住脸。"

苏南星听他这么说，拒绝的话也说不出口。

总是这样，明明之前已经下定了决心不想跟他变得更亲昵下去，可是面对处处替她着想的周奕，她就狠不下心了。

她对他说了一声"好"。

第二天上班，早上路过隔壁科技公司的时候，苏南星特意看了眼门口的保安，发现保安已经换人了，不再是上次大数据给她推荐的那个笑容憨厚的男孩了。不知道他是没上班还是已经辞职去考研了，不管怎样，她都祝福他，所有努力的人都值得尊敬和祝福。

走到公司大门口的时候，正好遇到了停好车走过来的丁琰，丁琰看见她的时候脚步都没有停，只微微点了点头算是对她的招呼。

等进了电梯，只有他们俩的时候，丁琰才轻声问她："昨晚睡得好吗？"

苏南星说："没太睡好。"

丁琰说："没事的，不要有负担，不管答案是什么，我希望你是快乐的。"到了市场部所在的五楼，丁琰率先走了出去。

一大早上班就又忙碌起来，早上周奕询问苏南星关于浦口项目的投标文件准备得怎么样了，苏南星赶紧汇报了一下工作进度，周奕满意地点了点头："过几天，浦口那边应该会正式公布招标文件了，我们要加紧了。"

"好的，我会再修改几遍给你过目。"

周奕拿起她报过来的表格就赶着去开会了。等开完会回来，他进了系集部的大办公室就嘟囔了一句："小会议室的空调真凉，冻死我了。"说着还打了个喷嚏。

钱大姐赶紧说："喝点热水，别感冒了，大夏天的感冒可难受了。"说完便手脚麻利地给周奕倒了杯热水递过去。

周奕喝了之后，额头微微冒了点汗。

等第二天上班，周奕竟然没有来。

苏南星才知道，他发烧了。

钱大姐还想组织大家去看他，被宋集给阻止了，说："他现在正在家里发汗睡觉呢，我们去打扰不太好。"

苏南星打开微信，手指滑到周奕那条，他们的对话还停留在上次。

他发烧了，也不告诉她。

她犹豫了一下，还是发了一条："发烧了？"

可是等了许久，他也没回。

等到了中午，仍然没回，苏南星想他大概睡着了吧？又觉得他身体那么好，应该不会有什么事的，只是单纯睡着了而已。想一想，他家里好像只有她上次带过去的那些挂面了，他那种身体状态，会自己爬起来下面条吗？

整个一上午，苏南星虽然在工作，但其实有点心不在焉。到最后，还是脚比心更诚实，等反应过来的时候，她已经拎着外卖的稀粥站在周奕家小区里了。

本来想到他家去给他下一碗面条的，可是怕他等不及，她就直接去粥店买了外卖，想着等到他家的时候，温度正好，就可以直接吃了。

她想得很好，可是才走过他家楼下那片高大的灌木丛，就听见一个熟悉的声音："爸，奕哥家的地址对吗？"

"哦，这个地址是李总给你的啊？那应该没问题……我本来想打电话问周奶奶的，可是又怕提奕哥发烧这件事让她老人家担心，所以就没问。爸，你放心吧，我再找找，肯定能找到的。"

苏南星的身影被高大的灌木丛遮掩住，看着黄欣然拎着豪华食盒向周奕家的单元门走了过去。她低头看看自己手里拎着的外卖，叹了一口气，转身走了。

黄欣然下午比上班规定的时间晚了一点才回来，除了苏南星没人知道她干什么去了。黄欣然回来之后就美滋滋地坐在工位上刷手机，看起来很开心的样子。

苏南星认真地投入工作，手机却振动了，进了一条微信，是周奕发来的，他说："上午在睡觉。早上起来头晕发热，想着今天没什么重要的事，就在家歇了。"

苏南星简单地回道："那你好好休息。"

周奕："领导病了，作为得力下属，难道你不应该来探望一下吗？"

苏南星："工作太忙了。"

周奕发来一条语音，苏南星不敢直接听，插上了耳机才敢听。周奕那低沉又带着磁性的声音响在她耳边，他说："南星，我想吃你亲手给我做的面条，你下班来看我，好不好？"

苏南星写了删，删了又写，最终还是只打了一个字："好。"

下班之后，她先去买了菜才往周奕家走去，怕再出现白天偶遇某个来看周奕的小妹妹这种事，她一直磨蹭到了天黑才敢走到他家。

按了门铃之后，开门的周奕一把就将她拉进屋里，门自动关上了，她也落入了他的怀里。

发烧中的他身体更热了，透着薄薄的布料传递给了苏南星，他抱怨地说："怎么这么晚，我好饿，一直在等你。"

苏南星含糊地说："有点工作耽误了，还特意去买了菜。"

她伸手摸摸他的额头，让他赶紧上床躺着，她马上去给他做饭。

周奕裹着被子躺在沙发上，苏南星一会儿给他洗点水果放在茶几上，一会儿给他倒杯热水让他喝，来之前那点犹豫和纠结也都消失了。

喜欢他的女孩子一直很多，就算黄欣然比她家境优越、比她更合适，但起码这个时刻，是他们俩在一起的。

锅里的水烧开了，把面条下进锅里的时候，苏南星忽然想，她应该考虑说什么委婉的话拒绝丁琰呢？

那天晚上，吃完了面条之后，周奕拉着苏南星不让她走，他在沙发上枕着她的大腿装虚弱，说：“夜里出汗，想喝水也没有人管，虚弱得很。”

苏南星忍不住说他：“夜里盗汗，身体虚弱，你缺的不是人，是汇仁肾宝。”

给周奕气得，也不装虚弱了，翻身就将苏南星压在身下，俩人一下子双目相对，身子贴着身子。苏南星那对存在感极强的酥胸隔着薄薄的布料贴着周奕的胸膛，她立刻感觉到了大腿之间周奕的兴奋。

苏南星说：“你别胡来。”

周奕哼了一声，得意地说：“说我肾虚，我觉得我应该证明一下自己……”

苏南星说他：“你还感冒呢，别胡闹。”

周奕妥协了一点：“怕把感冒传染给你了，放过你。”但又压着她不起来，他将嘴唇贴在她的耳边，低沉的声音带着一点哀求的味道，“南星，今晚你陪我睡好不好？我病了，想你在我身边，我保证什么都不会做，就想你陪着我而已……”

苏南星却拆穿他：“我觉得你这病不重，不需要人照顾。”

周奕拉着她的手去摸他的脸，摸他的胸，甚至要往下，苏南星一把抽回来。他可怜兮兮地说：“我难受，昨晚烧起来的时候，想喝杯水都起不来。”

见到平常一向冷静严肃的周奕此刻可怜兮兮地求她，危险的警钟在脑中大响，但苏南星还是听见自己轻声应了一声“好”。

周奕高兴极了，立刻跟她说：“我去找件我的衣服，你换上当睡衣穿吧。”

苏南星有点后悔了，还是觉得应该回家才对……

那天晚上，她是穿着周奕的衬衫睡的，周奕强烈推荐他的白T恤给她当睡衣穿，但苏南星觉得这白 T 恤有点透。

穿上了白衬衫的苏南星长腿露在衬衫的下摆处，周奕看着她说："看见你穿成这样，我就想起在沙海市的那天早上，我们在秋千摇椅上的那次。"

那个秋千摇椅最刺激的就是随着他的摇动，摇椅也在动，双重的晃动给她极大的刺激。

苏南星赶紧钻进被窝里拿被子将自己卷上，周奕在旁边抗议："我是病人，我得盖被子。"

"你家难道就一床被子吗？"

周奕这时候特机灵，厚颜无耻道："嗯，就一床。"然后就从旁边撕开苏南星的防护，挤进被子里将她搂在自己怀里。

苏南星无语道："你怎么脱了上衣？"

"我是病人，我冷，你没看见电视剧里演的女主角为了救生病中的男主角，一般都脱光了衣服帮他取暖，快点帮我取暖！"

苏南星忍不住在被子里踢他，却被他一把抓住了脚踝，他的手指顺着她的脚踝滑了上去。

"别，你病了，别闹。"

周奕说："我有分寸的，你放心吧。"

"我不放心，你别闹。"

周奕一边说着不闹，另一只手已经关了灯，然后将苏南星禁锢在他怀里，两只手在她身上点火。苏南星被他压得没法动，嘴上说让他别动了，可是根本管不住周奕的手，他全身都那么热，他的手指像会点火一样，将她的身子也点着了。

等到她的身子在他身下化成了一摊水的时候，她全部的身心都受到他那双手的牵引，周奕才说："我要惩罚你，你不乖。"

"我、我怎么了……"

"我才出差一天，丁琰竟然就出现了，我跟他认识的时间可比你跟他认识的时间多多了，我从来没见过他对哪个女员工这么温柔，你这个小狐狸，是不是把话说一半藏了一半？"

"我没……"才怪。

他的手指停了，舌尖舔着她的耳朵，让苏南星战栗起来。

“别弄了……”

“那你告诉我，你们都说什么了？”

苏南星还有神志，只总结性地说：“我跟他没有什么。”

周奕自信道：“我知道，我都看你看得这么紧了，还能让煮熟的鸭子飞了，那我周奕也不用混了。”

苏南星被他这厚颜无耻的话震住了。

周奕继续说：“不管他有什么，反正你不许有什么，你是我的。”

“你只能是我的。我的小星星，你的身体总是比你的嘴要诚实。”

苏南星只觉得压在她身上的周奕热得不得了，不知道是发烧让他身体变热了，还是兴奋让他身体变热了？

她的脑子像是塞满了糨糊，伸手想推开他，可是她的手被他一把压到头顶上，这个动作让她本就皱巴巴的衬衫更被撩开了。

他的嘴唇贴在苏南星的耳边：“你和丁琰都说什么了？能让你说一半藏一半的话，肯定不一般吧……”他的手开始在苏南星身上点火。

苏南星整个人都要被周奕折磨疯了，想逃离逃不开，想解放也不给个痛快，她觉得自己必须得有个应对方案了：“你真的想知道吗？知道了，对你有什么用？”

周奕说：“我只是好奇。”顿了一下，又说，“这么说起来，当初你也在市场部待过，你们……”

可是再多的话，周奕却不敢问了。当年苏南星和丁琰难道还发生过什么事吗？要不然她怎么会忽然转到系集部呢？

一种称之为嫉妒的情绪从周奕的心里蔓延开，这种情绪已经很多年没有出现在他的心中了。

苏南星此刻却不打算放过周奕，她低声说：“周奕，你靠近一点，我跟你说……”

等周奕贴近了，苏南星却用娇躯蹭着他光裸的胸口，娇声说：“经理，求你了，我想你的身体……”

那一瞬间，周奕只觉得脑子里轰的一声，一点理智都没有了。

不管丁琰对她说了什么，她都是他的，是他周奕看上的，谁也抢不走。

苏南星在他怀里平息着气息，周奕搂着她，温存地亲吻她的发顶，感觉此刻的她像只温顺的小猫一样依偎在自己怀里，正好熨帖在自己缺的另一半上，他们合在一起的时候，好像是一个完整的圆，他喜欢这种感觉。心中好像被填满了一样，又温暖，又对她充满期待和眷恋。

他觉得自己很危险，因为他发现自己已经忍不住想将她留在身边了。

前天看到她和丁琰巧笑倩兮的模样，他其实都要气炸了，有一种被背叛的感觉，但他还是压住了气。她不是那种只要见他生气就会围过来逢迎他的女孩，她倔得很，像只有利爪的小野猫一样。

但是，他要将这只小野猫收进怀里，让她只对他温顺。

苏南星在黑暗之中往周奕怀里凑了凑，说："你想知道丁琰对我说了什么吗？"

不等周奕继续问，苏南星就给出了他想知道的答案："他对我说，希望以结婚为前提交往，希望我慎重考虑他……"

周奕终于从苏南星口中知道了丁琰找她的目的。他能猜到丁琰大概是想追求她，但是没想到丁琰是以结婚为前提的交往，如此强劲，简直让周奕措手不及。

苏南星将那抹得逞的笑容压下去，心想：你不是想知道吗？我直接告诉你好了，看看你是什么表情？

她带着几分得意和狡黠问道："吃醋了吗？"

周奕说："嗯，吃醋了。"

所以，你准备好迎接这个后果了吗？

后果就是，吃醋的周奕就算感冒了，也不愧于他周待机的外号，一直折腾得苏南星捶着他的胸口求他，这次真的是哭着求，再也不敢得意了，周奕才放过了她。

第二天早上，苏南星上课差点迟到，她腰酸腿软地爬起来，因为没有带换洗的衣服，还特意回家先换了一身衣服，这才赶到学习班去。

上次她就决定了，下次来上课一定要穿得好一点，因为这里不像是在华信公司里，穿得低调一点方便工作。在这种需要交际的环境里，大家会根据衣着来衡量你的阶层，她穿得太破，都没人搭理她。

所以就算她昨晚被周奕折腾得腰酸腿软，今天仍然穿了那身裸粉色的套装，脚上踩了那双Jimmy Choo的白色高跟鞋，脸上匆忙地画了下眉毛。

她再出现的时候，已经跟上次大不一样了。

上次她自我介绍是华信省公司的行业总监，有人还半信半疑，但这次上课当她穿着这身衣服，自信地踩着高跟鞋出现的时候，班级里已经有很多人将目光投在她身上了。

原来对她不太热络的人，也都开始热络了。中午休息的时候，旁边坐着的唐班长已经过来组织大家："诶，要我说啊，中午我们就一块吃吧？我请客！"正好大家都想趁着午休时间交际一下，于是一群人在学校的员工食堂等着送来的外卖。

苏南星跟几位年纪大的大姐坐在一块儿，一直在听她们聊天，大家再一次详细地自我介绍了一下，主要介绍自己在哪个公司就职，从事什么方向的工作。轮到苏南星的时候，她说："我在华信公司上班，是系统集成部的行业总监，叫苏南星。"她也像别人那样掏出名片递给大家。

等所有人都介绍完之后，每个人手里都多出来二十多张名片，同时微信里也多出来这些新加的好友。

大家也都热络起来了，听到苏南星所在的部门是系统集成部，有个人还说："欸，你们系集部的经理是周经理吧？"

"是，是周经理。"

"哦，那我没记错，你们周经理真是一个让人很容易记住的人，当然，苏总监也让人很难忘。"

苏南星客气地说："叫我小苏就行。"在座的都比她年纪大，她得客气。

这时，听见有人喊苏南星的名字，她一回身，正好看见丁琰走了过来。

他刚从高级班的教室走出来，就看到了人群中坐着的苏南星，今天的她真是让他眼前一亮。他问道："在做什么？"刚想问她要不要一起吃饭，苏南星已经说："跟大家一起吃饭，在等外卖呢。"

丁琰知道这是班里同学交际起来了，便说："那我们晚上一起吃吧？"

苏南星自然说好，她还想着怎么跟丁琰说清楚呢。

这时，有个网络公司中层的大哥冲丁琰喊了一声："丁经理，好久不见，上次我们公司王总还和您一起吃过饭……"

苏南星见丁琰先反应了一下，然后笑着跟对方握手，喊出了对方的名字："我记得，您是优思网络公司的张副总。"

她最佩服丁琰和周奕的就是，他们总能一张嘴就能把这些一面之缘的商业伙伴的名字叫出来，跟她这种凡人完全不一样。

对方显然也以被丁琰认出来为荣，俩人寒暄了几句，得知丁琰在学习高级班课程，更是佩服地夸他：“丁经理真是人才啊，厉害。”丁琰跟对方客套了几句，又给了苏南星一个眼神，这才离开。

但众人也都看明白了，苏南星在华信省公司的人脉很厚啊，大家一下就更热络了。

等那天下课的时候，有几个同学已经约好了一起去喝酒。

苏南星才收拾好课本，周奕的电话就打了过来，问她：“下课了吗？”

“才下课。”

“我去接你。”

苏南星说：“别来了，你在家好好歇着吧。”

周奕在电话那头已经反应过来了：“怎么，丁琰约了你？”

苏南星说了声：“是。”

周奕说：“我去接你。”这一句，语气就比刚才重了。

苏南星只说：“你别让我为难。”

周奕沉默了两秒，才说：“南星，我饿了，我想等你回来给我做面条吃。”

苏南星觉得，周奕真会戳她的软处，就算知道他是故意的，她的声音也不自觉地柔了下来：“我跟他说点事儿，晚点去看你，你先点外卖吃吧？”

周奕说：“不，我就等你，一直等着你。”

苏南星叹了一口气，终于“嗯”了一声：“我会尽快过去。”

周奕这才满意地收了电话。

但此时，他其实已经开着车到了苏南星补习班的外面。

他看着苏南星和丁琰一起走出来，上了丁琰的车。

她今天穿得那么好看，穿了她最喜欢的那套裙子，即使远远地看着她的背影，都会期待她转过头来，想看看她的样子。

周奕想到她昨晚还在自己的怀里，哭泣地求着他。

她还那么妖娆地说想他，她给他做的饭菜，还有她穿过的衬衫都还落在他的家里。

周奕知道，自己吃醋了，因为他酸得一直坐在车里不动。

他在想，她会跟丁琰说什么呢？其实理智告诉他，她会拒绝丁琰的。

她对他，是有感情的，否则从第一次开始，他们就不会发生那样激烈的情事，也不会有后续的事。

只是到了这个时刻，理智已经解不了周奕心中的酸意，他满脑子都在想他应该追上去将南星拉回来，告诉丁琰她是他的人。又在想，南星也没有明说会拒绝丁琰，万一她同意和丁琰交往了呢？毕竟丁琰也那么优秀……

从来没有想到有一天，他周奕竟然还会体验这种为了一个女人愁肠百结的心情。

原来，南星在他心里已经那么不一样了。

第十章 确立关系

苏南星其实一直在想怎么跟丁琰开口。

他主动帮了她两次，还是她曾经的上级，这种拒绝的话就变得非常难，她若是说得不清不楚给他留了缝隙，这既不是她的做事风格，而且对双方都不好，可若是说得太冷硬了，又怕伤了他。

毕竟，他那么认真地提出以结婚为前提的交往。

他那么认真呢。

苏南星在心里叹口气，扪心自问，像丁琰这样的好男人，又帅、又有钱、又有挣钱能力、性格也好，为人处世也很大方，她不仅钦佩他，还能从他身上学到很多东西。

这么一个绝佳的好男人，真的要错过吗？

如果不是他离婚后资产缩水了一半的话，大数据根本不会把他推送给她。她甚至还得感谢大数据，因为在现实之中，就算丁琰离过婚，公司里那些条件好的姑娘也都还想嫁给他，因为丁经理值得啊。

公司里还有人在猜测丁琰会不会跟前妻复合，但苏南星了解他，对他而言，离婚了就是真的结束了，他不是那种拖泥带水的人。

否则当初，她从市场部调到系集部的时候，不得到他的批准，她是调不走的。那个时候，他们都知道他们不可能，所以丁琰也痛快放手了。

想了这么多丁琰的好处，可是所有的这些，都敌不过她的心。

想到刚才在电话里说要一直等她的周奕，苏南星觉得自己真是欠他的，周经理的手段，她真是服了。

丁琰领她来吃饭的地方是个非常高档的私房菜馆，门面连个牌子都没有，若不是有他领着，想必进都进不来。

进门之后，服务员客气地说了声：“您来了，您喜欢的包间给您备好了。”

苏南星这才知道丁琰也常来这种高档私房菜馆。

所以，丁琰是那种既可以来这种高档私房菜馆，又去得了那种苍蝇馆子的人了？

也是，他本来就是工作和居家两相宜的男人，记得以前在市场部上班的时候，还听说丁经理自己在家的时候，偶尔会给自己做饭。

苏南星看着坐在大落地窗旁的丁琰，落日的光辉衬得他更温和了。丁琰发现她在看他，转过头对她微微一笑：“怎么了？”

“我在想这么高档的地方，一会儿不会因为我饭钱不够把我扣在这里了吧？”

丁琰半是玩笑，半是认真地说了一句：“把你扣在这里，我可舍不得。”

一句话说得苏南星有点儿不知道怎么接话，最后只得半垂着头一副不好意思的样子来回避。

她发现，自从那天丁琰把话说开了之后，对她的态度更亲近了一些。

丁琰又对她说：“你今天很好看，你打扮得漂漂亮亮的，我很喜欢。”又提议道，“一会儿吃完饭，我可以陪你逛会儿街？”

丁琰说要陪她逛，但以他的性格若真的陪她逛了，肯定不会让她买单，而且他会找到一个很得体的理由，既给她留面子又由他来买单。

不过，她不能接受。

跟丁琰，实在没必要再继续欠他的人情了。

苏南星说：“不逛了，平常在部门里工作也不需要打扮，所以穿得低调一点比较好，若是穿得太花枝招展了，那些大姐容易说闲话。”

既然苏南星如此说了，丁琰就没有继续这个话题，转而问她白天学习上课的事，还问她：“有没有听不懂的？”

苏南星还真有听不懂的，真的打开书问了他几个问题。丁琰不愧是市场部经理，很多问题讲得比老师还明白，还能结合日常的工作实践，苏南星一下子就懂了。

其实为了避免尴尬，她也是故意问问题的。丁琰还说她：“你这顿饭请得很值啊，给自己找了个免费补课老师，不过有不明白的尽管问我吧。”

苏南星在心里不禁又叹了一口气，丁琰这么好，她这话怎么说啊？

话在嘴边酝酿了很久，可一顿饭下来，她都没有找到机会说出去。后来吃完饭，苏南星要去结账，发现丁琰早就结完了，根本不是所谓的让她请。

苏南星说："不是说好了，让我请吗？"

丁琰说："我总得让你欠着我，所以才好找你吃饭啊。"

其实他根本就没打算让她掏钱吧？

他又说道："你才升为总监，以后需要花钱的地方多着呢。"这份细心和体贴真是让苏南星觉得特别熨帖。

可是有些话不说不行，再拖下去，她怕自己会说不出来。

所以，在丁琰送她到家的时候，苏南星终于开口说了："丁哥，对不起……"

她才开了这个口，丁琰的表情就微微一变，但仍保持着微笑的状态，似乎和她在一起的时候，丁琰总是状态轻松的样子。

跟聪明人说话就是容易，她才开了口，丁琰就说："这就是你的答案吗？"

苏南星轻声道："嗯。"

丁琰又问道："真的是认真考虑过吗？"

苏南星顿了几秒，认真地说："认真考虑过。"

丁琰露出了苦笑，说："你接下来是不是要说，你是个好人，可是我们不适合？"他说这话大概是为了调节气氛，先笑了出来，尴尬的气氛顿时消散了不少。

苏南星也笑了，他猜得不错，她要说的话大致就是这样的。

丁琰笑道："所以我就这么被发了好人卡。"

他甚至也没有问为什么，风度极佳："那你欠我的饭，还算数吗？"

"算，必须算，你什么时候想吃了，找我都可以。"

"有你这句话，我才觉得好受点。"

他仍旧保持着得体的微笑，以他的城府，就算难过也不会露出一丝一毫。

苏南星甚至不敢看他，下车的时候挥了挥手就转身上楼了。

丁琰的车子开走之后没多久，就停在了路边，降下了车窗掏出烟，连着抽了两根，他才继续开走。

成年人的心动和喜欢，并不需要太执着。

难过、悲伤或者心动、喜欢，都不是生活的主旋律，因为生活还得继续，总是要想开一点，才能走得更容易一些。

叹息和烟一起散在空气之中，丁琰戴上了墨镜，看不清表情了。

苏南星回到家中，苗萌萌还没回来，她只来得及洗脸，周奕的微信就来了，问她："在哪儿？"

苏南星："我在家。"

周奕："我去接你。"

苏南星："不用，我一会儿自己去找你。"

周奕只打了几个字："我想见到你。"

苏南星赶紧换了一身柔软轻松的运动服。刚穿上衣服，周奕的微信就来了："我到了。"

她下楼的时候，周奕正在车边抽烟，已经等了一会儿，也许在他发微信的时候就已经到了。

他看见她下来，便将烟熄灭上车，还开了车窗散了散身上的烟味。他只说："我好饿。"并没有问苏南星跟丁琰说了什么，苏南星也没主动提，只问："你真的一天没吃饭啊？"

周奕瞥她："你以为呢？"

"真假？"苏南星有点意外，以为他不过就说说而已。

周奕说："没有胃口。"

煮熟的鸭子都要飞了，他还能吃吃喝喝，心得多大？

再说，这个人是苏南星，不是那些跟他有过短暂交往的不走心的相亲对象，是那个让他心里温暖且有期待的苏南星，不是别人。

苏南星问："那你想吃什么啊？"

"我还想吃你做的西红柿鸡蛋面。"

苏南星无奈道："好吧，这个最快。"

周奕的一只手忽然伸了过来，握住了她的手，什么都没说。苏南星瞥了他一眼，说他："专心开车。"

周奕"哦"了一声，手却没松开。

苏南星没有挣开，就那样任他握着。

周奕的嘴角不自觉地翘了起来。

好像一天的好心情都压在了晚上。

到了周奕家，苏南星赶紧给他做了饭，周奕大口大口吃起来。

吃完了饭，苏南星问他有没有吃药，得知他还没有吃药，又数落他不拿自己身体当回事，但还是立刻端来热水和感冒药给他吃。

周奕说："我已经好了，昨晚就好了，你不是已经试过了吗？"

苏南星想到了昨晚的激烈，尤其是最后她求他的样子，脸红了一下，一把将药塞过去："赶紧吃！"

周奕只得乖乖吃了，说了句："我发现你对你的领导，越来越不尊敬了。"

苏南星说："现在是下班时间，不需要尊敬。"

周奕说："其实在上班时间，我反倒不需要你尊敬。"

苏南星这时候还没懂周奕的套路，问了句："那你什么时候需要我的尊敬，周经理？"

周奕凑过来，热气喷在她耳边："床上的时候，我最需要你的尊敬。"

给苏南星气得，她直接说他："脑子里都想的是什么？"

周奕拉住她正在收拾碗筷的手，很认真地看着她的眼，说："一直都在想你。"

苏南星被他灼灼的目光盯着，有点脸红，觉得他俩都已经那么"深入"地了解过了，怎么这种时候反倒容易害羞了呢……

她别开眼，甩开周奕的手，收拾好之后就准备回家。

周奕当然不会让她走，又拿出他病了很可怜那一套。苏南星已经不吃这一套了，说："刚才你说你病好了的。"

"我刚吃完感冒药，脑子昏沉沉的，想睡觉。"

"那就去睡吧，睡一觉，明天就好了。"

周奕拉着她的手不让她走："南星，我想抱着你睡。"又指天指地地保证，"绝对不会做出昨晚那种事。"

苏南星一听，翻了个白眼，昨天信他是自己还太单纯，今天还信他，就是自己傻了："昨天你也这么说的。"

周奕反复强调："今天是真的，我只想单纯地抱着你好好睡一觉，后天还得上班呢。"

见苏南星不说话，他又说："就算你想走，我也不松手。"然后一把将她打横抱起来，直接抱到了卧室的床上，又凑到她耳边说，"别走了吧。"

苏南星没直接说同意，只轻轻地说：“起码，也得让我洗漱吧？”

周奕笑了，他这一笑，星目生辉，剑眉飞扬，耀眼得不得了。

苏南星简直不敢直视他，赶紧去卫生间洗漱了，等再出来的时候，已经穿好了周奕的衬衫。不过这次学聪明了，她在外面又裹了一件浴袍，等到床边的时候才脱下浴袍钻进被子里。

今晚的周奕似乎真的信守承诺，没有再动她，只是掀开她的被了将她搂在怀里。

苏南星闻到他身上那股烟草和薄荷的气息，说：“你今天抽了不少烟啊。”烟味比平时重了一些，连沐浴露的香味都没有盖住。

周奕说：“因为我一直在想，你会不会跟他跑了……”

这是他们今晚第一次谈到这个话题。

苏南星问：“然后呢？”

周奕轻轻说：“然后，没有答案，人生第一次这么没有把握。”

苏南星轻笑一声，头枕着他的胸口，他的胸膛还跟他们第一次的时候那样坚硬。

周奕伸手关了床头灯。

屋子里一下陷入了黑暗。

在黑暗之中，苏南星轻声说：“周奕？”

“嗯？”回应的，是更紧的怀抱。

“我拒绝了他。”

回应她的，是贴在她额头，温热的吻。

那天晚上，他们只是相拥而眠，可是却让苏南星觉得很安心和温暖。

拒绝了丁琰，为了周奕，是值得的。

她知道，她和周奕之间，已经不知不觉地变了。

他们俩都知道。

周奕觉得心中好像涌出了热泉一样，有无数的感情喷发出来，整个人都舒服极了。可是在这个时刻，所有的感情最后让他只重重地亲吻了她的额头。

越是重视，越是厚重。

第二天早上，苏南星是被周奕叫醒的，被他用嘴唇和手指。

那条她特意穿来的运动短裤不知道什么时候被褪了下去，他已经在她身上开始点火了。

他说："我饿了。"然后开始细细品尝苏南星这道大菜。

从里到外，细致到苏南星恨不得挂在他身上。

最后结束的时候，苏南星连头发丝都不想动。

周奕还扬扬得意，说："看，我病好了。"他一把将她抱起来，放进浴缸温热的水中，手指轻柔地为她按摩。他觉得她全身的每一寸肌肤都让他欲罢不能，好像一沾染到她，他就像中毒了一样，只有她才能解。

后来，苏南星被周奕裹着被子抱到沙发上，他让她好好歇一会儿，然后到厨房里给俩人煮了一锅稀粥。粥有点煳了，周奕郁闷地说："我点份外卖吧？"

苏南星说："这是你第一次给我煮的饭，不一样的。"说着就开始慢慢吃起来。

他们吃着有点煳味的稀粥，相视而笑。

阳光从落地窗照进来，照在巨大的绿植上，也照在腻在一起的他们身上。

吃完了饭，都是周奕去收拾的，他让苏南星在沙发上好好歇息，收拾好了之后还洗了水果端过来，将她搂在怀里投喂，打开投影仪看电影。

苏南星刚开始还以为周奕还会看像《爱在黎明破晓前》这种爱情电影，结果他看的都是什么《异型》《电锯惊魂》这种恶心惊悚的电影。

她还以为他喜欢这种，结果等看到第三部，周奕终于忍不住问了她一句："你看这种不害怕吗？"

他一直等着她害怕，他好表现一下什么的，可看了半天，反倒他看着满屏幕的血和肢体有点恶心了。

苏南星忍不住笑，让周奕凑过来，猝不及防地在他嘴唇上啄了一下，说："是要这样吗？"

周奕忍不住将吻加深去亲她，说："应该是成人式的，亲也要亲得认真一点。"

苏南星被亲得七荤八素的，好不容易推开他，说："别亲了，再亲下去……"又要走火了。

周奕的眼神更浓了，手指伸进薄被子里："还疼吗……"

"都怪你……"

周奕这个时候特乖顺，再没有工作时当领导那个说一不二的样子了："是，都怪我，我错了。"

但手指又顺着滑腻的肌肤游动上去，捏到了柔软的一团，他说了句：“不过我不打算改，下次，我会温柔一点的。”

俩人就这样在沙发上腻歪了一整天，晚上吃完饭之后，天黑透了，还到附近的公园里散步。这时公园里已经没有人了，没人能认出他们来，周奕就一直拉着苏南星的手。

他们像一对普通的小情侣一样。

容貌那么出色，那么相衬。

走到苏南星家附近时，她就要顺势回家了，周奕怎么能让，好不容易骗来的，让她回去了，那他今晚怎么办？

周奕软磨硬泡，连拉带拽，后来甚至抱着她在慢跑道上跑了一段。跑到后来，俩人都倒在了草地上，笑成了一团。

然后，在树影草丛之间，周奕低头亲了她。

情不自禁。

周一早上，苏南星特意早起要回家换上工作装，可是才走到门口，就被醒了的周奕拉住了。

周奕说：“我送你。”

苏南星不搭理他，周奕连亲带哄，开车送她到她家楼下。苏南星气哼哼地转身要上楼，周奕叫住她，让她过来。苏南星狐疑地走过来，问他：“干什么？”

结果，他一把搂住她，亲了她的嘴唇。

“我的小星星，别生气了，我错了，你想怎么惩罚我都行。”

苏南星一下就脸红了，万一被人看见了呢？

可是心里忍不住地甜滋滋的，她嘴上还是哼了一声，说：“开车小心点。”转身上楼了。

他们说好了，不一起上班的。

回到家中，她又特意冲刷了一下身体，看到满身的草莓印，好像每一下都还留着周奕嘴唇的感觉。

她特意换了一身黑灰色的工装，可是她那满脸的春色，怎么都遮不住。

上班之后，俩人遇见，苏南星主动喊了一声：“经理早上好。”

周奕瞥她一眼，淡淡地点了个头，不咸不淡的样子，算是打过招呼了。

等上午在开会的空当，他还给她发了一条微信："我演得还挺像的吧？"

苏南星说他："戏精本体就是你了。"

周奕说："不生气了吧？"

苏南星发了一个环着胸生气的表情。

结果，周奕发来一个大红唇的表情，让苏南星忍不住露出了微笑。

苏南星白天去开会的时候，还在小会议室门口遇到了刚开完会出来的丁琰，他看上去并没有变化，仍旧只是对她点了点头，算是打过招呼了。

苏南星跟他擦身而过的时候心里想着，这样其实就最好了。这就是她和丁琰最好的相处模式了吧？

自从上个周末她在周奕家照顾他之后，周奕就总想找机会跟苏南星再聚一起，但是这一周因为浦口市项目要开始正式招标了，他和苏南星都很忙，连下班之后，周奕的应酬都排满了。难得一次有时间，还是周三那天晚上苏南星下课，周奕特意来接她。

周奕开着他那辆别人不认识的奥迪，戴着鸭舌帽和口罩，等苏南星上车之后，就被他扯过来搂在怀里一顿亲，说："好几天没见，你不想我啊？"

苏南星白了他一眼："怎么没见过？晚上下班的时候，我还跟你说经理再见呢，你难道没听到啊？"

周奕反驳道："那能一样吗？白天和现在能一样吗？白天我能随便拉你过来使劲亲吗？"

苏南星推开他："现在也不能使劲亲，放开我。"

周奕又在她嘴唇上轻啄几口才放开她，驱车往家走。

路上，周奕试图邀请苏南星到他家住，苏南星才不去呢，他俩现在是什么关系啊，她随便去他家住？再说，周奕那个不知餍足的劲儿，一碰她就像八百年没吃到肉似的，恨不得将她生吞活剥了，连早上他都能生龙活虎地折腾一次，折腾得她上班的时候都腰酸腿软。

周一早上被他折腾了之后，上班的时候，她总揉后腰，还被旁边的黄欣然劝说："不能久坐，坐一会儿就得站起来动一动，要不然会腰肌劳损的。"

钱大姐十分认同地说："对，我们女同志就不能久坐啊。"说着也站起来动了动。

苏南星只得也跟着站起来动一动。

腰肌劳损什么的，跟周奕说啊？他那个能折腾的劲儿，苏南星真是担心他得需要补一补汇仁肾宝，太能折腾了。传说中的三十岁男人不是开始走下坡路吗？怎么到周奕这里，简直就像大力金刚附体一样，特别可怕。

可是想到周末他们俩在一起的温存时光，一想起来就感觉她的心有点软，也有点酥。

所以，周奕再邀请苏南星去他家，她死活不去。周奕现在对她也很是有办法了，苏南星不去他家，他便说："那我去你家也行。"

苏南星白了他一眼："美得你。"

最后，她还是没去他家，坚持回自己家了，周奕只得拉着她亲了几口过过瘾。

到了周末，苏南星周六上了一天课累得不得了，下课的时候遇到了丁琰。丁琰问她："回家吗，我送你？"

苏南星怎么敢让他送，赶紧说："跟朋友约好了。"

丁琰微微一笑，说："那好，你要注意安全，早点回家。"就算被拒绝了，也仍旧没有任何变化，仍是那份体贴周到，但那份距离感是能隐隐感觉到的。

这就是丁琰，非常干脆，不会黏黏糊糊拖泥带水。

追求的时候是很认真的，既然被拒绝了，也不会让大家都难堪。

苏南星叹了一口气，往外走的时候接到周奕的电话。周奕说："我在拐角的地方等你。"

等上了周奕的车，周奕摘掉鸭舌帽，嘟囔一句："感觉自己像个见不得光的地下情人一样。"

苏南星吐槽他："你还想当我情人，排队吧，兴许能轮到你。"

周奕瞥她一眼，说："让别人排队等去吧，我必须得插队，而且是第一个，你必须得选择我。"他把她搂到怀里，狠狠亲了一顿，把口红都亲花了，抵在她耳边说了句，"看到你口红被我亲花的样子，我就特别想现在和你在一起，想让你求我……"

苏南星拿手去推他的脸："不正经，我才不求你。"这话她自己说了都不信，周奕在床上的招太多了，但所有招数唯有超长待机是王道，能把她折磨得哭哑了。

周奕老神在在地说：“这可是你说的，你到时候可别求我，说定了啊。”

苏南星哼了一声，发现周奕开车的方向不是回家，反倒开上高速出城了。

“这是去哪儿啊？”

周奕回道：“把你拐走卖了，害不害怕？”

苏南星瞥他一眼，说了一句：“把我卖了，你难道不心疼吗？”

周奕立刻点了点头，一脸认真地说：“心疼，我现在可离不开你。”说完之后，他又从后视镜里去看苏南星的表情，见她抿嘴甜甜地笑了，他也不自觉笑了。

苏南星笑完之后还嘴硬，说了一句：“谁要你，我可不要你。”

周奕却笑道：“不要也不行，我就喜欢黏着你。”

这一路上，俩人黏黏腻腻的，说着这种没有营养，但是双方都觉得甜得不得了的话。

明明超过了界限，不管是身体还是心里，对方都是绝对不一样的存在，但是苏南星并没有主动挑明，这是身为女孩子的矜持，就算她对他心动、喜欢了，可是这话她是不会对他说的。

周奕这一周多次试探，苏南星也没接话，看着他有点着急的样子，她心里其实有点小开心，在公司里那么一个说一不二的人物，在她面前伏低做小的样子，那感觉其实挺爽的。

在高速上开了两个多小时到了连山市，苏南星发现周奕连酒店房间都订好了，根本是早有预谋。

那个酒店在连山市新港口附近，是新开发的五星级酒店，周奕订的是顶层套房，一走进房间，映入眼帘的就是大落地窗，窗外是在月光下波光粼粼的大海，海浪的声音一波一波地荡进房间里，风中也带着一点咸湿的气息。

周奕放下行李袋走过来，从后面搂住她的腰肢，说：“这里，像不像在沙海市的样子？”

他将苏南星转过来搂在怀里：“这里没有人认识我们，就像在沙海市一样，只有我们俩，好不好？”

苏南星贴着他的胸口，听他沉稳的心跳声，说：“好。”

他们到连山市的时候是晚上八点多，周奕拉着她赶在商场关门之前买衣服，苏南星本来想买一套内衣留着换洗就好了，但周奕明显有自己的打算。

他就像上次一样，领着苏南星进女装店让她试衣服，这回不像上次绷着脸不说话只在旁边刷卡付钱，这次他特别有自己的想法，红色控彻底发作了。

他给苏南星买了好几套红色裙子，红白相间的小格子连衣裙，还有一字领的红色散摆连衣裙，甚至连红色真丝吊带裙都买了。

苏南星吐槽他："你怎么那么喜欢红色？"

周奕理直气壮地说："我就喜欢看你穿红色的。"

你所有的红色衣服，以后都要穿给我一个人看。

后来，苏南星还是坚持给自己买了一套简单的白衬衫、黑裤子，想留着上班穿。

周奕这下终于想起来了，问道："我给你买的衣服，你怎么上班从来不穿？"

他的直男想法十分直接："是不是买少了？你多买几套，不要给我省钱。"又拿出那个蹩脚的理由糊弄苏南星，"我能报销。"

苏南星直接拆穿他："别骗我了，哪家公司给员工报销香奈儿、阿玛尼？"

周奕理所当然地说："我啊，我给报销，你想买什么，我都给报销。"

苏南星当然不会真的占周奕便宜，但心里也很甜。

越是这样，她就越是知道分寸，他们是腻来腻去地在一起，但那是因为她喜欢他，不是因为想花他的钱。

结账的时候，苏南星使劲减衣服，说只要买一件就够了。周奕根本没搭理她，修长的手指夹着卡递给柜员，说了句："都给我包起来。"还跟苏南星说，"这件真丝的好看，你换上吧？我们一会儿去吃饭。"

苏南星只得换上，柜员还给苏南星化了个妆。红色真丝吊带连衣裙将她跌宕起伏的身材完全显露出来，真丝的衣服本来就爱贴着身子，特别能勾勒出身体的曲线，尤其这件衣服上面是细吊带的，苏南星那丰满的酥胸，乳沟都露出了一点。这条裙子看着挺长的，但下面是高开衩的，行走之间迈出的一条腿就会先露出来，十分惹眼。

柜员很会搭配，给苏南星涂了一个正红色的口红，配着红色的裙子。苏南星转过身来，细腰、丰胸、翘臀，哪一个角度来看都美得像个妖精。

周奕看着她，感觉自己呼吸都顿了一拍，赞叹道："很漂亮。"

苏南星拢过长发，想用头发遮住胸前的风光，她很少穿这种如此展现自己身材优势的衣服，有点害羞。

除了买衣服，还买了新鞋子，周奕直男的审美觉得上次领她买的 Jimmy Choo 的鞋子她穿好看，便不由分说地拉她进去。等出来之后，苏南星脚上穿了一双银色绕脚踝高跟鞋，随着她的走动，她的大长腿就从红色真丝裙高开衩的地方露出来，一双美腿简直让人移不开目光。

当她穿着这一身走出来的时候，周奕有点儿后悔了，如此美丽的小星星，他应该藏起来自己品尝才对啊！

苏南星觉得实在买太多，问道："现在可以去吃饭了吧？"

周奕却说："等下，还差一样。"

然后，周奕领着苏南星去了内衣店，这意图昭然若揭，苏南星才不去呢。周奕却狡黠地说道："你不去的话，那我就替你买了啊？"

苏南星有些脸红，周奕搂着她的细腰，在她耳边轻声说："南星，我喜欢你穿得漂漂亮亮地给我看，我喜欢的女人，天下最好看，又自信又美丽。"

那句"我喜欢的女人"让苏南星转头看他，心跳得有多快，只有她知道。

周奕拍拍她："快进去吧，我不帮你挑了。"

这次，周奕真的就一直在外面等着，等苏南星出来的时候，他也没多问，伸出手向盛装的大美女说："苏南星小姐，不知可否赏脸与我吃顿饭呢？"

苏南星笑容璀璨，心甜如蜜，那美丽的样子让周奕忍不住倾身亲了她一下。

苏南星将手搭进他的手里，被他紧紧牵着。

"好。"她说。

她想，不管她和周奕未来会怎样，但是此刻，她很心动，很开心。

也许每个女孩都喜欢这样一个像被施了魔法的时刻吧，漂亮的衣服和英俊的王子。

苏南星觉得，当魔法来了就应该尽情享受魔法，当魔法没了，她也仍然没有什么损失。她仍然会是那个努力的苏南星，她想得到的一切都会通过自己的双手努力挣到。

那天晚上，周奕领她到山顶吃的西餐，透过落地窗可以将整个新港口纳入眼底。当周奕领着她出现在顶层高级餐厅的时候，苏南星觉得似乎有很多道目光若有似无地在她身上打量，她脚下的高跟鞋很高，但是她踩得很稳。

她坚持了多年的运动习惯，让她的身材很好，酥胸长腿翘臀无一不让人羡慕。在工作上，通过她的努力，她才二十六岁已经成为行业总监了，虽然不是顶级优秀的人，但是她很努力。

所以现在即使被周奕牵着走在这个奢豪的环境里，她也仍然露出了自信的微笑。

周奕见苏南星唇边那一抹笑，忍不住捏了捏她的手。他最喜欢这样的她，自信、美丽、大方，她的每一分努力和坚持都让她变得更美好，她让他觉得，努力的女孩子最漂亮。

那天晚上，周奕去洗手间的工夫，苏南星在座位上就收到了两张带着二维码的名片，还有服务员送来的不知名的先生请的果汁。等周奕回来看到的时候，苏南星正拿着笔在名片上写“谢谢”回绝对方。

周奕又在卡片上写了一句：“她有男朋友。”

吃完了饭从餐厅走出来，苏南星提着裙子忍不住笑，揶揄他：“我哪有男朋友？”

周奕不乐意，手圈着她的腰肢，让她几乎整个人都贴在他身上了，很认真地说：“苏南星，做我女朋友，好不好？”

苏南星问：“做你女朋友有什么好处？”

周奕厚颜无耻地说：“可以随时随地睡我。”

苏南星嫌弃道：“那我不需要。”

周奕笑道：“不需要不行，这是你男朋友我必备的属性。你不说反对，就是同意了。”

苏南星翻了个白眼：“我才不要同意，公司里那么多姑娘想当你女朋友。”

周奕反驳道：“那么多人都想当我女朋友，也有那么多人都想当你男朋友，但是我想，当我生病的时候，最想搂在怀里的人只有你；当我夜里睡觉的时候，也最想跟你睡在一张床上；甚至你认真工作的样子，私底下傻傻的样子，我都喜欢。

“我离不开你了，苏南星，你必须得陪着我，就算不同意也不行，我会把你身边所有的追求者都赶跑，所以最后你还得选我。”

苏南星听了，不自觉地笑了：“你怎么那么霸道？”

周奕得意道：“我觉得我不只是嘴上霸道，身体也霸道，你不是最了解吗？”又问她，“到底同不同意？”

苏南星抿嘴笑：“这个还得看你表现，有个考核期。”

然后，一直在争取度过考核期的周奕周待机先生，晚上就在海景大房里好好表现了一下。

回到酒店，他就扯着苏南星在海景大房落地窗前的沙发上，撩开她的真丝红裙子，发现她里面穿了一套红色蕾丝内衣，他不禁笑了出来。

她嘴上那么说，可是心里还是有他的。

口是心非的小星星，他最喜欢了。

周奕那低沉的声音在她耳边说道：“苏南星，我喜欢你，很喜欢。”

苏南星抬眼看他，看他英俊的容颜，深沉的眼，她笑着说：“我也喜欢你，周奕。”

那天晚上，苏南星睡得很沉，外面海浪的声音好像催眠曲一样一波一波地荡进她的梦中，配合着周奕的心跳声，让苏南星觉得无比安心。

早上醒来的时候，苏南星发现自己的手被周奕扣在手里。苏南星忍不住笑，阳光从落地窗照进来，照在周奕英俊的脸上。

他们，不再只是简单的上下级关系，他们是情侣了呢。

从今以后，那个全公司单身女员工都肖想的周经理，是属于她一个人的了。他修长的手指、坚硬的胸膛，甚至迷人的微笑，都是她一个人的专享了。那个高高在上的周经理，是她的了。

尽管摆在他们面前的问题一个都没少，可还是控制不住心动啊。

她可以将这份心意压得死死的，可以继续冷脸对他，可是，两情相悦的滋味真是太美好了。

他喜欢她，喜欢将她抱在怀里黏着，甚至不自觉地宠着她，都让她忍不住甜滋滋的。因为互相喜欢，身体的结合也特别好，那种贴在一起听见彼此心跳声的情爱，真的太棒了。

从心灵到身体的结合，太美妙了。

所以让她带着理智沉沦一会儿，享受一会儿单纯的喜欢，他喜欢她，她也想回应他。

苏南星轻手轻脚地起床洗漱，准备穿好衣服等周奕起来一起吃饭。结果等她收拾好，穿了那条活泼的红白格子连衣裙，头发高高地扎成马尾，脸上化了淡妆，嘴唇上涂着亮晶晶的斩男色口红。看起来甜美得像可口的樱桃，让人忍不住想去亲一亲，看看是不是想象中的那么甜美。

然后，周奕就付出行动了。

他们本来都穿好了衣服，苏南星推他："都穿好衣服了……"

周奕一只手扯开衬衫上的两颗扣子，表情却一本正经的："放心吧，不弄乱衣服。"

所谓的不弄乱衣服是真的没乱，连裙子都没有脱下来。

苏南星还能听见外面走廊有人说话的声音，甚至还能听到服务生帮客户拉行李箱的声音。

结束之后，周奕帮她整理衣服，看着她花了的口红，轻舔了一口，说："味道很甜。"苏南星用拳头去捶他。

等他俩正式从酒店走出来都已经中午了，苏南星一直在掐周奕腰间的肉，无奈周奕的肌肉太紧实了，根本掐不动，还让自己的手指头掐得生疼。

周奕将她拉过来，揉揉她的手，说："别生气了，下回我会注意的。"但说完之后，他又说，"不过这事儿也不能怪我，有一个像你这样漂亮的女朋友，我还能忍住的话，那我就不是男人了。"

周经理用他那张平时严肃得不得了的脸，一本正经地跟苏南星说着情话，把苏南星逗笑了。

周奕拉着她的手，说："走吧，女朋友。"

在连山市的最后一个下午，他们吃完了饭之后，就手牵着手在海边散步。苏南星光着脚走在海滩上，海浪不断地冲刷着她白嫩的脚。海滩上还有被海水冲上来的贝壳，周奕走到一处贝壳很多的地方蹲了下来。

苏南星问他："干什么？"

周奕说："上次在沙海市的时候，你说想捡到樱花色的贝壳，当时我们俩说好了要一起捡的，后来太忙了就忘了。"当时在沙海市的时候确实很忙，那时候因为不知道回S市会怎么样，根本忘了捡贝壳这件事。

他说："现在陪你捡贝壳，也不晚。"

原来他还记得呢。

苏南星也蹲下来，开始翻找樱花色的贝壳，翻了半天，贝壳没翻到，却翻出了很多特别小的螃蟹，爬来爬去地乱窜，有一只还爬到苏南星的脚背上，又痒又湿，让她一直在笑。

他们俩一直玩到了太阳西沉，落日的霞光铺陈在海面上，将碧蓝色的大海都染成了红色，他们站在海边相拥在一起，连影子都是连在一起的。

周奕忍不住轻轻亲了她的嘴唇，她回之以甜笑。

苏南星看着漂亮的景色，觉得明明连山市的海没有沙海市的清澈，可是她却觉得这里的景色漂亮极了，大概因为他们彼此依偎在一起。

太阳下山的时候，他们准备回去了。转身的时候，周奕对她说："把手伸出来。"

苏南星伸了手："你若是在我手上放一个海星或者海胆什么的……"还没说完，发现掌心里躺着一枚樱花色的贝壳，是紫粉色的，有点小，但是很可爱。

周奕说道："你不是说樱花色贝壳会带来好运吗？好运送给你。"

他伸手摸摸苏南星的头，揽着她的肩膀往车边走，说："工作问题什么的，你的担心什么的，我都知道，不过这种事还是交给我来解决比较好。"

"那我干什么啊？"

"你就负责在我身边，被我宠着。以后，我是你的男人了，你要学会依靠我。"

苏南星心里暖洋洋的，像有一股热流淌过。

她被周奕的话感动了，但她心里还是想着，虽然能依靠他是很好的，但是更好的还是不依靠任何人，依靠自己才是最好的。

男朋友再好也不能时时刻刻在自己身边帮忙解决问题，再说只有自己足够好，与对方能匹配，才能拥有完整的爱情。如果一个女人从经济到心灵都依靠一个男人的话，那她的世界也贫瘠得只剩这个男人了，久了，这个男人就想逃离她的世界了。

苏南星就算在热恋中也还是很理智，心里被周奕温暖感动，她相信他说这些话都是出自真心的，他们做了两年的上下级，他是个什么样的人，她还是了解的。

但她也要更努力才行啊，因为他那么优秀，她希望有一天能够光明正大地站在他身边，接受所有人的祝福，想听到有人说："周奕能找到苏南星这么优秀的女朋友，真是三生有幸。"而不是说："苏南星找到周奕，真是飞上枝头变凤凰。"

虽然后面那句话才是现在的事实，但是苏南星想，她要变得更好，更努力地工作，赚更多的钱，变得更漂亮，更加强大。

在回程的路上，苏南星跟周奕提出了“约法三章”。

周奕疑惑道：“什么约法三章？”

“就是在公司的时候，我们是上下级关系，不许跟我亲近。”

“我知道你的顾虑，在公司里，我不会透露一丝一毫的，你放心吧，这个分寸我还是有的。”

“包括别人说我什么不好的，你也不要帮我，就像以前一样。”

周奕好笑道：“以后我上班不给你好脸色，每天对你吹毛求疵，三天两头把你叫到办公室训你。”

苏南星竟然还点了点头：“这也可以。”

周奕不过是玩笑，又被她逗笑了，说：“那下班之后你得好好补偿我。”

苏南星哼哼两声：“到时候就得看我心情了。”

她又把自己想好的第二条说出来：“你也不要跟别人透露我们的关系，如果一定要说，要跟我商量一下。”

周奕说了声“好”，也甩出来一个问题：“若是有人追求你，那怎么办？”

苏南星扫了他一眼，周奕这话问得，不就指的是丁琰吗？她说：“我当然是直接跟对方说，我有男朋友了。”说完之后，她又柔声说，“我会跟对方说，我男朋友特别好，对我很好，我很喜欢他。”

周奕觉得就算知道苏南星这话可能带着哄他的味道，但嘴角还是忍不住翘起来，他发现苏南星很会哄他。

苏南星也问他：“若是别人向你告白，比如公司里那些喜欢你的年轻的姑娘，怎么办啊？”

周奕立刻表态：“我会立刻告诉她们，我有女朋友，我女朋友又香又软，工作时像个拼命三娘，回家之后像个小娇娘。”

苏南星的手在周奕的手臂上轻轻蹭了蹭，夸了一句：“周经理真乖。”

就这么不知不觉之中，苏南星把跟周奕的“约法三章”给搞定了。

等到苏南星家楼下，周奕拉着她腻歪，拎着一堆给她买的东西陪她上楼，在她家门口还忍不住问她：“小苗在家吗？”那企图昭然若揭。

苏南星说他：“想什么呢？”

周奕无辜道：“不舍得你走，上班之后又要忙起来了，难得有跟你在一起的时间。”

苏南星自然也舍不得他，不过该有的原则一个不能少，他们才刚开始确定关系，她是不会闲着没事就去他家住的。

这个时候只能先安抚他，她凑过去，贴在周奕的怀里，悄声说："那趁着灯黑了，亲一个吧？"才说完，就抬头亲了周奕一口。

楼道里黑漆漆的，苏南星在他怀里香软极了，周奕一把搂住她，狠狠地加深了这个吻，安静的小空间里，甚至能听见他们亲吻的声音。

真是亲得苏南星差点把持不住……

后来还是她理智地推了周奕一下，俩人动了，感应灯一下亮了。

苏南星机智地说："灯亮了，不许再亲了。"赶紧拿钥匙开门。

屋里的苗萌萌听见开门声，高高兴兴地出来迎接，结果正好看到了门外站着的周奕，一下子愣住了，反倒是周奕非常淡定地跟她打招呼，说了声："晚上好。"

苗萌萌傻不拉唧地也跟着回了一句："晚上好。"等周奕走了，才反应过来，追问苏南星，"你们怎么回事？"

苏南星脸色微红，脸上还带着幸福小女人的笑，想掩饰一下都掩饰不住，跟苗萌萌宣布的时候，嘴角都带笑："就你看到的那样，我们俩在一起了。"

苗萌萌激动道："所以你们现在是男女朋友关系了？"

"嗯。"

苗萌萌觉得有熊熊烈火成为她的背景图，站起身在客厅扭了几下腰当作运动，说："我一百一十八斤了，还有十九斤，我也要睡到一个大帅哥！"

苏南星还没反应过来，问了句："为什么是十九斤？"

苗萌萌说："好女不过百，没听过啊？"

苏南星整理好东西，一边洗漱一边纠正她："别听网上瞎说，我们不看体重，看体形和肌肉含量，就算你一百一十八斤，可只要肌肉练得紧实，好看，身材一样好。若是肉松垮垮的，就算你九十九斤，也不好看啊。"

苗萌萌说："那我是不是得去健身房练一练？找个私教？可我不舍得钱包啊，唉。"叹了一口气，她又可怜兮兮地跟苏南星说，"你可算回来了，我自己做的轻食一点也不好吃，想吃你给我做的三文鱼沙拉。"

"好，明晚给你做。"

"你下回做的时候，我给你拍个视频，我B站的粉丝们特想看看我口中的好闺蜜是什么样，弹幕提了好几条了。”

苏南星毕竟还是羞于出镜的：“我就不要了吧。”

苗萌萌却说道：“放心，我给你化妆，我最近几个月一直在跟我们公司的造型师学化妆。我以后还想自己开间工作室，造型化妆这是必须得会的。”

苏南星笑道：“很好，我支持你，你把他们的技能都学会，技多不压身。”

苗萌萌也点头，赞同地说：“是的！我们都要努力！”

能成为好朋友的人，她们都是有共同点的，都那么努力。

努力的女孩子，运气不会太差。

当晚睡了一个好觉，第二天周一上班，苏南星刻意没有化妆，简单擦了个防晒，让自己显得低调极了。早上见到周奕的时候，她就像平常那样喊了一声：“经理早。”

周奕绷着嘴角，淡淡地“嗯”了一声，又吩咐她：“把你手头准备的浦口项目的投标文件给我看看。”

“好的，我马上打印出来。”

过了一会儿，苏南星打印好文件送进去。屋里只有他们两个人，但苏南星还是一本正经地汇报工作，多一个眼神都没给周奕，就好像真的只是上下级，比前一阵暧昧的时候都不如，那时候苏南星好歹还给周奕倒杯咖啡或者买个胃药关心他呢。

周奕有些郁闷地吩咐一句：“给我倒杯咖啡。”

苏南星应了一声“是”，就麻利地给他像往常那样冲咖啡放到他手边。没等他多说话，苏南星就说了句：“经理，没什么事我先出去了，文件有问题你再叫我。”

周奕满腔柔话想跟她说，就看着小星星留了个背影给他，明明昨天还柔得像个小娇娇一样，今天上班之后一下就变成了工作认真的苏总监了，让他顿时感慨苏南星的多面。他也只得拎起文件快速扫了几眼，然后拿着去开会了。

从上班开始，俩人就一直忙到晚上，周奕本来想跟苏南星一起吃饭的，结果晚上接到奶奶电话，让他回家吃个饭，他只得对苏南星说抱歉。下班后，周奕还想开车送她回家，苏南星却怕被人看见，怎么也不让他送，后来周奕没办法，就让她叫个车，他跟在出租车后面走，也算是将她送回家了。

下车之后，他在她家楼道里匆匆亲了一口，就是今天最亲密的接触了。

周奕郁闷地说：“感觉自己转正了也还像个地下情人。”逗得苏南星笑了起来，又忍不住多亲了他两下，将他安抚得高高兴兴的，送走了。

苗萌萌工作也忙，晚上回家之后跟苏南星去夜跑，说：“我们俩好久没有夜跑了呢，以后我也要跟你出来跑步。”

苏南星抱歉地说：“有时候周奕喜欢夜跑，会跟他约好一起跑……”

苗萌萌郁闷地说：“对哦，你现在是有男朋友的人了。”

晚上跑了一圈回家，苗萌萌就立刻上了体重秤，发现自己的体重掉了二两，高兴得满屋乱窜，忍着饿吃了一个西红柿，嘴里一个劲儿地嘟囔：“还差十八斤八两！”

苏南星真是被她逗笑了，苗萌萌晚上洗漱好之后就开始给她俩的唐朝服装做设计图，苏南星见她在笔记本上涂涂画画的，很是认真。

她轻手轻脚地走出苗萌萌的房间，带上门，萌萌认真的样子，也特别好看呢。

那天晚上，周奕留宿在奶奶家，一直住了好几天，周三那天晚上特意开车来接苏南星下课，送她回家之后，又得开车穿越半个 S 市回到奶奶家。

等到周四上班，钱大姐他们在八卦，提到周父正式从 C 省副总经理的位置上退了下来。这事儿周奕已经跟苏南星解释过了，所以她已经提前知道了，就一边听着他们八卦，一边埋头工作。

但对周奕而言，周父退休回来之后就有点麻烦了，周父和奶奶俩人开始操心他的婚姻大事，总想让周奕载黄欣然回来吃饭，被周奕拒绝了。

周父道：“我看黄总的女儿黄欣然挺好的，家世好，人有教养，学历和相貌也不错，我和你奶奶也是看着她长大的，知根知底不说，你们俩也算是青梅竹马了，你小时候还带她一起玩呢。”

奶奶一听周父这么说，激动地跟儿子告状：“我早就觉得这个小黄挺好的，可你儿子现在是个领导了，我说话也不好使了。”又问周奕，“她小时候扎个小辫子的时候就喜欢跟在你身后，难道你忘了吗？”

周父也继续道：“那时候我们都住在华信的家属楼里，我跟你黄叔叔、李伯伯，我们几家住得近，工作还在一处，你们几个经常一起玩。”

周奕有点不耐烦：“那都是什么陈芝麻烂谷子的事了？我的婚姻大事，你们不用操心。”刚想说我有女朋友，但想到若是说了之后他们要见苏南星的话，尤其是周父在L省这边还经常跟华信的人见面，万一走漏了风声，那苏南星一直捂着的事就暴露了，还是不太好。

他便说：“我不再是当年的我了，你们不要插手我的事了，跟谁在一起，我心里有分寸，不要给我随便凑。”

好不容易到了周末，周奕说什么都不在奶奶家住了，就以周末加班为借口回到自己家。回来第一件事就是赶着去接苏南星下课，将她接到自己家里去，享受二人时光。

第十一章
成年男人的宠爱

苏南星本来不想来周奕家住的，可是耐不住周奕对她说了句：“这一周都没有好好在一起了，我很想你。”

虽然周经理脸上若无其事的样子，但苏南星却觉得这样说着想她的周奕，她很喜欢。

结果就是从进了他家开始，苏南星就没下去周奕那张床。

刚开始，他们俩还在客厅的划船机上一起运动，周奕指挥苏南星怎么用划船机。苏南星是直接下课就过来的，所以也没带换洗衣服，直接穿的周奕的 T 恤，怕白 T 恤太透，还特意穿的黑 T 恤，连内衣也没敢脱，规规矩矩地跟着周奕一起用划船机运动。

这种运动方式对锻炼肩胛和后背肌肉很有用。

周奕还给苏南星讲用哪块肌肉发力，他的手指贴上她蝴蝶骨的位置，轻轻地滑过那里，说：“用这两块肌肉发力，拉的时候后背要挺直。”

苏南星试了几下，问周奕她做得对不对，他点了点头，苏南星又继续动起来。

然而不知道从什么时候开始变调的，大概是周奕在用手指感受苏南星发力点的时候，他的手指渐渐从蝴蝶骨的位置滑下去，在苏南星后背的位置流连忘返。

苏南星投入训练的时候也没有注意到周奕的小动作，还以为他在指导她动作，结果自己的内衣忽然开了。等她反应过来的时候，周奕的手已经直接探索了进来，捏了尖顶，一下就把苏南星给摸软了。

“干、干什么……”

周奕亲上了她的脖颈，说：“一个人划船太没意思了，我们两个一起划船吧？”

然后，他就领着苏南星一起“划船”了，在床上。

大概也因为俩人确定了关系，所以周奕就好像在细细品味一道大餐那样，不紧不慢，就喜欢看着苏南星在他身下崩溃，然后搂着他的脖子小声地求他的样子，十分恶趣味。

等他们结束的时候，苏南星的黑色宽大T恤还完整地穿在她身上，可是T恤下的她却已经又软又红，只能缩在周奕怀里没有力气地掐他两下，最后周奕一边笑着亲她，一边用坚硬的胸膛将她搂进了怀里。

那天晚上，折腾了一次之后，周奕就搂着她沉沉睡了。

第二天周日，早上出去跑完步之后，苏南星给俩人简单做了早饭，煮了点稀粥拌了两个凉菜，她就拿出昨天学习的网络工程师课本开始看书了。

周奕拿她的书本翻了两页，看她正在刷的题，指出道：“你这题做错了，”他点着苏南星写出的几个IP子网关的数字，“这几个数字应该是点129和点193。”

苏南星瞥他一眼，周奕说了句：“看什么啊，这么简单的题，我在大学就考完了。”

苏南星蹭过来，带着一点撒娇：“那你给我讲讲呗？”

周奕刚想说要报酬，这回苏南星特别熟悉套路地捧着他的脸颊亲了一口。周奕忍不住笑了，觉得苏南星这眼力见儿不只是在工作上可以，连私底下也是这样，该撒娇的时候又软又甜，该有原则的时候又倔强得不得了，而且她还那么努力。

周奕觉得自己真是拿她没有办法，好吧，女朋友这么聪明努力，他也有点骄傲。

因为，努力的人总是让人觉得朝气蓬勃啊。

后来，俩人就在家里学习，周奕给苏南星讲了两个多小时的题，还给她讲了些课本的知识。周奕吐槽她的教材书：“知识点有点落后了，现在都不用这种了。”

吐槽完了之后他扭了扭脖颈，意思是讲了两个多小时的课，有点累啊，苏南星立刻颠颠跑过来开始给周经理按摩脖颈和肩膀。周经理非常受用，觉得苏南星真是哪儿都可爱，又会撒娇又会哄人。

那天下午，苏南星都在抓紧时间学习，周奕坐在旁边陪着她，像他这种从小考试就能随随便便名列前茅的人，说："不用全天都学习吧？"

苏南星无奈道："再过一个月就要考试了，我平常时间少，只有周末的时候有空，所以我得多学点，争取一次考过。"

周奕见她那认真的样子，忍不住摸了摸她的头。苏南星冲他微微一笑，然后圈着他的胳膊用小脸蹭了蹭，像个娇娇小可爱，甜得周奕心甘情愿地坐在旁边陪着刷题讲课。

到了晚上，他还高高兴兴把她送回家去了。

周奕觉得自己真是被苏南星给吃透了，苏总监拿在工作上观察他那一套运用到生活之中，真是全戳中了点，该撒娇的时候不含糊，能甜到心里化掉；该在床上展露风情的时候，简直能迷得他想融化在她身上；到了工作场合该努力的时候，苏南星又像个拼命三娘一样。

周奕往家走的时候就感慨，这样的苏南星，让他怎么不喜欢呢？

他觉得自己好像越跟她接触，就越喜欢她。

上班之后，俩人又忙碌起来，周奕还去浦口市出差两天，连周三那天都没赶回来接苏南星下课。苏南星这边也忙，晚上下班之后还有分包商找她吃饭。

因为浦口"天眼工程"的项目已经放出风声了，而且这项目是她跟着周奕参与的，周奕是大忙人，分包商轻易请不到，但苏南星作为新上任的总监是比周经理好请的吧？闻风的人自然都来探她的口风，饭局从周一开始约，苏南星推了好几场，但也还是有两家规模比较大的分包商没法推辞，她去了。

这种饭局必然少不了喝酒，苏南星是女总监，分包商有求于她，自然不会狂灌酒，不过为了热络气氛，也还是喝了不少，等饭局散了的时候，她也有点迷糊了。

接到周奕电话的时候，她还在出租车上，下了车就见到等在她家门口的周奕。周奕也是出差才回来，看到苏南星向他走过来就投入到他的怀里搂着他不松手的样子，心里一下子又甜又软，忍不住将她圈在怀里。

喝多了之后，苏南星就让自己变成了一个黏人精，搂着周奕不放手，脸颊在他脖颈那里蹭来蹭去的，当晚就被他带回家了。

不过周经理没有趁着酒醉折腾她，他帮她细致洗漱了之后，搂在怀里听着彼此的心跳声，分享着肌肤相亲的亲近感，安安稳稳地睡了。

迷迷糊糊的，周奕觉得，他们这样就很好了。

第二天早上俩人一起上班，苏南星怕被人看见，坚决不坐周奕的车上班，周奕拗不过她，只得配合她先到公司。

等过一会儿俩人在公司里相见，他淡淡地瞥她一眼，语气也是淡淡的，还说了她一句："注意点上班时间。"

苏南星真想给周影帝颁一座奖杯啊。

周四上午的时候，省公司工会又下达了新任务，这周末省公司要组织活动，为了促进团队合作和同事之间的感情，周末工会组织爬山，希望大家踊跃报名。

周奕大手一挥："没什么事的都去吧，我听说晚上还有烤全羊吃，住的酒店环境也还不错。"

所以本周末，大家就一起去爬山了。

李婉在旁边吐槽："大周末的，谁要去爬山那么累啊？"

黄欣然也在旁边轻轻点头，说了句："想睡觉。"

张大姐慢悠悠说了句："我听说周经理也去，好像市场部的丁经理他们也都去哦。"

李婉喝了一口手边的咖啡，脸上带了笑，说了句："我倒是想不去，但是我们周经理刚才不是说了吗，没事就都得去，领导发话了，只得去啦。"

黄欣然也沉默。

后来确定好了人数之后，分房间的时候，李婉和黄欣然分在了一个屋，苏南星跟钱大姐分在了一个屋。

结果等周末爬山的时候，钱大姐家里有事儿没去上，苏南星那屋就她一个人。

周奕知道这事儿的时候，眼神是控制不住地亮了起来，给苏南星发了微信，写道："晚上给我留门。"

苏南星回道："别来，万一被人发现呢？"

后来，周奕被队伍中的李总他们叫走，就没有工夫继续发微信了。

他匆忙之间只发了一个字："乖。"

然而，事与愿违。

他们爬的这座山不是全是土路的那种荒山，通往山顶的路上基本都是石头修的台阶，不过有的地方山势陡峭，台阶也不好踩，需要小心走才能爬上去。

其实难度不太大，对苏南星而言，她也没有像其他人那样脸红气喘早早就喊累，而是气息很均匀地往上爬，有时候还能拉旁边的张大姐一把，很是轻松。

在他们前面几步往上爬的宋集夸苏南星："苏总监体力真好啊，平常总运动吧？"

"偶尔跑跑步，女孩子嘛，总怕自己太胖。"

宋集笑了笑，说了句："你可不胖啊。"

张大姐笑道："我们女同志对自己的身材总是不满意的。"

苏南星正要配合着说两句，忽然听见后面传来哎哟一声，然后听见李婉叫了一声："哎呀，欣然！"

大家回头一看，就看到黄欣然一个没踩稳，整个人往后倒栽葱翻了一圈，幸亏后面那个男同事离她不太远，用身躯将她给挡住了，可是黄欣然还是非常狼狈，整个人倒在了地上。

大家赶紧围过去，看黄欣然摔得那么严重，大家也都不敢扶起她，怕有哪个部位骨折了不能挪动，只七嘴八舌地围在她身边问她摔到哪里了。

黄欣然却难过得一下子哭了出来，说了句："哪里都疼……"她身上沾了尘土和草叶，早上出门的时候特意为了这身红色运动服化的妆也花了，头发也沾上了石阶上的尘土，看起来狼狈极了。

发生了这么大的事，自然惊动到了前面的领导，听说系集部有人摔倒了，周奕赶紧从李总那边回来，看到黄欣然坐在地上摔得那么狼狈的样子，问了句："怎么了？"

大家赶紧把刚才的情况描述了一下，周奕大体拼凑出来，就是当时黄欣然脚软了没踩准石阶，踩空了之后整个栽倒了，摔得比较重。周奕也怕她哪个地方摔严重了，跟她那个疼女儿疼得不得了的亲爹黄总不好交代。

周奕蹲下来问她："还能不能起来？"

黄欣然流着眼泪摇头。

旁边有人就说："这样子得赶紧送到山下，最好去医院看看。"道理是这个道理，谁都知道，可是他们都爬到半山腰了，谁带黄欣然下去？

女同事没有这个力气，男同事嘛，跟黄欣然这样搂搂抱抱的，全省公司的人都看见了，也不太好。

这时候宋集的眼力见儿就立刻表现出来了，苏南星特佩服他，人家能升到行业总监真不是随便爬上来的。宋集立刻说："我背欣然下山吧？我力气大，会注意的。"

但是黄欣然一点都不领他这个情，她哭得两眼通红，看着周奕可怜兮兮地喊了一声："奕哥……"那意思，谁都明白了。

这时候，李总他们也从山上折了回来，看到受伤的是黄欣然，赶紧喊了周奕一声："周奕啊，赶紧把小黄送到山下去医院看看，你亲自去，再跟着个女同志一起帮帮忙。"

苏南星刚想张嘴帮忙，但已经被黄欣然身边的李婉抢先了。李婉说："我陪着欣然去！"

李总点了点头，催促周奕："赶紧去吧，别耽误了。"

周奕只得扶起黄欣然，想架着她的肩膀让她自己走下去，但黄欣然说脚踝疼。他就只得蹲下来，让黄欣然爬上他的后背，背着她下山。

宋集这时跟李总说了句："我怕我们经理一个人太累，我去帮着换班。"也跟着一起下山了。

李总跟围观的人说："爬山的时候都注意点，别踩空了，累的话就在旁边歇歇，我们是出来放松的，别再受伤了。"众人就继续爬山了。

苏南星本来想给周奕发个微信的，但后来一想他身边那么多人，让人看见的话就不好了，所以也没有发。

等他们终于爬完了山到了山下的酒店时，已经快傍晚了，大家各自回到房间里洗漱休息一下，晚饭就开始了。

就像周奕之前说的，晚上是省公司特意组织的烤全羊，他们坐在餐桌上等上菜的时候，就能闻到空中飘散着烤羊肉混着孜然的香味。

爬了一天的山，大家也都累了，闻到香味，肚子都饿了。

省公司系集部十多个人，今天就凑了一桌，不像隔壁市场部来了几十个人，热热闹闹地坐了好几桌，而且他们经理丁琰也在，跟众人聊聊天说说笑笑的，大家很是开心的样子。

系集部这边的饭桌上，在开饭之前嗑瓜子的时候，有人闲聊说了句：

“小黄摔得挺重的，希望她没什么事儿。”

等烤全羊上桌，大家就没有闲聊黄欣然的话题了。

不过苏南星注意到，周奕还没有回来，他大概不会回来了，毕竟这里距离市里挺远的。

这个念头也就在苏南星心里转了一圈，就有人向她敬酒了，周奕和宋集都不在，系集部就她官职最大，现在她既是正式工也有升职的前途，众人自然不敢小看她。

大家轮圈敬酒，苏南星灌了两瓶啤酒之后，就没再喝了，不是不能喝，是因为省公司工会怕喝多了场面失控，每人就给发了两瓶啤酒，恰到好处就行了。所以大家喝得是微醺，正兴奋，也都挺高兴的。

喝完了酒，吃完了饭，开始自由活动，酒店里娱乐室、游泳池、健身房，甚至温泉浴池都有，大家也都玩嗨了起来。

苏南星还看到市场部的小姑娘穿着泳装围着大浴巾去游泳池，还有人叫丁琰一起去游泳泡温泉，都被丁琰拒绝了。他揣着一包烟去跟李总这些领导一起打扑克了，这些属下是来放松玩乐的，他们这些领导是来交际的。

系集部的人也组织了打扑克，公司里平常不让玩，现在聚在一起玩，也是欢声笑语的。一旦气氛放松了下来，大家的话匣子也就打开了，平常在工作上不好提的闲话，现在也都能说了。

张大姐又聊道：“小黄这一摔虽然疼了一些，但好歹摔出个机会了啊。”

大家眉眼相对，什么机会，心里都懂。

有人还说了一句：“我看她和我们经理还是挺配的，俩家是世交，还是青梅竹马，正相配。”

张大姐说：“小李那个傻子还跟了上去，小黄这回心里指不定怎么生气呢！”

有人接道：“小李这是不放弃机会，鹿死谁手，不到最后，谁知道？”

张大姐说：“别傻了，你是我们经理的话，放着什么都好的小黄不选，去选择条件一般的小李啊？”

那人不说话了，这倒是实话。

苏南星对于这种话题是从来不说话的，只是笑眯眯地竖起耳朵听。

有人说了句：“反正男女之间这点事儿啊，什么都架不住喜欢，我看我们经理也不是那种只看条件的人，我们经理有能耐，什么家财挣不到？”

“这倒是，我们周经理的能力确实是很强大了，全集团公司也没有几个二十七岁就能坐到经理正职这个级别领导位置上的，可谓是青年才俊了，连集团公司那边都知道他的名号，年轻能干、业务能力好。听说集团管理系统集成业务的于副总裁那里，他都是挂上号的人了，每次集团系集部开会，于副总都夸我们经理。”

大家对这话题就七嘴八舌地聊开了，有人说：“不过我们经理的父亲退休了，也不知道会不会影响他的仕途？”

“周副总退了，不是还有我们李总吗？我们经理可是李总第一心腹，要没有李总的提拔，他也不能升得这么快。”

“李总，明年也要退了啊，年龄到了。”

众人沉默了一下，张大姐说：“我们瞎操什么心啊，周经理一向是心里有数的那种人，他肯定给自己规划好了未来的路了。我们也都希望他好，不指望他能带着我们飞，但将来我们再见他面的时候，能说上话就行。”

众人附和一阵：“是啊，都希望我们经理好。”

苏南星听了满耳朵的八卦，其实也没有什么心情继续玩扑克了。旁边正好有个刚蒸完桑拿回来围观的大哥，苏南星起身把位置让给他。张大姐问她：“干什么去？”

苏南星说：“去趟洗手间，你们先玩着。”

她也确实去卫生间洗了下手，然后顺着走廊从大门出去透了透气。这个酒店就盖在山脚下，出了酒店的内院外面就是一个大湖泊，周围树木掩映，花丛成片，环境非常好。

苏南星走到湖边深吸了一口气，空气里还有野花和青草的气息，闻起来很清香。不远处的湖泊上，盛夏的荷花长势一片大好，荷叶亭亭玉立，荷花已经谢了，莲蓬立在荷叶之间，景色也是很好的。

她顺着湖边修的木栈道走过去，栈道正好修进了一片荷叶之中，栈道两边还有隐藏的LED灯，在夜晚之下，就好像走在由光指引的路上，又漂亮又浪漫。

然后，她在两旁荷叶掩映的栈道尽头，看到了正站在那里的丁琰。

瘦高的身影，淡蓝色的衬衫，修长夹着烟的手指，还有那个抽烟的姿势，很容易就认出了他。

苏南星想走已经来不及了，因为丁琰已经冲她摆了摆手，说了一声："南星，过来。"

她只得走了过去，问了声："怎么在这里抽烟？"

丁琰说："出来透透气。"又问她，"你呢，怎么也出来了？"

"也出来透透气。"

丁琰淡笑一声，然后掐了烟，塞进了手边的烟盒里。

他这样的人，修养是极好的。

苏南星没说话，丁琰也没说，俩人一下子陷入了沉默。

盛夏的夜风从挺立的荷叶和莲蓬之间穿过，带来一阵荷叶的清香。

丁琰终于说话了："这里，让我想到上次我带你去吃饭的那个地方。"那个吃炖鱼的地方，也有这样美丽的荷叶田田的景色。

苏南星"嗯"了一声，丁琰又说："之前说想约你爬山，这次倒是跟公司的人一起爬了山。"

苏南星说："改天我得好好请你吃顿饭。"

丁琰说了声："好。"可是谁都知道，这个改天，恐怕是不知道多久之后的事了，他们都没当真了。

过了一会儿，丁琰忽然喊道："南星？"

"嗯？"

他说："我一直没有问你，你拒绝我的原因，是什么？"

苏南星沉默了几秒，说："因为我有喜欢的人了。"

丁琰顿了一下，虽然预料到了这个答案，但是亲耳听她说，他还是有点胸口发堵，他没有继续这个话题，也没有问她喜欢的人是谁。

他说："我还想问你一个问题。"

"什么？"

丁琰说："当年，我是说在市场部的时候，你对我……"有个词汇没有说，但其实他们都懂，他问，"有过吗？"

这句话全句应该是，你当年喜欢过我吗？

苏南星轻声说："现在问这个问题，有意义吗？"

丁琰难得强硬了起来，说："我想知道，想听你真实的答案。"

苏南星叹了一口气，最后说："否则我为什么要匆匆从市场部调走呢？"这个答案没有明说，以她现在的身份，她觉得他们之间那段不曾发生过的事也没有必要再提了，因为都过去了，现在她有了男朋友，也不能回应丁琰，所以她不想再去向他坦白当年那份心情，说出来只不过是徒增烦恼而已。

丁琰听到这个答案，笑出了声，说了一句："你呀……"太狡猾了，到这个时候，也没有一句给他希望的话。

大概因为晚上喝了酒，有点兴奋，丁琰并没有这样满足，也没有就这么放过她，很直接地说："所以你当初对我动心过，是吗？"

苏南星沉默了，丁琰转过头，锲而不舍地问："是吗？"

苏南星没抬头，看着远处的弯月落在青山上的景色，很轻很轻地应了一声："是的，我对你心动过。"

终于得到了这个答案，丁琰又是开心，又是难过。

苏南星接着说了一句："都过去了。"

是啊，都过去了。

"那时候，我们不可能。"苏南星说。

丁琰接了下一句："现在，我也晚了一步，是不是？"

这次，她承认得很快："嗯。"

丁琰沉默了，手指从烟盒里又掏出了一根烟，没有控制住，点上了，烟气一下就散在了空气中。

苏南星也没说话，就在他旁边站着。

许久之后，丁琰那根烟已经抽了一半，他才说："那个人是周奕。"甚至不是疑问，是个肯定句。

他能猜到，苏南星也不意外，毕竟当初转正的事就是周奕找的关系，在有心人看来已经是挺明显了。

等那根烟完全抽完了，丁琰又说："最后一个问题，如果没有他，你会接受我吗？"

如果没有周奕，会不会接受丁琰呢？

会。

丁琰那么优秀，又体贴，风度又那么好，连说话都很少给人难堪，有谁能真正抵抗他的追求和魅力呢？

可是这个答案，她不会回答了，放在心里就好了。

人这一辈子，错过不知道多少人，但真正重要的是，现在和我们在一起的那个人。

苏南星没说话，转身走了。

丁琰也没有拦她，她转身走了，就当作是个答案吧。

成年人了，问过程也没有意义，他知道的，只有结果才是最重要的。

苏南星给张大姐发了个微信，说："困了，回房间睡了，大家继续玩。"

张大姐回了句："好，估计今晚会玩到很晚。"

苏南星回到房间洗漱了一番，换上了睡衣，点开微信，在周奕的对话框里犹豫了半天，最终还是没有给他发信息。

今天张大姐他们说黄欣然和李婉那段，她都听见了，连李婉那个条件都被嘲笑，更别提苏南星这个条件更差的了。

不过，男人真的要出轨的话，拦也拦不住。而且苏南星觉得，有什么好拦的？出轨就出轨了，这年头，再多的喜欢和动心也比不过自尊。

喜欢固然很重要，但更重要的是自尊和自爱。

如果周奕真的选择了黄欣然，她苏南星绝没有苦苦纠缠的那一天，她会转身利落走人，绝不流一滴眼泪的。

她那么努力，坚持运动，努力工作，又长得好看，凭什么不能找到好男人？凭什么要因为一个男人悲春伤秋？

退一万步讲，就算真的将来再也遇不到她喜欢的男人了，那也无所谓啊，自己挣钱好好过，也是很美好的啊。

取悦别人不容易，取悦自己还不容易吗？

苏南星关掉床头灯，正要睡觉，手机忽然振动了一下，她滑开一看，周奕就写了两个字："开门。"

苏南星跑下床开门，看到了站在门口的周奕。

他一把就将她搂在怀里，随手关上了门。

周奕的高情商也体现出来了，这会儿他进屋之后第一句话就是先道歉，并且解释了下午发生的事："我跟宋集轮流把她背到山下之后，赶紧送到医院拍了 X 光，片子显示她摔那一下子把尾骨摔骨折了，脚踝也肿了，骨折不是很严重，脚踝伤得反倒很重，必须回家静养了。

"等我们送她回家之后，她爷爷奶奶在家，老人伺候完她之后，又拉着我们了解情况，说了很多话。那是黄总的父母，我们也不能立刻抬脚就走，就陪着老人聊了一会儿，一下就折腾到了晚饭时间，老人就留我们吃饭，再想走已经不行了，没办法，只能留下来吃了饭。等吃完了饭，好不容易脱身了，我和宋集就赶回来了。”

周奕解释完之后，说：“要不是考虑到你还在这里，我也就不回来了。”一副我是不是应该得到奖赏的样子。

说要奖赏，但周奕并没有在苏南星的房间里多待，因为现在才十一点不到，领导们的牌局还没有散，周奕回来了就得去露个面，尤其还得把黄欣然的处理结果告诉李总一声。

所以，周奕就在黑暗里搂着苏南星使劲亲了一会儿。放开她的时候，他在她耳边依依不舍地说：“晚上我再来找你。”说完拔走了苏南星房间的门卡，开门闪了出去。

苏南星回到床上想着周奕这急匆匆的一个照面，其实他就是为了向她解释一下才来的，怕她担心多想。

她摸着自己的嘴角，在黑暗之中忍不住笑了，心里有点甜。

周奕这样优秀的人，不知道有多少女孩子喜欢他，可是他却过来主动解释这件小事儿，不过是怕她多想。这种被他放在心里的感觉，真的很舒服，很让苏南星觉得安心。

又觉得，这大概就是周奕成熟的地方，没谈恋爱的时候喜欢黏着她，确定关系在一起之后，又那么给她安全感。

这样的男人，想不沦陷太难了。

苏南星再一次醒过来的时候，是被周奕给撩醒的。

也不知道外面是几点，屋子里黑漆漆的，外面也完全黑透了，山里的晚上比城市里黑得彻底。

“周奕？”

周奕闷声笑：“……是我。”说着，已经搂着她亲了过来。

因为是在外面，他们俩已经尽量不发出声音了，可还是听到走廊外面有人说话的声音，是张大姐，她说：“这个时间，苏总监应该睡了吧？”

“都三点多了，应该睡得正熟呢。”

周奕贴在她耳边说：“不，苏总监正在跟周经理一起，做没羞没臊的事。”

苏南星捶他，周奕却捏了她几下就让她软了下来，最后只能任他随意揉捏。

等结束之后，她被他搂在怀里，身子已软弱无力。

周奕问她："白天，有没有吃醋？"

他的手贴上她的胸口，说："我的手贴在你的心上，若是说谎，我可是会感觉到。"

苏南星打他手："胡扯，别趁机吃我豆腐……"

周奕恶劣地捏了她一下："快说，说实话。"

苏南星点点头："有一点点。"

周奕不满道："只有一点点？"

"嗯。"

周奕傲娇道："一点点太少了，我不太满意，要很多才行。"

苏南星"哼"了一声，又听见周奕说："你吃醋了，我很高兴。"他亲了她一口，说，"不过以后我会注意的，当时那个场合，没有办法。"

他摸了摸苏南星的头，声音贴在她耳边："我的苏总监、小星星，我的人都是你的……"

苏南星在那一刻觉得自己真是被周奕给制服了，从身到心。

苏南星在他怀里听着他沉稳的心跳声，轻声地"嗯"了一声，抬头轻啄了一下他的嘴唇。

周奕摸摸她的头："睡吧。"

睡着之前，苏南星觉得，不管将来她跟周奕会怎么样，到底有没有最终的结果，但是跟他在一起，她一点也不后悔，因为他是那么认真地在和她谈恋爱。

那么认真地用成年男人的方式宠爱着她。

她，非常喜欢。

那一晚，就算在陌生的床上，她也睡得很好。

等她再醒过来的时候，天已经蒙蒙亮了，周奕要趁着大家睡得最熟的时候离开，苏南星睁开眼睛就看到周奕正在穿他那件皱巴巴的衬衫。

他还对她说："你多睡一会儿。"

苏南星也没睡，起床下来帮他整理衣服。可是这么腻歪一下，周奕差点又没把持住，将她打横放到床上，拿被子裹住她："乖，你这样子帮我穿衬衫，我想的不是穿上衣服离开，是想脱下衣服和你大战三百回合。”

周奕郁闷地说：“等下周末，非得把这一周的份都找补回来不可。”

苏南星蒙着被子露出一双水汪汪的大眼睛冲他笑，长发披肩，露出的肩膀玉润白皙，一双眼睛笑得弯弯的，整个人甜得不得了。

她说：“我等你哦，周经理。”

周奕瞥她一眼，放下狠话：“到时候你怎么求我，我都不会放过你。”哼哼了两声，穿好衣服之后闪身走了。

等白天他们再见面的时候，已经是大家都起床一起吃午饭的时候了。

他们系集部仍旧围一张大桌子吃饭，跟别人熬夜玩牌形成鲜明对比的就是苏南星红润润的模样，张大姐还说：“苏总监真是年轻人啊，恢复就是好啊。”

有个大姐说：“哎哟，我们年纪大的人还认床，昨晚根本没睡好。”

有人还跟周奕说：“周经理也认床吧？看你也没睡好。”

周奕低头喝粥，说了句：“嗯，昨晚跟李总他们打牌，有点晚了。”

苏南星在旁边听了，心想这个大骗子！

大家又开始问黄欣然的伤情什么的，周奕说了几句大概情况，旁边正在吃饭的宋集就把话题接了过去，说：“小黄看着挺瘦的，可是背下山的时候累死我了，我可得多吃点，昨天没把我累死。”

有好事的大姐问宋集有没有对象什么的，宋集就把话题转移到了自己身上：“没对象呢，你有合适的给我介绍介绍？”

提到介绍对象，尤其还是给宋集这样优秀的年轻人介绍，大姐们一下就聊开了，周奕背黄欣然下山的话题就被淹没了。

等到大家回程坐在大巴车里，张大姐还揉着腿说：“年纪大了爬山就是太累了。”又问苏南星，“你累不累啊？”

苏南星揉揉昨晚被周奕折腾的后腰，说了句：“我也是腰酸腿软，不经常爬山，真是折腾不起。”

坐在前面的周奕淡淡地说了句：“所以公司工会才组织大家出来动一动，否则稍微运动一下就腰酸腿软可不太好，以后有这种活动我还给大家报名，一起出来玩挺好的。”

苏南星觉得周奕这脸皮，他还好意思说她动一动就腰酸腿软？要不是他那么能折腾，尤其喜欢那种姿势，她能这样吗？

可是，他这样说着一本正经的话，其实话里的内容只有他们俩懂，那感觉又刺激又微妙，让苏南星觉得心头有点甜。想笑，又不敢笑，只得转头看向窗外，嘴角不自觉地翘起来。

周奕还给她发微信："腰酸了？"

苏南星："嗯。"

周奕就趁机邀请她："要不，来我家，我给你揉揉？"

苏南星回了一句："美得你。"

周奕委屈地说："我一片好心啊。"

苏南星："我是进了狼口就出不来了。"

周奕竟然回了一句："嗯，从喜欢你穿红色这一点来看，我确实是跟大灰狼有点像。"

苏南星觉得自己越了解周奕，越被他无耻的情话刷新下限。

可是，心里甜滋滋的。

她当然不会去周奕家，明天要上班了呢。

上班的日子还是那样，忙碌紧张，尤其周一，她跟周奕也就早上见面打了声招呼，双方就一直忙了一天。

等到周二下午，公司工会的人来系集部找周奕提起要去看望黄欣然，周奕就带着宋集、苏南星和李婉一行人拎着慰问品一起去看望黄欣然。

苏南星本来下午要去南环区公安局现场看看施工进度的，就想等去完黄欣然家里再去现场，便带着施工进度文件一起去了。

到了黄欣然家里，他们发现她的父亲黄总竟然也在。

今天可是周二，身为华信C省一把手的黄总竟然特意飞回来陪女儿，进门的时候，周奕喊了声："黄总。"把跟来的几个属下都喊愣了，真没想到竟然能见到黄总。

黄总看着五十多岁的样子，个子不高，戴着眼镜，看起来挺和善。他说话也很客气："你们特意过来看欣然，有心了有心了。"

周奕立刻把话跟上："欣然是我们系集部的人，她受伤了，我们自然来看看她。也是那天我疏忽了，当时跟李总他们一起爬山，没顾及欣然这边……"

周奕把话先说出来了，黄总就算有责备的话，这时当着大家的面也说不出来了，只得说："也怪欣然这孩子，都这么大了，还像个孩子一样，不让人省心，都怪我和她妈太宠她了，惯坏了。"

嘴上说着惯坏了，可是黄欣然的声音从屋里喊出来："爸，你又当着我同事的面说我什么呀？"黄总一下就换成了慈父的样子："我什么都没说！同事们来看你，我招待一下。"

黄母也赶紧洗了水果端来茶水请他们坐，作为全职太太的黄母就不像黄总那么端着了，她一见到周奕就露出了笑，对周奕的称呼更是透着亲切："大奕，好久没来了，现在真是看不出小时候淘气的样子了。"

这话说得，大家都忍不住露出会心一笑。

在没来黄欣然家里之前，对于她曾经轻描淡写说过那句"我家里人总把我当孩子"，还没有直观的认识，等来了之后，苏南星等人就真是有直观认识了。

黄欣然简直就是他们全家的中心，从爷爷奶奶到爸爸妈妈，都关心着她一个人。

一会儿的工夫，黄爷爷已经在二楼黄欣然房间进出好几回了，她爷爷嗓门有点大，苏南星他们在一楼就听见黄爷爷在喊："欣欣啊，别总看那个平板电脑，看花了眼睛，歇会儿。"

黄欣然说什么苏南星没听见，但大概是说她不累这样的话，因为她爷爷又说："不累也歇歇，你同事们来看你了，大奕也来了。"

从黄欣然全家对周奕的称呼上来看，周家和黄家是世交没错了，想想也是，周副总给黄总当了十多年的副手，两家必然感情很不错，两家的孩子从小就认识也很正常的。

李婉打量了黄欣然家的小别墅，脸上是藏不住的羡慕嫉妒。

尤其是他们全家人对黄欣然宠爱的程度，让人感慨投胎真是门技术活，黄欣然基本是得到了一个女孩子能从家里得到的所有宠爱。

黄欣然知道他们来了，要下楼来，大家赶紧上楼去看她。就见她穿着粉色的家居服，刚才匆忙间扎了个头发，脸上扑了点气垫粉底，描了下眉毛，总之看起来气色挺好的，比那天从石阶上摔下去的时候好多了。

黄欣然见到他们，开心地说："你们可算来了，我在家都无聊死了。"

众人跟她寒暄了几句，尤其是工会的大姐特会说话，先问问伤势，又夸黄欣然家人会照顾人，夸黄欣然小姑娘长得好看，总之把黄欣然说得挺开心的。工会大姐这才把空间留给系集部的同事们，她自己则去一楼继续跟黄总聊天了。

等屋里就剩下系集部这些人，大家就很随意了，也不打官腔了，像平常那样随意地聊天。

苏南星发现宋总监到了场面上的时候特别能拿出手，他一个人就能让聊天气氛处于一个轻松活泼的状态，他逗黄欣然说："我看你养伤期间得少吃点，别伤好了，你也胖一圈。"

他又说她："前天我背你下山的时候，差点没累死我，你看着挺瘦的，没想到挺有肉啊。"

黄欣然被逗得又气又笑："我还没到一百斤呢，你怎么不说自己没有力气！"又指着周奕，"看周经理背我下山的时候也没像你那么累。"

宋集说："一般人谁能跟他比啊？"

是啊，谁能跟周经理比？

全华信集团有几个这么优秀的人物？

黄欣然看了周奕一眼，也许是因为今天在她家里，长辈们都在身边，让她有了更多的安全感，也更随意。她看周奕那一眼，眼神里的欣赏到底是没藏住，大家都看得明明白白。

一行人也没有多坐，毕竟黄欣然尾骨骨折是不能坐下的，她一直靠着墙站着跟他们说话，周奕说："你没什么事我们就放心了，那我们走了，公司里挺忙的，我们这些人都出来了，还有一堆工作等着呢。"这话让黄欣然想留他们都没法张口。

倒是在客厅跟工会大姐聊天的黄总跟周奕说了句："大奕，你等我一下，给你父亲带点东西。"众人一听，都上车去等周奕了。

苏南星上了车才发现自己那个施工进度表落在黄欣然房间了，跟大家说了声："我文件落黄欣然家里了，我回去拿一下，马上回来。"

黄母开了门，苏南星直接去了二楼，想敲门进黄欣然房间拿文件，结果听见黄欣然的声音从里面传来。她大概是在和什么人说话，刚开始声音有点小，后来声音就激动了，她说："周奕，我喜欢你，从小到大，我都只喜欢你一个人。"

苏南星一下愣住了，她的脚步还没挪动，黄欣然又说："从小，周伯伯让你带我玩的时候，你总带我一起玩，对我那么好，我早就喜欢你了，我一直等，等我长大，好配得上你。现在我长大了，我要亲口对你说，我喜欢你，我想跟你在一起。”

房间内沉默了一会儿，周奕终于说话了，他只说了一句：“我一直拿你当我的妹妹。”

黄欣然说：“你姓周，我姓黄，我才不要你把我当妹妹！我要你把我当个女人！前天你背我下山的时候，我不知道有多开心，多么希望你能一直背着我走下去。”

周奕这时很直接地说：“很抱歉，我有女朋友。”

黄欣然一顿，却说：“我不在乎，从小到大你交了那么多女朋友，哪个到最后了？除了那个林鹿被你真正放在心上了，其余的那些女人，哪个被你放在心上了？不都是三个月几个月的就打发了吗？

“我等得起，只要你没结婚，我就一直等下去。我喜欢你那么多年，连工作都要跟你在一起，就算只看着你，我也很开心。我会一直等下去，直到你回头看我。”

周奕却轻轻地说：“这个不一样，她在我心里不一样。”

他又对黄欣然说：“你不要这么执着了，我知道你，从小到大你喜欢的东西就一定会得到，你想要的礼物，都有人亲自送到你手边来，但那是礼物，而我不是，我喜欢谁才想跟谁在一起，我只把你当妹妹看待。”

话说到这里，黄母也反应过来了，拉了苏南星一把，对苏南星露出歉意的笑容，把她拉下了楼。

坐在一楼的客厅里，黄母说了句：“不好意思啊苏总监，刚才的话……”

苏南星立刻表态：“刚才的话，我保证不会泄露一丝一毫。”

黄母欣慰道：“那就好，毕竟你们是在国企上班。”黄欣然一个小姑娘才刚去就陷入流言蜚语之中到底是不太好。

苏南星也补了一句：“但其实时间久了，大家或多或少也都能看出来……”连李婉都能看出来的事，更别提部门里那些目光如炬的大姐了。

黄母叹了一口气，没有说话。

过了一会儿，周奕下楼了，看到坐在客厅的苏南星也没有说什么。苏南星请黄母帮她上楼拿文件，黄欣然现在的状态若是她再出现就不太好了。

黄母将文件拿出来递给苏南星之后，就转身又回房间里安慰黄欣然去了。

等苏南星回到车上，周奕早就在副驾的位置上坐好了，他脸上的神态一点也看不出来刚才发生的事儿，手上还真的提了黄总给周父的一袋茶叶。

探望完了黄欣然，苏南星直接去南环区公安局看施工现场了，等忙完了回家，也都是下班时间了。

她到家之后直接给周奕打电话，问他："在哪儿？"

周奕说："在公司加个班。"

苏南星听见电话那头键盘噼里啪啦的响声，问了句："我回去帮你？"

周奕说："不用，快完事了。"又柔声问她，"怎么了？想我了是不是？"

苏南星觉得这是他身边没人了，说话这么随意，她便也柔声说："我是想你了……"

周奕一听，立刻说："那你在家等我一会儿，我去接你。"

等周奕来接她的时候，苏南星穿了一件宽松的黑T恤，下面穿了一条牛仔短裤，两条长腿露在外面。苏南星还披散着头发，大概是刚洗过澡，身上有淡淡的玫瑰香气，简直就像是刚沾上露水的玫瑰花一样。

周奕忍不住亲了她一下，问她吃没吃饭，苏南星说："吃了。"

周奕表示自己还没吃饭，苏南星便说："那我给你做吧？"

周奕一听，那可是十分美好啊，平常想请到家里都请不动，今天主动说给他做饭，简直是福利待遇啊！

苏南星是特意带了食材去的，还带了冷冻的手擀面条，到了周奕家直接下锅里煮熟，炸了一碗香喷喷的肉酱，又切了点黄瓜丝。那肉酱炒得色泽赤红，肉香扑鼻，和面条混在一起泛着油光，看着就让人食指大动。

周奕吃得十分开心。

等吃完了饭，俩人坐在沙发上，周奕也知道苏南星今天这是有什么事，便问道："今晚这么乖，发生了什么事？"

苏南星主动提起白天的事："我听见你跟黄欣然的话了。"

周奕的第一反应是先解释一下："我跟她没什么。"

苏南星笑了，翻身坐上了他的膝盖，说："我知道，我都听到了，她向你告白，你拒绝了她。"而且是干净痛快地拒绝了，没有任何拖泥带水给对方希望什么的，尤其他直接就说那句：我有女朋友了。

男朋友被别人告白其实真没什么，像周奕这么优秀并且还英俊多金的人，女人喜欢他太正常了，但是他第一时间就说：我有女朋友了。这个态度和这句话让苏南星心里真的特别熨帖，真的觉得自己跟他在一起，特别好。

而且后来周奕还说了句：这个不一样，我是把她放在心里的，更是让苏南星十分开心。

这种开心和安全感不是多少衣服和鲜花能给的，衣服和鲜花这种礼物是有钱就能买的，但是这种遇到别人告白立刻就宣布“我有主了”的态度，是他真的把她放在心上了才能做出来的事。

苏南星还看着他道：“我也听见你跟她说你有女朋友了，听见你还说把我放在心上的话。”

话说到这里，周奕也知道他家苏总监这是高兴了，搂着她，亲了过去。

“我表现得这么好，是不是得给我点奖赏啊？”

苏南星解开周奕的衬衫扣子，红唇贴上他的嘴唇：“嗯，给奖赏。”

他们的气息那么热，他问：“给什么奖赏？”

苏南星笑道：“你想要什么奖赏？”

周奕痞痞地道：“我想，嗯，你来勾引我。”

第十二章
给你奖励

那天晚上，周奕觉得自己需要重新认识下苏南星。

因为当他说出想让她勾引他这话之后，苏南星就勾起了红唇，然后将肥大的黑T恤和牛仔短裤脱下，露出了里面的红色蕾丝内衣。

白得发光的肌肤和前凸后翘的身材，配上那身布料又少又轻薄的红色蕾丝内衣，一下子就让周奕有点口干舌燥。但他跟自己说要忍住，难得苏南星这么主动。

然而，他真是低估了苏南星对自己的诱惑力，也低估了苏南星真的想勾引他时散发出来的魅力。

苏南星甚至连身上那套红色蕾丝内衣都没有解开，她只是将一颗樱桃揉碎了，让红色的汁水顺着她的曲线流了下去，拿手指点了一下胸口那块儿的樱桃汁水，伸出舌尖舔了一口，睁着一双美目，有些无辜的样子看着周奕，声音又轻又软，软得周奕的骨头都酥了。

她说："经理，怎么办？"

怎么办？

周经理帮你啊。

他再也控制不住自己，让那甜蜜的樱桃汁水染上了彼此的身体，好像空气中都充满着樱桃甜美的气息。

等一切都结束之后，周经理夸苏南星："'业务能力'颇有长进，不过还需要更加努力，要大胆创新。"还十分不要脸地提议，"下回用西瓜汁，我也喜欢吃西瓜。"

苏南星害羞地拿手指掐他，掐不动又捶了他几下。

周奕就喜欢这样害羞可爱的苏南星，平常娇娇软软的，撩起人来的时候，简直要了他的命，他的小星星到底还有多少不同的一面等他去挖掘呢？

周奕说：“今天的奖励，我很满意。以后我还要这种奖励。”

苏南星说他：“美得你。”

周奕已经笑出声了，说：“我今天拒绝她的时候，你高不高兴？”

苏南星承认：“高兴的……”

周奕摸摸她：“乖，”翻过她的身子，让她正面对着自己，“我整个人都是你的。”

苏南星听了，在他胸前咬了一口：“嗯。”

他把她放在心里，没有那些乱七八糟的误会和矛盾，真的很好。

今天黄欣然向周奕告白这事儿，如果不是她不小心听见了，周奕是不会主动跟她说的，因为在周奕看来，这都是小事，对他们之间没有任何帮助，说了也没有意义。

成熟男子的宠爱，是藏在他看似轻描淡写的面容之下的。

那种被珍爱的感觉，让她的心好像被泡在温泉里似的。

那种幸福的感觉，真是太美好了。

苏南星觉得自己完了，越来越喜欢他了，怎么办？

可是她已经不想挣扎了，就这样吧，喜欢就好好喜欢吧，爱就认真去爱吧。

那天晚上，苏南星也没提黄欣然口中那个“林鹿”，因为在她看来，这已经是过去式了。

他们长到这么大，谁没有个不想跟人说的过去呢？谁没有过曾经与之有过感情交集的人呢？

过去不重要，真正重要的是现在他们在一起，这就够了。

那天晚上，临睡之前，苏南星贴着周奕耳朵小声地说：“我喜欢你这样，以后你表现这么好，还给你奖励。”

喜欢的话，要说出来。

夸奖的话，要让他知道。

她喜欢的事，要让他继续保持下去。

恋人之间的小心机和坦白，既坦荡又有点狡黠。

第二天早上，俩人在家里腻了一会儿，苏南星还给周奕做了饭，她就自己先急匆匆地坐公交车上班去了。

出门的时候，周奕叮嘱她："慢点走，不要着急。"

其实他心里想的是，什么时候能够光明正大地送她上下班呢？

白天又忙了一天，晚上苏南星还要上网络工程师的课，因为还有不到半个月就要考试了，大家都学得很认真。唐班长还说："等考试结束了，我们一起吃个饭。"得到了大家的一致响应。

那天晚上下课的时候，周奕特意从分包商的饭局赶过来接苏南星下课。

他的车从补习班出来的时候，等在拐弯的第一个红绿灯那里，结果旁边一辆车里是同样正在等红灯的丁琰。

丁琰已经转头看了过来，就算周奕戴着鸭舌帽，穿着T恤，跟他平常西装革履的装扮不一样，但是周奕这个人出众的气质和挺拔的身材也很容易让人认出来。

周奕也发现了被丁琰看见的事，他竟降下了车窗，摘下了帽子，主动跟丁琰打了一声招呼："丁哥也来学习啊？"

丁琰看了一眼在周奕旁边的苏南星，脸上已然带了笑容："是，要考互联网专家的认证。"

周奕回了一句："哟，这可是挺难的。"他竟然还主动提起了苏南星，说，"我们家南星考的是初级，大家互相关照。"

苏南星只得也跟丁琰打了招呼，丁琰脸上的笑容没有变过一分一毫，仍是那么无可挑剔的丁经理。他还说："过几天要考试了，共勉。"

绿灯亮了，两辆车一左一右开向了相反方向。

苏南星说周奕："你疯了啊？"

周奕却无所谓道："反正他都知道我跟你的关系了，还装什么啊？我知道你担心丁琰说出去，放心吧，丁琰不是那种人。虽然他追求你让我有点不痛快，但是他为人比较正派，就算是竞争之类的事，也都是光明正大的。背后偷偷举报这种事，丁琰的人品是做不出来这种事的。"

苏南星想到刚才丁琰那一丝不露真实情绪的笑，心里微微叹了一口气。

回到家里，苗萌萌还在手工缝制唐服，衣服已经初步成型了，苗萌萌披着华美的绸缎衣服，有些遗憾地说："可惜我不会刺绣，要不这衣服得多么好看啊？"

苏南星建议说："实在不行，等到时候你用笔在上面画点花，也挺好看的。"

苗萌萌失落地说："拍照的时候可以将就，但是你结婚穿上的话，我希望还是刺绣，因为更加华美。”又说，“当初做的时候没想到你会这么快有男朋友，而且还是那个大帅哥周经理，我要赶在你们俩结婚之前做好婚纱送给你，你一定要穿啊。”

苏南星好笑道：“结婚跟我们八字还没一撇呢。”

她摸摸苗萌萌的头：“我将来结婚，一定会穿你给我亲手缝制的婚纱，这可是我家可爱的萌萌对我的祝福，世界独一份呢，谁都没有。”

苗萌萌点点头，像被安抚的小狗一样，又朝气蓬勃了：“没错，世界独一份！”

这周剩下的几天，苏南星一直很忙碌，周奕又去浦口市出差了，周六那天她还要去补习班上课学习。中午吃饭的时候见到丁琰，丁琰跟她点了点头，对她说了一句：“在公司里的时候，你和他还是要注意比较好，这种事终究还是对女孩子影响最大。”

苏南星一听，到了这一步，丁琰还是如此有君子风度，还能叮嘱出这么一句话，让她心里真的很感动，说：“因为是你，所以也没想太防着。”

丁琰苦笑，说了一句：“我倒宁可你们俩避开我一点。”轻描淡写的，就将这件事揭过去了，从来都不会让人难堪，甚至让人心里都熨帖得不得了，这就是丁经理的魅力。

周六晚上，周奕照例来接苏南星，这次他们和丁琰没有再遇上了，正如丁琰开玩笑说的那句话一样，他也不想跟他们遇上。毕竟看见苏南星跟别的男人在一块儿，他心里也不舒服。

周奕没让苏南星回家，而是直接载到家里，准备晚上要吃掉苏南星这顿大餐。可是俩人才到家，周奕就接到了李总的电话，李总说：“市公司吴经理的调令下来了，过几天要去C省当副总，正式接替你父亲的位置了，我们省公司这边预计跟吴经理吃顿饭，权当是欢送他高升了，明天下午，你也准备准备。”

周奕一下子被安排了一顿重要饭局，而苏南星明天也想回家看看父母，俩人都有一堆事儿，再加上周奕刚从浦口市出差回来，苏南星就不想跟他夜里折腾。

周奕却缠着她，后来苏南星没法子，让他躺在床上，骑在他后背上给他按摩。

刚开始周奕手还不规矩，总想摸苏南星两把，后来被苏南星按得实在太舒服了，按到他后脖颈的穴位时，他感觉半边身子都酥麻了，特别舒服。

周奕就乖乖地享受他们家苏总监的服务，渐渐地，睡着了。

苏南星见他睡着了，就睡在了他旁边。夜里被醒来喝水的周奕弄醒，是因为周奕不满意她穿着大T恤睡觉，将她衣服扯下来，又揉了几下，这才心满意足地继续睡着了。给苏南星气得，早上起来的时候捶了他好几下。

周奕满脸正义，觉得自己特别有理："那你下回睡觉的时候，直接就脱光了睡啊，又舒服，又暖和！省得我半夜把你弄醒，多方便啊。"苏南星觉得自己简直每天都被周经理的无耻给刷新下限。

俩人玩玩闹闹的，一个早上又过去了，开心得简直都不知道时间过得那么快。

周奕特意开车将她送到地铁口。苏南星下车的时候，他拉着她使劲亲了一口，苏南星还叮嘱他："少喝点啊。"

不过两人都知道，这酒不能少。

苏南星回到父母家，发现父亲病了，赶紧问怎么了。苏父满不在乎地大口喝热水，说："就是个小感冒而已，我吃点药发发汗就好了，你不用担心。"又让苏母给苏南星做点好吃的，"给星星炖点排骨吃。"他还点菜，"我自己要吃那道家常豆腐。"

自从苏南星转正之后，苏父苏母简直就像是少了一块心病一样，家里的气氛一下轻松了不少，父母俩人也不吵了，变得和谐了不少。

苏父回屋里躺下之后没多久就睡着了，苏南星坐在狭小的客厅里都能听见他打呼噜的声音。

苏母也透着开心，说："别管你爸，没什么大病，就是感冒了，晚上我给他炖点鸡汤喝，很快就好了。"

苏母又开始关心起苏南星的感情大事："我不是催你啊，我和你爸还是那个态度，你愿意结婚就结，不愿意结不找也行，不过妈妈就是好奇，你身边有没有人追你啊？"

苏南星想到了她和周奕的事，觉得现在说好像有点早，可是心里忍不住有点甜，在自己亲妈面前，嘴角的甜笑就没有压住，说："有的，是个很优秀的人，还在初步接触之中，若是真的有结果了，我再带他来给你们看。"

苏母一听，高兴极了："哎呀，小伙子什么条件啊，给我讲讲？"

苏南星说："他条件很好，大概年薪百万不止吧，房子车子也都很随意地买，估计还有别的产业没露出来，家里条件也很好，是那种高知家庭，住小别墅的条件……

"我和他只是初步接触，并不一定会怎么样，人家条件那么好，虽然我们也不自卑，但这差距毕竟摆在这里，就走一步看一步吧，真到了有结果那天，我一定告诉你们的。"

苏母知道苏南星一向是个心里有数的孩子，要不然家里这些年欠债的压力都能把她压垮了，他们家的现状如此，苏南星考虑得也很现实。

苏母最终还是那句话："只要你开心快乐就行，爸妈就在乎这一点。"

苏南星笑，她跟周奕在一起，是挺开心的。

周日下午，周奕那个饭局是欢送市公司吴经理高升的，他们华信省公司的经理级以上领导都去了。

开局必然是大家先敬职位最高的李总一杯，然后是今天饭局的主角吴经理一杯，喝完了开局酒之后，大家才开始吃饭，为等一会儿正式开场的酒局先垫点食物。

周奕还特意要了一碗面条先吃进肚子，就怕自己一会儿喝多了之后胃炎犯了。

所以，这顿酒喝多了也很正常，大家轮着喝了四五圈之后，每个人几乎是一打啤酒喝进去了，已经有人说话开始大舌头了。这时，吴经理端起酒杯跟丁琰说："我欠你一杯酒啊，丁经理。"

在座的都是人精，都知道丁琰给吴经理侄子弄到一个转正名额的事，现在吴经理高升了，也惦记着丁琰这份人情。

吴经理走了，他空出来的位置，谁上？在座的这些经理级的人，都有资格填补吴经理空出来的这个位置。

在华信公司内部，大家虽然都是经理级别领导，但也是有微妙差距的，尤其像S市是省会城市，在行政级别上就比普通地级市要高，所以当了S市公司经理的人下一步就能到省公司去当副总，就正式进入到集团领导行列了。

这是一个很大的跨步，所以吴经理走了之后，大家都盯着S市公司经理这个位置。

不过在座这些人，心里也跟明镜似的，去除年纪大的要退休的，再去掉关系没那么硬气的，其实真正有竞争实力的人，并不多。但周奕和丁琰，绝对是这个岗位上最有力的两个竞争对手。

周奕和丁琰心里也都明白，从得到吴经理要高升这个消息开始，他们俩就已经在心里早早衡量上了。

不过越是心有城府的人，到了这种时候，越是不动声色，面上也亲热。

到了酒桌上，亲热也都表现在酒里，周奕平常在工作上表现得挺严肃，但是到了这种酒桌上，社交属性一下子就出来了，脸上带着一副熟于交际的笑容，跟丁琰一口一个“丁哥”，举杯邀请：“喝一个？”

丁琰也不甘示弱，本来在苏南星这件事上就憋着气，尤其那天晚上周奕竟然还主动跟他打招呼，谁不知道周奕那点心思，不就是示威吗？

丁琰掀杯喝了一个，周奕就跟着喝了一个，周奕还说：“感情深，都在酒里了，平常我们两个部门经常有合作，大家也都多方面配合，我心里很感谢，做弟弟的再敬一杯。”说完又喝了一杯。

丁琰也说道：“系集部谈项目，市场部配合并售后，也是职责所在，都是为了公司发展，不过跟你合作，确实痛快。”他也跟着又喝了一杯。

俩人连着喝了三杯，李总就笑着说：“我们省公司有你们两员大将，何愁不发展啊？来来来，大家一起举杯，祝我们公司将来更好！”

酒局进入下半场，大家都得先去趟洗手间解放一下。周奕也去了洗手间，等他出来，正好看到丁琰在外面抽烟。丁琰见到他，还递给他一根烟。

周奕接过来夹在手里，丁琰要给他点火，周奕赶紧说：“我有火。”

丁琰说了句：“来吧，别客气。”就给周奕点了火。

周奕说了声：“谢谢丁哥。”

俩人站在外面抽烟，烟抽到一半，丁琰才说了句：“她的事，我晚了一步，让你捷足先登了。”这个她指的是谁，俩人都知道。

周奕扯着嘴角笑了笑，说了声：“看准了，就得早点下手。”

丁琰将烟送到嘴边吸了一口，才缓缓地说：“她是个好姑娘。”努力、认真、有尺度、有坚持，还那么漂亮，闪亮得像颗星星一样，可惜啊……

周奕叼着烟说了句：“我知道。”他又说了一句，“她很好，我知道。”

丁琰又抽了两口才掐了烟，问周奕：“回去吗？”

周奕也掐了烟，跟丁琰一起回到酒桌上，继续觥筹交错。

等到这顿饭局结束的时候，天都已经黑透了，这顿饭基本上是吃了一下午，喝完了酒之后，大家还又吃了点主食，这才各自坐上代驾开的车，分开了。

临走的时候，周奕送李总上车，只有两个人的时候，李总对他说了自己心里的打算："市公司经理那个位置，我想推你，在我正式退休之前，这是我最后能帮你的了。"

没等周奕说话，李总又说："不过丁琰的资历和背景摆在那里，你上了的话，怕集团公司那边，尤其是丁琰那个当人事部长的舅舅有异议，所以你一定要把那两个亿的浦口项目拿下，等签上了合同，我就提你上去。那个时候，丁琰的舅舅就算再有异议，你手里有这么多业绩，再去找主管系统集成业务的于副总裁说句话，这事儿也就成了。"

周奕应了一声，扶着李总上了车，李总年纪大，精力不济，上车之后就靠着椅背眯着。周奕关上了车门，转身上了自己的车。

进入了车里之后，周奕将刚才那副交际面具卸了下去，懒洋洋地靠在椅背上，想到刚才丁琰说的那句他下手晚了的话，他的嘴角忍不住翘了起来，又想到他和苏南星刚开始那天晚上，苏南星和他都有点喝多了，她趁着酒劲亲了他，然后剩下的一切都是他主导的。

如果不是他下手快先吃了她，以丁琰的手段和城府，她最后会选谁，还真的不一定。

想到这里，他就有些得意。

此时喝多了酒，就格外想苏南星，他给她打了个电话。

苏南星一下子就听出来他喝多了，说："喝多了是吧？"

周奕笑道："你怎么听出来的？"

苏南星说："你每次喝多了之后，说话的语速就很慢，有一种生怕在这个时候说错话的感觉，说出的每一个字都是在你脑子斟酌过的。"

周奕笑了，倒还真是这样，他说："我都被你看透了。"又对她说，"南星，我想见你，今晚，你陪我好不好？"

苏南星娇娇地哼了一声，才说："那我去找你？"

周奕笑道："在家等我，我去接你。"

那天晚上，苏南星到了周奕家之后，就让他赶紧上床休息，忙里忙外地给他端来柠檬蜂蜜水喝，喝完了水之后，又拿热毛巾帮他擦脸。周奕还主动解开自己衬衫的扣子，指着露出来的胸膛说："还有这里，也需要擦一擦。"

苏南星一把将毛巾扔他身上，让他自己擦。看周奕这样，眼神沉沉的，她再给他擦下去，肯定得擦枪走火。

周奕抓着她的手，脸上露出有点痛苦的表情，说："我有点头痛……"

苏南星一下子又心软了，手指已经按上了他的头，一边按一边问他："是这里疼吗？"

周奕的头枕在苏南星的大腿上，鼻端是她淡淡的体香，耳边是她关心的声音。他忽然拉下她的头亲了她一口，然后听见苏南星嫌弃地说："满嘴酒味，到底喝了多少？"

周奕笑，也没数今晚到底喝了多少，在苏南星温暖柔软的怀里，他渐渐地睡着了。

等周奕再醒过来的时候，已经是夜里了，他起床喝了点水，发现自己身上干爽极了。定是刚才他睡着的时候，苏南星已经帮他擦了身体。

借着床边昏黄的小灯，看到睡在他身边的苏南星依偎着他的样子，他心中满是柔软，忍不住倾身亲了她一下。

这样的苏南星，是他再也不想让别的男人看见的，是只属于他一个人的。

第二天周一上班，仍旧是忙碌的一天，早上周奕醒来之后还有点宿醉的头痛，苏南星又帮他揉了一会儿头，这才匆匆地打车走了。

忙了一整天，等下班之后，苏南星回到家里，苗萌萌已经在家里笨拙地做着沙拉，见她回来了如释重负地跟她说："我买了三文鱼，我们吃三文鱼沙拉吧？"

苏南星洗好了手，开始给沙拉配菜，紫薯、玉米、南瓜、生菜、苦苣、三文鱼，再配上一点柠檬口味的油醋汁，是极好的减肥吃草餐了。

苗萌萌照例拍了几张照片发到微博上去，然后捧着大碗苦兮兮地开始吃草，一边吃草一边说："我昨天去报了个健身房，因为下个月，我们高中同学要举行同学聚会了，到时候陈飞也在，我要以最美的姿态让他后悔！"

苏南星鼓励地说了一句："加油。"才想起来，前男友徐良骏跟苗萌萌也是高中同学，自从分手以后就没有见过面了，想想也是感慨，现在她和周奕很好，竟很少想起徐良骏了。

吃完草之后，她先坐在桌边看了会儿考试书，一边学习一边消化食物，九点多的时候才出去跟周奕一起夜跑。

周奕拉着她跑六公里，跑到五公里之后，苏南星就有些累了，脚步有点跟不上了。周奕跟在旁边说了句："我现在开始追你，若是追到你，就将你按到草地上亲！"

这给苏南星气得，这都什么跟什么啊？

但是让周奕这么一逗，苏南星也赶紧迈开腿跑完了最后的一公里。

等到了终点，她还是被周奕拉着躲在树木后，狠狠地亲了一顿。

过了两天，本来在家休息的黄欣然忽然来上班了，苏南星以为按照她那个娇气的性格，尾骨骨折加上脚踝上的伤起码得休息一两个月，没想到这才半个多月就来上班了。

众人还问她："怎么没有在家多休息几天啊？"

黄欣然回道："在家里他们总看着我，干这也不行，干那也不让的，太无聊了。"

众人也就关心了几句，等周奕进来了，就回到各自岗位上开始工作了。

周奕看见黄欣然这个属下回来上班，不管是出于领导关心下属，还是作为旧相识家的大哥关心小妹，都得过来关心几句。他就问了几句复原情况，然后叮嘱了一句："你走路慢点，别再摔倒了。"

黄欣然柔声应了一声，也没再说别的，从她脸上，一点也看不出来那天表白被拒绝的尴尬。

等要下班的时候，周奕接到了黄母的电话，黄母先在电话里寒暄了几句："欣然给你添麻烦了。"周奕客套了两句，黄母才说出了请求，"阿姨麻烦你一个事，晚上的时候，你能不能开车顺路把欣然送回来啊？阿姨晚上有点事，不能去接她了。"

黄总的夫人开口求的，周奕肯定不会拒绝，只得答应了。

到了晚上，黄欣然再一次被周奕载回了家。

这件事，周奕下班前就在微信里跟苏南星解释了几句，苏南星在微信里回了一句："没事儿，我不生气，你去送吧。"

但第二天周奕上班的时候，系集部这些眼尖的大姐就看见周奕脖子上有两块红痕，连衬衫的领子都没能遮住，一眼就让人看见了。

周奕后来也发现了，等他再从办公室里走出来的时候，脖子上已经贴了创可贴，但是部门里的人都看见周经理带着两块不明红痕上班，明显不是蚊子叮的。

黄欣然自然也看见了，那一整天，她都不太开心。

但是苏南星很开心，笑眯眯的，心情很好。

周奕后来给她发微信，写了一句：“满意了吧？”

苏南星：“满意。”

周奕：“明天全省公司上下就会传遍，说我的女朋友是多么地热情。”

苏南星刚想回复，周奕那边已经又发了一句：“事实上，我女朋友也确实很火辣热情。”

在系集部内部，周奕出去开会的时候，大家就聊开了，张大姐跟钱大姐说：“你看见没？周经理脖子上那两块儿……”

钱大姐端着茶水喝了一口，才说：“我们经理那么优秀，有女朋友了也不稀奇。”

李婉在旁边说：“我们经理的女朋友就是换得太勤了，上一次那个，还有上上次那个，从我们听说到分手，好像也就三五个月，而且我们经理还经常加班到很晚，哪有工夫去陪女朋友啊？之前那个科未公司的赵副总不就是因为经理太忙了，她才追到我们公司里来的吗？”

李婉总结道：“所以啊，我看这个应该也不会太久，兴许真的是蚊子咬的呢？”

黄欣然也说了一句：“还没听到周经理自己承认呢。”谁知道上次周奕说他有女朋友这件事是不是骗她的？或者干脆就是个露水姻缘呢？

下午，周奕开会的时候，网络部跟他关系不错的王经理拍着他的肩膀开玩笑，说：“兄弟，今天整个一上午，我都在听说你那两块创可贴的八卦，我说你可悠着点啊！”

周奕扯着嘴角笑了出来，带着点男人都懂的味道，虽然没有说什么，可那笑分明就是默认了这事。

坐周奕对面的丁琰扫了他一眼，又埋头看文件等着开会了。

周奕有女朋友这个消息，在他本人默认之后，就像长了翅膀一样在公司内部疯传。

开完会之后，他被李总叫到办公室，还没有走回系集部，部门内部的大姐们就已经知道了消息。钱大姐刷着微信跟大家说了一句：“谁说我们经理没承认的？据说有人问他了，他承认了有女朋友。”

李婉说了句：“估计也像之前那样，短短几个月就散了。”

黄欣然垂着眼，没说话。

倒是一向不怎么参与到周奕八卦话题的宋集说了一句：“不管怎样，这一位跟我们经理还蛮和谐的……”这句话里就带着一点男人的调笑。

只有一直静静听八卦的苏南星最淡定，她表面上一副一直埋头工作的样子，其实心里美极了。昨晚俩人正激烈的时候，她搂着周奕亲下的，亲完了之后周奕就说她：“这是在给我盖章？”苏南星说：“这是我的领地意识。”逗得周奕笑了出来，第二天早上还特意顶着那两块明显的红痕来上班，算是配合她了。

这件事最后的结果就是，第二天黄欣然又休病假回家了，黄母打电话来跟周奕请假的时候，语重心长地说了一句：“我们欣然给你添麻烦了，她年纪小，你多担待着点。”

周奕能说什么，只是叮嘱黄欣然在家好好养伤：“工作的事让她不要担心，好好养伤就行了。”

周奕也没有心情去管别人家的事，这两天浦口项目就要正式投标了，这次他带着宋集和苏南星一起去的。

出差的前一天晚上，苏南星还加班到了八九点。等回到家之后，苗萌萌也才健身回来，她进屋就瘫在沙发上，大喊：“我要累死了！”开始向苏南星哭诉健身是多么痛苦，肌肉有多么酸疼。

苏南星帮她揉了揉腿，疼得苗萌萌眼泪汪汪地说：“揉完了之后感觉肌肉更疼了。”

苏南星说她：“你这是乳酸堆积，等过两天就好了。”又劝她，“你不是想在你们同学会的时候惊艳出场吗？现在吃点苦都是值得的，为了美丽登场，想想陈飞那个后悔的眼神！”

一句话就让苗萌萌重新燃起了战火，她雄赳赳地说：“对，我要变得美美的！我不仅要让陈飞后悔，我还要睡到大帅哥呢！”

苏南星觉得苗萌萌的理想越来越偏……

好吧，她开心就好。

第二天早上，周奕给部门开了个会之后，带着宋集和苏南星去浦口市出差了。

他们为了这个项目忙了这么久，终于到了最后投标的时刻，竟然有些紧张。

其实投标根本不像电视剧里演的那样多么激烈，他们只不过是在规定时间将标书交到政府工程投标的办事处，交了资料和各种费用之后，就算是投标成功了，然后就是等待开标。

真正费劲的都是在投标前的较量，等标书投上去了之后，就看政府这边的考量了，他们这些参与的公司都没有办法。

将标书交上去之后，他们系集部忙了两个月的工作算是暂时结束了，他们三个人都显得放松了一点，下午就拎着公文包上高铁回程了。

坐高铁的时候，回程的票不知道怎么订的，他们三个人是三个车厢，后来还是周奕利用他英俊的脸庞特意跟苏南星身边的女孩换了座位，他们俩才能坐在一起。

苏南星说："宋总监还在呢，我们别太明显了。"虽然以宋集的聪明，他们俩去沙海市出差那次，他应该就能猜出来了，但他们俩也不能太过分啊。

周奕说："没事，他在另一个车厢呢，不会过来的。"又说，"就算真的看见了，他也只会当成没有看见。"宋集那么聪明，才不会因为这件事毁了自己的前程，他还得靠着周奕升职呢。

他搂着苏南星说："最近一周因为工作太忙，都没有跟你好好亲热。"

"未来这一周，我们仍然没有时间亲热。"说着，苏南星就从包里掏出了考试书开始看，"我下周末要考试了，得抓紧时间看书，你自己乖乖的。"

周奕见苏南星这么认真地看书，知道她是真的不打算理他了。

好吧，女朋友太努力，有时候也挺郁闷的。不过她认真努力的样子，才最好看啊。

周奕搂着她，说："哪里不明白就问我吧，你考试，我也不能只在旁边看着。"

苏南星赶紧翻开书本问他题，周奕一边解答一边说了句："不过，等你考完试之后，可要好好报答我。"

苏南星抬头在他脸颊上亲了一口，圈上了周奕的胳膊，柔声应了一声："奖赏嘛，可以有……"

周奕微微一笑，俩人开始甜甜蜜蜜地搂在一块，认真学习了。

到了周末，苏南星周六上课，周奕被他奶奶叫回去住，他本来想周六晚上跟苏南星亲热一下，也没成。

甚至第二天周日，他仍被奶奶和周父扣住，说是黄总邀请他们到他家里吃饭，周父决定带着周奕一起去。

不管黄总的邀请是什么意思，但是周奕在去黄家之前就跟周父说得明白："我有女朋友了，不是敷衍你，是我最近真的在认真地喜欢一个女孩子。”

周父点点头：“改天带回家给我们看看，省得你奶奶那么着急。”

周奕应道：“我跟她在一起的时间不长，贸然跟她说跟我回家给你们看，怕吓着她。再等一段时间，我们稳定下来之后，我再带她回来。”又跟周父说，“我知道你们的想法，想凑成我跟黄欣然是吧？但是我对她，从小到大都没有那方面的想法，只是个小妹妹而已。”

周父苦口婆心道：“是，你当年跟林鹿分手之后，对感情的事就不那么认真了，交女朋友变成一种无所谓的态度了，几乎每个女孩都只相处三五个月就分了。从二十四岁到二十九岁，将近六年的时间，你也终于想明白了。

“虽然我不知道你现在的女朋友是从事什么职业的，但是我觉得黄欣然这样的女孩子，显然会更适合娶进家里来，家世好，长得漂亮，父母也有权力，她父母到老了待遇也好，根本不用你们操心，甚至你想升S市经理这件事，他可以帮你运作一下。更重要的是，一旦成了他的女婿，他那些资源遗产就会由你来继承。

“娶了黄欣然会让你在华信少奋斗二十年。”

周奕只说了一句：“我不用娶她，仍然可以在华信少奋斗二十年。若是连这点能力都没有的话，我也不用混了。”

黄家的饭局并没有周奕想象中的那么累，相反，还很轻松，整个席间都是周父在和黄总两个人聊天，他们俩认识几十年了，聊的话题天南海北地扯。周父最不放心的还是刚放手的工作，席间还跟黄总叮嘱了好几句。

黄总说：“你都退休了，就别操心了，吴副总都已经调过来了。你就好好在家休息吧，出去旅游或者等着抱孙子。”

周父瞟了周奕一眼，说：“我倒是想抱孙子啊，就是不知道周奕什么时候让我抱上孙子？”

黄母说了句：“姻缘这种事咱们都别掺和，指不定什么时候就来了，然后一下子就结婚了。”嘴上是这么说，但是给周奕夹菜的手就没停过。

面对一桌子大多数都是自己长辈的饭局，周奕的话也不太多，基本上都是埋头吃饭，他旁边的黄欣然也一样埋头吃饭，话不多。

黄总这边聊到了吴副总这个话题，自然就提到了吴副总空下来的S

市公司经理那个位置的问题。黄总对周奕说了句："大奕也不能放过机会，争取一下。"

周奕点了点头，说："是有这个打算的。"再多的话，黄总也没有往这个话题上聊，周奕也就没有多说。

这顿饭吃到最后，黄总才对周奕说："我把欣然放你那里，也是想让她锻炼锻炼，你也不要顾及我们的面子不好意思说她。她平时被我们惯坏了，不知道社会险恶，她有什么做得不好的地方，你不要客气，要更加严厉说她才对，这都是为了她好。当作是我拜托你了吧。"

这话说得，不管黄总是不是套话，周奕都得先夸黄欣然两句："欣然挺好的，很懂事，工作也认真。"这话说完，果然黄总就露出了笑容，说了句："那就好，不过也还得努力才对，欣然听见了吗？"

黄欣然也立刻表态："我会听奕哥的话，会好好工作不给他添麻烦的。"黄总满意地点了点头。

饭后，两家父亲坐在一块儿喝茶，黄欣然和周奕被黄母支到院子里摘树上的桃子，黄母说："今年后院的树上结的桃子特别甜，大奕摘一些给你奶奶带回去。"又对黄欣然说，"欣然带你奕哥去。"这是很明显的让他们俩单独相处了。

周奕什么都没说，倒是黄欣然在只有他们俩的时候，对周奕说了句："奕哥，我爸妈的话，你不要放在心上，他们不过是……"不过是想撮合他们而已。

黄欣然见周奕沉默，转过身问他："自从知道我喜欢你，你是不是就特别瞧不起我？尤其是我爸妈都在帮我，好像我们全家都在逼迫你一样？

"你曾经说我那句，我喜欢的东西他们都会努力送到我手边来，确实是这样，从小到大，小至洋娃娃，大到房子，只要我喜欢，他们都会买来放到我手边，我根本不用太奋斗就拥有了很多女孩子想要的东西。

"可是我喜欢你这颗心是非常认真的，请你不要因为这样而疏远我，瞧不起我，我只是把我的心意告诉你了而已，毕竟我喜欢了你那么多年……"

周奕终于说话了："我没有瞧不起你。我上次跟你说，我有女朋友的事，是真的。"

说到这句，黄欣然已经想起了前几天周奕脖子上的两块吻痕，眼睛里已经起了泪花："我知道，是真的……"

俩人沉默了一会儿，周奕已经开始摘树上的桃子了，他戴着手套将桃子放进篮子里。摘了四五个之后，黄欣然在他身后忽然问了一句："奕哥，那个女孩，是什么样的人？"

周奕想了想，说："她很漂亮，唔，喜欢运动，认真努力，还很爱笑，我和她在一起的时候，从来不会觉得无聊。"

黄欣然听了，沉默了半晌，直到周奕摘了十几个桃子拎着篮子往回走的时候，才说："我也会努力工作的，我也会变得越来越漂亮，我也想成为让你移不开目光的女孩子！"

周奕笑了，说她："不管怎样，认真对待生活，总是好的。"

虽然黄家的条件不错，但是黄父终究有老去的一天，黄欣然若是找不到一个能养她的丈夫的话，继续这么浑浑噩噩的，上班只知道照镜子涂口红刷手机，大概这辈子也就这样了。

忽然想到他家苏总监半夜坐在桌前看书学习的模样，她还振振有词地跟他说："靠山山倒、靠人人跑，只有靠自己才最可靠，学到的技能在自己手里才最保险。我不想成为依靠别人的人，我想成为被别人依靠的人。"

他的小星星认真努力的样子，眼睛里好像闪着光一样。忽然很想念苏南星，不知道她现在在做什么呢？

晚上从黄家离开之后，周父在车上跟周奕说："你也这么大了，看时局比我都准，你的事，我也不管了，但我希望这是你慎重考虑后的结果，不要凭着年轻冲动行事。"

周奕说："我已经二十九岁了，再有半年就三十岁了，我知道自己想要什么。"

周父叹了一口气，今天从黄家离开之后，周父更是惋惜，觉得周奕放弃了一个大好机会，明明黄家人的态度已经很明显了，今天在饭桌上黄总问周奕吴副总空出来的市公司经理职位那句话时，若是周奕再多说几句的话，也许黄总就应承下来了，但是周奕也没有把话往这个话题上聊，人家自然也就没提。

周父觉得周奕还是太年轻，但是这是自己的儿子，没有办法。

周奕将周父送回家之后，把桃子给奶奶留下，以"明天还要上班，我回去住了"为由，开车离开了。

等到了苏南星家楼下，已经九点多了，苏南星刚跟苗萌萌夜跑回来。苗萌萌被苏南星拉着硬是跑了三公里，这可是她第一次连续跑三公里，简直要累崩溃了，回家的路上都被苏南星牵着手回来的，一个劲儿地说："魔鬼星星啊！我的腿都要断了！"

苏南星笑道："一会儿回家我再帮你压腿，帮你抻筋。"

苗萌萌一阵哀号："还要压腿和抻筋？啊啊啊，我不是要跳芭蕾舞！我不抻筋，抻筋太疼了！"

苏南星说她："还有半个多月就同学聚会了，你还想不想穿进去那条漂亮的裙子了？"

苗萌萌郁闷地说："想！我要逆袭！要打脸！"

苏南星问她："那抻不抻筋？明天还跑不跑了？"

苗萌萌哭着说："跑！我绝不认输！"

周奕听着这对闺蜜的对话，忍不住笑了，将烟掐了喊了一声："南星。"

苏南星见到他立刻走了过来，问："怎么这么晚？"嘴里这么说，却已经拉上他的手，让周奕心里十分受用。

苗萌萌也上前来跟周奕打招呼，喊了声："周经理晚上好。"逗得周奕忍不住笑，周奕也很会聊天，夸苗萌萌："小苗瘦了！"

苗萌萌一下就开心了："真的？"

周奕认真地说："嗯，瘦了好几圈的样子。"

苗萌萌咧嘴笑，满意地说："既然夸我瘦了，那你把小星星带走吧，今天我不吃醋了。"

逗得周奕又笑了，说了声："那就谢谢你了。"

苏南星进了他家，想伸手开灯，却被周奕从后面抱住了。黑暗之中，苏南星低声说："我刚跑完步，一身汗……"

周奕说了句："那，我们俩一起洗……"

苏南星捶他："才不要。"

周奕笑道："这可由不得你了……"说完已经将她打横抱起来，苏南星赶紧伸手开了灯。周奕抱着她走进浴室里。

然后折腾了一晚上。

这次，周奕没像以前那样放过她，从浴室里折腾到了床上，直到后来苏南星搂着他的脖子求他，并且说了一串羞耻求爱怜的话，周奕才放过了她，掐着她的腰，狠狠地惩罚她。

最后，周经理是浑身舒坦，心满意足地搂着身子软绵绵的苏南星睡了。

第二天又是周一。

因为浦口项目已经进入到了正式投标环节，苏南星他们反倒不那么忙碌了，不过她还得准备周末的考试，所以工作不忙的话，她就打开书本开始看书。

宋集还在旁边夸她："苏总监很努力啊！"

部门里的大姐们也夸她努力，有上进心。但其实如果苏南星还是个普通小科员的话，她学习考证这种事就会被部门大姐称之为："考什么证也没有用！既不能升职又不能涨工资，还不如把自己收拾漂亮了，嫁个好男人来得实惠。"

第二天，黄欣然又来上班了。

苏南星发现黄欣然好像有点变化，似乎忽然变得积极工作了。苏南星交给她一些任务，黄欣然还很认真地找她确认，并且有不明白的还问苏南星。

不像以前，交给黄欣然的工作她都完成得马马虎虎的，然后等上报给苏南星的时候再由苏南星审核一遍指出错误，黄欣然才磨磨蹭蹭地改，一边改还一边翻出小镜子涂口红。

没想到，她这回骨折受伤回来，对工作开始认真了，真是让苏南星挺意外的。

苏南星还以为她是心血来潮，后来发现那一周，黄欣然都挺认真的，还跟苏南星说："苏苏姐，我干活慢，但我会认真干的，有什么问题请你说出来。"态度也特别好。

当然，黄欣然还是会掏出小镜子擦口红补妆，但也没像以前那么夸张了，起码从态度上变得端正了。

其实黄欣然不给别人添麻烦的话，还是挺让苏南星心生好感的，乖巧可爱懂礼貌，再努力工作，这样的后辈谁不喜欢？

黄欣然来上班之后，周奕这回没用黄太太特意打电话过来求，第一天晚上就向苏南星汇报了之后，自己开车送黄欣然回家。但从那之后，他就以晚上有饭局为借口，让宋集替他送黄欣然回家了，反正是把事情安排得很妥当，让黄太太和黄总都挑不出毛病来。

很快到了周六，苏南星正式去考试了。

考试那天，周奕特意开车送她去考场，苏南星临下车之前亲了周奕一口，周奕说："今晚我订了一个温泉酒店，为了庆祝你考完试，我们好好去放松一下。"

温泉酒店，一听这个地点，就知道周奕没安好心。他笑眯眯地说："晚上我来接你。"

结果考完试之后，苏南星班里同学组织了饭局，这顿饭吃到了天黑。

大家一起学习了两三个月，还一起经历了考试前疯狂刷题，也还是有点同学情谊的。席间，唐班长频频举杯祝福大家，苏南星作为最年轻漂亮的女士，总是少不了被人灌酒，她衡量着拒绝，但喝到了后来，也有点喝多了。

再有人来敬酒，唐班长就说了句："别总跟我们小苏妹妹喝，来，跟我喝。"开始帮苏南星挡酒，对她释放了十足的善意。

等到饭局散了，苏南星去了几次洗手间，酒劲醒了不少，跟唐班长说："刚才在席间，多谢唐哥了。"

唐班长拍拍胸脯："都是弟弟妹妹，好说。"又说，"我听说你们系集部参与了浦口项目，若是这个项目能成的话，能不能带上哥哥，大家一起挣钱？"

苏南星没想到唐总的消息这么灵通，说："我们华信这边还在等浦口市政府开标才知道最后结果呢。"

唐总笑道："我也不是强人所难，我知道这个项目之中有很多数据分析的工作，这是我们公司的强项，以前只是苦于没有门路跟你们华信搭上线，我们肯定干得要比你们现在那些分包商更优秀、更省钱，能给你们也创造更多利润，我们是互利共赢的。"

苏南星点点头："这样吧，回头你把你们公司合作过的项目发给我看看，还有你们的资格证书什么的。"

唐总一听这事儿看起来有点门路啊，这么多学费算是没白交！

苏南星也没有把话说死，这事儿还得看具体他们公司是否像他说的那样能为华信创造更多利润："具体还得看看实际情况。"

唐总当然也知道，不过能得到苏南星这句话，能进入到华信分包商的门槛里，就算是很大的进步了。他赶紧说了几句谢，又说："改天你有空的话，我们得一起吃个饭啊？"

苏南星自然应承下来了。

周奕的车子开过来，苏南星上了车，周奕就拉着她去早就订好的温泉酒店。俩人到的时候都已经半夜了，苏南星困极了，洗洗就依偎在周奕怀里睡了。

等到了早上，她就被周奕给撩醒了。

周奕甚至连她的衣服都没有扯开，就开始折腾起了苏南星，动作有点粗野，直到苏南星开始求饶才放慢了动作。

周奕舔着她的脖子说："谁让你昨晚喝到那么晚的，我得惩罚你。"

苏南星也知道理亏，就放下身段去哄周奕，搂着他将自己主动送到他嘴边。周奕咬了她两口，才慢慢地说："道歉必须得有诚意。"诚意就是一直折腾了一上午，周奕才算心满意足。

这一天，俩人就在温泉酒店里懒洋洋地泡温泉和看书，中午吃完了饭还手拉着手到附近的湖边散步。

看到湖边漂亮的景色，苏南星拿出手机拍了几张照片。拍了几张风景之后，她的镜头就对准了站在旁边的周奕，说："我还没有你的照片呢！"

周奕一把将她扯进怀里："那我们拍个合照。"还指挥苏南星，"我看人家情侣拍合照，都是亲在一起的，快来，亲我，我等着。"

苏南星笑了，好吧，她就满脸带笑地凑了过去，设定了拍照时间之后，亲了周奕的嘴唇一下，相机留下了他们甜蜜美好的瞬间。

周奕还逗她："敢不敢把这张照片发到朋友圈？"

"我不敢……"

这么说起来，苏南星说道："我看你好像几乎不发朋友圈。"

周奕掏出自己的手机，对着俩人拉在一起的手拍了一张，说："谁说我不发朋友圈？只不过是以前觉得没什么好发的。"说着，就将这张俩人拉手的照片发了出去，配上一句话："我的她。"

然后，周奕的朋友圈就炸了。

苏南星听见周奕的手机不断地响，估计都是来问周奕到底什么情况的八卦。周奕还给她读了几条，有许开心的，开心哥说："哟，什么情况？手挺快啊我的哥。"

竟然还有系集部的人，宋集发了一句："祝福。"

大姐们都点了赞，留言："什么时候给我们看看？"

李婉写了一句："要看正脸！"

苏南星说："他们若是知道了，估计得惊掉下巴。"想一想，一旦她和周奕的事曝光了，李婉和那些大姐吃惊的神色，觉得还挺爽的，不过不能为了一时爽就冲动。

苏南星甚至没敢发圈，她还装模作样也跟着点赞留言，伪装成普通吃瓜群众的样子，写了两个字：“祝福！”

刷了一会儿朋友圈，俩人就开始收拾东西准备回去了，周奕去洗手间的时候，他的手机正好放在茶几上，忽然一阵振动响起，苏南星抬头看了一眼，发现是一条微信，写着：“你女朋友？”

发信人是，林鹿。

第十三章

周奕的新癖好

苏南星也就扫了一眼，手机屏幕就灭了，那条微信也看不到了。她也没有去动周奕的手机，而是继续收拾衣服。

等周奕在酒店前台用手机付款的时候，苏南星看到周奕低头看手机的表情停顿了几秒钟，他的手指在屏幕上滑了一下，似乎没有回复的打算。

苏南星也没有问他会不会回复或者他有什么打算之类的话。

她是已经跌进了他为她编织的甜蜜网之中，她确实也不想挣扎了。

她承认，她喜欢他，已经很多很多了。

但，那又怎样？

再多的爱和喜欢，都比不上自己的自尊和自爱来得重要。

所以，苏南星由始至终都没有问林鹿的事。等周奕有一天愿意说的时候自然会说，若是他不愿意说，那么就像他一贯的风格那样，也许林鹿这个人在他们俩之间根本不需要多提，对他们的生活没有任何影响，自然就没有必要提起。

车子开到了苏南星家楼下，周奕还试图说服她跟他一起回去，苏南星亲了他一口："明天还得上班呢。"拎着行李下了车，招手向他说再见。

回到家里，看到苗萌萌美滋滋地在客厅里边比画着那套唐朝服装边转圈，她开心地说："南星，你快看，我做成了！"

说着，她就举起衣服在苏南星身上比画。苏南星一看，大红齐胸襦裙配米白色的上衣，看起来非常漂亮："太厉害了，真的超级好看。"

苗萌萌又拿出她自己那套鹅黄色的齐胸襦裙往身上比画，说："我看我们俩也不用再等了，下周末我们就去拍照吧！现在我是一百一十斤，虽然还胖，但是我现在还有胸啊。若是过一阵再瘦下去胸也掉没了，穿这身衣服就穿不出唐朝女人的丰满感了。”

苏南星自然同意，就约定好了周末一起拍照。

第二天又是周一。

这周苏南星的工作相对轻松了不少，不过作为领导的周奕仍然很忙碌，周二开始他就到集团那边出差开会，忙得不得了。

在集团公司那边，他还经常指挥苏南星和宋集给他发送一些项目资料，不时地问苏南星一些数据，说：“跟主管我们系集部的于副总裁聊了一会儿，提到了浦口项目，他很感兴趣。”

苏南星想到吴副总走了之后空出来的S市公司经理的位置，周奕自然也是不放过机会的。

他这一次出差的时间比平常要长一些，周三晚上，周奕才从集团公司那边回来，也没来得及见苏南星，只在第二天早上上班之前特意过来在她家楼下亲了她一口，算是解了馋。

他对她说：“今晚，你来陪我吧，我很想你。”每当他这么说的时候，苏南星就抵抗不了他。

以前，她是觉得顶头上司长得太帅了，宽肩长腿、八块腹肌，简直不能直视，看多了会耽误工作。现在如此英俊的顶头上司成了她男朋友，男朋友压在她耳边说软话的时候，苏南星真是觉得什么都拒绝不了他。

她有点害羞地点头同意了。

结果晚上周奕却忽然有个饭局，苏南星开了电子锁之后在他家等了很久，他到了半夜才回来。

回来的时候，他已经有点喝多了，身上酒味很重。苏南星说他：“喝得这么多。”

周奕无奈道：“这群分包商真是消息灵通，都想分到浦口工程的一杯羹……也是，两个亿的项目，肉多粥多，谁都想来试试，也很正常。不过还得看他们的真本事才行，我可不是那种在酒桌上能被唬住的人。”

对待工作，他难得地话多起来。

苏南星哄着他，说：“是，您是最厉害的周经理。”

周奕听了，捧着苏南星的脸使劲亲了一口，得意地说：“我最厉害的不是当这个系集部的经理，是当机立断把你骗到手啊。”

“骗？”

周奕笑道：“你真以为那天晚上，你随便亲我几下，我就能饥不择食跟我的女下属睡了？那我成什么人了？”

苏南星一听，说：“哦？那你是早就盯上我了？”

周奕搂着她，手已经不规矩起来，从苏南星穿着的大T恤下面伸进去，揉了几下，翘着嘴角，不回答苏南星这个问题，却只说：“现在到今后，你都是我的了。”

那天晚上，苏南星还是没有跟周奕一起胡闹，而是给他倒了蜂蜜柠檬水，又帮他擦脸擦身子，最后还帮他按摩头和脖颈，让周奕从里到外都舒服极了。他枕在苏南星的大腿上，已经睡眼蒙眬，拉着她的手说：“真好，和你在一起，我心里每天都很开心，我的小星星……”

对周奕而言，回到家里就看到又娇又美的苏南星围着自己忙里忙外，满是呵护和关心，他觉得心里特别舒服，有一种被放在心上的暖融融的感觉。白天工作和应酬那么累，回到家里真的是一下就在她怀里放松了，他只想跟她一直腻在一起，想一直到地老天荒。

周奕带着这个念头迷迷糊糊地睡着了，苏南星依偎在他身边也熄灯睡了。

第二天早上起来，苏南星还给他做了皮蛋瘦肉粥和凉拌菜，周奕起床就吃到喷香的饭，内心十分满足。

整个一天，周奕的心情都很好，早上跟宋集、李婉他们打招呼的时候，脸上也笑呵呵的。

等周奕进了他的办公室，李婉还说了句：“今天周经理的心情好像挺好的。”

宋集大概是故意的，说了一句：“能不好吗？女朋友就在身边，当然开心了。”

一句话说完，屋里俩人，黄欣然和李婉都不说话了。

上周末，周奕发完朋友圈宣布有女朋友之后，这一周就数她俩话最少，听到钱大姐她们聊这个话题也很少说话，显然都很失落。

宋集还又说了一句：“这么多年，好像我们经理就跟这一位的时候这么开心，还发朋友圈公告，看来是真的很喜欢这位女友了。”

苏南星觉得，宋总监看着挺和气的样子，其实嘴也挺欠的，把两个姑娘都说得心情低落了。

自从周奕发了那个朋友圈，黄欣然这周就一直情绪不太高，对待工作也没有上周那股热情了。

黄欣然整个人一副有气无力的样子，下午她一直趴在桌子上不说话，大家还以为她昨晚没睡好，苏南星也没有多问。

等到了下班时，昨天是周奕有饭局，今天又变成苏南星有饭局了。

上周末，苏南星跟唐总说让他把他们公司的资料和资质证明发过来看看，周一他就发来了，她看了一遍，发现他们公司还是挺有实力的，确实可以接触看看。

唐总自然也不会放过这个好机会，明显苏南星这边是能松口了，就一直约她吃饭，到了周四终于敲定了时间，晚上俩人能吃个饭。

唐总还特意带了他们公司两名女下属，到酒桌上也不是很能喝，但业务能力挺强的，提到他们公司的主营业务大数据分析得是头头是道，让苏南星这种不爱用酒杯谈交情的人挺欣赏的，在她看来，既然想要合作，拿出资质来，双方掂量掂量，比在酒桌上使劲劝酒好多了。

不过他们也还是开了点红酒慢慢喝，毕竟也还得要点气氛。饭局到了最后，大家的酒劲刚刚好，有点小兴奋，唐总的话就有点随意了，问苏南星："像你这么能干的总监，在华信的年薪能挣多少？"

苏南星说："项目好的话，大概十五六万吧。"

唐总说了句："太少了，像你这样的人才，年薪才十五万？国企可真是埋没人才啊，像你这样的人才出来，假如到我们公司来，起码得年薪五十万，差距太大了。"

他又对苏南星有点推心置腹的味道，说："你没考虑过将来吗？"

苏南星说："我觉得我在这个平台上结交更多人，学习到更多的业务，手里攒足了资源，才是最好的。"

唐总一听她这么说，就知道她是个心里很有打算的人，举杯跟她碰了一下，说了句："将来你若是有心想跳槽，可以来找我，我们公司在S市分公司的副总还没有人呢。"

苏南星一听，真心实意说了声谢谢。人得给自己多留条后路，万一她真的哪天从华信出来，也多一条路不是？

第二天周五上班，黄欣然又病休了。苏南星还以为她是骨折或者脚伤又疼了，就不想来上班了。

细问之下才知道，昨天晚上她突发阑尾炎住院了。

苏南星觉得自己就不应该跟着周奕来看望黄欣然！

今天上午知道了黄欣然昨夜做手术住院的消息之后，部门里组织下午来看她，但是宋集和李婉有事来不了，最后就是周奕带着苏南星来了。

结果现在的场面就很尴尬了。

她和周奕到了医院之后，发现黄欣然的单人豪华病房里只有黄母守在身边，俩人进去跟黄母寒暄了几句，就开始跟黄欣然聊天。

手术后的黄欣然有些虚弱，大概是伤口的麻药消退了，她现在很疼，眼眶红红的，看到周奕来了之后，更是可怜兮兮地喊了一声："奕哥……"

然后，苏南星就被黄母拉了出来。

估计是上回黄欣然向周奕告白的时候已经被苏南星看见了，所以黄母也不在乎了，这次就直接拉着她到走廊聊天，把空间留给了黄欣然和周奕。

黄母歉意地跟她说了句："不好意思啊苏总监，他们俩从小认识到大，欣然还病了，可能有些话想单独跟大奕说。"

苏南星只得客套地跟黄母说："我理解。"

她这个正牌女朋友还得把空间留给男友和男友的追求者，也是心够大的。

在跟周奕来医院的路上，苏南星还打趣他："我觉得你自己去就够了，我们这些人去看望黄欣然，都是配角，只有你是主角。"

周奕当时还说："难道你还要让我一个人跟她单独相处吗？"

来时的一句玩笑话，没想到还成真了。

苏南星和黄母站在走廊上，黄母大概是怕苏南星尴尬，开始跟她找话题，像黄母这个年纪的人跟年轻女孩子聊天一般都会先问："有没有对象啊？"

苏南星说："有。"而且我对象正在跟你女儿聊天呢。

不过这话也就在心里想想，现在说出来也没意义。

透过病房的那个探视玻璃窗，苏南星余光看见周奕一直坐在黄欣然床边的椅子上陪她说话，不过也听不清里面在说什么，以苏南星对他的了解，周奕大概在找一些安全话题聊天。

黄母显然也看见了里面的情形，说了句："唉，儿女都是债啊。"这话说完，黄总就拿着一堆单子和药回来了，看到苏南星还反应了一下，才想起来她是黄欣然的同事。

等他知道周奕和黄欣然在病房里，他还对黄母说了句："胡闹。"

但是也没有把周奕叫出来。

这时，屋里的周奕从椅子上站了起来，黄欣然想坐起来拉他，但是刚做完手术伤口还很疼，她稍微一动，就疼得不得了。周奕只得回头去看她，可是这么一动也让外面的黄父黄母看得直心疼。

周奕安抚了黄欣然几句，这次就真的转身走了。

黄欣然的哭声从里面传了出来，她说话的声音也变大了，她拿起床边的手机说："我为什么对你这么执着？我等了你那么多年，我用半辈子的时间来喜欢你，幻想着和你在一起，我为什么不能对你执着？而且、而且连大数据都匹配我们了！"

苏南星一愣，所以黄欣然的大数据相亲对象就是周奕？

周奕只说了一句："那又怎样。"因为他说这话的时候已经站在门边了，苏南星也听清了。

他说："我又不需要大数据来给我分配妻子，我对你，一直是当妹妹的，若是你太痛苦，我还是不要出现在你面前了吧？"

黄欣然已经哭了起来，声音带着哭腔："明明我们那么相配，连大数据都觉得我们应该在一起啊……"

周奕无奈道："删掉你关联的亲情账号，也没有你父母每个月给你的钱，大数据还能给我们匹配吗？你说喜欢我半辈子，你才二十岁出头，半辈子也不过才十多年，哪里有那么沉重？"说完就再一次转身，正好在病房门探视玻璃那里看到了门外站着的三个人。他走出来，先跟黄总打了招呼。

黄总听到这后半程，看到屋里痛哭的黄欣然，脸色已经不太好了，跟周奕说了句："你跟我来。"然后就往外走，周奕也只得跟上。

黄母赶紧进屋去安慰黄欣然。苏南星叹了一口气，不知道黄欣然哪来那个执着的劲儿？也许这就是从小衣食无忧，一直被人捧在手心里的后遗症吧？觉得全世界都应该围着她转？

就是俗称的公主病。

而且黄欣然还是很重的公主病，她的本质不坏，甚至还乖巧懂事、有教养，认真工作的时候也挺好的，但心里这种所有人得无条件哄着她、围着她转的潜意识，真是挺可怕的。

苏南星看着周奕和黄总消失在楼梯口的身影，很想对黄总说一句："你女儿都这么大了，你也宠不了一辈子，赶紧让她学会长大吧。"

不过她也就想想，毕竟那是人家的女儿，她能说什么？随后，她也走下了楼梯。

只不过真是没想到，原来黄欣然大数据相亲的对象竟然是周奕，难怪那时候黄欣然抱着手机美滋滋的，大家问她的时候，她怎么都不说。

苏南星在车里刷了十多分钟手机，周奕才回来，从他脸上也看不出来刚才谈话的状态。苏南星忍不住问他："你们聊什么了？"

周奕一边启动车子，一边说："你猜他能跟我说什么？"

苏南星猜测着："以他们家对黄欣然的宠爱程度，大约是劝你跟她好这样的话吧？"

周奕点点头："嗯，对，就是这样。"

苏南星问："然后呢？"

周奕摇摇头道："这还用问吗？我自然不同意，我有你，而且我也不喜欢她，我干吗为难自己去哄一个小女孩玩？"

过了一会儿，周奕又说："我觉得现在这样挺好的，"他拉住苏南星的手，"上次我喝多了那天晚上，你在旁边照顾我的时候，我觉得特别好，很喜欢你心里都是我的样子。"

后来，苏南星也没有多问周奕和黄总的具体聊天内容，他们很快就把这件事抛在了脑后。

第二天就是苏南星和苗萌萌拍照的日子。

她俩在摄影棚里被摆布了一天，光是坐在化妆室里化唐朝仕女妆容就坐了一上午。化妆师是苗萌萌托关系找的，很有水平，她说："我们就不化真正的唐朝仕女妆了，真的还原唐朝仕女妆其实是有点不符合现代人审美，就按照《妖猫传》里的妆容来化好了。"

化妆师又说苏南星："你这么白，而且还很丰满，很有唐朝仕女的味道。"

化妆师给苏南星化妆的时候，苗萌萌就一直在旁边拿手机拍视频，说："等回头我把这段视频剪辑一下，让我的粉丝们见证我们的美丽。"

妆化好之后，苗萌萌还拿一支小毛笔蘸着红色颜料在苏南星锁骨那里画了一朵花钿，朱红色的花钿，又细又性感。

等苏南星穿上那身红色的齐胸襦裙，露出白皙圆润的肩膀和深陷的乳沟之后，苗萌萌都看直了，一边用手机拍视频一边说："真是太好看了！"

过了一会儿，苗萌萌也化好妆穿上衣服，鹅黄色的齐胸襦裙衬得她肤白丰润，而且她梳着百合髻化着桃花妆，看着就像个唐朝小姑娘一样，尤其是她很爱笑，和苏南星靠在一起，不用相机拍就已经很有镜头感了。

俩人就像平常那样聊天玩闹，被摄影师连着拍了很多张照片。中间休息的时候，苗萌萌拿手机给俩人拍了一张合影，发了一个朋友圈，写："从唐朝穿越来的美女们。"

等到傍晚的时候，她们俩所有的照片才拍完，正在卸妆的苗萌萌看见自己的朋友圈简直要炸了，这么一会儿已经有二百多条点赞了，好多人问她："你身边那个美女是谁啊？"还有人说："哟，小苗瘦了。"

她还看到了前男友陈飞给她点了个赞，但是没有留言。

苗萌萌还看到了苏南星的前任徐良骏也给她点赞了，他留言："你和南星一起拍照啊？"

苗萌萌一直在拍照，所以也没空回复。

她点开手机的时候，微信响了，点开一看，竟是徐良骏在私信她："你跟南星在一起？"

苗萌萌也不爱搭理他，就简短回复："是。"

徐良骏问了一句："她还好吗？"

苗萌萌想写：很好，她新男朋友也好。但想了想，还是没有给苏南星找事，只回复了一句："挺好的。"

徐良骏："我给她打过电话，但是她把我拉黑了。"

苗萌萌心想，难道你还指望我把电话给南星听？她回复："你们毕竟分手了。"

徐良骏："我，一直放不下。"

苗萌萌心想，这让我怎么回复？干脆就当没看到，不回复算了。

但过了一会儿，徐良骏又发来微信："我给你打电话，你能不能把电话给她，我想听听她的声音。"

苗萌萌回了一句："不能。"

可是徐良骏的电话已经打过来了，他在电话那头跟苗萌萌说："萌萌，求你了，看在我们同学一场的分上，把电话给南星吧？之前我一直忍着，可是看到你们的照片，我发现我更加想她了。"

苗萌萌没法，只得跟苏南星说了情况，苏南星说："我没什么跟他说的，挂了吧。"

苗萌萌对徐良骏说："你听见了对吧？那我挂了，再见。"就把电话挂了。

苗萌萌跟苏南星说："对不起，我没想到发个朋友圈，他竟然会是这个反应……"

苏南星说："没事儿，他就这种性格，犹犹豫豫的，做了之后总后悔，然后再想去找补。不过这世上的事儿，哪来那么多能找补回来的？"

徐良骏这件事很快就被苏南星甩在了脑后，当初刚分手的时候，他不来挽救，等到这个时候纠结后悔，有什么用？

再说她从来不是那种优柔寡断的人，当初徐良骏提出分手的时候，她明明那么伤心，但是也从来没有想过要回头去求他。

也许对像黄欣然这样的女孩子而言，爱情和梦幻是她生活的全部，但是对苏南星而言，从她懂事开始，家里就负债累累，她活得更实际也更清醒，爱情从来不是她生活的全部。

徐良骏跟她说分手，那就分，就算再痛苦，她都会守着自己的自尊让自己高扬着下巴往前走。同样的，跟周奕在一起也一样，就算再喜欢他，她也仍然不放弃对自己梦想的追求和努力，也一样要努力学习，丰富自己。

苗萌萌还跟苏南星说："我觉得周经理比徐良骏强多了。"

苏南星心想，这个根本不用比。

她俩拍完照从照相馆走出来，周奕正靠在车边等着接她们吃饭。他穿着休闲裤和白衬衫，光是随意地站在那里，就把人的目光吸引过去了，英俊得让苏南星忍不住向他走过去。

现在她很好，她和周奕也很好，以前的事都过去了。

晚上，周奕送她们俩回家的时候，苗萌萌很认真地跟周奕说："我们家星星特别好，会做家务，会做好吃的饭菜，喜欢运动，努力认真，长得还漂亮，优点特别多。如果她愿意的话，可能就没你什么事了，我自己上就行了。

"我只想跟你说，周哥，请你一定要善待她，因为星星是个心里特别有数的姑娘，你对她好，她会成倍还给你，但你若是有了别的心思，也请你痛快放手，我们家星星真的不缺追求者，她这么好，喜欢她的男人很多。"

周奕很认真地说："放心吧，不会有那一天的，那些喜欢她的追求者也不会出现，因为，我会一直在她身边。"说着，将苏南星搂到自己怀里，亲了亲她的额头。

苗萌萌说了要说的认真话，就开始玩闹起来，捂着心口一脸悲痛，说："你们就随时随地虐我这个单身狗！"

苏南星跟苗萌萌回到家里之后，苏南星摸摸苗萌萌的头，说她："真是又傻又可爱，放心吧，我跟他挺好的。"

苗萌萌羡慕道："看周经理就是那种很靠得住的男人，真是又帅又有钱啊。"

她还掰着手指说："腿长，八块腹肌，身材巨好，还是青年才俊，年薪百万，家世也好，除了这些之外，他还不像霸道总裁电视剧里演的那么高冷，他情商也高。刚才我虽然一直在给你打气，但我想说，难怪黄欣然那个条件的都一直生扑他，因为这样的男朋友谁都想要。"

苏南星说："我也会变得更好的！"又拍拍她的头，说，"我们俩都会更好的！"

"对！我会变得又瘦又美，人生赢家！"说完之后，苗萌萌就干劲十足地打开电脑，将白天俩人拍唐服照片的视频剪辑成短视频发到了B站上。

等她弄完这些，天已经很晚了，俩人洗漱之后就各自睡了。

第二天早上醒过来，苗萌萌就激动地发现，自己这条视频一下子火了！一晚上的工夫就已经二三百条弹幕了，点击量也有三千多了！

她激动地和苏南星炫耀，跟苏南星一起看弹幕内容，发现好多人发弹幕："哇，穿红衣服的小姐姐真好看啊！""这套衣服和妆容很有《妖猫传》的感觉。""这个小姐姐也太好看了吧！"

还有苗萌萌的老粉丝说："UP主终于瘦了，可喜可贺。"

还有人说："哇，红衣小姐姐的妆容太美了！胸好大，捂脸。"

很多人都在夸苏南星漂亮，适合唐服，还有很多人竟然都在说："哇，UP主做的衣服卖吗？"

"UP主有店铺吗？做的衣服感觉好精致啊！秒杀好多网红店的感觉！"

"UP主接做汉服的单子吗？"

"求UP主再出个穿汉服的视频！"

苏南星说："好多人问你接不接单子做汉服，我看你可以试试啊！"

苗萌萌也满眼放光，感觉自己一下发现了一个新商机啊！

“可以考虑！”然后，她就开始点开网站点击量和弹幕量很高的那些汉服视频，甚至还看了一天的淘宝汉服店，从高端的店到中低端的都看了，看完之后决定：开汉服淘宝店！

她说：“反正开店押金一千块，我先以大众身材为模板做几套，若是卖出去了自然好，卖不出去就留着自己穿好了！大不了就再去拍几套古风照片给自己看，纪念我们曾经美丽过！”

苗萌萌是个风风火火的女孩子，既然决定了要开汉服店，她就开始研究汉服的样式了，拿出画笔和本子涂涂画画的，开始投入工作状态了。

苏南星给她洗了一盘小柿子放在桌子上，关上门让她努力了。

晚上，她跟周奕夜跑，跑完步就被周奕拉回家，以炙热硬挺的身体疼爱了她。

等第二天上班，苏南星进周奕办公室给他送报表，周奕趁着苏南星递文件的时候，摸了她的手一把。

后来被苏南星瞪了一眼，他才松开手，只是俩人这点小动作之后，苏南星的嘴角忍不住地翘起来。

怕自己的表情泄露情绪，她低着头从周奕办公室出来，一直在自己的工位上埋头工作很久，她才抬头跟别人说话。

听见李婉和钱大姐他们提起黄欣然，钱大姐说：“我看小黄最近心情不太好，发的朋友圈都是哭的表情或者不开心之类的话，她怎么了？”

李婉说：“可能是阑尾炎手术伤口疼吧？前两天我给她发微信，她还说伤口疼呢。”

张大姐说：“我看不是伤口疼，看她昨天半夜发那条：这世间的事总没有那么多能如自己意的，总有些东西是自己得不到的。即使我执着了半辈子，也被劝不要再执着了，可是，我还是忍不住……”

张大姐总结一句：“我看她这是感情受到刺激了？”

苏南星想说：大姐真犀利啊。

晚上下班，周奕先领着苏南星去吃饭，吃完饭之后想带她去买衣服。苏南星拒绝道：“前两次买了那么多，还没穿过来，我不用买。”

周奕却说：“可以不买衣服，但是有一样东西，你必须得去买。”

“什么？”

然后，苏南星就被周奕领到了内衣店门口，周奕一脸正经地说：“我不陪你进去了，你自己进去挑。”但还不忘叮嘱苏南星，“挑点我喜欢的……”

苏南星简直不想搭理他，转身想走，却被周奕拉回来镇压，说：“今晚说好了要好好陪我的。”

他又亲了亲她的额头，说了声：“乖……”到底是把苏南星送进了内衣店。

后来，苏南星选了一套正常的，想了想，最终还是按着周奕的喜好，红着脸挑了两套那种轻薄蕾丝布料的内衣，感觉穿上之后根本遮不住什么……

回到周奕家后，他就迫不及待地将她的衣服剥开，让她穿着那套性感的黑色蕾丝内衣，扶着她的腰，狠狠地要了她。

云雨结束之后，周奕躺在床上点开手机云宝购物，进苏南星买内衣那家店的官网，按照她买回来的内衣尺寸开始给她挑款式，苏南星反复强调内衣已经够穿了，不要再买了。

周奕却好像看上瘾了，还指着手机上一套浅粉色的法式丝绸内衣说：“我感觉这套你穿一定好看。”

苏南星忍不住吐槽他：“比我买回来的那些布料更少，穿上了之后能遮住什么？”

周奕没说话，手指动了动，然后利落地付款了。

买完一套之后，他还兴致勃勃地继续看，后来在苏南星的吐槽下，周经理财大气粗地将官网上所有系带的、轻薄的、颜色好看的比基尼款式的内衣都买了一套回来。

一下子买了十多套。

周经理心满意足，嘴角翘起，说：“以后你就可以每天都穿给我看了。”

正想放下手机，手机却忽然响了，是许开心。

周奕懒洋洋地接了电话，跟许开心说了句：“你长话短说，我忙着呢。”

许开心大概在那头开了个黄色笑话，周奕说了句：“滚！”

说完这句话之后，周奕有大概一分钟没有说话，苏南星抬头看了一眼，见周奕跟许开心说了句：“没什么事，就是可能我有件小事让黄总不太开心了……”

周奕又对许开心说：“这件事我知道了，我会解决的，你不用担心。”

许开心又说了几句，大概是结束了这个话题换了另一个话题，因为周奕说了句："高中同学会？"

他淡淡地说："到时候再说吧。"

苏南星想问他发生了什么事，但是没等她问出来，全副身心已经被周奕拉进炙热的旋涡之中，最后黏在他身上的时候，也忘了刚才的事，只能任予任夺，完全被他的身体掌控着。

第二天上班，关于这个问题已经不用苏南星再问了，因为许开心来了。

她看到他们系集部的群里，张大姐发了一句："快看楼下，我们经理的女朋友来了！"

苏南星也不知道他们是怎么看出来，那个只远远露出一个背影的女孩子是周奕女朋友的。

那个女孩子穿着白色无袖连衣裙站在红色法拉利车旁，就算从八楼看下去，都觉得她是个身体线条非常流畅好看的姑娘，尤其是她站着的仪态，看着就让人觉得她是个很优雅的女子。

许开心从驾驶座上下来，跟周奕勾肩搭背地打招呼，被周奕嫌弃地给扯开了。那个白衣服女孩子跟周奕打招呼，周奕似乎沉默了一下，才跟她打招呼。

周奕跟他们俩没说几句话，就转身上楼来了。

系集部的大家赶紧坐回座位上，李婉说："看着好像是个漂亮的女孩，但也不一定是经理女朋友吧？"

微信群又响了，是黄欣然，她问："经理女朋友？给我拍张照片看看？"

这时，周奕已经走进办公室了，所有人忍住一脸八卦装作准备下班收拾东西的样子。周奕也回办公室收拾了一下就拎着包下班了。

他给苏南星发了一条微信："许开心来了，晚上我跟他和一个朋友一起吃个饭。"

苏南星看着微信，回了一个"好"字，别的就再也没有说，她也收拾东西下班了。

她是跟系集部的大姐们一起下楼的，坐电梯的时候，张大姐还说："一会儿我们走到法拉利车边看看那个女孩子吧？看看她长什么样？"这个提议得到了大家的支持。

然后，苏南星就跟着两个大姐和李婉，看到了坐在法拉利车里的白裙女孩子。

刚才只是从楼上看个背影就觉得是个漂亮的姑娘，等见到了真人之后，果然猜对了，这个女孩子的那种漂亮是从身体里散发出来的，是那种即使不化妆穿着最简单的白裙子站在人群之中，都能让人一眼就看到她的漂亮。

她的肩膀平直，锁骨精致，身材纤瘦，但是又让人觉得她身体的每一根线条都是那么优美，甚至是举手投足之间，都透着优雅的气质。

李婉偷偷拍了一张照片发给了黄欣然，然后等她们走过法拉利，在公交车站等车的时候，黄欣然说话了，她说："她是林鹿。"

苏南星一愣。

哦，她就是林鹿。

果然，她就是林鹿。

其实苏南星也曾经想过，林鹿会是什么样，以为林鹿会是跟她长相身材差不多的姑娘，因为据说一个男人喜欢女孩子的风格基本不会有太大变化，喜欢的类型会一直喜欢。

没想到林鹿是这样的。

跟苏南星是不一样的。

林鹿是纤瘦的，苏南星是火辣的、跌宕起伏的。林鹿看着有些单薄，但是姿态非常优美，而且似乎是那种一直富养长大的家世很好的女孩子，跟苏南星这种从小负债努力生活的姑娘不一样。

她们是两种完全不同类型的女孩子。

第一次见到林鹿，给苏南星留下了很深刻的印象。

那天晚上回到家里，跟苗萌萌一起夜跑，苗萌萌累得气喘吁吁地跟在苏南星身后，跑到两公里的时候她就跟不上了，叉着腰坐在路边的石凳上直喘气。苏南星跟她说："我今天要跑六公里，我先继续了。"就往前跑了。

苏南星调整呼吸，将意识集中在身体内，脚下是一步叠着一步的，前面是不断延续的小路，两旁是发出沙沙响的高大树木。

人生就是一步接着一步，脚踏实地地往前跑的。

就这样，自己坚持跑下去，总会跑到她想要的目标，总会实现她的梦想的吧？

最后，她跑了 6.5 公里，比周奕带着她跑的时候还多了半公里。

苏南星一边小口吞咽着水，一边往回走去找苗萌萌。一瓶水喝光之后，她将瓶子扔进旁边的垃圾桶里，想到，自己也可以做到的。

出透了汗，又超越了自己往常的极限，至于林鹿什么的，都无所谓了。

跟苗萌萌走回家的这一路，苗萌萌都在兴奋地计划着周末拍新视频的事，她说：“以后我做好了衣服，你就当我的模特。”

苏南星说：“好啊，有需要我的地方尽管开口。”

苗萌萌兴奋道：“那周末陪我去布料市场买布料吧？”

“好啊。”之前的周末不是在学习就是在陪周奕，忽略了苗萌萌，苏南星有点愧疚，所以一口答应。

俩人走到家楼下的时候，远远地就看到有人在她们家楼下靠在车边抽烟，苗萌萌已经眼尖地跟苏南星说：“哟，是你家老周。”

周奕穿着白衬衫西装裤，夹着烟靠在车边，楼下的路灯模模糊糊的，却无损周奕的英俊。

他掐了烟走过来，很自然地牵起苏南星的手，跟苗萌萌说：“今晚得向你借一下南星了。”

苗萌萌说：“赶紧带走，要不然回到家她还要给我抻筋，上次就抻得我大腿生疼。”

周奕笑了，跟苗萌萌告别，拉着苏南星上车，问她：“累吗？”

苏南星其实刚才在见到他的时候很想问问林鹿的事，但是话在嘴边，却又问不出来了，她说：“还好，今天我自己跑了6.5公里。”

周奕夸了她一句：“哟，不错啊。”

后来，周奕还提议今年俩人一起报名参加S市马拉松比赛的事，苏南星也都很随意地跟他聊天。一直到他家，俩人洗漱之后睡觉，周奕将她搂进怀里，苏南星也没有问林鹿的事。

等熄了灯，俩人相拥在一起，周奕沉稳的心跳声传来，苏南星觉得已经不想问了，他若是想说就说，不想说就算了。

苏南星不再多想，迷迷糊糊地睡了，却感觉到周奕好像在她额头亲了她一下。她往他身边凑了点，好像听见他闷笑了一声，她想睁开眼皮却困得不得了。

然后，她听见周奕低沉的声音：“有些事，我还没有整理好，没想好怎么跟你说。”

苏南星在心里轻声“嗯”了一声，靠着周奕沉沉地睡了过去。

第二天上班，趁着周奕出去开会的时候，大家开始八卦昨天看到的林鹿。

张大姐对李婉说："小李你跟小黄比较熟，昨晚你没多问问她关于周经理女朋友的事啊？"

李婉说："我给她发微信了，可是她一直没回我，我给她打电话也是关机，估计是在养伤休息不能多玩手机。"

张大姐就跟部门里剩下几个昨天没有看到林鹿长相的人描述林鹿的相貌，说："那女孩子啊又瘦又高的，长得很漂亮，一看就很有气质的那种，手长腿长的，脖颈看着优美极了，唔，看着像学舞蹈的。"

这时，一直没说话的钱大姐甩出了炸弹，她说："那女孩确实挺像我们经理大学时候处过的那个女朋友。我记得周奕上大学的时候，他父亲还在我们L省公司当部门经理，有一次他来给他父亲送文件，他女朋友就在公司楼下等着，我当时看过一眼，也是一个那么纤瘦高挑的穿着白裙子的小姑娘，看着跟昨天那个女孩子差不多，从年纪上来看，也是差不多。"

张大姐一听，说了句："哇，那就是我们经理的初恋了？"

钱大姐说道："我们经理在高中的时候就非常优秀，那时候偶尔会听见周经理的父亲跟李总说经常在儿子书桌上看到没有拆开的情书和礼物什么的，估计那时候就有很多女孩子喜欢他了。是不是初恋就不知道了，但我听说经理跟那个女孩子处了好多年，后来才分了的。"

李婉问："因为什么分手的？"

钱大姐说："这我就不知道了。"

张大姐这时候问了一句："你们说，经理前些天朋友圈晒的那个拉着手的女孩子，是这个吗？"

钱大姐说："我们经理做事，有时候总是让人猜不透。"

这一天大家都在八卦周奕这事，听得李婉一整天都怏怏不乐，张大姐屡次向钱大姐飞眼神，那意思就是：轮到谁也轮不到她啊！

张大姐虽然总吐槽李婉，但还是忍不住去劝李婉，说："女孩子还是得务实一点比较好，我看大数据给你推荐的对象条件都还挺好的，你可以试着接触一下嘛。女孩子的青春就这几年，不要浪费了时间，等年纪大了就不是你挑别人，而是别人挑你了。"

李婉听了，叹了一口气。

这一天就在八卦之中过去了。第二天早晨上班的时候，苏南星在镜子前试了下衣服，她脱下肥大的工装，穿上了周奕给她买的杏色套装，白色真丝衬衫配杏色一步裙，脚上踩了一双白色 Jimmy Choo 高跟鞋，脸上化了淡妆。

整个人一下子就变得光彩照人了。

出门踩上高跟鞋的时候，她忽然想到了《欲望都市》里一句台词：“踩在高跟鞋上，你拥有全世界。”

她焕然一新地出现在公司里，部门里的大姐都惊呆了，张大姐竟然问她：“苏总监是不是要相亲啊？”

苏南星微微一笑：“不是，今天要跟分包商开个会。”

张大姐“哦”了一声，部门里其他大姐将目光在苏南星身上绕了几圈，发现脱下了灰扑扑肥大工装的苏南星稍微打扮起来竟然这么好看，而且身材好得不得了，真是坐稳了总监位置，不一样了。

那天，苏南星坦然地接受他们的目光。

周奕还给她发微信：“不藏着了？”

苏南星没空回复他，他又发了一条：“我早就说这样很好。”

苏南星回了个“嗯”。

周奕回了一句：“放心吧，你再张扬，我也撑得起来。”

苏南星忍不住笑了。

那天晚上，开着红色法拉利来找周奕的人变了，不是两个，而是一个。

林鹿自己来找周奕了。

第十四章 心里是甜

后来，事情的发展真是出乎苏南星的意料之外。

然而怎么说呢，却又让她觉得有点开心。

因为在大家把目光汇聚到楼下靠在法拉利车边的林鹿身上的时候，办公室里的周奕给苏南星发了一条微信，跟她说："晚上有个饭局，跟我一起去吧？有许开心和一个朋友。"

苏南星看着这条微信愣了一会儿，她的手指在九宫格键盘上打了几句话又删了，最终还是写了一句："我去，合适吗？"

周奕回了一句："怎么不合适？"

苏南星："毕竟……"

毕竟什么？

毕竟有一个据说是跟周奕在一起很多年的前女友。

周奕："我希望你跟我一起去，以我女朋友的身份。"

苏南星看到这一条，心里忽然甜得不得了，在那一瞬间，特别想看到周奕，甚至想去亲他一下。

她立刻起身，随手拿起桌上的一份文件就敲门走进了周奕办公室。周奕正拿着手机给她发微信呢，结果就看见苏南星进来走向了他。

她走向周奕，然后搂着他的脖子，直接亲了上去。

周奕一愣，这是苏南星第一次在公司里表现出如此亲密的动作，而且还是如此直接的亲吻。

苏南星舔吻着他的嘴唇，像小猫一样，亲得周奕心里又痒又软。她舔了几下之后就要离开，但是周奕怎么会让她走？他搂住了她纤细的腰肢，顺势让她坐在自己大腿上，加深了这个吻。

他们唇齿纠缠，香软滑腻，她的嘴里好像含着蜜一样，让周奕忍不住想攫取更多。

她纤细柔软的腰肢，一只手掌握不住的酥胸，甚至是难得这样主动的亲吻，都让周奕放不开手。

但他们也都还有理智，最后松开的时候，苏南星起身站在他身边，手里还拿着一份被捏皱了的文件，俩人四目相对，眼里有着只有对方才知道的甜蜜。

周奕似乎在回味，嘴角带着笑，说了句："晚上回家，我还要这样。"

苏南星觉得自己太冲动了，可是心里甜丝丝的，声音又娇又软："美得你！"可是谁都知道，话里有多少俩人喜欢的甜蜜。

周奕在桌子下的手忍不住拉住了她软软的纤手，再一次提出邀请："晚上一起去？"

苏南星才点头，说了一声："好。"

苏南星下班之后回家换上了漂亮的红色连衣裙，脚上踩了一双细带高跟鞋。走下楼的时候，周奕就见她穿着一条胸前拧褶的红色连衣裙，拧褶的地方若隐若现地露着乳沟，修身款的裙子包裹着她的翘臀，十分诱人。

她打扮好了之后，也做好了见林鹿的心理准备，但集团公司忽然打电话过来要报表，苏南星只得回公司加班去了。

计划总是没有变化快，后来两个人都没有去吃这顿饭。

苏南星穿得这么漂亮回到公司，把公司保安都看直了，差点没认出来这个大美人竟然是平常那个低调的苏总监。保安还问了句："苏总监打扮得这么漂亮，这是要干什么去啊？"

苏南星说："本来要跟我男朋友约会去的，结果忽然被叫回来加班。"

保安说："你打扮得这么好看，他没看到真是遗憾啊。"

苏南星抿嘴一笑。等过了一会儿，周奕也假装回来加班了，坐在苏南星工位旁边陪着她，说了句："苏总监的男朋友一点也不遗憾，因为他看到了她打扮得这么好看。"

苏南星瞥周奕一眼，说他："怎么不去吃饭啊？"

周奕说："跟他们吃顿饭而已，哪有陪你重要？"

这话大大取悦了苏南星，她甜甜一笑，往周奕身上靠了靠，算是忙碌之中的撒娇了。

周奕的电话也响了，许开心打电话来催，周奕直接说："不吃了，你们俩吃吧，我被叫回来加班了。"

许开心在电话那头吐槽周奕："年薪不到百万，屁事挺多，穷忙。"

给周奕气得，年薪不到百万这个梗在许开心那里就翻不过去了！

听得苏南星抿嘴直笑，许开心可真是嘴欠啊。

周奕根本不搭理他，直接挂了电话，挂的时候还听见许开心在电话那头"哎哎哎"了好几声。后来许开心又打来电话，周奕只说了一句："让她等着吧。"就又挂了电话。

苏南星觉得许开心大概是说了林鹿在等周奕这样的话，周奕才这么说的。

周奕见苏南星在听，伸手摸摸她的头，说了句："今晚回家我把我跟她以前的事讲给你听，其实也没有什么太复杂的，简单总结就是我和她曾经在一起五年，第五年的时候因为出国的事有了分歧，那时候我被家里弄进华信来上班，我也反抗过，但因为我爷爷住院的事，最终我还是妥协了。我不想让养我的爷爷奶奶伤心，所以出国这事最终是她自己走的。

"然后她出国没多久，就跟一个追求她的富二代在一起了。我们分手的时候，甚至连分手这样的话都没说，只是忽然没有联系了，我还是从别的同学那里得知她和别人在一起这件事的。

"我一直不想跟你提，首先我觉得这是过去式了，跟我们俩之间没有什么关系，说多了只会徒增烦恼；其次是，毕竟被劈腿的人是我，这件事算是黑历史吧，所以也不想提。

"我和她分开五六年了吧，她又回来了。上次因为是许开心带她来的，我给许开心面子，所以没说什么，吃顿饭而已，吃完就散了。"

那天晚上加班回来之后，苏南星特意打扮的美丽也没有浪费，被周奕拉回家，连衣服都没有剥开，就在挤挤擦擦之间从后面来了一次。

云雨渐歇时，周奕忽然想起来昨天收到了上次给苏南星买内衣的快递，跟她说："等我一下。"然后就跑下床去拆包裹，将十多套内衣拿回来摆在床上给苏南星看。

苏南星觉得这家内衣店是不是专门卖情趣内衣的，怎么那么多款布料又轻薄又少的内衣呢？她拎起一个白色蕾丝内衣，这简直就是两块透明的三角形蕾丝啊，什么都遮不住！

周奕却笑着说："原来你喜欢这件，我也喜欢这件。"他还兴致勃勃地说，"我来帮你穿上吧？"

苏南星瞥他一眼："不穿，鬼都知道你现在让我穿上它肯定没安好心。"

周奕说："我觉得我今天晚上的行为，可以向你要奖励的。"

苏南星觉得周奕今天晚上首先要带她一起参加跟前女友的饭局，接着又推了饭局陪她加班，确实让她心里美滋滋的。

有该表扬的地方就该好好表扬，确实应该这样。

她大大方方地说："好吧，给你奖励。"

周奕一听，像得到肉骨头的大狼狗一样，耳朵竖着，眼神闪亮，身体随时可以投入到战场。

苏南星拿着白色蕾丝内衣进了卫生间，换好之后特意穿上浴袍将自己裹得严严实实的，但都没有周奕剥开她的速度快。

她才走到床边就被周奕一把扯上了床，让她骑在了自己身上。浴袍被他扯开露出里面纯洁性感的白色蕾丝内衣，周奕觉得自己也喜欢白色了。

他眼神沉沉，嘴唇炙热，就着这个姿势，激烈地睡了苏南星，将苏南星整个人从头发丝到脚趾，都睡得软成了一摊水。情事结束的时候，苏南星的白色蕾丝内衣还凌乱地挂在身上。

等再收拾好相拥而眠的时候，苏南星已经累极了，连头发丝都不想动，她靠在周奕怀里跟他说着悄悄话，声音又软又甜。

周奕看着像小猫一样靠在自己怀里的苏南星，心里特别喜欢。苏南星似乎也知道他喜欢，所以她很喜欢在这种温情时刻跟他说一些心里话。

这是他们俩都很喜欢，也很享受的私密聊天时刻。

苏南星说："今天你给我发微信说要我以你女朋友的身份一起去吃饭的时候，我其实特别高兴。"

"嗯，我知道。你都冲进来直接亲我了，能不高兴吗？"

周奕还说："我以后得让你多高兴，每次你一高兴就这么刺激，我很喜欢。"

苏南星瞥他一眼："我才不会，下回我也不冲动了。"

"今天你给我讲你和她的过去，我也很高兴，我很喜欢你对我的坦诚。"说着，她捧起周奕的脸亲了一口，"坦诚这个优点一定要继续发扬，我喜欢，你对我坦诚，我也对你坦诚。”

周奕闷声笑，觉得他家苏总监在这个时刻特别可爱，对他就像哄小孩一样，可是周奕觉得自己就是特吃这一套，心里暖融融的，从身体到心里都被苏南星给驯服了。

周奕说：“既然你对我也坦诚，那我要问你个问题。”

“什么？”

周奕说：“我们俩第一次那天晚上，如果那天在车里的是别人，你会像对我那么做吗？”

苏南星斩钉截铁道：“绝对不会，换个人，我都不会亲上去。”

周奕笑：“所以你其实早早就看上我了？”

苏南星说：“美得你！才不是！”说完之后，又小声地说，“只是，你和他们始终是不同的……”

那份不同，那份暗暗的欣赏，那份说不清道不明的好感，还有他当时温暖的怀抱，才让她那天晚上冲动吧。

可是就算再难过，如果换另一个人，她都不会做出那个举动。

她说：“因为是你啊。”是那个平常工作严谨认真，又给下属争福利，还提拔了她，为人处世风格又那么成熟，身材一级棒，脸庞也那么英俊的周奕啊。

周奕高兴了：“第二个问题，我们俩第二次在浦口市的那次，你对我是什么感觉？”

苏南星说：“能不回答吗？”

周奕不满道：“刚才你可还说要对我坦诚的。”

苏南星抗议道：“你这不叫坦诚，叫掀老底，我得留点作为女生的矜持。”

“好吧好吧，那我不问了，反正过程不重要，结果最重要，现在你整个人都是我的，从身体到心里，都是我周奕的人，从里到外都烙下了我的气息。”

苏南星抿嘴笑，轻声“嗯”了一声。

然后，她开始问周奕关于他和前女友的事：“所以你们在一起五年是大学的时候？”

“高三开始。”

所以他和前任是从高三开始，整个大学期间也一直在一起，是他们最青葱美好的五年。

想到她和徐良骏曾经在一起四年，他们是大学快毕业的时候在一起的，她对他的感情就挺深的，更不用说周奕和林鹿这种见证了彼此青葱成长的情侣，肯定感情也是很深的。

要不然周奕也不会在林鹿出现之后，都不太想提这段过去。可能那时候被忽然分手了，他也是很疼的吧。

叹了一口气，苏南星说：“所以你再见到她，是什么感觉？”

周奕说：“没什么感受，就是彼此都成长了，再也不是当年的样子了。”

苏南星又问道：“那你，对她……”

周奕听了，手在她腰上轻轻掐了一下：“瞎说什么呢？”将她搂紧，“我有你了啊。

“现在的周奕喜欢苏南星，现在的周奕也喜欢对你坦诚，现在的周奕也喜欢我的小星星忽然亲我一下。

“我对现在的生活很满意，喜欢和你在一起开心放松的感觉。我和她那时候，毕竟青春飞扬，青春是美好的，可也是青涩不成熟的，这么多年过去了，再见到她的时候，我也放下了。珍惜现在吧，现在我们在一起才是最好的。”

苏南星听了，抬头亲了他，嘴角翘起了满意的弧度，夸奖他：“你的求生欲望很强烈嘛。”哄得她心花怒放。

周奕哼了一声，说：“你问我曾经的事，不吃醋吗？”

苏南星诚实地说：“吃醋，很吃醋，刚才只听你说了几句，就能想到你们的曾经。”最青春飞扬的年纪在一起五年，想必是很恩爱的了，想一想那个年轻的周奕曾经那么投入地喜欢过一个女孩子，她的心里就微微发酸。

不过一想，她也曾经认真投入地喜欢过别人，周奕大概想到她前任的时候，也是这样发酸的心态吧，所以他们扯平了。

而且，正是过去的这段经历造就了现在的他们，让他们学会去爱，学会了珍惜身边的人，明白了自己真正想要什么样的伴侣。

所以人生的每一个经历都写满在自己的灵魂上，都会让人成长为更好的自己。

“心里发酸呢。”

周奕揉上了她的胸口，大言不惭臭不要脸地道：“我给你揉揉就不酸了。”给苏南星气得，掐了他好几下。

周奕说：“别生气，现在的我是你的。”他搂着她，给她温暖和安定。

苏南星听着他沉稳的心跳声，笑着“嗯”了一声。

他们经历了那么多才遇到彼此，如此契合、温暖的存在啊。

第二天上班，苏南星仍旧稍微打扮了一下，穿了红色的真丝上衣和黑色蕾丝一步裙，脚下踩了一双白色高跟鞋，仍旧是漂亮极了。

部门里的大姐们都在打量她，张大姐还意味不明地说了一句：“今天还要跟分包商开会啊？”

苏南星说：“也不是，就是觉得我也不能总太不像样子，毕竟我出去了还代表我们系集部的脸面，不能给我们部门丢脸。”这话听着是这么回事，但是部门里这些穿着黑色、灰色、深蓝色肥大衣服的大姐看到打扮漂亮的年轻姑娘，天然就会嫉妒。

等苏南星踩着精致的高跟鞋拎着文件去开会的时候，这些人就讨论开了，张大姐说：“我们苏总监最近春风得意啊，穿得真是……”骚气这个词，她到底还是没有在众人面前说出来，但她未言之意，大家都明白。

可其实苏南星穿着衬衫一步裙、高跟鞋，是非常标准的职业装扮，只不过是她长得美，身材惹火，让她看起来格外惹人眼球罢了。

但这份惹人眼球在这些大姐眼里，就已经是十恶不赦了。

和其他部门几位总监开会的时候，几位总监还若有似无地打量苏南星，有人夸她：“苏总监今天春风得意，很漂亮。”还有人说：“苏总监本来也是美女，只不过是以前不爱打扮。”

苏南星微笑道：“好歹也升为总监了，若是穿得太土气，都不好意思跟你们坐一起开会了。”

众人被捧了一下，也就笑笑过去了。

等那天开完会从会议室出来，正好遇到了下一轮来开会的丁琰，他俩在走廊里见到。丁琰见她踩着高跟鞋，穿着掐出细腰的一步裙，已经笑了出来，说她：“今天很漂亮。”

苏南星笑，丁琰这夸奖是真心的，说了句：“谢谢夸奖。”

就要错身走过去，丁琰却叫住了她，她回头看他。丁琰脸上的神色大概是在犹豫，最终还是说了句：“我知道周奕也在为市公司经理那个位置使劲，他调到市公司之后，你们俩的事再公开也能方便一点，但是对不住了，这个机会我也要抓住。”

苏南星有点愣，这事儿不是大家都知道的吗？而且竞争这个岗位是能者上，丁琰为什么要特意对她说这么一番话？

没等她多说，丁琰已经转身进了会议室。

苏南星将他的话在心里揣摩了一会儿，等回到办公室之后，工作又压了过来，这事儿就被她先放到了一边。

晚上下班的时候，林鹿又来了。

苏南星发了微信给周奕："又来了。"

周奕："我也无语了。"

苏南星："你去跟她说明白吧，我不吃醋，真的。"

周奕："那晚上一起吃饭？"

苏南星："不去，本来应酬就多，不想再应付她了，累。我就在这里等你，等你跟我一起回家。"

周奕回了一个"好"字，然后就从办公室里走出来，走到楼下站在红色法拉利旁边了。

系集部的众人赶紧凑到了窗边："我们经理去跟那个美女说话了，是不是俩人晚上约了吃饭？"

苏南星也在窗边看着，只见周奕跟林鹿说了几句话，林鹿就从红色的小羊皮包包里翻出几张票递给了周奕。

钱大姐忽然说："那个姑娘好像是个芭蕾舞演员，市大剧院正在卖票呢，我侄女还要带她家孩子去看芭蕾舞表演呢！我看那姑娘好像就是宣传海报上那个跳白天鹅的舞蹈演员！"

大家都"哇"了一声："怪不得气质那么好！"

周奕收了票，转身走了上来。

等他走进系集部，大家都坐回了工位上，众人见他手里拿着两张票回自己办公室了。

周奕给苏南星发微信："我解释了，结果非得要塞给我两张票，让我去看她的表演，到时候，我们一起去吧？"

苏南星回了一个字："好。"

晚上，他们俩等别人都下班了之后才坐车一起离开，还一起看了电影。他们手拉着手走在一起，不管怎么看都是极为般配的一对情侣。等到了黑暗之中，周奕的手搭在她大腿上，趁机摸了好几把，被苏南星掐着他的手打发掉了。

周奕装疼地摸摸手，又被苏南星捧着脸蛋亲了一口，说：“乖乖的。”一下就把他给哄顺了，服服帖帖地一起看电影，他说她：“简直是我的蛔虫，总有那么多对付我的方法。”

苏南星抿嘴笑，嘴上是蜜，心里是甜。

关于丁琰那话，她也就忘了。

第二天，她终于知道丁琰那话是什么意思了。

还有一年正式退休的李总，忽然被集团公司调任为省公司的党委书记，成了省公司的二把手。

而一把手，是C省平级调过来的黄总。

华信虽然是国企，但毕竟是个营利性质的公司，公司职位中党委书记这个职位不像政府里那样是一把手，公司里的一把手还是主管经营业务的董事长或者总经理。

党委书记这个职位在华信就是主要管理公司党员和思想政治业务的，甚至在华信L省公司里，原来主管党务工作的是工会的宋主席，宋主席一个人兼职着工会主席和党委书记两个职位，是个适合养老的清闲岗位。

李总是明年八月份退休，之前大家还在猜测以后接任李总的会是谁，可是到今年八月份了还没有调来新总经理准备接手李总的工作，大家就以为按照惯例，集团公司会在今年过完年之后再派人来。

没想到集团公司忽然就把C省的黄总给调来了，李总一下子就变成了二把手，忽然打破了李总之前的布置。

黄总来就任的消息一传播开，他们系集部一下成了香饽饽，因为黄总的女儿黄欣然在系集部啊！而且听说周经理跟黄总也是关系很熟的，所以送走了李总又来了黄总，周经理这大红人的运势还能继续走下去。

系集部内部，大家对黄欣然更加热情了，这回大家还特意组织了全部门的人都去看望她，都特别积极。

不过苏南星听说，他们这次去的时候，黄总没有在家。

李婉说了句：“听说在C省那边交接工作呢。”

在苏南星看来，像黄总这个级别的一省大员，再升就是进入到集团上头了，可是黄总这种调动分明是平级，稍微懂点华信内部升迁路线的都明白，黄总从已经耕耘好的C省调到L省来其实是弊大于利。毕竟黄总现在五十多岁，他再干个五六年，也得退休了。

在C省他将来可以慢慢放手准备养老，但是来了L省，由于各省的行情不同，他就得重新适应新环境。

说来说去，部门里钱大姐在跟大家闲聊的时候说了一句：“黄总真是太疼女儿了。”这话的意思就是，黄总费了这么大的劲调过来，其实还不是因为操心黄欣然。

钱大姐还说：“看着吧，小黄也不会在我们这里待久的，黄总为了避嫌必然会把她调到别的分公司去。”

结果没几天，黄总人还没到，给黄欣然调岗的任命就下来了，黄欣然去了华信去年新成立的一家通信子公司，那家子公司的办公场所还没有建好，所以临时还在省公司办公大楼里上班。

也就是说，黄欣然虽然换了个公司，但是上班的地方不变，所以黄总和她也不算是违背了公司规定的一家人不能在同一个分公司上班的规定。

这些上层的调动，就算看明白了，跟他们这些中小层职工也没什么关系。

李总的办公室没变，算是给退二线的他十足的面子。

只是门口的“总经理办公室”牌子换成了“党委书记办公室”，李总也会做人，黄总人还没来，李总就已经帮他挑了个明亮的办公室，还给黄总打电话说：“我可是给你挑了一个符合你职称级别面积的办公室，宽敞明亮，还不超标。”

黄总在电话那头谢了李总：“那我可多谢你了，要是太大的话，我自己回头还得改小，就这样挺好的，让你费心了。”

李总跟他寒暄，问他什么时候来上岗，黄总说：“下周一就正式去报到，到时候我们俩可得好好喝一杯。”

李总点头：“小酌怡情、怡情。”两个总经理都笑了。

挂了电话之后，正好周奕上来跟他汇报工作，李总先跟周奕指示了工作的事，最后才说点私话：“他这个调来的时间不太好啊。”又问周奕，“浦口市那边什么时候能开标？”

周奕说：“下周五。”

李总叹气道：“人家下周一就来了。”

俩人相视沉默了几秒，都知道虽然黄总来了必然会听取李总的意见，甚至也许会在不熟悉公司情况的时候完全听取李总意见，但李总毕竟是退了二线，不再是省公司最高决策人，连S市公司经理那个位置，李总也只能给黄总提建议，而不再是像以前那样自己拍板做决定了。

这其中的差距，谁都知道。

李总最后劝周奕一句，也带着长辈的味道，毕竟当初他跟周奕父亲也是老交情，都是看着周奕长大的。他说了句："小黄在你那儿那么久，若是可以，还是多多交际为好……"再深的话，李总也没说，但能说到这个程度，大家其实都明白。

李总在委婉地劝周奕。

周奕这时候也喊李总一声："李叔，感情这事儿，真是没办法，毕竟要过一辈子，若是这么将就了，下半辈子都憋屈。"

李总也叹了一口气，遗憾地说："我看小时候你们俩还挺好的……"不过那时候毕竟还都是小孩子。

苏南星也问周奕关于黄总调来的事："那市公司经理那个位置……"

周奕说："丁琰有意向我知道，他若是对这个岗位没想法我才惊讶。"又安抚她，"你不用担心我。"

苏南星就不再问了，周奕做事一向有自己的安排。

周末就在人心浮动之间来了。

按照跟苗萌萌之前的约定，苏南星周末陪她去看布料，苗萌萌一看到漂亮布料就走不动路，一直站在布摊前面摸来摸去，喜欢得不得了。后来，她们抱了七八捆布回家，还是周奕特意开车来接的她们俩。

周奕晚上有应酬，帮她们把东西搬到家之后就匆匆走了。

苗萌萌夸了周奕："周经理越来越有男朋友的感觉啦，以前看他觉得是遥不可及，感觉是个神坛上的男神，可现在看，他其实挺好的，你有事需要他的时候，总是以你为第一位。"

苗萌萌还说："其实我感觉啊，这男人吧不管是有钱没钱，只要他把你放在第一位，心里都惦记着你，比给你花多少钱都好。"

苏南星问她："你最近怎么样啊，陈飞有没有联系你？"

苗萌萌摇摇头："没有，而且我现在对他也不伤心了，我们只是谈恋爱而已，他就能因为我胖而嫌弃我，将来若是结婚了，也会因为我给他生孩子变胖了跟我离婚，到时候更可怕。"

俩人将布料搬回家之后，苗萌萌就兴奋地围着布料转，一会儿将绿色的布料打开往苏南星身上扯，一会儿将白底黄花的披在她身上，沉浸在设计之中的苗萌萌看起来认真而迷人。

苗萌萌拿出本子画了一会儿，抬头跟苏南星说："上次我们俩那个唐服视频特别受欢迎，后来还有好多弹幕说想看红衣小姐姐，我想我再给你把唐朝妆容化上，然后你在镜头前面直播或者录个小视频什么的？”

苏南星拒绝道：“我不知道说什么……”面对镜头，大部分人都会有点羞涩和尴尬。

苗萌萌劝道：“你随便做你想做的都行，反正大家只不过想看你的颜值和你的大胸。”

苏南星横她一眼，苗萌萌吐吐舌头，后来苏南星说：“正好我要给咱俩做沙拉了，我就一边录视频一边做沙拉吧？”

“好啊。”

然后，苗萌萌花了一个多小时给苏南星上妆，她化妆的手艺还不太熟练，第一次化唐朝妆容不会创新，只依照上次化妆师给苏南星化的，但是苗萌萌美感很强，特意用腮红在眼角那块儿多晕了一点红色，让苏南星看着更加妩媚了。

苏南星穿着齐胸襦裙，美人肤如凝脂，锁骨那里的花钿显得格外性感，然而这些都没有苏南星那露着半个屏幕的酥胸让粉丝们激动。

“我的天啊，红衣小姐姐真好看！”

“哇，红衣小姐姐平常就吃这种沙拉吗？”

“沙拉看着好像挺好吃的样子。”

“被沙拉种草 +1。”

“原来美丽都不是大吃大喝的。”

“所以吃这个沙拉可以吃出来红衣小姐姐的大胸吗？”

苏南星做沙拉是很熟练的，话也变多了，动作不那么拘谨了，还能在镜头前解释做沙拉的步骤和做法。

一条视频发到 B 站，弹幕仍然很活跃，有漂亮姑娘的视频总是不缺弹幕和点击的。

苗萌萌看着飞涨的点击量和弹幕量，感动地说：“感觉自己好像有点红了似的……”

苏南星说她：“你省省吧，你这点击才几万而已，人家真正红了的得几百万。”

苗萌萌也不气馁：“我这是才开始，以后会更加努力的！”

两个女孩子，总是那么认真努力地过自己的生活。

到了周一，黄总就简单地带了两个纸箱子的东西搬进了李总特意替他挑的办公室。

李总也是十分给面子，周一上午就召开了中层以上干部会议，苏南星坐在宋集旁边参与了会议。李总向所有人介绍了黄总："我要退了，集团公司派黄总来做总经理，以后有事都跟黄总商量，黄总刚来还不了解情况，有什么需要我帮忙的，大家都不要客气来找我。"

黄总也笑呵呵的，看着挺和蔼谦虚的，说话也很客气："我初来乍到，以后需要大家多多帮忙支持。"众人自然鼓掌以表示支持。

会议时间特短，看得出来黄总是那种不太喜欢在会议上浪费时间的领导，在这一点上，苏南星还蛮欣赏的。

不过这位语言谦虚的领导做事就不像他嘴里说的那样，上午刚开完会，下午各部门中层以上领导就接到了通知，以后有事汇报李总的时候也得汇报黄总一声，总经理办公室秘书还特意解释一句："这是为了让黄总尽早熟悉工作。"一下子就让大家感受到了一把手变了的气氛。

不过苏南星也无暇多想这些事，因为本周五就要开标了，这周整个系集部都很忙，分包商那边简直就像滴进了水的油锅一样，大家的心都热了，都想赶紧跟周奕或者苏南星、宋集拉关系，希望能在两个亿的项目里分一杯羹。

宋集去给他相熟的分包商开会的时候还嘟囔了一句："周五才开标，现在连我们都不敢说肯定能中标，那些分包商怎么那么肯定我们能中标呢？"

李婉说："他们对我们有信心呗。"对着镜子给自己擦口红，又说了一句，"应该说他们对我们周经理有信心。"

宋集很认同这话，赞同地说："这话倒是真的。"周奕就是省公司系集部的一块金字招牌。

张大姐说了句："可惜啊，我们经理很快就要不在这儿了吧，应该很快就要去市公司当经理去了吧？"

宋集不接这个话茬了，只笑着说："这谁知道啊？领导的心思，我们哪里能猜到？"

苏南星也有会要开，也拿着文件踩着高跟鞋去小会议室开会，结果竟在电梯里遇到了丁琰。他手里也拎了个文件包，看起来行色匆匆的样子，跟苏南星见面只点了点头。

丁琰身后跟着的手下说："经理，去B市的高铁还有两个小时开车，一会儿我开车抄近道送您过去。"

苏南星一听，知道丁琰这是要去集团公司开会，看来市公司经理这个位置没定下来之前，往集团那边活动关系的人不会少了。

下午，苏南星给分包商开完了会，晚上加班到了七点多，还有分包商等着跟她见个面吃顿饭。周奕那边的饭局只比苏南星更多，今天光是跟他约饭局的电话就好几个了，这一周晚上的应酬都很多。

等到了周五那天开标的日子，全系集部的人都很重视，大家都开着电脑刷新浦口市政府的网页，随时等着政务公开栏里更新关于招投标的信息。

大家都无心工作，都在刷新网页，张大姐他们在闲聊，她跟李婉说："小李，昨天晚上那个开黑色丰田车来接你的人是谁啊？"

李婉顿了一下，说了句："是大数据给我推荐的那个小老板。"

张大姐意外地"哟"了一声，说："不错啊，挺好的，女孩子啊就这么几年美丽的好时候，抓紧机会啊。"

李婉的目光在周奕办公室门口转了一圈，说："就是接触看看。"

接着，大家就开始跟李婉打听那个小老板的家里条件什么的，苏南星只是听听并不参与，但是张大姐却把话题转移到了她身上，问了句："最近苏总监春风得意，看着脸色红润润的，是不是交了男朋友啊？"

苏南星说了句："没有，工作那么忙，哪来的男朋友啊？"这时候，她男朋友正好从办公室里走出来，听见苏南星说这句话，眼神就淡淡地瞟了过来。

苏南星说没有是因为不想跟这些大姐多说废话，因为一旦她说有男朋友，他们就会开始打听她男朋友的信息了，挺烦的。

一见周奕瞟她一眼，她立刻又补了一句："不过有正在接触的人……"

这些大姐一听，正在接触就等于是男朋友预备役，果然如苏南星讨厌的那样开始问各种关于她男朋友的信息。苏南星本来想糊弄过去，结果周奕站在那里，她也不能瞎编得太过分，就挑着说："家里条件一般，他也是挣工资的人，身高185吧，体重150左右，身材挺好的。"

苏南星反复强调："就是个很普通的人而已。"

李婉一听苏南星也找了男朋友，问："对方月薪多少啊？"

苏南星说："好像不到一万块吧？"

李婉满意地翘起嘴角，觉得自己赢了，就算苏南星男朋友个子高能怎样？挣得这么少，她男朋友可是做生意的，每年二三十万的收益呢。

他们正闲聊着，一直在刷新网页的宋集喊了一声："中了！我们中了！"

苏南星赶紧也刷新网页一看，果然中了！政务公开栏那一栏赫然写着：浦口市"天眼工程"中标单位华信集团L省公司。

大家一阵欢呼，钱大姐带头跟周奕说："恭喜经理！"

周奕也忍不住笑了，这两个亿的项目前前后后忙了这么久，终于落到他手里了。他毕竟心思深沉，笑着接受大家的祝贺，就上楼去将这个好消息亲自汇报给两位领导了。

系集部的众人一阵高兴，宋集说："今晚得让我们经理请吃饭！"

周奕自然也不会拒绝，领着系集部众人吃了一顿，席间觥筹交错，大家都喝了不少酒。连苏南星都有点喝多了，后来还是周奕送李婉和苏南星回家的。

苏南星靠着后座上闭上眼睛，看着像睡着了似的。

车子快到李婉家楼下的时候，李婉忽然对坐在副驾驶座上的周奕说："经理？"

周奕回头看了她一眼："怎么了？"

李婉说："我想跟你说件事。"她顿了一下，"我喜欢你。"

苏南星一愣，没想到李婉竟然会说出来。

周奕说："谢谢，但我有女朋友了。"

李婉沉默了几秒，胡乱地点了下头："从几年前进入系集部开始，就一直喜欢你了。我知道你现在有女朋友，我只恨自己之前为什么不能勇敢一点。"她叹了一口气，说，"我今晚喝多了，话有点多，你就当我是醉话。"

周奕淡淡地说："我知道你在说胡话，我也喝多了，明天就都忘了。"

然后车内就再没人说话了，苏南星觉得此时唯有装睡是最好的选择，所以李婉下车的时候她也还是装睡。

等到了周奕家楼下，周奕给代驾大哥结了钱，然后打开车门将苏南星打横抱在了怀里，苏南星也娇软地搂着他的脖子。

这一幕让代驾大哥目瞪口呆，刚才这哥们不是说自己有女朋友拒绝了那个女孩的告白吗？怎么一转眼就对另一个同事下手了？

周奕看代驾大哥的表情，跟苏南星说："别装睡了，跟人家解释一下，你是我的谁？"

苏南星软软地贴在周奕身上，亲了周奕英俊的侧脸一口，说："我是你的女朋友啊。"代驾大哥觉得现在的人真是会玩啊……

后来那天晚上趁着酒劲，周奕拿领带将苏南星的手腕松松地绑住缠在床头上，将她跌宕起伏的身子露出来，然后慢条斯理地在她身上点火，看着她无助地求他，难耐地扭动着腰肢，周奕满意极了。听着她在他耳边性感地喘息、啜泣，他更加情动了。

两个亿的项目到手，还有漂亮的女朋友在自己身侧，这些都让周奕比平常更加有兴致和欲望，尤其是苏南星醉得迷迷糊糊的，被他折腾得娇喘连连却仍旧搂着他的模样，让周奕简直疼到骨子里了，恨不得将她吃进肚子里去。

那一晚，他狠狠地将苏南星睡了。

临睡前，周奕亲了她额头一下："晚安，我的小星星。"

听着周奕沉稳的心跳声，苏南星也渐渐睡了。

睡之前想到，这样的幸福和美好，真是太喜欢了。

不知不觉之中，自己对周奕的喜欢已经那么多了。

第二天周日，两个人都有事，黄总调任L省公司总经理之后特意邀请周父和周奕到家里吃顿便饭，而苏南星也要回家看望父母。周奕开车将她送到地铁站，俩人在车里亲了一下才分开。

这是周奕短期内第二次到黄家来吃饭了。

第十五章 苏部长

跟上次相比，这次黄总表现得更和蔼了。

黄欣然的骨折伤好了不少，也能在地上慢慢走动了，所以这顿饭她是坐在周奕身边吃的。

黄母依然很热情地给周奕夹菜让他多吃，黄总也比上次热情一些。

等饭吃完了，男人们开始进入到了喝茶聊天时间，今天这顿饭的重头戏才算正式开始。

黄总沏了一小壶茶，给俩人分别倒了一小杯，周父端起茶杯先闻了闻，赞道："好茶。"

黄总笑着说："是啊，这茶叶还是我上次去集团开会的时候，从人力资源部陈部长那里要的，他只给了我二两，我还说他太抠门。"

周奕没说话，黄总这话可不是随便说的，喝茶提到了集团人资部陈部长，陈部长是谁？丁琰的舅舅啊。

周父也听出来黄总话里的信息，不过他们同事多年，他面上笑容不减，说了一句："陈部长那个人就喜欢喝茶，要他一点茶叶像割他肉一样。"说着，俩人都笑了。

周父接着若无其事地说："说起来陈部长的外甥也在省公司上班，好像是哪个部门的经理来着？"

黄总接了一句："是市场部经理。"

周父仍旧笑呵呵地说了一句："陈部长对自己的外甥倒是好，市场部，好地方啊。"这话里的意思，暗指丁琰靠舅舅上位，本人能力未必有多少。

黄总说了句："市场部杂事太多，还是大奕的系集部更好，两个亿的项目也拿到手了，为我们省公司今年的指标额减轻了不少压力啊。"

周奕说了句："对了，还得跟您报备一声，集团那边主管系统集成业务的于副总裁知道这个项目中标之后，让我下周去集团跟他汇报一下工作，并且商讨一下具体合作事宜。"

他这话明确跟黄总说了集团那边于副总裁对他和他手头项目的看好，毕竟两个亿的项目，不是一般人能随便谈下来的。

黄总听了他的话，果然顿了一下，才说："这事儿还报备什么？于副总裁对你看重是好事，我还听说他经常在集团那边夸你。"

周奕谦虚地说："可能是这两年我们系集部的业务额比别的省要突出一些。"

接着，黄总就跟周奕聊了一会儿工作的事。等到周奕他们要走的时候，黄总又说："我这次调回来主要原因是家里老人年纪大了身体不好，需要我就近照顾，还有一个原因就是也想就近看着欣然，她被我惯坏了，我想着我能多照顾几年算几年吧，谁让她是我自己养大的女儿。"

黄总又说了一句："上次跟陈部长喝茶的时候，陈部长也说'我们现在年纪大了，家里老人需要我们照顾，下面的孩子还需要我们提拔纠正'，他倒是理解我。"

这话说得，其实就非常明显了。

周父一顿，说了句："以后大奕在你手下了，他若是工作有不周的地方，你不用顾及我的面子，直接批，还得狠狠批，他也三十来岁了，这点判断能力还是有的。"

黄总客气一句："大奕优秀着呢，两个亿的项目可不是随便谁都能谈下来的。"

等周家父子上了车之后，周父叹气，说了一句："看来市公司经理这个位置，老黄是要给陈部长的外甥了，否则也不会提了好几次陈部长。他这次能调回来兴许都是承了陈部长的人情，他虽然没有明说，但那话里的意思大概就是想把市公司经理的位置给陈部长外甥还人情了。"

周奕说了一句："我听出来了。"面上也没有什么惊讶的，他说，"从他忽然在这个节点上调回来，我就知道那个位置我是很难了。"

周父说了一句："这一饮一啄，都是有因果的。"他虽然没有直接说周奕，但这话的意思就是指周奕对黄欣然不好，导致黄欣然这小丫头一天天头疼肚子疼的，黄总那么疼爱女儿，当然气不过。

周奕当然听懂了，说了句："那么个娇小姐娶回家，难道要我供着她？

为了市公司经理这么一个处级职位，连自己的婚姻都得搭进去吗？”

周父不说话了，过了一会儿，长长地叹口气，说了句：“都是缘分。”

苏南星上次回家的时候苏父感冒了，这次回家他感冒已经好了，不过仍然时不时咳嗽两声。苏南星说他：“我领你去医院看看，别拖着了。”

苏父却说：“我这是老毛病，就是气管不太好而已，喝点菊花茶败败火就好了。我已经比前些日子好多了，不信你问问你妈？”

苏母也犹豫道：“咳嗽是好了一点，不过星星说得对，要不去医院看看吧？”

苏父很坚决：“我没病，去医院的话，没病也看出病了。”

苏南星却很坚持，一直反复强调要去医院：“我明天请假，带你去看病。”

苏父还是不愿意去：“不用，你好好上班吧，好不容易升的总监呢。我吃点药就好了。”

后来还是苏母说由她明天带苏父去医院看病，苏南星才说：“那我明天晚上给你打电话，确定你到底去没去。”

苏父笑了，说她：“我又不是小孩子。”可心里却享受着女儿的关心。

苏母又给苏南星炖了排骨，一个劲儿地让她多吃。苏父就喜欢吃那道家常豆腐，拿热豆腐拌着大米饭吃，特别下饭。

等苏父吃完饭回房间之后，饭桌上只有她们娘俩了，苏母开始问起苏南星男朋友的事：“你们俩相处得怎么样？”

“挺好的。”

苏母说：“那改天带回来给我们看看？”可环顾了四周，这逼仄的小房子怎么带苏南星男朋友来看？万一人家来看了，觉得女方家里太穷，那就不好了。

苏母又改口：“要不我们在外面吃顿饭也行。”

苏南星说：“再看看吧，我和他在一起的时间还短。”又说，“现在只是相处阶段，怎么就见父母了呢？这变成什么了？逼迫人家跟我结婚？”

苏母一听，觉得她说得很对，说了句：“那算了，等以后再说吧……”说完之后又补了一句，说，“其实我就是好奇他是个什么样的人，没有别的意思，你别有压力。”

苏南星没再提这个话题，转而说道："上次我跟一个分包商吃饭，他说像我这个级别的总监，现在去他们这种私企工作的话，年薪五十万起。"

她这话才开了个头，苏母就斩钉截铁地说："不行！那些私企哪有国企稳定？再说华信这个金字招牌多响亮啊，你现在是华信的总监每年也挣十五六万呢，一个女孩子挣这么多挺多的了。去私企干，万一明天公司倒闭了，你向谁去要那五十万的年薪去？我不同意你跳槽，你想都不要想。

"自从你升了总监，你爸心情也变好了，跟别人提到自己女儿是华信的总监，满脸骄傲，别人羡慕都羡慕不来的铁饭碗工作，你竟然还想放弃？你是不是想气死我？

"再说你是华信正式工，还是个中层领导，你男朋友也会高看你一眼啊，女方工作稳定是很大一个优势啊。

"总之这件事你想都不要想。"

苏南星才说了这么一句，苏母就有这么多话等着她了，这话题也没法聊下去了，她只说了一句："我知道了。"就不再多说了。

可这顿饭吃得，毕竟不太愉快了，苏南星吃完了饭给父母放下一千块钱："明天带爸去看病，兜里带着点钱，不够给我打电话，我再给你转。"这就离开了。

晚上回家看到苗萌萌又开始在镜头前缝衣服了，一边缝衣服一边聊天，她说："下周末我就要去参加同学聚会了，我想瘦到一百零八斤，可我好像处于平台期了，真是让人焦虑啊。"听得苏南星直想笑。

弹幕上竟然有人安慰她："UP 主不伤心，你已经很厉害了。"

但弹幕的数量和点击量都没法跟前几天苏南星穿唐朝服装的时候相比了，苗萌萌又求着苏南星穿上唐服录视频，苏南星说："我实在不知道在镜头前做什么啊。"

苗萌萌说："实在不行，你还做沙拉好了，明晚我给你买食材，我们继续做沙拉！"

"好吧。"苏南星便同意了周一晚上回家穿唐朝服装做沙拉。

不过等到周一的时候，苏南星就没有那个心情了。

因为周一上午，一条人事任命发布了，原市场部经理丁琰调任 S 市公司经理职位。

众人一片哗然，竟然是丁琰争赢了！

当所有人都因为丁琰当上了S市公司经理而惊讶的时候，当事人之一的周奕倒显得十分淡定，上午他还像往常那样夹着文件去开会，开完会之后被黄总叫到了办公室里。

黄总脸上的笑更亲切了，说："丁琰那事儿，我也是没办法。"这话的解释，昨天他已经透露给周家父子俩了，相信他们俩都能听明白话里的含义。

黄总又说："我刚来省公司这边，还两眼一抹黑什么都不知道，就当是黄叔拜托你，在我身边多帮我两年，等过两年连山市那边的经理退了，我就立刻升你上去。"

周奕来之前大概就能猜到黄总想说什么，所以这时候黄总这话说出来，周奕的表情都已经捏好了，一丝不差地露在脸上，带着浅笑："黄叔，你来当总经理，我自然会尽全力帮忙的，S市公司经理虽然没争到，但我相信你也不会亏待我。"

黄总拍拍他的肩膀："臭小子，不会亏待你的。"说完这话，他又说，"明天你去集团跟于副总裁汇报工作的时候，好好把天眼项目跟他汇报一下，这可是我们L省公司的重大业绩。"

这话，翻译一下就是：跟于副总裁别瞎说，只谈项目就行了。

周奕当然心领神会，心里不管怎么想，面上都是露出对黄总亲近熟稔的表情："您放心吧，不该说的我不会说的。"

黄总果然露出了满意的笑容，觉得周奕这小子真精啊，很是识时务。

说完了私事，俩人又说了几句公务，周奕这才从黄总办公室离开。

等周奕走了之后，黄总将满脸的笑容卸了下去，想到周奕刚才对他亲近的样子，觉得对付周奕这小子，他还是很有办法的。这小子这么有能力，得让他为自己好好干几年活才能放了他，要让周奕成为自己手中的一把利剑。

想到周奕老子周副总尚且在他手下当了十多年副手，这个儿子他怎么压不住？

周奕回到系集部，看到部门里的人都很安静，大家看着他似乎也都在关心他，看到苏南星也抬头看了他一眼，大概他家苏总监也在担心他吧？

果然，他回自己办公室点开微信，就看见苏南星给他发的："晚上一起吃饭？”

周奕：“好啊。”又问，“是不是怕我难过？”

苏南星：“有那么明显吗？”

周奕：“如果真的想安慰我的话，仅仅是吃饭还不够。”

苏南星：“……总觉得你接下来不会说什么好话。”

周奕发出了一串哈哈，说：“要安慰，也该用你热情的身体安慰我才对。”

苏南星：“哼。”

撩了苏南星一会儿，周奕嘴角也带着真笑了，心情好了不少，放下手机想到刚才黄总说的那些话，想到黄总说过几年给他连山市经理的位置，一个连山市经理而已，谁还当个宝了？还值得黄总拿这个来拉拢他？把他当成什么了？

丁琰能当市公司经理这件事，周奕早就有心理准备，所以也没有什么惊讶的，甚至他也不觉得黄总在这件事上是因为黄欣然而对他报复，最主要的原因是丁琰有更大的利益跟黄总来交换，而周奕没有更大的利益提供，就这么简单而已。

黄欣然在其中也许也有一点因素，不过是很小的因素，因为黄欣然就算再喜欢他，但是在人家父亲眼中，女儿那么好，怎么会找不到比他周奕更好的对象呢？

才想到黄欣然，周奕电话就响了。接了电话之后，黄欣然的声音在电话那头响起，她非常愧疚地说：“奕哥，对不起，我爸不是故意的……”

周奕说：“没有什么对不起的，你想多了。”他还劝黄欣然，“在家好好养病，别再多思多想了。我这边还要赶着去开会，就不跟你多说了。你好好休息。”就挂了电话。

他将这些杂念放在一边，开始投入到工作之中，明天还要去集团跟于副总裁汇报工作，他得提前做好准备才行，这才是比跟黄总戴面具聊天更重要的事。

又忙碌了一天，下班之后，苏南星先回家换衣服，周奕在公司里加了一会儿班才开车来接她。

他靠在车边抽了一根烟，烟还没抽完，就看见他家苏总监走了出来。

荷叶斜肩红色连衣裙，一边白皙圆润的肩膀露出来，另一边半掩半露在荷叶边下面，两边斜交的领子在胸口那里汇合，露出一点乳沟，腰那里掐得细细的。

以周奕的直男审美觉得苏南星这条裙子看着挺长的，但其实挺短的，因为裙子下摆是半透明的，能影影绰绰地看到裙子下那双修长的大美腿，裙子里不透明的部分才刚过大腿根。

苏南星踩着细带高跟鞋走过来的时候，真是美得让他想压住她立刻亲上去。

然后，他也决定放肆一下。

当然了，周经理其实每天都挺放肆的，不过他一直觉得自己挺克制。

俩人坐进车里之后，周奕就搂着苏南星先亲了一顿，将她的口红都亲花了才放手，把苏南星气得娇软地捶了他几下，却被他抓住手凑到唇边亲了一口。后来还是苏南星拿面巾纸帮他擦沾到他脸上的口红。

苏南星说他："看看你，白天一本正经的样子，到了晚上你简直就像撕掉一层皮，变成了狼。"

周奕搂着她的细腰，觉得他家苏总监又香又软，知道她在关心他，心情好得不得了，就连她给他擦口红印的工夫，都要偷亲两下。

苏南星推他："别动，再动我不帮你了。"

"好好，我不动。"他又接苏南星的话，说，"正因为我是大灰狼，所以才喜欢你穿红衣服啊。"

周奕还贴着她耳边低声地问："今天穿的是哪套内衣？"

苏南星的脸颊微微发红："不知道。"

周奕说："不知道？那我得亲自验一下才行。"俩人一下闹成了一团，后来好不容易止住了闹，因为苏南星说："我饿了，别闹了。"

"那晚上我要看你穿了哪套。"

苏南星没搭理他，掏出小镜子补妆，还用手指拢了拢头发，长发被她拢到一边，露出白嫩圆润的肩膀，看起来美艳动人。

到了饭店，周奕牵着她的手走在一起，俊男美女的组合简直亮眼极了，就像那次在连山市吃饭一样，打扮起来的苏南星简直让男人挪不开目光。

他们来吃饭的这家"点石餐厅"是S市有名的高档西餐店，因为格调和食物都很不错，所以是很多情侣约会的地方，同时也有一些高薪人士喜欢到这里相亲。在相亲圈子里流传一句话就是，如果对方第一次约你在"点石餐厅"，就说明对方很重视你。

所以，徐良骏这顿饭就约女方在这里吃的，不是因为对方长得好看让他喜欢，而是因为对方是他领导的外甥女，他重视他领导，所以才特意在这家昂贵的“点石餐厅”吃饭。

没想到，他竟然看见了苏南星。

看第一眼的时候，他都没敢认，因为苏南星太漂亮了，就算在西餐厅这种暖黄的灯光之下，她也美得好像发光一样，跟当初他曾经抱怨她穿得土气的时候简直是天差地别，他看了好几眼才认出她来。

同样的，徐良骏也看到了苏南星被一个男人拉着手走进来，那个男人高大英俊，看着就像是精英人士，就算没开口说话，仅仅从气质上都能看出来是惯于上位的人。

徐良骏的心里翻起了惊涛骇浪，都是冒着酸水的。

看到那两个人甜甜蜜蜜地坐下来，那个男人连点餐的时候都是很随意地挑菜单第一页最贵的菜点的，就知道他有钱。

所以，苏南星跟他分手之后，就找到了这么一个有钱英俊的男人？

还是当初她那么痛快地同意了分手，连哭闹都没有，其实那时候她就已经在跟这个男人私下里有勾搭了？

不管怎么样，徐良骏心中都酸得不得了，再将目光对向自己眼前这个领导外甥女，就觉得跟苏南星怎么也比不了。

可是又一想，结婚不是只看样貌，还有女方的家庭条件和未来发展，苏南星那个临时工怎么能跟领导外甥女相比？对方不仅跟他是同一个公司，而且领导将来还会提携他，苏南星那种父母欠债百万，她自己才月薪三千的临时工根本给不了他这些支援。

徐良骏跟自己说，自己的选择是对的，他的选择才是最理智的，苏南星拖累太大了，分了是对的。

只是看到了那个笑靥如花的苏南星，徐良骏的心就又酸又疼。

他和苏南星也曾经快乐过啊……

苏南星根本没注意到徐良骏，后来周奕去卫生间的空当，她正低头刷手机，忽然有人站在她旁边叫她：“南星。”

苏南星一抬头，看见了徐良骏。

徐良骏也是趁着相亲对象去卫生间的时候走过来的，实在忍不住了，他有很多话想对苏南星说，想说你跟那个男人什么关系，想说你怎么拉黑了我，想说我很想念你。

可所有的话到嘴边，他却只说出了：“你还好吗？”

苏南星都愣了，真没想到能在这里遇到徐良骏，但也很快整理好了神色，说："挺好的。"她还跟他寒暄，"来吃饭啊？"

"嗯，跟朋友来的。"他又问苏南星，"我看到你跟一个男人来的……"

苏南星"嗯"了一声，说："是我男朋友。"

正说着，周奕走了回来，说了声："怎么了？"

苏南星也起身，跟周奕介绍道："这是徐良骏。"没说什么身份，但是周奕立刻就想起了这个人，因为他曾经见过穿着红裙的苏南星奔向这个男人，他是南星的前男友。

苏南星跟徐良骏介绍周奕："这是周奕，我男朋友。"

周奕伸出手跟徐良骏握手，以周奕的城府和涵养是断然做不出来像电视剧里那样握手较劲之类的事，况且只是站在那里，周奕就已经全方位碾压了徐良骏，高大、腿长、英俊、多金、精英，看着就跟徐良骏是两个世界的人。

而且徐良骏发现，跟这个男人站在一起的苏南星也不再是曾经那个灰扑扑的苏南星了，她的身上也似乎有了跟那个男人相似的气息，既美丽又自信，好像闪闪发光。

那一刻，徐良骏心里充满了嫉妒和酸味，他忍不住说了一句话："南星，你家里的债还完了吗？"

苏南星脸色一变，真没想到徐良骏会说这种话，没等她说话，周奕已经开口道："南星家里的事，不劳你操心了，这是我和她的私事。"

徐良骏还想再说话，周奕已经慢条斯理地堵住了他："徐先生，我劝你还是不要说了，你和南星也好聚好散吧，你当初跟她分手的理由我也知道，你也无须再说。

"我只想告诉你，当初你嫌弃她是临时工月薪三千，现在她已经转正了，并且升职为部门总监，薪水比你高。

"现在，她是我的女朋友，她很优秀，她的一切我都喜欢，也愿意跟她分担，同时我也有能力担起她的事和她的未来。

"可是我觉得，以我们家苏总监骄傲的性格，大概是想靠自己挣得一切吧。"

苏南星听到这里，心里已经感动得不得了，当着徐良骏的面已经忍不住靠在周奕怀里，低声地叫了一声："周奕……"

周奕摸了摸她的头，说了声："乖……"

徐良骏发现，他竟然一点也插不进去。

苏南星抬头跟徐良骏说："你也不用再说什么了，我跟你，已经没有任何关系了。"

徐良骏张了张嘴，他发现其实自己根本不想说那样伤害她的话，他们曾经在一起有那么多快乐的时光，他怎么能因为吃醋就说那么过分的话呢？

他脱口而出："南星，对不起，我失言了，我不是有意的，对不起。"

苏南星叹了一口气，怎么说呢，徐良骏不是坏人，他虽然为人处世有点优柔寡断，但是同样的优点也很多，起码知错能改这一点就挺好的，这是她曾经比较喜欢的一点。

但是此时此刻，他的道歉对她而言，已经无所谓了，她忽然发现这个人真的只是她生命中的过客了。

她说："我接受你的道歉，但是我不想再看见你了。"

周奕拉着她的手，说了句："换一家吧。"俩人就走了。

徐良骏其实还想跟苏南星多说话，他有很多话想跟南星说，他甚至想伸手去拉住她的胳膊，但是周奕回头淡淡地扫了他一眼，他还是没有伸出手去拉苏南星，就这样眼睁睁地看着她走了。

领导外甥女也从卫生间回来了，见他站在桌边失魂落魄的样子，说了句："你怎么了？"

徐良骏强作笑容："没事，吃撑了，有点困。"

相亲对象说："那我们吃完就不逛街了，早点回家吧。"

徐良骏说了一个"好"字，但他的心思早就跟着苏南星一起飘走了。

让徐良骏这么一闹，周奕和苏南星都没有了再继续找一家饭店吃饭的心情了，苏南星歉意地说了句："对不起。"

周奕说："你跟我说对不起干什么？又不是你的错，谁知道吃个饭还能碰到这种无聊的人。反倒是你，别把他的话放在心里。"再多的话，关于苏南星家里债务的事，周奕十分贴心没有问，以苏南星骄傲的性格，她也不希望他问。

苏南星想到周奕刚才对她的维护，尤其是他刚才说的那一番话，心里甜甜的，嘴角也翘了起来，钩着他的胳膊："趁着超市还没关门，我们去超市买点菜，我回家给你做点好吃的吧？"

周奕自然说好，开车载着她就去了最近的生鲜超市，苏南星挑了一只大龙虾，还买了一条东星斑，回家给周奕煮了一锅龙虾粥，那条东星斑也蒸得裂开了鲜嫩无比的蒜瓣肉。

周奕吃了一口龙虾粥，那滋味简直是鲜美得要掉了舌头。

苏南星笑道："好喝吧？跟沙海市喝到的那碗龙虾粥的味道很像吧？我在网上研究了很久呢，想着哪天做给你吃。"

周奕一听，简直满心温暖，他的小星星总是惦记着他呢。

在家里吃了一顿美味的海鲜粥之后，俩人就洗漱准备睡了。

开着床边一盏小灯，苏南星被周奕搂在怀里聊天，听着周奕沉稳的心跳声，她说："你知道吗？今天被你感动了一把。"

"是吗？我感觉我没说什么，好像都是实话。"

苏南星笑，更贴近他："本来是想安慰你的一顿饭，结果倒变成了你保护我。"

"我是你男朋友，当然得护着你，就像我跟他说的那句话一样，我能担得起你的人生和未来。"

苏南星轻声"嗯"了一声，抬头轻轻地亲了他一下。

周奕并没有问关于徐良骏和她的事，也没有问徐良骏掀苏南星伤疤那句"你家的债还完了没"到底怎么回事，他只是将她搂紧，说："等你想说的时候，再跟我说吧。"

其实也没什么好说的，是非常世俗常见的，就是欠债而已。

苏南星说了一声："好。"就准备睡觉了。

见周奕伸胳膊探向床头柜的方向，她还以为他要关灯，结果周奕忽然递给她一张薄薄的卡片，他说："从晚上回来我就一直在琢磨该怎么跟你说，你才能收下我的东西。"

那是一张银行卡。

苏南星愣了。

周奕说："他说那句话我听见了，这里有一百万，就当我借你的，你做总监的年薪是十五六万，你每年还我五万好了，看在我们俩如此亲密的交情上，我就不收你利息了，你大概要还二十年，二十年之后，我快五十岁，而你是四十六岁，到时候已经是老头子和老太太了，就算还完了债，你也不会离开我了。

"所以我很狡猾，用一百万买了你二十年，你害不害怕？"

苏南星真的不知道该说什么，手里这张轻飘飘的卡如此沉重，是周奕沉甸甸的心意啊。

她将头埋在他的怀里："不害怕，你那么好。"

周奕摸她的头，为了解决她的后顾之忧，还说："虽然许开心总嘲笑我年薪不到百万，不过那是玩笑，我还有别的收入来源，要远比挣工资多很多，所以一百万你不用放在心上，就当交给老婆大人贴补家用，不够我还有。"

苏南星拿软绵绵的拳头轻轻捶他两下："什么贴补家用……"

她心里很甜很开心，将卡放在床头上，亲了他一口说："睡吧。"

但其实她一直没睡着，忽然砸来一百万，她也心动了，内心仿佛有天使和魔鬼两个角色在撕扯，一会儿想到拿这一百万去还债之后的轻松，一会儿想到若真的拿了周奕的一百万，他们的关系今后会是什么样？

这两个念头就一直在她脑子里撕扯，等过了凌晨，她才迷迷糊糊地睡了。

然后，早上她又是被周奕给弄醒的。

周奕舔着牙齿笑："你醒了？"

苏南星用手推他："大早上的……"

周奕说："我今天要去出差了，可能得后天才回来，我要让你记住我的味道。"说着就将她抱了起来坐在他身上，他就在那里种了一片浅红色草莓印，亲得苏南星极为难耐，上下都被他攻击着。

苏南星也不知道现在是几点，只觉得外面天色大亮，生怕周奕折腾久了让她迟到。

周奕胸有成竹地说："放心吧，才六点，我特意掐了时间起来的呢，弄到七点，简单吃点饭，就可以神清气爽地上班了。"

说到神清气爽，他恶劣地使劲动了动，直让苏南星的声音破碎，娇喘不已，声音又黏又软，听得周奕十分情动。

再后来的事，就不是苏南星能控制得了的了。

等到一切结束之后，果然像周奕计算好的那样，不到八点，苏南星穿上了白衬衫黑色高腰阔腿裤和白色细高跟鞋子。出门前帮周奕系领带的时候，他贴在她的耳边说："等我回来。"

苏南星捧着他的脸亲了一口："嗯。"

周奕正经了一秒之后，又说了一句："穿那套黑色的蕾丝内衣等我。"

苏南星翻他一个白眼，不搭理他了。

等苏南星坐上出租车离开，周奕发现昨天晚上他给苏南星的那张银行卡被她放在茶几上。

她的意思，不言而喻了。

周奕不由得失笑，他家苏总监果然那么骄傲。既在他意料之中，但也还是有点意外她会拒绝，毕竟这是一百万。

不过他也无暇多想，也拎着行李袋下楼了。

周奕从周二开始出差，周四那天下午才回来。

这两天，华信拿下了浦口两个亿项目的事在分包商之中都传遍了，大家都想分一杯羹，苏南星的微信里每天都有二十多家公司代表要请她吃饭跟她套近乎，还有委婉问周奕什么时候回来的。

苏南星又因为浦口项目具体执行忙得焦头烂额。

等周四那天上午，苏南星坐电梯下楼的时候，正好遇到了同样下楼的丁琰，他手里抱着个纸箱子，显然是他原来在市场部的东西，他已经准备开始交接工作了。

电梯里只有他们俩，苏南星说了一句："丁哥，恭喜高升啊。"

丁琰微微一笑："大概会更累了。"

苏南星说："你这是能者多劳。"

丁琰说了一句："你也是能者，想不想多劳？"

这话是什么意思？苏南星没品出来话里的意思。

丁琰说："市公司系集部部长是原来吴经理的心腹，前两天被吴经理调到C省公司系集部去了，我这边的系集部长空下来了。"

他问道："有没有考虑自己独掌一个部门，到市公司来当系集部长？"

而在集团汇报工作的周奕，也面临着一个问题。

因为他优秀的业务能力，并且为人处世风格很受集团于副总裁看好，那天汇报完工作之后，于副总裁留周奕聊天，说："我听说S市公司经理的位置你没上去，是有点遗憾。"

周奕说了句套话："丁经理上任了，他的能力也很强。"

于副总裁却微微露出了一点笑容，说："既然市公司经理的位置没有得到，那有没有兴趣来集团上班呢？到集团系集部来工作？"

去S市公司当系集部长？

自从丁琰说完这件事之后，苏南星就一直在心里将这件事反复琢磨。

她现在的职位是行业总监，到普通地级市公司是跟部长同级别的，但是S市是省会城市，所以S市公司的系集部长看似跟苏南星平级，但其实是比她高半格的。

如果真的能去S市公司当部长，对她而言就是高升了。

苏南星真的有些心动，撇开丁琰曾经对她的追求不提，在丁琰手下工作其实是很好的，丁琰个人魅力强，而且对待属下也很负责任，不存在领导抢下属功劳这种事，是个非常好的领导。

可是到丁琰手下去工作必然面临两个问题，第一个问题就是离开了周奕，第二个问题就是工作会和丁琰天天接触，周奕会不会吃醋不高兴？

所以丁琰当时对苏南星抛出了橄榄枝之后，苏南星的反应是说："这么好的机会给我，我很感谢，但事情太突然了，能让我考虑两天吗？"

丁琰说："今天周四，我等你到下周一。"

苏南星真情实意地说了声："谢谢丁哥。"

S市公司系集部长的位置是个好位置，应该很多中层都盯着，丁琰能把这个位置留给她，是非常大的人情了。

苏南星就在想等周奕回来，跟他商量看看。

周四那天晚上，苏南星下班回家之后就接到了苏父的电话，因为这周工作太忙了，她也忘了问他去医院检查结果怎么样，所以接了电话她就问："周一让你去医院检查身体，你去没去啊？"

苏父说："我去了，你妈跟我一起去的，大夫说没事，就气管有点炎症，给我开了点消炎药吃，过几天就好了。"

苏南星一听，才稍稍放心，还是叮嘱他平常多注意身体。

俩人聊了几句，苏父才说今天打电话的主要目的，他说："上周你回来跟你妈提想跳槽的事，今天她跟我说了。"

苏南星没说话，苏父接着说："你妈当时语气不太好，你别往心里去。"

"没事，我知道她都是为了我好。"

苏父说："我和你妈之所以不同意你跳到挣更多钱的私企去，其实是有属于我们的考虑的，我们家的情况你也知道，很难给你带来什么助力，若是你再没有个国企总监的身份，将来你相亲或者结婚，男方还是会介意的。"

苏父顿了一下，说："我们家什么都给你拿不出来，你只有国企总监这个身份是你的硬件条件，所以我们才不想你跳槽。我和你妈虽然不逼迫你结婚，但是也还是盼着你能找个人嫁了稳定下来。

“你妈说你最近处了个对象，家里条件和个人条件都挺好的一个小伙子，我很高兴。我想着，这样一个条件好的小伙子，你若是去人家家里，对方父母问你做什么的，好歹你也可以说自己是华信总监，虽然挣得不是月薪好几万那么多，但胜在稳定啊。这是个铁饭碗，对方家里只会高看你的。”

苏父喝了一口水，又说：“我和你妈合计了一下，若是真的想跳槽，等你和那个小伙子感情稳定了，或者登记结婚之后，你再跳槽，我们俩绝对不拦着你了。”

苏南星叹了一口气，说：“我想着若是去了私企，挣两三年钱，就能把家里的债还了。”

苏父说：“家里的事你不要操心，这事儿我能处理的，我最近有了新路子，你只要好好把工作做好，找个人品端正、努力上进的小伙子幸福地嫁了，我和你妈妈就开心了。”

苏南星听他这么说，第一反应是以为他最近又多打了一份工，说：“你也别太累，毕竟年纪大了，我现在工资比以前多一些，能帮家里还债。”

但第二反应是怕他因为欠债太多去赌博或者搞传销什么的，她千叮咛万嘱咐地说：“你可别去干傻事，别去赌也别去搞传销啊！”

苏父斩钉截铁地说：“我最讨厌赌博和那些满嘴假话搞传销的了，而且我也没糊涂，不会去干这种傻事。反正我有方法，你别管了，不会害你和你妈的。”

挂电话前，苏父又反复叮嘱苏南星一定不要随意辞职跳槽，女孩子有个稳定工作多么重要，将来的结婚对象多么重视女方有个稳定工作等。

但他们哪里知道这个时代哪还有什么稳定？这年头有什么工作能做到老的呢？

从集团公司回S市的周奕坐在高铁上想刚才于副总裁对他的提拔，于副总裁对他说：“我一直挺看好你的，若是你能来集团系集部工作的话，我也能省点心。系集部的霍部长年纪大了不怎么管事，若是你来的话，就做主持工作的副部长。只不过把你从省里直接调到集团里太显眼了，会先让你‘借调’半年，之后再正式把你的编制落过来。”

于副总裁的话说到这个分上，这是完全替周奕考虑好了，是非常真心实意地提拔了，这对周奕而言完全是知遇之恩了。

周奕立刻向于副总裁道谢，说："您都替我想好了，我非常感激。"

他又诚恳地说："我也跟您说实话，我女朋友在S市那边，我若是调到集团来，必然面临和她两地分开的情况，这件事我还是想跟她好好谈一下，您能不能等我几天，我想回S市处理一下这件事。"

就像他说的那样，若是真的去了集团公司，他和苏南星必然面临着异地的问题。

他们两个人，不约而同地都面临着不知道怎么跟对方开口的情况。

以至于周四晚上见面了，双方都在想怎么开口说这件事，最后的结果就是俩人小别胜新婚。

苏南星融化在了周奕身下，而周奕则是完全被她娇软的身躯所吸引，忘了要说升职这档子事了。

等情事结束已经是夜里了，两个人最终还是没有开口说出来。

周六那天上午，苏南星帮周奕打扫卫生的时候，从要送去干洗的西装裤里掏出两张芭蕾舞演出票，才想起来这是林鹿给的，看了下时间是今晚六点。

周奕本来不想去了，苏南星也懒得动，大周末的在家里懒洋洋地休息比去看情敌跳芭蕾舞好多了。

结果，林鹿给周奕发了好几条微信，提醒周奕晚上来看演出。

她写道："算是我这么多年在国外学习的成果，希望你能看到。"

苏南星觉得这实在不能忍，站起来跟周奕说："我们晚上去看她跳舞！我要看她到底跳得好不好看！"

去看表演之前，苏南星还让周奕送她回家好一顿打扮，她挑了好几条裙子给周奕看："你说哪条好看？"

周奕指着苏南星曾经穿过的那条吊带高开衩露大腿的真丝红裙说："这条好看。"她曾经穿着这条裙子把他迷得晕头转向的。

苏南星吐槽他："这是给男人看的！"当然布料越少越好。

旁边的苗萌萌踊跃发言，她指着一条桑蚕丝的红色连衣裙说："你穿这条吧，这条看着一点都不露，但是裁剪好，下摆的不规则设计若隐若现地露着白腿，穿上之后特别显气质。"

苏南星换上之后，这条裙子果然是看似普通，但穿上之后立刻就让人觉得气质高雅，苗设计师说：“这种才是穿上之后能气死情敌的裙子！”

周奕觉得：女人的世界，他果然还是不懂……

苗萌萌还动手帮她打理头发和妆容，苗萌萌给苏南星编了一根松松的、慵懒风格的辫子搭在肩膀上，另一侧的耳朵上戴了一只长长的流线耳环，显得她的脖子又细又长，再穿上一双黑色一字带高跟鞋。苗萌萌说：“好了，女人，你可以奔赴你的战场了。”

逗得周奕差点喷水，觉得真是物以类聚，他家苏总监的好朋友也这么有趣。

打扮得高贵美丽的苏南星挎着周奕的胳膊就来到了市大剧院，林鹿给的票位置十分好，是前面第二排。第一排坐的是媒体记者，有人拍照有人录视频，看着很正式的样子。

苏南星来之前气呼呼地说要看林鹿跳舞到底有多好看，心里想着电视上演过那么多名家大师跳芭蕾舞呢，林鹿再厉害能跳那么好看吗？

等到开场，林鹿扮演的白天鹅出场了，她优雅的身姿、流畅的舞步，甚至是轻盈的动作，都让苏南星有种不明觉厉的感觉。

作为一个外行，她也不懂芭蕾舞，但是坐在这个极佳的好位置上，能看到林鹿在跳舞的时候是有多么热爱和享受着舞蹈。

本来是抱着看笑话的心态来的，结果苏南星反倒看进去了，还看字幕上提示的情节，尤其是林鹿一人分饰两角的黑天鹅有一个特别有名的原地旋转的舞蹈动作，简直转得苏南星头晕，她数了一下，好像转了三十多圈。

他们入场时发的剧目介绍单上着重介绍了黑天鹅的32圈原地旋转是多么厉害，写道：“著名舞蹈家林鹿将会为您带来无与伦比的精妙演出。”

等到演出结束的时候，所有的芭蕾舞演员在台上鞠躬谢幕，台下的观众也站起来给予掌声。

苏南星这个鼓掌是真心实意的，不管林鹿和周奕曾经怎么样，但林鹿的舞蹈确实很好看，是那种用尽全力在表演的舞蹈家。

谢幕之后，人流往外走，周奕和苏南星因为坐在前排，所以走的时候就落在了后面，他拉着苏南星的手也随着人群往外走。

才走了两步，他听见有人在身后喊了一声：“周奕。”

俩人回头，看到还没来得及卸妆的林鹿，她穿着白天鹅的装扮站在他们俩身后，那么优雅漂亮。

周奕反应最快，已经寒暄道：“表演很好看，恭喜你。”

林鹿说：“谢谢。”

苏南星觉得她的声音也很好听，温温柔柔的。

林鹿笑道：“我让你来是想跳给你看，我实现了曾经的梦想。”

周奕想到，年轻时的林鹿曾经说过，她最大的梦想是成为A国皇家芭蕾舞团的首席，跳最美的《天鹅湖》，当时她说：“我会是最美的天鹅公主，那时候我希望你会在台下最近的位置看着我。”

周奕对她说：“是啊，你的梦想实现了，终于站在了这个舞台上。”

当年林鹿那句话的下半句是：“等表演结束之后，你拉着我的手，我们一起回家。”

可如今六年过去了，物是人非。

他牵着手回家的人已经不再是林鹿了，而是他的苏南星。

他和林鹿，终究走向了两条不同的道路。

林鹿显然也意识到了她和周奕的物是人非，沉默了一会儿，又找回了她的声音，轻快地问周奕：“你还没有介绍这位小姐呢？”

“这是我女朋友，苏南星。”他又指着林鹿介绍，“南星，这是林鹿，我的一个朋友。”

我的一个朋友。

林鹿脸上的笑容僵硬了一下，随意地耸耸肩，说了句：“你就直接说我是你前女友吧，何必遮遮掩掩？”说着，她已经向苏南星伸出了手，自己又介绍了一下，“你好，林鹿。”动作流畅，又带着几分率性。

苏南星也说：“你好，苏南星。你的舞蹈特别好看，我一个看不懂的人都觉得你很美，跳的时候特别投入感情。”

这么一说，林鹿笑了。

她笑起来的样子很好看，大概是在国外待久了，她的表情要比国人夸张一点，笑也是大笑，跟她优雅的形象不太相符，但生动多了。

苏南星忽然觉得，能让周奕认真喜欢五年的女孩子，果然是很好的。心里有点吃醋，但又有点释然。

林鹿笑道：“谢谢你们来看我的表演。”又跟周奕说，“过几天我就要随舞团到B市那边表演了，要走了，临走前看到你，我也没什么遗憾了。”

她看着周奕，说了句：“这么多年过去了，我一直欠你一句对不起。”

对不起当初连声分手都没有说就分开，对不起当初那么伤害过他，对不起当初的她那么自私懦弱。

周奕一愣，知道她指的是什么。而知道他俩过往的苏南星也懂了这句道歉。

周奕淡淡地道："都过去了，这么久了，我都快忘了。"

林鹿感叹道："看到你现在这么幸福……我也没法真诚地说出祝福，因为这么久了，我发现我最难忘的男人还是你。"

周奕无所谓道："不祝福就不祝福吧，不差你这一个，我和南星很幸福就行了。"

林鹿失笑，说他："你还是老样子。"只对在乎的人那么好。

当年她是他在乎的人，如今是不在乎的外人了。

时光真是流淌过了所有人。

林鹿叹了一口气："好啦，你们很幸福，我就不在这里挨虐了，我回后台卸妆去了。"

周奕点了点头，苏南星跟林鹿说："再见。"

林鹿摆摆手，看着周奕，这时候她眼中才露出了一丝伤感和难过，六年过去了，他变得更加英俊沉稳，少年时的他和少年的林鹿淹没在了时光之中，再也回不去了。

周奕牵着苏南星的手走出去。

林鹿看着他们俩的背影，想到如果她当初能坚持下来，是不是现在周奕牵手的那个人就是她了呢？

时间对所有人都公平，没有回头路，没有后悔药。

所以假设是无效的。

林鹿有些伤感地转身，昂着头挺直腰，回到自己荣耀的世界之中去了。

苏南星和周奕出来之后，她还对他说："她看着是个挺有趣的人，跟我之前想的不一样。"

周奕说道："她以前的性格也不是这样的，出国这些年变化很大。她以前不是这样坦率的。"坦率地承认自己伤心，承认自己无法忘了他，甚至是开怀的大笑。少女时的林鹿不是这样的，那时候他们经常因为你猜我猜的小事吵架。大概每一对年轻的情侣都这样，因为一点小矛盾吵架。

跟现在的他和苏南星不一样，他们理智沉稳，遇到事情会坦白地说出来，会尽量给予对方最大的安全感和守护，这是成年人爱的方式。

现在的周奕喜欢这样成熟让人踏实的方式，也喜欢他家南星下班后娇软地撒娇，上班工作时认真努力的样子。

想到工作的事，俩人心里都揣着事，从大剧院出来，找了一家饭店吃饭。周奕还在思考怎么跟苏南星说的时候，苏南星已经开口了："我有件事想跟你商量一下。"

"什么？"

苏南星顿了一下才开口："市公司吴经理调走之后，把他的心腹系集部长也调走了，现在市公司系集部长那个位置空了下来……"话没说完，周奕就知道了她的意思。

他没有生气，还很理智地说："那是个好位置，而且机会难得，你若是升了市公司部长之后，再升就可以回来升部门经理了。"

苏南星说："我也很心动，只是丁经理刚调了过去……"

周奕接道："你怕我吃醋是吧？"

他又说："公私我还分得清，再说，我对自己有信心，对你也有信心。这事儿是丁琰跟你提的？"

什么都逃不过周奕，苏南星乖乖点头："他说他手下缺个系集部长，问我去不去。"

周奕点点头："去吧，我支持你。我希望你变得更好、更自信，我希望你美丽地在我怀里翩翩起舞，是我最美丽的小星星。"看着苏南星满眼的感动，周奕说，"以后我要叫你苏部长了。"

周奕关于自己要调到集团的事，到底还是没有开口说出来。

然而还有一件事他们俩没有意料到，像这种芭蕾舞表演，会有很多家长带着学舞蹈的孩子来看，就是为了培养孩子对于芭蕾舞的喜爱。

苏南星忘了部门里钱大姐的外甥女也带着孩子来看表演了，她外甥女也是省公司的人，她远远地在人群中看到了英俊高大的周奕，也看到了周奕搂着一个穿红裙子的漂亮女人，但是她只看到了那个女人的背影，她远远地拍了一张照片发给了钱大姐："周经理和他女朋友来看表演了！"

第十六章 最坚实的依靠

苏南星并不知道她和周奕的照片被人拍下来传给了部门大姐，就算知道了，此刻她也没那么多心思去考虑这件事。

因为晚上回家之后，在睡觉之前，周奕终于将他要调到集团公司这件事跟苏南星说了。

周奕说："这次去集团出差，于副总裁向我提出的招揽，我想跟你商量一下，所以并没有一口答应。"

苏南星心里百转千回，自然知道他能去集团是好事，这是别人求都求不来的好事，有多少经理级领导一辈子就卡在这个位置上升不上去了。

而周奕才二十九岁，就已经跨过了这个门槛，进入到集团公司了。

她问："他给你安排什么岗位？"

周奕说："先借调到系集部当副部长。"

所谓借调也不过是给别人看的而已，借调个一年半载之后，以周奕的手段和于副总裁对他的看重程度，很快就会正式将编制落下去，周奕就从一个省公司部门经理变成了集团总公司的部门二把手了。

而升到集团副部长那就是一下子变成了全集团数得上来的领导级人物了。

苏南星也在华信工作了这么久，自然知道这对周奕而言是多么好的机会，所以她说："这是很好的机会，你去吧，别顾及我。"

他们都知道，周奕升到集团之后，他们俩必然面临着一个问题就是两地分开。

苏南星说："就像你支持我的事业那样，我也支持你的事业，我也希望你站得更高，希望你一直是我仰视和倾慕的对象。"

周奕将苏南星搂在怀里，亲了亲她的额头，说："等我在那边稳定了，我就把你调过去。"

苏南星"嗯"了一声，说："你先考虑你自己，我的事以后再说。"

周奕调过去是副部长，她调过去能干什么呢？而且也不是一直都有那么好的机会的，所以这事儿还是走一步看一步，并不强求。

因为知道以后聚少离多，所以俩人都喜欢跟对方黏在一起，整个周末都在家里凑在一起看书、看电影，晚上出去夜跑，也很开心。

周一上班，苏南星先跟丁琰说了她的决定，然后回到部门里的时候，发现大家看她的眼神怪怪的。

接着，张大姐就问她："苏总监周末在做什么？"

苏南星想不到他们怎么会忽然问她周末做什么，但觉得总不像是什么好事，就编了一个理由，说："周末回家看父母，我爸最近身体不太好，回家看看。"

张大姐长长地"哦"了一声，然后说了句："那可能是看错了。"

苏南星问："怎么了？"

钱大姐说："我侄女周六那天晚上去市大剧院看芭蕾舞表演，看到我们周经理跟一个女人手拉手出来，她还拍了照片呢，不过只拍到了背影。"

苏南星脸上镇定如常，说了句："还有照片啊，我看看？"她凑过去一看，发现可不就是她吗？不过因为那天晚上她穿得很漂亮，还是个背影，所以他们不敢完全肯定是她。

苏南星说："我可没人家这么漂亮，太抬举我了。"这么说完，大家想一想也是，从那个女子的背影来看就已经是十分漂亮了，穿的衣服看着也是上乘的质量，跟贫穷的苏南星不一样。

可是苏南星最近穿衣打扮也变得好看了啊……

苏南星给周奕送文件的时候，钱大姐她们还打量她的背影来着，觉得有点像但又不敢认。

白天，苏南星跟在周奕身后去开会，他们俩一前一后从系集部大办公室走出去的时候，部门里的人都若有似无地扫着他们俩。

这么一看，觉得这俩人看起来好像还挺般配的……

这一定是错觉。

部门里的大姐们还在怀疑，然而下午一个新闻就已经让他们无暇再思考苏南星到底是不是那个红衣女子了。

因为苏南星要调到S市公司去当部长的事泄露风声了！

李婉露出了不可思议的表情："她竟然要到市公司去当系集部长了？"

张大姐说了句："升得挺快啊。"

钱大姐说："小苏看着不声不响的，其实心里很有数。"

张大姐又说："不只是有数，还有心计，看看她这一年连升了两级了。"

宋集说了句："市公司部长跟她现在是平级的，不算是升。"

张大姐说宋集："你还不着急？S市公司部长跟总监到底是不是平级，你心里还不知道啊？她一个后当上总监的都升了上去，你怎么还不着急？"

宋集微微一笑，并不说话。众人以为他这是被张大姐这话给伤到了，钱大姐还打圆场："你张姐是关心你，替你着急上火，你平常的工作能力摆在那里呢，大家都希望你更好。"

宋集一向会做人、会聊天，这时候也立刻说："我知道姐姐们都关心我，但这是领导的安排，我也没法啊，只有努力工作让领导更满意。"这话题就翻了过去。

苏南星跟周奕那张露背影的照片还是引起了怀疑，从系集部开始，怀疑她跟周奕的桃色绯闻很快就传了出来，只不过大家都没有抓到实际证据，但是都怀疑苏南星升职这么快，而且变得这么漂亮，跟周奕有关系。

不过苏南星已经无暇顾及这些事了，她要调到市公司工作，要把手头的工作跟宋集交接，所以她忙得不得了，连着几天加班到十点多。

部门里的人说苏南星升得快，怀疑她跟周奕有桃色绯闻都是背地里说的，当着苏南星的面，大家还都笑呵呵地祝福她，甚至连以前有点隐隐瞧不上她的李婉都面上挂着笑容："以后就该叫你苏部长了。"

苏南星也客气，说："别，还叫我小苏或者南星都行，咱们还是自己人。"这话说了之后，大家听了心里都觉得挺熨帖的。

苏南星还主动提出："等我跟宋总监把交接工作完成之后，我请大家吃顿饭，大家一起开心开心。"

不过苏南星这顿饭众人还没吃上，就该吃宋集的升职饭了。

之前张大姐还替宋集着急让苏南星这个后当上总监的人给赶超了，但是这个周五，宋集就升到他们部门副经理了，以后就是他们省公司系集部的二把手了，仅仅在周奕下面。

宋集其实以前干的也是部门二把手的工作，因为部门里除了老大周奕，数下来的第二人就是宋集，他不仅有能力、资历，情商也高，众人还挺服他的。

他升上系集部副经理是实至名归，大家都祝贺他。宋集笑着跟大家说："有点突然了，我还没做好心理准备。"

等周奕回部门的时候，宋集跟了上去，随着他进了办公室，俩人在里面谈了半个小时，宋集才走出来。

随后，周奕就出来向众人宣布了这个消息，说："以后得喊宋总监为宋经理了。"

宋集会做人是时时刻刻的，立刻把话跟上："别别，还喊我小宋，这样显得亲切。"

张大姐笑着喊了一声："宋经理好！"大家都笑了。

宋集也向周奕表态："以后我会更努力工作，感谢老大给机会。"

周奕别的话没多说，只拍了拍他肩膀："好好干。"又说，"你跟苏总监都升职了，我们部门两个总监的位置都空了下来，我得向黄总要人，要不我们部门干活的人都少了。"

李婉一听这话，眼睛亮了，苏南星能当总监升部长，她也想啊！

不过周奕忙得很，他直接上楼去找黄总提出要从下级公司调人上来的事。黄总说："你当时跟我说要升小宋当副经理的时候，我就想到你会向我要总监人选，这个人我已经替你想好了。"

接着，黄总就提出了原来C省系集部的一个人，周奕有点印象，只是他认不认识这个人不重要，重要的是这个人是黄总心腹。

黄总的话说得很漂亮，他说："我只替你想好了一个人，另一个人你自己想好之后报给我吧。"这话的意思就是说有一个名额留给周奕，让他拿这个名额来做人情去提拔一名心腹，算是黄总对周奕十分客气了。

殊不知，黄总对周奕是没有李总对他那份提携和亲近的，大家都不是傻子，这关系远近谁品不出来？

李总当年何尝插手过系集部内部的事？要不然以苏南星这么个临时工就算再有能力、再努力工作，也升不上部门总监。

周奕心里就算不痛快，但是面上一丝不露，挂着带笑的面具，说："我看浦口市那边的那个系集部长老陈还不错，我想调他上来。"

黄总说："行，你之后打份申请，我给你批。"

黄总一点都没把这件事当个事，也没觉得自己拿走周奕一个总监名额给自己心腹有什么不对，认为周奕的父亲退了，他的第二靠山李总明年也要退了，周奕的靠山都倒了，这会儿应该是周奕好好在他身边表现的时候。

结果，周五那天要下班的时候，黄总接到了集团于副总裁的电话，他刚开始看到于副总裁的名字在自己手机上显示，第一反应是周奕这小子上周去集团汇报工作的时候，是不是跟于副总裁告状了？所以于副总裁才把电话直接打过来？

但接了电话之后他才知道，于副总裁这是要把周奕直接调到集团总公司去啊！

黄总听了这话只有满口答应，说："我们周经理的工作能力确实出众，您调他到集团那边去帮忙也是有眼光。"

于副总裁说："他的编制还在你们L省公司，只是我们集团这边工作太忙了，借调他一段时间而已。"

这话说得委婉，但谁不知道所谓借调不过是嘴上说说而已？

黄总还问了一句："他去集团做什么啊？"

于副总裁说："这不是让他来帮帮老霍吗？正好这边没有主管具体业务的副部长，让周奕过来帮忙一段时间。"

竟然是集团副部长！

等周奕打好了调老陈的调职报告上来给黄总审批的时候，黄总的态度就变了。

黄总的态度说是变了，但其实作为他这个级别的领导，就算改变处事的方式，也不会那么明显。他对着周奕时脸上仍旧是笑呵呵的，跟之前没有什么区别，但嘴里的话却已经变了："你们部门总监的事，后来我又了解了一下，小方那个人还是有点不稳妥，他可能也不太了解L省的情况，调他过来未必合适。"

他又说："算了，我不替你操心了，年轻人还是自己费点心吧，你自己确定好了人选之后，打份报告给我就行了。"

周奕面上也是不动声色，黄总的话说得还是那么漂亮，这么轻描淡写地就把之前想占用一个总监位置放他心腹的事翻过去了。周奕当然也不会因为这么一点事跟他翻脸，但他们这个级别的领导，心里都有一杆秤，大家都算得很清楚。

周奕脸上那层带笑的面具仍旧完美，那笑容透着一丝亲近，说：“那好吧，我考虑一下，回头您再帮我参详一下。”

黄总自然是同意，他拿起笔在周奕拿上来的那份调职文件上签了字，就将文件递给了周奕。至于刚才集团于副总裁给他打电话提借调周奕到集团去的事，他一句没提。

今天这个时刻显然不是提这件事的好时候，这时候提就有点明显的巴结或者讨好了，所以不提还能给自己留点面子，黄总揣着明白装糊涂。

周奕也能猜出来黄总忽然改变主意的原因，绝不是黄总口中那个小方不了解L省情况这么简单，黄总忽然放弃了小方，无非也是利益还不够而已。

周奕也不跟他争一时长短，毕竟现在他的编制和人都还在黄总手下，而且苏南星也在这边，没必要跟他撕破脸。

黄总其实也没做什么过分的事，只不过就是没太把他当回事而已，还把周奕当成那种自己可以随意揉捏的手下，其实这也很正常，毕竟黄总是看着他从小长到大，心里对他总带着那么一丝轻视。

然而就算黄总没提借调的事，省公司人力资源经理那边也收到了周奕要被借调到集团公司的通知，这消息一下就炸开了。

等到周奕回到系集部里，这消息还没有立刻传到那些大姐那里，周奕跟大家说：“今晚我请大家吃个饭，大家没事儿的话都去吧。”

部门里欢呼一片，以为这是周奕在庆祝宋集和苏南星高升才请客，所以大家气氛非常高涨。

到了饭店，大家还是老规矩，先敬了职位最高的周奕一杯酒，这才拿起筷子开始吃饭。等吃得差不多了，大家端起酒杯开始敬酒，这饭局才正式开始。

钱大姐率先站起来敬周奕，大家都没多想，因为钱大姐是部门老人了，她先站起来敬酒挺正常的。结果，钱大姐对周奕说：“今天这酒，是不是你在我们系集部最后一顿酒了？”

众人一听都蒙了，这怎么回事？

钱大姐说：“我听到有个传闻，说我们周经理要高升到集团公司了。”

大家一下都惊呆了，看向周奕等他解释。

周奕说：“哪里是最后一顿？我还是系集部的人。不过以后和大家喝酒的机会确实少了。”又说，“不是高升，只是集团系集部那边太忙了，借调我去帮忙几天而已，咱们部门这边就由宋经理主持工作，你们都不要担心。”这就是承认了要调到集团去的事实了。

众人也都是华信老员工了，自然知道借调不过是个说法而已，周奕就是高升到集团去了，难怪他这次从集团出差回来就把手下两个得力干将苏南星和宋集都给安排了。

苏南星被他安排到市公司当部长，宋集被他提拔上来当副经理，周奕走之前把省公司系集部的人事安排得明明白白，以后他虽然去集团公司了，但省公司这边宋集肯定还得听他的。

众人在周奕手下这几年虽然也都领教过他的手段，但此时不由得佩服这个才不到三十岁的年轻人的手段和心计。

钱大姐听到他亲口承认了，说：“那老姐姐我就祝你步步高升。”说着就干了手中一杯酒。

众人一听到周奕高升了，也纷纷举杯跟周奕喝酒。

只不过这酒喝到后来，大家就有几分伤心的味道了。毕竟这几年在周奕的带领下，部门里的大家过得都挺好的，周奕对外是个强势领导，系集部的员工对外的时候也特有面子，在哪个部门因为工作的事被欺负了，周奕都能给找回场子，是那种很容易让人忠心的领导。

李婉举起杯子敬酒的时候，眼眶都红了，她先说了一句：“希望您以后在集团公司也发光发热，同时我也想说这些年多谢您的照顾了，也希望您有空多回来看看我们。”说完仰头就喝了。

苏南星觉得也许李婉更想说的话不只是那些套话，但那些不能当面说出来的话其实都在酒里了。

周奕也懂，高情商的他此时回了李婉一句：“希望不久之后能听到你的好消息，祝你觅得一位好郎君，发请帖可不要忘了我，我一定会去现场祝福你。”

这话里有再一次委婉拒绝李婉的意思，也有给她撑场面的味道，若是她的婚礼能有集团公司的领导来现场，那可是很大的面子了。

李婉自然也知道，笑容里带着点苦涩，但也是笑了出来，说了句：“经理这话我可记下来了，我结婚的时候您不来的话，我可不乐意啊。”

周奕哈哈笑了，跟她碰杯：“我说话什么时候不算数了？一定去。”

宋集也上来凑热闹，其实是转了个话题，说：“那我结婚的时候，经理你也得来啊，不能顾此失彼！”

周奕跟宋集显然更随意，说了一句：“你倒是先弄出来个女朋友啊。”

宋集说了句：“女朋友那还不简单，明天我找一个去。”这话有玩笑的成分，但以后周奕高升，丁琰升到市公司当经理，省公司这边最黄金的单身汉就是宋集了。

苏南星也装模作样地跟周奕敬酒，也跟着说了一句：“经理，以后我结婚的话，您也得来啊。”

周奕抬眼看了她一眼，又收回了眼神，看着酒杯笑了，心说：你结婚我必须在场，因为我不在场你还怎么结婚？

他嘴上说了句：“一定去。”也跟苏南星喝了这杯酒。

这顿饭吃到了很晚，因为这是周奕跟系集部众人的散伙饭，大家吃得都颇为伤感，酒喝得也多，到了最后大家都醉醺醺的，连周奕也有点喝多了。

后来饭局散了之后，部门里的大家还依依不舍地跟周奕告别。

苏南星为了避嫌特意没有坐周奕的车回家，而是蹭了宋集的车回家。宋集先送的李婉，李婉喝多了仰在椅子上不说话，后来苏南星见她一直在用手擦眼泪，坐在副驾上的宋集也在后视镜里看见了。

他和苏南星的酒量其实都挺好的，他俩虽然喝了挺多的，但意识都还清明，就是话变多了，宋集说了一句他平常的时候不会说的话，他说：“她对我们经理倒是真的投入了感情。”

苏南星没说话，宋集大概也没想她回复。车子开到李婉家楼下的时候，宋集还亲自将她架到楼上，苏南星听见宋集跟李婉说了一句：“你该减肥了啊，别一天天总跟小黄学习擦口红，重点是要把自己身材好好调整调整啊，看看人家苏总监，你这个傻大姐。”

苏南星也听见了，这话里的意思就多了，不过她只是笑了笑。

对李婉，宋集难得地说了几句明白话，可惜醉醺醺的李婉什么都听不到。

宋集将李婉安置好回到车里，下一个送苏南星。结果苏南星发现这根本不是回她家的方向，拐个弯就是周奕家。

苏南星刚想说话，就看到周奕的车打着双闪停在路边。宋集的车停下来，他下车跟周奕说：“领导，我可是把人给你送来了。”

宋集转身还跟苏南星玩笑地说了一句：“早就想说了，我该叫你一声什么？师娘还是嫂子？你这一下子可是把辈分提高得挺多啊！”

没等苏南星回答，宋集已经上车，说了声：“我任务完成了，回家睡觉去了，嫂子再见。”跟苏南星摆了摆手，升上车窗，代驾将车开动了。

苏南星见副驾上周奕扯着嘴角笑的样子，“哼”了一声，周奕说了一声：“来吧，夫人请上车随为夫回家。”

苏南星翻了个白眼：“谁是你夫人？”

周奕笑道：“我还没找你算账，刚才在饭桌上你跟着起什么哄？还让我一定去你结婚现场，我当然得去，我不去的话，你跟谁结婚？你是吃定了我当时不会当场发作，还得假装跟你寒暄是吧？等一会儿回家惩罚你。”

然后，这场惩罚趁着酒劲就特别激烈，从刚进家门，周奕就搂着苏南星开始亲，一边亲一边脱彼此的衣服，等走到客厅里的时候，苏南星已经被周奕完全剥光了，而周奕还穿着只解开了几个扣子的衬衫。

他解开自己的领带蒙上了苏南星的眼睛，低沉磁性的声音压在她耳边，他说：“你可要乖乖领你的惩罚。”

被蒙上了眼睛之后，身体的一切刺激都仿佛被放大了一样，她想扯下领带，周奕却一把将她的手压在头顶上：“别乱动。”

他们的吻中还有酒的气息，不知道谁的酒精更浓一些，他们都醉了，所以更疯狂一些，连喘息和破碎的声音都比平常要大许多。

等第二天醒过来的时候，已经快中午了。

苏南星起床之后穿着周奕的白衬衫做饭，简单地煮了点稀粥做了点拌菜，俩人吃完了之后，周奕对她说：“今天晚上陪我去个地方。”

“哪里？”

“我家。我领你去见见我奶奶和我爸。”

苏南星都愣住了：“太突然了。”

周奕说：“我们也在一起这么久了，我也想把你介绍给他们看看。”

他还宽慰道：“他们都是非常和蔼的人，你不要害怕。”

尽管周奕这么说，但苏南星内心仍是十分忐忑。

苏南星平常对自己挺有信心的，但是决定要去周奕家之后，连挑选晚上要穿的衣服都纠结了半天，觉得白色太素、红色太招摇、粉色太嫩，最后选了条淡蓝色的衬衫裙，显得端庄大方。

去之前她还去买了两个礼盒，周奕说：“不用那样，你去了他们就很高兴了。”

不管怎样，去了周奕家里她要大大方方的，既不要太上赶着，也不要胡乱端着架子，做自己，像平常那样子就好了。苏南星这么给自己做心理建设。

去周奕家的路上，周奕大致给苏南星讲了周奶奶和周父的性格，尤其讲了周奶奶：“我奶奶是个很普通的老太太，喜欢给我做吃的，她菜园子里种的任何东西，你都得夸好吃，她最喜欢听见别人夸她种的菜水灵好吃。对了，还有她年纪大了，有点耳背，所以说话声音大，你跟她说话的时候，也需要靠近她一点。”

提到了奶奶，周奕还能说出很多：“她性格挺好的，一直盼着我早点把你带回去，现在见到你了，估计会非常高兴。”又跟苏南星说，“其实我已经偷偷把你的照片发她微信上了，她还很时髦会用微信呢。”

苏南星倒是不介意周奕把她的照片提前给奶奶看了，只说了句：“你给她看的照片是挑选过的吧？不会是我正睡觉的时候你偷拍的吧？”

周奕说：“怎么会？是你在厨房做菜的时候我偷拍的。我奶奶还夸你贤惠呢，觉得你会做饭，能照顾好我，总在微信里发语音问我关于你的事。”

苏南星笑着问道：“所以我的事其实她都了解得差不多了？”

周奕点点头：“差不多吧，不过我没说你隐私，比如我家苏总监有32C大胸什么的，我没说。”

苏南星横他一眼，不爱搭理他，发现周经理真是越来越不正经了。

周奕又介绍了一下周父：“老头子刚退休没多久，还有点不适应退休后的居家生活，所以一会儿你见到他，就当他是我们省公司李总那么对待，保准儿没问题。”

苏南星立刻心领神会，就是当领导一样捧着说话就没问题了。

等到了周家，开门的就是周奶奶，奶奶胖乎乎的，满头银灰，身上围着做饭的围裙，脸上带笑，见到苏南星就喊：“哎呀，南星来啦？”特热情地直接喊了她的名字，让苏南星有点紧张的心情缓解了不少。

奶奶见她拎了一堆东西，说她：“来家里买这么多东西干什么？不是浪费钱吗？我跟你周伯伯都吃不了，回头你跟大奕拎回家去吃吧。”

周奕说了句：“你吃不完就分给邻居点，哪有孙媳妇第一次来看您，您还让人把东西拎回去的道理？”

周奶奶一听，觉得周奕说得非常有道理，说：“是我糊涂了，回头我把东西给几个老姐们儿分点，让他们知道我有孙媳妇这件事。”炫耀一下！

苏南星他们正换拖鞋的时候，周父也出来了，她赶紧喊了一声：“周伯伯。”

周父看着身材高大，周奕跟他长得很像，不过没他那么严肃。周父当副总的时候大概也是个严肃的领导，嘴角都有法令纹了，他看到苏南星的时候露出了一点笑容，大概是尽量让自己显得亲切一点。

他喊了苏南星一句：“小苏来啦。”还是让苏南星有一种被领导叫名字的感觉……

到了客厅里，茶几上也已经摆了很多零食和水果，几人分别落座，周奶奶把一盘洗好的桃子和李子放到她面前，让苏南星尝：“尝尝味道。”

苏南星立刻闻弦知雅意，想到了周奕的提醒，拿起李子吃了一口，发现这李子的味道果然很好，有李子那种特有的味道，而且不那么酸，咬一口在嘴里又酸又甜，让人忍不住想多吃。

苏南星夸了一句：“好甜啊，真好吃。”

周奶奶果然满脸带笑：“这是我院子里种的，你觉得好吃的话，等会儿给你带点走。”又让苏南星继续吃桃子，怕她吃不下一整个，还特意将桃子切成了小块，很是周到热情，让苏南星心里真的特温暖。

因为她奶奶对她就没这么好过……

以前苏南星家没负债累累的时候，据说奶奶对她挺好的，后来负债了，奶奶对她就一般了。她记忆里的奶奶一直是偏心叔叔家那个弟弟，她后来也很少去奶奶家，每年过年随父母去坐坐，感情也挺淡的。

再后来奶奶去世了，跟叔叔家也很少走动了。自从她家欠了叔叔家钱之后确实也没怎么走动，奶奶去世之后，奶奶的那套小房子应该是由苏父和叔叔每人各一半来继承的，但叔叔说房子让他全继承的话，就免了她家欠他的二十万，苏父也同意了，听说当时那一半的房产大概价值十五万吧。

这都是三年前的事了，最近听苏母跟她提起，那块儿的房子好像要涨价了，苏父直念叨当时那个房子不该给叔叔。但这些跟苏南星都没关系，所以也没多了解。

苏南星跟他们在客厅坐了一会儿，吃了周奶奶种的李子、桃子，据说还有地里种的小白菜、小菠菜、黄瓜、豆角等菜等着她去品尝。她每吃完一样就夸奶奶种得好吃的时候，周奶奶都说："等会儿你回去的时候给你带回去点。"

苏南星人还没走呢，就已经被周奶奶送了很多东西了。

等到吃饭的时候，周奶奶一个劲儿地夹菜，排骨炖豆角、红烧猪蹄等，周奶奶还说："我听大奕说你俩经常一起跑步运动。锻炼身体好啊，能让身体健康，不过也得吃饱再去锻炼。"

苏南星就一直埋头吃，还陪周父喝了一罐啤酒，周奕要开车不能喝，苏南星陪着喝点，家宴性质的，周父喝酒的时候，她陪着抿一口配合下气氛。

等饭吃完了，大家坐在客厅里喝茶水，周父给她沏了雨前龙井，其实苏南星是喝不出来区别的，大概能品出来好喝不好喝，不过这就跟夸周奶奶菜园子里的菜都好吃是一个道理，但凡周父给倒的茶水就都得夸好茶。

茶水喝了一点，周父才开始问苏南星的事。

但凡情侣第一次到对方家里去，被询问家里的情况是必须走的过程，当年苏南星第一次去徐良骏家里的时候，徐家父母问得那才是一个细，连她爸妈每个月有多少退休金都问。

后来想一想，可能从那个时候开始，徐家就没看上她。

大概因为周奕把她个人的事已经讲给了周奶奶，所以周家人再没有问她的个人信息，主要问了几句关于她父母的情况。

周父问候她父母的时候先说："你父母身体还挺好的？"

苏南星说："他们俩身体挺好的，平常喜欢早起锻炼，晚上也喜欢一起遛弯和跳广场舞。"

周父点了点头，又问起了苏南星父母的职业。

这个问题其实她在来的路上就已经想过了，她自然是实话实说："他们的单位很早就倒闭了，把他们买断下岗了，后来他俩做了点小生意，不过也赔了，现在他们俩打点零工。"

周父听到她父母在打零工，大概就能猜出她父母的条件和薪水了，五六十岁的人出去打零工能挣到的钱太有限了。

周父就不再问了，说了句："打零工也挺好的，自由，不想干的时候随时可以辞职，省得受气。"

这话是安慰她的，苏南星还是知道的，像周父和她父母这个年纪的人大多希望有个稳定工作的。

后来又问了她几句关于祖辈的问题，比如爷爷奶奶在不在了，父母家里还有没有兄弟姐妹什么的，苏南星也都一一回答了。

很快天色也晚了，周奕还领苏南星进了他的房间参观了一圈，准确来说是青少年周奕的房间，房间里还有他高中时学习用的书桌，书架里摆满了他少年时得过的奖杯，墙上还挂了很多张他少年时的照片。

苏南星看着照片，里面有周奕大学毕业戴学士帽的照片，也有高中时打篮球得奖的照片，甚至还有中学时在全校师生前讲话的照片，从这些照片里看得出来，周奕是从小优秀到大的那种人。

但这些照片有个特点，那就是要么是他的单人照，要么是他和爷爷奶奶一起拍的，没有跟父母一起的照片。

苏南星想到周奕曾经跟她说他从小跟爷爷奶奶一起长大，没有见过母亲一面的事，亲眼看了这些照片才能感觉到他成长过程中父母的缺失。

苏南星拍了拍周奕的肩膀，说了句："一路长大，成长为这么好的男人，辛苦你了。"

周奕正坐在他书桌边的转椅上，抬头看苏南星的眼神很深沉，深沉得有苏南星看不懂的情绪。他伸手搂住了她的腰肢，苏南星也抱住了他，是想给他安慰。

俩人就这样静静地搂在一起。

没几分钟之后，苏南星就感觉到周奕那双大手不老实地攀上了她的胸口，他说了句："还是这样安慰比较好吧？"

气得苏南星掐他的手，周奕抬头看她，说："现在我有你了。"

这么一说，苏南星就心软了，说："嗯，以后我都陪在你身边。"

她这话说完，周奕搂着她的腰就亲了一下。

俩人离开周家的时候，周奶奶果然给拿了一堆蔬菜水果，车子后备厢都塞满了，她还一直跟苏南星说："有空你就跟大奕回来，我给你们做好吃的。"

苏南星忙不迭应了下来，这才跟周奕一起离开。

很快到了家里，俩人将这些东西归置到冰箱里之后，苏南星先去洗了个澡。等她洗完澡出来，正好看见周奕站在客厅里接电话，听见周奕说了句："我带她回去只不过是想给奶奶看看而已……她家的事儿我知道。”

苏南星一听这话，大概能猜到是周父打来的，隐约听见几个词汇：“找个条件相当的，家世登对，帮助……”

接着，周奕又说了一句：“最重要的是我喜欢她，和她在一起很开心，她让我向往家这个地方。家世相当、对我有帮助什么的，这些工作上的事，我自己也可以做到，我不缺发展和钱，我缺的是一个我想跟她过一辈子的女人。”说完这话，就挂了电话。

听到周奕那番话，她站在那里看着他，她刚洗完的头发还带着潮气，穿着一件黑色大T恤露着一双美腿，眼睛又亮又闪，就那样抬头看着周奕。

周奕冲她伸出手：“过来。”

苏南星只走了两步，就被他整个扯进怀里，然后捧着脸亲了一口。

周奕说：“你的眼睛里一定有星星，你带着感动看我的时候，我就只想把你搂进怀里。”

周经理的感动都喜欢用身体来表现，他喜欢两人炙热地搂在一起的感觉，喜欢她的世界里满满的只有他一个，喜欢她哭着求自己，喜欢她这个时候全部思维里只有他。

这样他就可以独占她的全部了，而她也全都是他的了。

那天晚上，苏南星也难得地主动，大概是因为在周奶奶家里看到了少年周奕那儿没有一张父母合照的成长照片。

周奕也感觉到了苏南星的心情，所以今晚的一切变得格外漫长，他们都在享受着这个过程，分享着彼此的心情。

最后，苏南星搂着他的脖子将自己送到他嘴边，她娇软的声音吹在他耳边：“求你了……”

周奕说：“求我的话……那你喜欢我什么呢？”

“你的全部，我都喜欢……”

得到了满意的答案之后，他才放过了苏南星，给了她全部。

结束之后，两个人慵懒而满足地搂在一起。

苏南星靠着他坚硬的胸膛，听着他令人安心的心跳声，很多白天不能说的话在这个时刻都能说，这时他们都是柔软的，都是敞开心扉的。

她说：“你从来没见过她吗？”

“她？”

“你母亲。”

周奕说："没有，她这点很硬气，据我奶奶说，从我满月她离开之后，她就再没有回来看过一眼。"

"你想见她吗？"

"已经没感觉了，也不想，见了的话才是麻烦吧。"周奕想了想，"现在若是见了她，无非就是两个原因，要么是她穷困潦倒，想我救助；要么就是她功成名就，想我去继承她的家财。不过我觉得她那么硬气，应该不会出现了。在我整个成长期间都没有出现，现在我也不希望她出现了。"

只是少年时被小朋友骂没有妈的孩子，青年时那些关于父母的迷惘，还有无数次羡慕别人家的父母领着孩子回家的场面，都已经无法从记忆里消除。

没有母亲的那种难过和自卑是爷爷奶奶无法替代的。

但是这些都过去了，他仍然那么优秀。

苏南星也能感受到他的情绪，伸手圈住他，抬头亲了亲他的下巴："以后我都在呢，会一直在你身边的。"

周奕将她搂紧，说了句："我会黏着你的。"

苏南星说："来吧，我愿意被你黏着。"

我愿意做给你安全感和对家有期待的那个人。

她也主动提起了自己家里的事，提起了家里债务的事，连周奕都提了他最不想让人提起的母亲的事，她的事也没什么不能提的了。气氛很轻松，她的语气也很轻松："其实我家很普通，我十岁左右的时候，父亲生意失败欠了债，然后这么多年一直在还债，大概现在还剩不到一百万了吧。"

周奕就只"哦"了一声，显然觉得这不是什么大事，他提了一句："那张卡，我放在茶几的抽屉里了，密码是你的生日。你需要的时候就拿去，不够我再给你转。"

苏南星说："其实我那天把卡还给你也很纠结的，我还想保持我的自尊，我还想靠自己努力一下，我总觉得我可以做到。

"之前有个分包商跟我说若是我跳槽过去给我年薪五十万，其实我有点心动，不过我父母不允许，可我现在这么大了，他们的意见已经不能拦着我了，我之所以没有跳槽，主要原因是我觉得我还需要在华信多待一段时间，等得到更多资源和人脉的时候，我再离开，到时候我兴许就不是年薪五十万，也许更高。

“我其实跟自己说，给我两年的时间，如果两年我还不上债务的话，我就认了。”

周奕听着她非常认真地在说自己的打算，看着她闪亮的眼神，看着她对未来憧憬的样子，心里痒痒的，他喜欢这样闪闪发光的她，那么努力、认真，那么漂亮。

他说：“不管什么时候，我都是你的后盾。”又说，“你去分包商那里挣几年钱也好，不想在那里工作了，我再把你调回华信，有我呢，我是你男人，是你最坚实的依靠。”

苏南星靠着他的胸膛，心里满满的，觉得很暖。

从家里欠债开始，那些不断躲避追债而漂泊、惊惶的生活充斥着她的少女时期，他给的安全感，她非常喜欢。同样的，她也想给他更多的爱，更多的安全感。

第十七章 让自己变得更好

周六晚上还是充满爱意的交流，周日早上起床之后，俩人就要赶到公司去加班了。

俩人都算是高升，尤其是苏南星是升职到S市公司去，手里的很多项目都要整理好跟宋集交接，这一周已经一直在加班整理了，但还是有些工作没有整理完。

整理了这么一周下来，苏南星发现自己真是干了不少工作，跟周奕说："不整理不知道，一整理才发现自己这么努力。"

周奕正开车，载着她一起去加班，也算是革命情侣了。他一本正经地说："就因为你那么努力，所以我把我自己奖励给你了。"他表情特别自然，可是让苏南星一下子笑了出来，心里甜滋滋的。

"好吧，作为拼命加班的奖励，我很满意。"说着，她凑过去在周奕脸颊上亲了一口。

周奕说："再亲两口，等会儿进公司就不行了。"

俩人一前一后地进公司，发现宋集也在部门里加班，还比他俩来得更早。

苏南星感叹，所以谁的成功都不是那么容易做到的，部门里的大姐们只看到了他们的升职，但是忽略了他们在背后付出了多少努力。

宋集跟她打招呼，往她身后瞅了一眼，说了句："我们老大呢？"因为部门里就他们两个，所以宋集说话也很随意了。

苏南星还挺不适应在部门里跟别人公开谈论她和周奕的事，有点不好意思，说了句："在后面，等会儿上来。"

宋集立刻露出心领神会的表情，说了句："来加班还得伪装成分开来的样子，也是够辛苦的哈。”

这也就是周奕不在，宋集逗她两句。苏南星没搭理他，宋集就在旁边偷着笑。

后来周奕进来了，宋集的笑容也没有淡下去，就算周末来加班，宋集也一直挺开心的。

大概因为部门里那些特务一样的大姐不在，宋集的话也比平常随意多了，带着几分关系亲近的感觉。他一边工作一边跟苏南星闲聊：“我其实特佩服你俩，谈恋爱谈成那个样子，竟然还能在部门里绷得住，那些大姐竟然没有看出来。”

苏南星也比平常说话随意：“你老大演技精湛着呢，拿手好戏就是经常在办公室表演摔文件发火。”

宋集还吐槽周奕：“第一次摔的时候给我吓一跳，后来又摔几次就太刻意了，应该摔茶杯、摔烟灰缸才对，总摔文件多没创意。”

周奕的办公室门是敞开的，从里面传来一句：“你过来，我摔一个给你看看。”

宋集哈哈尬笑两声，说了一句：“还是不麻烦您老人家了。”

逗得苏南星也抿嘴笑，其实说起来，他们三个的年纪没差太多，大家都是三十岁左右的年轻人，一起加班就变成了一件有说有笑的开心事，连工作效率都变快了。

到了平常要下班的点，苏南星的工作终于都整理好了。

交接文件做了个表格给周奕和宋集看，宋集确定没问题，苏南星就可以签字交接了。

周奕的手指在天眼工程上点了两下，跟苏南星说：“我也马上要走了，你再完全撒手不干的话，怕宋集这边忙不过来，这个项目还得我们三个一起跟进比较稳妥，我在集团那边做大方向，宋集执行，南星配合，务必让这个项目顺利进行下去。”

宋集当然乐得有人给他做主，对苏南星而言，她也希望继续参与浦口天眼工程，不仅能结交更多人脉，同时也是她履历中的一笔。所以，俩人都很痛快地答应了。

收拾好了之后，三人准备下班，周奕邀请宋集：“晚上一起吃点？”

宋集极有眼力见儿：“不了，我妈说做好饭等我回家吃，你们俩去过二人世界吧，我就不跟着凑趣了。”

周奕也没跟他客套，反正跟宋集也不是外人。

结果等苏南星才坐上周奕的车，就接到苗萌萌的电话，她在电话里带着哭音，问苏南星："你在哪儿啊？"

"怎么了？"

"没事，就是今天白天同学聚会，看见我前任了。就、就忽然很想你，你能不能陪陪我？"

苏南星立刻说："好，我回去陪你。"

周奕在旁边说："小苗心情不好啊？要不，我请你们俩吃大餐？吃点好吃的，心情就好了。"

苗萌萌显然也听见周奕的话了，在电话那头就已经大声说："谢谢哥，我们去吃什么？"逗得周奕一下子笑了，问她："你想吃什么？"

苗萌萌特实惠，说："我看上回那个挺贵的饭店就挺好的……不过那么贵，怪不好意思的。"

周奕说了句"没事"，就开车去接苗萌萌。

他也半个来月没有见到她了，发现苗萌萌真的瘦了，现在看起来好像就一百零几斤的样子，跟最开始见面时那个小团脸的小胖子不一样了，现在她的下巴都尖了，眼睛显得更大了，看起来真是变漂亮了。

周奕夸她："每次看到你都发现你更瘦了，变漂亮了。"

若是平常这话会让苗萌萌很开心，但今天她郁闷地说："我本来是盛装打扮参加同学会，想着能遇到前任让他后悔。结果我见到他之后，他也夸我变漂亮了，可是他都要结婚了，竟然给我发请帖。

"我和他才分手四五个月，他竟然又分手一个，并且要跟现在的女朋友结婚了！是我太老土，还是这年代发展太快了？听他说，现在这个对象就是大数据给推荐的，俩人特别合适，决定就不再蹉跎时光，直接结婚了。我想说，那么他曾经跟我在一起那些年到底算什么？是浪费时间吗？"

说着，苗萌萌忍不住哭了。

苏南星搂着苗萌萌不断安慰她，苗萌萌抽搭一会儿，情绪也渐渐稳定了。毕竟她和前任分手那么久了，并没有那么难过，只是一直撑着她努力减肥那股劲儿，在今天知道前任要结婚之后，忽然像被针扎了一下那样戳破了。

哭过了之后，心里好受了，她也好多了。

等到吃完饭，周奕开车送她俩回家的时候，苗萌萌就已经不再提那些心情不好的事了。等回到家，只有她和苏南星两个人的时候，苗萌萌才靠着苏南星坐了一会儿，好久才缓和好情绪，站起来说：“我还要继续减肥，我要变成美女，这回不是为了让谁后悔，是为了让自己过另一种生活，是为了让自己开心。”

苏南星非常认同她。我们那么努力地健身跑步，每天晚上吃草，努力工作，热爱生活，其实是为了让自己变得更好，而不是取悦谁。如果说真的有一个要取悦的人，那么就是取悦自己。

周一上班，忙了一上午之后，下午的时候，苏南星就收拾东西，准备就搬到S市公司那边去了，明天就正式在那边上班了。

她的东西其实也不多，收拾好之后也就两个纸箱子，周奕让宋集帮着搬一个，他自己搬一个，开车送苏南星去S市公司。

部门里的大姐们一个个对苏南星露出依依不舍的表情，但同时也都看着搬着箱子的周奕，想着他们俩那个绯闻，难道那天晚上周经理搂着的漂亮女人真的是苏南星吗？

苏南星也没心思再去考虑省公司系集部那些大姐的猜疑了，因为她此刻随着周奕到了市公司办公楼。

她本来没想到周奕会跟着她一起上去的，因为像周奕这个级别的省公司领导来市公司的话，市公司的领导都会被惊动。

好在他们来的时候，丁琰正在给几位部长开会。

周奕将东西搬到苏南星的新办公室，扫了一圈发现这里环境挺好的，单人办公室里桌椅和会客沙发都有，只不过要是让他挑缺点的话，就是这里离丁琰的办公室有点近。

但没办法，连苏南星这个人以后都得在丁琰眼皮底下工作了。

虽说对苏南星很放心，但周奕心里还是有点不痛快。

尤其是自己女朋友长得这么好看，她今天穿着那套裸粉色的铅笔裙套装，显得腰肢细细的，从后面看是细腰丰臀大长腿，看着就让人挪不开目光。

周奕刚把苏南星的东西放下来，隔壁系集部大办公室的人就发现新任部门领导来了，赶紧出来招待他们。

丁琰那边散会了，知道周奕过来了，走过来跟他寒暄了两句。

周奕没有多待，再待下去就不是顺路来送个前任亲信了，而是变成了到市公司来视察工作了，显得太正式，也不太好。

他连口水都没喝，就跟宋集往外走。他跟丁琰客套地说了一句：“我还要跟宋经理去趟施工现场，这就走了。”

市公司这些部长不懂周奕这个级别领导的日常工作，但是丁琰怎么不懂？周奕都要升到集团公司去了，现在正是交接工作最忙的时期，哪有什么闲工夫去市里看施工现场？

周奕才不管丁琰看没看出来，他一边走一边跟丁琰还说了一句：“苏部长可是我的得力干将，现在我可交给你了。”

丁琰回了他一句，说：“苏部长以前也是从我市场部调到系集部的，她的工作能力我非常认可的，以后也算是市公司的人了，我自然会多看着点。”

周奕听了这话，想怼他两句，但俩人旁边都跟着一群属下，再多的话也没法说。他只得点了点头，被一群人拥着下了楼，坐进车里之后跟苏南星摆了摆手，说了句：“在市公司好好干。”就升上了车窗，开车走了。

苏南星自然是知道周奕特意来市公司露脸的心思，他现在忙得天天加班，哪有什么工夫去看工程现场。

他不过是来给她撑腰的。

想到这里，她心里是止不住的甜，连嘴角都被染上了微笑。

她忍不住掏出手机给周奕发了一个“飞吻”的表情，周奕回了一句：“如果真的要吻，我希望也是等回家之后落到实处。”

不过周奕这个愿望在当天还是落空了，因为他实在是太忙了，他要升到集团去了，不仅有一堆工作要整理，还有各种人际关系要梳理和安抚，尤其是那些分包商都骚动起来了，纷纷向他提出饭局邀请。

周奕已经推了那些能推的饭局，但也仍然有不能推辞必须得他本人亲自去交际的饭局，不过也得等他加班到九点多结束之后才在饭局上露面。

本来就是为了周奕攒的饭局，他去了之后就更加热闹起来，酒是免不了的，甚至还围了一圈美女。周奕哪里会碰这些，直接摆明了车马说：“我女朋友醋劲大，若是我身上沾了你们的香水味，我回家可是要跪搓衣板的。”

分包商张总笑了起来，说：“这么大醋劲的女友，周经理怎么消受得起来啊？要不要换个温柔的？”

周奕笑道：“可别，别的我可消受不了，我这心里连着胃，都得我女朋友给我治好。”

分包商打趣道：“认识你这么多年，倒是第一次见到你跟哪个姑娘这么认真，下次一起带出来玩啊？”

周奕心说不用带出来你也认识，等我走了，你们就得找她攒饭局了。

等到饭局结束之后，周奕还是有点喝多了，回到家里就直奔着卫生间吐了一遍。

苏南星赶紧在旁边照顾他，端来温水给他漱口。周奕酒气冲天地搂着她，嘴里还不忘邀功卖好：“今天，那个张总给我塞女人，我都拒绝了，连点香水味都不敢沾。”他说，“我是不是很守规矩？”

苏南星立刻亲了周奕脸颊一口，说：“夸你，做得真棒。”

周奕笑了，他埋在她颈肩，说了句：“尝过你的味道了，她们就没有味道了……”又迷迷糊糊地说了句，“我怎么会因为这点事让你难过呢……”

苏南星听到这句，心里止不住暖暖的，知道自己真是在周奕这个大坑里载倒了，很难爬出去了。周奕总说她会对付他，总能撩到他心里去，但其实周奕又何尝不是呢？她一步一步沉沦在他为她织造的世界里。

可是又那么心甘情愿地等着沦陷。

她亲了亲他的额头，温柔地拿热毛巾给他擦脸、擦身体，将他照顾得舒服极了，盖上被子一起睡了。

到了夜里，周奕迷迷糊糊地醒了起来喝水，看到身边熟睡的苏南星，忍不住将她搂在怀里亲了亲。

临近要分别了，越来越舍不得他的小星星，怎么办？

第二天早上，苏南星穿好高跟鞋刚要出门上班，却被周奕扯进怀里亲。苏南星喊了一声：“我的口红被你吃掉了……”

后来，她又重新涂上了口红，还换了一双平底鞋穿，这才赶着去上班了。

他们俩正式分开上班了。

到了市公司之后，苏南星给市公司系集部员工开了个会，丁琰这个经理也在场，向系集部成员正式介绍苏南星的身份：“苏部长以前是省公司系集部总监，以后就是你们的部长了，大家欢迎。”

随着热烈的掌声，几位以前跟苏南星有过工作接触的属下说：“我们以前跟苏部长报过表格，她人很好。”

这话，苏南星也就听听，以前不是一个公司的，当然对谁都和蔼，以后是上下级了，大家的新角色不一样，自然处事方法就不一样。

苏南星起身行了个礼，客客气气地说：“刚来这边，了解得还不太多，以后请大家多指教。”

丁琰给众人介绍完苏南星的身份之后就离开了，苏南星开始了解新部门的情况，尤其是部门中每个人手中负责的工作任务，她都大概听一听。

新工作，新的开始，只有忙碌这一点是不变的，而且因为主管一个部门了，她比在省公司的时候更忙。

晚上下班之后，苏南星是直接回了周奕家的。

这个周末，周奕就要去B市了，他们在一起的时间不多了，所以格外珍惜在一起的时光。

周奕今晚没有饭局，但也加班到十点多才回家，进门就吃到了苏南星给他做的饭菜。吃完了饭之后，他跟苏南星撒娇，在沙发上枕在她大腿上说：“工作太累了，头疼。”

苏南星自然就用她细软的手指帮他按摩，从头顶按摩到耳根、太阳穴，还连带着按摩了脖子，按得周奕舒服极了，昏昏沉沉地就睡了过去。

半夜醒了，他又爬回床上，将苏南星捞进怀里搂着，继续睡。

幸福的时光总是过得很快，很快到了周日下午。

苏南星替周奕收拾好了行李，周奕一向是不喜欢带太多东西出差的，不过这次要在B市久住，还是带了他经常用的随身物品，比如西装套装和衬衫，还有内衣、鞋子，甚至是胃药，都被苏南星收拾得整整齐齐的。

宋集开车送他们去高铁站。

在车上的时候，宋集说：“老大，去了那边也别忘了这边啊，有事儿给我电话，我24小时待机，你放心吧，你人虽然不在我身边，但一直在我心里。”

周奕要走了，以后接触的机会少了，宋集也抓紧机会表态、表忠心。

周奕说：“对于你我很放心，浦口项目的事，你和南星多盯着点，有事随时给我电话。”他人虽然去集团公司了，但是编制还暂时在省公司系集部，还是这边的主管老大，所以这边重要大事，还得经过周奕。

宋集自然叠声应下来。

苏南星也难得话痨反复叮嘱他：“到了那边，注意养胃，别喝太多酒。”

周奕说："放心吧，我会注意的。"

苏南星也不知道说什么了，以前还不好意思在同事面前露出跟周奕的亲昵，这时候也没想那么多，难得娇娇女作态地圈着周奕胳膊贴着他，不舍之情溢于言表。

车子路过商业街的时候，周奕让宋集停一下，跟他说："等我们一会儿。"就拉着苏南星下车往商场里走去。

苏南星问他："干什么？"

结果，她就见周奕拉着她直接往商场一楼珠宝店里去。进了店里，他直接跟柜员说："给我拿对戒。"

店员赶紧将他们领到铂金柜台，拿出几款对戒，周奕跟苏南星说："你挑吧。"

见苏南星还有点没反应过来，他就拿起最顺眼的那对，是那种特简单的素戒，磨砂喷金的外表看着低调奢华。

柜员说："先生好眼光，这对戒指看着简单，但其实特别有内涵，这外面的一层薄薄的喷砂金是能随着佩戴时间慢慢磨掉的，掉了之后就会露出里面的铂金来。

"这款戒指的寓意是：随着时间流逝，我对你的爱也越真。"

周奕一听，就拉起苏南星的手戴了上去，她纤细白嫩的小手戴着正好，他说："戴上了我送的戒指就是我的人了，虽然我走了，但是我也一直在你身边。"

他又将男戒递给她："帮我戴上。"

苏南星看着他，不知道怎么的，眼眶有点红，也轻轻地为他戴上了戒指。

苏南星觉得，真的，不管周奕到了B市之后，他们最终到底有没有一个好结果，但是这一刻她内心的感动和那些温暖的爱意是她此生所能有的最多。

周奕看她眼眶发红想哭的样子，心疼得不得了，将她一把搂进自己怀里，说："你给我点时间，我在那边站稳脚之后，就调你过去。"

苏南星胡乱地点头："嗯，我知道。你放心去吧，我没事。"

周奕一只手挑起她尖尖的下巴，热烈地亲了上去。

好像周围所有金碧辉煌的灯光都成了他们的背景，苏南星也忍不住回应了他，搂着他，也舍不得。

可是分别是终究要来的。

周奕搂着苏南星道："我周末就回来，高铁不到两个小时的时间就到了，如果我加班的话，那你就来看我。"

苏南星使劲地点头。

周奕还叮嘱她："戴上了我的戒指，就不能摘下来，天天都得戴着，别的男人问你，你就说你是我周奕的女人。"

苏南星见他这样子，忍不住笑了，说他："那如果有女人喜欢你怎么办啊？集团公司那么多单身姑娘呢。"

周奕说："那我就亮出戒指告诉她们，我的身体和心都被一个叫苏南星的女人管住了，别人都入不了我的眼。"

旁边的宋集觉得，认识周经理这么多年，平常怎么没发现他那么肉麻呢？

周奕拎着行李箱随着人群走进检票口了。他穿着白衬衫休闲裤的样子还是那么英俊，即使在人群之中也一眼就能看到他，英俊得好像会发光一样。

然而苏南星最爱的是，他看她的眼神那么深沉，那么亮。

直到周奕的身影完全消失，苏南星才随着宋集往回走。

回程路上俩人都没怎么说话，宋集为了活跃气氛还点开了欢快的音乐，车子开到省公司附近的时候，宋集接到了李婉的电话，李婉问周奕走没走，宋集说："刚走。"

李婉说："怎么没通知我呢，我也去送送经理。"

宋集说了句："经理女朋友去送的。"

李婉就不说话了，大概有点难过吧。宋集也挂了电话。

过了一会儿，黄欣然也打电话来问，跟黄欣然说话，宋集就客气多了，黄欣然的问题也是怎么没通知她一起送周奕。宋集说："经理不让我们说，不想给大家添麻烦。"

挂了电话之后，宋集跟苏南星说了一句："经理那样的人物自己一个人去了集团公司，我觉得集团公司那些姑娘会恨不得生扑了他，别说他手上戴着戒指，就算是结婚证摆在她们面前，也阻止不了她们对他的兴趣。"

他问苏南星一句："你难道不害怕吗？"

苏南星已经缓和了悲伤情绪，说了句："不害怕。"

因为我那么努力让自己变得更美、更优秀、更美好，不是为了担心某个男人会忽然离开我的，男人想变心是拦都拦不住的。

她穿着他最喜欢的红裙子，擦着红色的口红，身材曲线的每一条线条都是汗水雕琢出来的，她的自信都是她努力加过的班和吞下的苦酿出来的醇酒，她拉开车门，高跟鞋踩在地上，回身跟宋集说了再见。

身姿妖娆，仪态优雅。

即使知道苏南星是周奕的人，宋集也不得不承认这样的苏南星好像闪着光。

宋集忽然明白了为什么苏南星不害怕了，因为同样的，不再遮掩自己魅力的苏南星，也有很多男人追求啊。

周奕走了之后，苏南星就让工作淹没了自己。

以前她从来不觉得自己是个很黏人的女孩，她有加不完的班，有自己的爱好，还有一堆想要看的书和电影，感觉总有一堆事等着自己去做，没有那么多时间去想念自己的男朋友。

然而等周奕走了之后，她才知道什么叫作想念。

昨天晚上跟周奕打视频电话的时候，已经十一点多了，周奕才从集团公司领导的饭局上回来。酒喝多了，他回家就疲倦地瘫在沙发上，一边跟苏南星视频，一边想脱衬衫去洗澡，结果衬衫还没脱完，他也才说了一声："星星，很想你……"

就靠在沙发上睡着了。

自从去了集团公司，这一周他几乎都在加班和饭局中度过的，一点自己的休息时间都没有，他也很累。

苏南星一直不想让自己成为那种软弱的女朋友，也不想让周奕总惦记她，所以一直没有跟周奕撒娇说她想他什么的。可是这个时刻，她特别想穿过电话屏幕到周奕那里，帮他擦擦身体，给他盖上被子，让他睡得舒服一点。

她的指尖轻触视频里他英俊的脸庞，轻声说："我也很想你。"

第二天早上，周奕已经重新洗漱好了，刮了胡子，穿上了新西装，还用发蜡随意地拢了下头发，那个英俊、精英范儿十足的周部长又出现了。

上班前的几分钟，他跟苏南星视频了一会儿，看到视频里的苏南星正在挤地铁，他忍不住再一次提到："上次让你开我那辆黑色大众，你说那辆车的车牌号全公司都认识，那你可以开我那辆黑色奥迪，那辆车没人认识。”

苏南星说：“我一个年薪十多万的分公司部长开一辆八十多万的奥迪，我若是开着上班了，明天全省公司就在传我被人包养了。”

逗得周奕忍不住笑了，他说：“你是我的女人，也可以说是被我包养，没错。”又说，“我不想你这么辛苦……”以前他在她身边的时候，可以开车送她上下班，现在他不在了，看到她辛苦挤地铁上下班，真是心疼。

苏南星反倒不觉得有什么，大家都这么过来的，有什么辛苦的，就是得比平常早起一点而已，这点苦对她而言不算什么。

后来挂了电话之后，苏南星也没再多想，反倒翻着今天的待办事项，按照重要和着急程度给所有待办事项排了个顺序，这样到了公司里，她就能高效率地投入工作了。

苏南星上午给自己的属下开了会，刚来到市公司当领导，她也在逐渐摸索如何当一个好领导。

下午随着丁琰到省公司开会，她坐的丁琰的车。丁琰很随意地跟她闲聊：“怎么样，来市公司一周多了，适应点了吗？”

苏南星说：“工作内容是没什么问题，主要是第一次当领导，还在摸索中。”

丁琰笑了，他今天穿着淡蓝色的衬衫，显得人更加清润潇洒，最近因为工作压力变大，他好像瘦了一点，连手指都显得更修长了。

他指点道：“当领导的方式就是不要把所有工作都揽到自己身上，要适当放权给属下，也要给他们成长空间。”

他心无芥蒂地向苏南星讲着他的领导心得，苏南星也听得认真。

丁琰就有这样的风度，容易让人对他心生好感。

聊了一会儿工作，又聊了几句个人的话题，丁琰说：“最近我也开始健身了，总钓鱼的话还是缺乏运动量，爬山又没有那么多时间，所以我有空都去健身房跑步或者做一些力量训练。”

他还说：“看我的肱二头肌和肩膀肌肉，是不是厚实点了？”

苏南星忍不住笑，觉得丁琰虽然瘦了点，但看着挺精神的。

大家都有各自的新生活，真的挺好的，她说：“看着是更壮实些，继续努力。”

丁琰还说：“我还在健身房遇到你那个室友了，刚开始我还没认出来，她变化挺大的，我记得上次见到她的时候她还是个胖嘟嘟的姑娘，现在一下变了一个人似的，要不是她给你打电话的时候喊你的名字，我还没反应过来呢。”

“苗萌萌？”

丁琰说了句：“原来她叫苗萌萌，她好像也认出我来了，不过没好意思跟我打招呼。”

丁琰又说：“全健身房就她训练时的叫声最大，惨得仿佛不是在健身，像在产房。”

逗得苏南星忍不住笑了，她说：“这话回头我可是会转达给萌萌的。”

丁琰笑，到省公司了，俩人又变成了工作脸，开始准备投入到接下来的会议之中。

苏南星随着丁琰往小会议室走去，结果在电梯口遇到了刚下楼的许开心，苏南星还以为他是来找她的。

许开心说：“我是来省公司找你们黄总的，你们家老周让我来找他的，我本来想着他在C省的时候态度挺强硬的，没想到这回倒是非常客气，变化挺大啊。”

变化大的原因想一想都知道是因为什么，之前周奕只是个省公司部门经理，现在周奕升到集团当部长去了，虽然级别上比黄总低一级，但人家才二十九岁，明显是要步步高升的，黄总当然态度转变得快了。

许开心自然也知道原因，他说了一句：“黄总这人就是舵转向太快，不过也很正常。”

俩人没再多说，又寒暄两句就分开了。

终于等到了周末，周奕太忙了，一直加班回不来，苏南星便坐高铁去看他，到他公司楼下的时候，刚好是中午吃饭的时间。

周奕也赶着工作，赶在中午之前干完了，下午想跟苏南星在一起。

苏南星给周奕发微信：“我到了，在集团公司楼下的那棵树下面坐着呢。”

周奕走到窗边，果然看见苏南星戴着鸭舌帽和大墨镜，身上穿着大T恤露出一双美腿坐在树下等他。

他嘴边已经忍不住笑了。

部门里另外几个在加班的同事看见他们新来的副部长在窗边傻笑，

大家还没弄明白，不过中午饭点到了，研究一起点外卖。

有个妆化得非常精致的穿粉色裙子的女孩扫了周奕一眼，声音娇滴滴地说："总吃附近的外卖已经吃腻了，周部长请我们吃饭吧？"周奕为人十分大方豪爽，才来一周已经请部门里的人吃过几次饭了。

大家都不差这顿饭钱，她们只不过想借着吃饭多跟新来的这位帅哥部长接触而已，二十九岁的部长级领导，还这么英俊潇洒，能力和情商都在，不就是最好的男朋友对象吗？

结果，周奕歉意地说了句："对不起啊，我中午有点事，不能跟你们一起吃了，而且我把工作赶出来了，下午也不来加班了，下周我再请你们吃饭。"说完就拎着公文包走了。

部门里其他人晚他一步下楼，只看到周部长出了公司大楼就向一个穿着白T恤、戴着帽子和墨镜的白腿女孩走过去。

那个女孩身材非常好，简单一件白T恤下面穿着牛仔短裤，露出一双大长腿，她头上戴着一顶红色棒球帽，巴掌大的小脸上戴着黑色大墨镜，看不出来具体长相，但是从那尖尖的下巴和迷人的红唇，甚至是周奕快步向她走去的模样就知道，她一定是一位漂亮的女孩。

更重要的是，是周部长所钟情的漂亮女孩子。

部门同事都看到这一幕了，有个穿绿衣服的女孩跟粉衣服女孩说了句："人家都说有女朋友了，他手上还戴着戒指呢，果然正主儿出现了。"

粉衣服女孩噘着嘴，嘴上的口红亮晶晶的，说了句："有女朋友也可以分手啊，不到最后，谁知道鹿死谁手，周部长这么好的男人搞什么异地恋？"还有句话没说，就是周部长这么好的男人应该配条件更好的她们才对。

可是看周部长女朋友在他怀里高兴地搂着他脖子去亲他脸颊，觉得周部长女朋友真会撒娇！

又看到周部长扯着嘴角笑的模样，觉得周部长真帅，这么好的男人，怎么没让她们先遇到？

苏南星不知道周奕那些女同事所想，只是见到了周奕很开心，忍不住就亲了他，然后才想到这是在集团公司楼下，太亲密了让人看见不太好。

但是周奕完全不在乎，他俩往车上走的时候，她看见周奕向身后一群人摆了摆手，说了句："你们吃，我先走了，下周再请你们吃饭。"苏南星才反应过来那群人是周奕的新同事。

苏南星说："刚才太高兴了，当着你同事的面，这么亲密不太好。"

周奕瞥她一眼："你这点小心思，穿得这么好看露出一双美腿，不就是宣布主权来了吗？我不得配合你表演啊？"

苏南星小心思被戳穿了，说："那你还配合我？"

周奕说："一周没见，我也很想你，而且也没有什么需要遮掩的，以前在省公司的时候顾忌流言蜚语不敢公开，现在到集团公司了，也没人认识你，不怕流言蜚语。而且，我得让所有人都知道，我有个漂亮女朋友。"

苏南星忍不住笑，捧着他的脸就亲了一口。

周奕没忍住，说了句："只亲脸颊不亲嘴，这不是在耍流氓吗？"这话，也就周待机能这么一脸正义地无耻说出来。

然后，他就压着苏南星使劲亲了上去。

唇舌纠缠之间，彼此的思念和欲望都在蒸腾。

等吃完饭回家，周奕就将苏南星压在身下，好像在慢慢品尝大餐那样在细致地玩弄着苏南星，将她的欲望挑起，一次次在崩溃的边缘，让苏南星睁着一双水润润的大眼求他："求你了……"

周奕说："那你就打动我吧……"

苏南星搂着周奕，娇艳的唇亲吻上他敏感的耳朵，柔声却清晰地说："周奕，我爱你。"

周奕听了，眼神不知道有多么深沉，将自己埋入她，想将她揉进身体里一样，他说："从今以后，你都只能爱我一个人。"

他说："苏南星，你从里到外都是我的。"

他说："我爱你，比你想得多，比我想得多。"

他说："所以，你只能爱我一个，只能看着我一个人，你的一切都是我的，你的身体你的心都是我的。"

这是周奕独特的安全感索取方式。

这是他包裹在社会精英外壳下那个童年缺失父母的小少年的偏执，喜欢一个人就全心全意喜欢，想要她就要得到全部，而且是独一份的全部。

同样的，请她也回报他同样重量的感情，回应他，给他爱，照顾他，爱护他。

像母亲一样，像妻子一样，像女儿一样，像情人一样，像伙伴一样。

所有在感情上的试探和纠结都不需要，请给他最温暖和安全的爱。

苏南星说："我是你的。"

她说："你也是我的，我会对你很好的。"

所有的一切都淹没在欲望之中。

结束之后，他搂着她，他们戴着戒指的手叠在一起，缠绵缱绻。

周奕睡了他来B市之后最安稳的一觉。

第二天上午，他们俩在家里缠绵了一会儿，连苏南星给他做早饭的时候，周奕都喜欢从后面搂着苏南星亲一亲。

越亲密的时候，会发现他在家里有时候像个孩子，索取无度，又喜欢缠着她。

但是在外面的时候，他又变成了为她遮风挡雨的那个人。

那天在高铁站分开的时候，有很多话想说，但所有的话到了嘴边，苏南星只说："好啦，下周还来看你，你要乖乖的。"身上还带着他的气息，就这样回到了S市。

在想念和高铁上，时间过得很快。很快周奕去集团公司上班就两个多月了，苏南星去市公司上班也这么久了。

她已经全部接手了市公司部长的工作，周奕也适应了集团公司的工作，再过一段时间，他的编制就会正式从省公司调到集团去，正式成为集团公司的副部长了。

苗萌萌的减肥大业也继续着，去了几次健身房之后终于忍不住跟苏南星提到了在健身房遇到的丁琰："没想到丁经理还认识我，毕竟你拒绝了他，我都没好意思上前去打招呼，结果前几天下雨我忘了带伞，丁经理开车送我回来的呢，真是好人啊。"

也就提了两句而已，回头苗萌萌就把这事给忘了，因为她的云宝店开起来了，她第二次做的两套汉服由苏南星穿着在B站做直播视频，开场才十分钟，就卖了出去，同时还增加了十多套订单，让苗萌萌一下子忙了起来。

她为自己的云宝店想了好几个名字，后来苏南星说："叫汉唐风韵怎么样？"

苗萌萌想了想，觉得比自己想的"苗家手作"听起来高大上，就拍板决定："好，就叫汉唐风韵！"

因为她本钱不够，所以她决定跟苏南星俩人一起开店，苏南星升到市公司部长之后工资又涨了一点，因为市公司部长有公司的营业额分成。

不过她手里的钱不多，只攒了两万块，都拿给苗萌萌合伙了。俩人就这样拿着四万块钱开始开店了。

苏南星工作的市公司在市中心地带，那附近有很多写字楼，那天正好遇到了之前在网络工程师学习班的唐班长，唐班长通过苏南星的关系在浦口项目里做了个几百万的小工程，工程虽然小，但是能跟华信搭上关系，后续合作机会还很多。

他后来一直要请苏南星吃饭，但因为她太忙，一直没吃上。

结果，唐总发现他们公司离苏南星如此近，就一定要请苏南星吃饭，苏南星推辞不过，就吃了一顿。

她升职了之后，分包商找她做饭局的更多了，不过再多的饭局，她都尽量把周末的时间留出来陪周奕。

其实这两个月，她也考虑过跟着周奕到B市上班，等过一阵周奕正式在集团公司站稳脚了，将她调过去其实不难。

只是让她放弃在S市的一切，让她很犹豫，她的人脉和工作关系是她多年努力积攒下来的，做他们系统集成项目这种工作，人脉关系很重要，若是去了B市的话，一切要重新开始，也是很可惜。

然而最重要的原因还是父母都在S市这边，若是她走了，她还是不放心，上个月她回家看父母，发现父亲最近气色不太好。苏父说：“最近苦夏，不太爱吃饭而已，等入秋了，我就多吃点，没事儿，你别多想。”

苏母也说：“你爸没事，还跟以前一样，除了夜里爱咳嗽之外就是饭吃得少了一点，但我们这个年纪，太胖的话对身体不好，容易三高，瘦点也挺好的。”

话是这么说，可苏南星还是叮嘱他去医院看看。

苏父说：“不爱吃饭去医院怎么看？难道像小孩子一样开点健胃消食片？”跟苏南星摆摆手，“我对我自己的身体情况很了解，没事的。”

结果这个没事，终究还是出事了。

第十八章
公开关系

苏母的声音有些哭音，她压着声音不想让人听见的样子，在电话里跟苏南星说："南星啊，你回来一趟吧，你爸这个胃镜检查的结果怎么写着食道鳞状细胞癌呢？"

苏南星一听，感觉脑子轰的一下炸开了。她赶紧跟丁琰打了声招呼，因为不能确定父亲到底什么情况，她只简短地说："我爸病了，我回家看看。"就拎着包走了。

这一路上，她一直在给自己做心理建设，一直在跟自己说没事的、没事的，爸爸一定没事的，可能是妈妈看错了什么的。可是眼眶已经止不住地红了，她又不敢哭，怕一会儿让苏父看出来就不好了。

她忍着泪回了家。到家的时候，苏母正在厨房做饭，苏父在屋里睡觉。

苏母可算等到苏南星回来，看见女儿，她的眼眶一下红了，颤颤巍巍地将压在柜子里的检查报告拿出来，报告还是今天上午刚从医院拿回来的，上面明确写着：食道鳞状细胞癌。

苏南星在来的路上已经百度了这个词汇，知道这个词就是食道癌的意思。

苏母的声音压得极低："我还没敢跟你爸说……"

苏南星下意识地说："先别说，万一误诊了呢？而且食道癌若是早期的话可以做手术，康复率也很高，可以治好的。"

苏母听了稍微好了点，说："你爸前两天被你叔叔气得吐了一口血，当时就觉得不太舒服，而且那几天他总吃不进去东西，我就带他去了医院。做完胃镜回来等结果这几天，我总给他做点稀粥面条什么的，他就比之前吃得多了点。我听人家说得食道癌的人吃不进去饭，你爸吃饭还是没问题的，应该不是食道癌。”

苏母这话也带着自我欺骗的成分，都只爱吃流食了，她还说什么吃饭没问题。

苏南星听到苏母提到父亲被叔叔气得吐血，问了一句：“我爸和叔叔怎么了？叔叔怎么会将他气吐血？”

苏母一听，又解释了一句：“也不是吐血，就是咳出了一点血。现在想想，可能是这个病带出来的。”

苏母此刻思维也混乱了，说话前言不搭后语，苏南星最终还是没有继续追究叔叔和父亲那些事，毕竟现在还是父亲的病情更重要。

等苏父睡醒了看到苏南星还挺意外的，苏南星已经想好了解释，说了句：“我正好在附近看工程现场，想着离家近就回来了，晚上直接在家里住了。”

苏父也没多想，女儿在家住，他当然高兴，还跟苏母说：“给南星多炒两个菜，她现在也是个部门领导了，每天工作多身体累，得补补。”

一想到自己女儿已经升到华信S市公司的部长，苏父别提有多骄傲了，女儿太给他争脸了，这感觉就好像当初他做生意还富裕的时候，别人看他都带着羡慕的目光。

吃饭的时候，苏南星状若不经意地说了句：“上次我让你去检查身体，你到底去没去啊？”

苏父心虚地说：“我跟你妈一起去了，大夫说我没事。”

苏南星说：“行了，我就知道你是糊弄我，正好明天上午我有空，我直接带你们去医院看看。”

苏父还想说不用她带着去，苏母难得机灵地说了句：“这不是女儿的孝心嘛？你就别拒绝了。”

苏父其实也不敢去，但苏南星非得坚持，也就跟着去了。

见到大夫之后，苏南星没敢当着苏父的面说他的胃镜结果，等苏父被苏母领出去之后，苏南星才拿出胃镜报告给大夫看。大夫一看，说：“怀疑是食道癌，先看看扩没扩散吧，给你们开个胸部CT，你一会儿就领着你父亲去做。”

苏南星就领着苏父又做了CT，还得瞒着苏父，说：“大夫说看你总咳嗽，怀疑气管里有炎症，做个胸部CT看看气管怎么样。”一般气管的毛病都是慢性病，苏父也没多想。

等下午拿到了CT报告结果之后，苏南星看到报告上明明白白地写着：气管食管沟、纵膈和肺门有多发淋巴结转移。

苏南星拿着报告的手都抖了，大夫很直接地跟她说：“你父亲就是食道癌，而且是已经转移到了肺部和淋巴的晚期食道癌，已经不能做手术了，建议化疗和吃药结合的治疗方法。”

食道癌晚期，苏南星的脑子都蒙了。

她昨天晚上其实一直没睡好，都在担心这个事，心里总有点侥幸以为是报告错了或者做个手术就好了。

结果，大夫直接判了这个结果。

过了好一会儿，她才找回自己的声音。大夫见多了她这种癌症家属，也没催促她，苏南星缓过来才干涩地问：“那我爸还能活多久？”

大夫说：“这个说不准，晚期患者有的护理好的能活三五年，也有一下子就忽然加重了病情，然后食不下咽，三五个月就去了。得了这个病，家人和病患都要保持好心态。”

可是，都已经是癌症晚期了，人都要死了，还怎么保持好心态？

苏南星没有问，因为她的眼泪已经模糊住了眼前所有的景色。

大夫叮嘱了几句，还给开了中药饮剂：“现在要加强他身体的免疫力，日常多吃流食，肉类的食物也要磨碎给他吃，增加营养。”又叮嘱了做化疗的时间，就开始叫下一个病患了。

苏南星站在门口缓了好一会儿，才擦干眼泪，可是出去的时候，苏母还是看到她通红的眼睛。

苏南星不知道该怎么跟她爸说出事实，张了张嘴，最终还是说：“大夫给开了点药，让你回家吃，还让你平常多吃点好吃的，保持好心情。”

苏父笑了笑，说：“我就知道我没什么大病。”他这么一笑显得脸上的褶子更多了。

苏南星从来没发现，父亲竟然已经如此苍老了，心里更加难过，也乱糟糟的。

父亲得病的事早晚得说，因为过两天就得化疗了，就算是不懂医的人也知道，癌症病人才化疗。可是她不知道该怎么张嘴跟他说。

那一宿，苏南星睁着眼睛到天亮。

第二天早上，她先给苏母留下两千块钱，让苏母给苏父买点营养补品吃。苏母收钱的手一直在发抖，她年轻的时候靠着丈夫，年老了更没主意，只能靠着女儿。

苏南星像往常那样开车上班，可是开着开着就停到了路边忍不住扶着方向盘哭了起来。

那一刻，她特别特别想念周奕。

想见到他，想靠在他怀里，想搂着他，即使是在他怀里大哭一场也好啊。

可是这是早上上班时间，苏南星忍了。

她觉得就算通了视频电话，周奕远在B市也无法赶回来，父亲的事儿终究还是得她自己扛着。

才准备发动车子走，周奕的视频电话就打来了。

周奕似乎也在上班路上，视频里的他坐在车里。

苏南星本来想忍着不说的，可是看到了周奕就忍不住掉了眼泪，她真的忍不住了。

见到苏南星哭，周奕吓了一跳，他们在一起这么久，除了最开始那次见到苏南星哭，后来她一直都那么坚强。他赶紧问："怎么了？"

苏南星哭着说："我爸得食道癌了……"

周奕一听，立刻问她："你现在在哪儿？"

"我在去公司的路上。"

周奕说："你先回公司等我，我一会儿就坐高铁回去。"临挂电话之前，他还对她说，"别担心，有我呢。"

周奕赶回来的时候已经是十二点多了，他还没有吃饭，直接来市公司找苏南星。苏南星中午也吃不下东西，等见到了周奕就直接被他一下搂进怀里。

风尘仆仆的，他只拎了公文包就赶回来了。

苏南星看见他就哭了出来，在知道自己父亲得了癌症被宣判只有几个月生命之后，她的坚强也无力地随着泪水流了出去。

她知道自己应该坚强，但是在坚强之前，让她在周奕怀里吸取一下力量吧……

哭到了后来，她抽抽搭搭地靠着椅背昏睡了一会儿。

等再醒过来都已经是下午了。

周奕说："晚上我去你家做客，去见见伯父吧？"

这时候也没说什么客套话，苏南星点了点头，在办公室收拾了些东西。

明天要陪父亲化疗了，她不得不跟丁琰说了她父亲的事，丁琰听了立刻跟她说："我在肿瘤医院有认识的大夫，需要我帮你找人吗？"

苏南星说："周奕帮我托关系找了个大夫，我先看看，需要你帮忙的时候我不会客气的。"

苏南星心头微暖，丁琰这样的人，真的很好。

晚上，苏南星将周奕领回家，看到女儿和一个高大英俊的男人站在家门口，两位老人惊讶极了。苏南星跟父母介绍说："爸、妈，这是我男朋友周奕。"又跟周奕介绍了一下父母。

周奕客气地叫："叔叔好、婶婶好。"

苏父苏母简直目光都放亮了，哎呀，星星的男朋友实在是很好啊，小伙子看着就是精英，有电视剧里演的那种领导的风范，而且长得还英俊，个子也高，和他们家南星太般配了！

那天晚上，苏家因为周奕的忽然造访，苏父苏母开心极了，知道真相的苏母虽然内心还是焦虑难过的，但见到了女儿如此优秀的男朋友，她脸上也带着笑了。

苏父看到周奕，脸上散发着打心里满意的笑容。

他一个劲儿地给周奕夹菜，还劝周奕喝酒，周奕说："我开车了，不能喝酒。"

苏父说："没事，一会儿让南星开车送你回去，我不能喝酒，看你喝，我也心里舒坦。"未来岳丈这么说，周奕自然就喝了。

苏父喝着白开水也觉得上头了，因为随着和周奕的聊天才知道，周奕年纪轻轻就已经是华信集团公司的副部长了，苏父对周奕简直是一百二十分的满意。

那天晚上，苏父开心极了。

等第二天告诉他真相，并且要带他去化疗的时候，苏父也十分镇定。

苏父说："看你和你妈的神色我就知道我这病不轻，尤其是你妈，心里藏不住事，背着我偷抹那么多次眼泪了，更别提昨晚星星男朋友还特意来了。若是正常见家长的话，怎么也要在周末的上午来看，哪有大晚上来的？"

苏父叹了一口气："你奶奶就是食道癌去世的……"

苏父知道了自己的病情之后，起码在表面上看着是很平静的，甚至还能反过来劝慰苏南星和苏母，让她们想开点："我都这个年纪了，活这么久也值了，你们也不要太强求。”

他又说了一句：“当年我就是太强求想东山再起，才把家里弄成这个样子，所以说这人啊，真不能强求。我这辈子，也值了……”

他一直试图想表现得不那么痛苦，甚至到了化疗的时候，他都想让自己表现得平静一点。可是化疗后，他难受的表情还是让苏母心酸得到走廊外面垂泪。

周奕昨天赶回来之后一共做了三件事，第一件事是他随着苏南星来看望了苏父苏母，第二件事是今天早上托关系给苏父在肿瘤医院这个一床难求的地方弄到了单人病房，第三件事就是塞了一张银行卡给苏南星。

他说：“上次给你的时候，你说想自己努力两年去还债，你努力我很支持，但这次是叔叔急着治病用钱，你就别倔了，再说连我都是你的，你花我几个钱也不算什么。如果你实在心里过不去这个坎，那就当你欠着我的，将来你再慢慢还我，好不好？”

这话让周奕从里到外都说尽了，苏南星心里只有感动，其实自从知道父亲得了这样的大病之后，她就已经在焦虑钱的问题了。想到自己升了部长之后虽然工资提高了，但才升上来三个月，她手里只有一万多元的存款，在这样的大病面前也是杯水车薪。

她这两天晚上睡不着也是因为焦虑，别人生病了还能卖房子去治病，可是她连个能卖的东西都没有。

周奕又说：“怕你不够花，我又往里面转了一百万，现在卡里一共有两百万。叔叔这边用药，你就挑有效的、副作用小的，别太考虑价钱。”

苏南星听了，眼泪就止不住流了下来。

她明明不是这样软弱容易感动的人，可是从知道父亲生了这样的大病后，她觉得自己已经流掉了这辈子最多的泪水。

周奕将她搂在怀里劝慰了一会儿，他也不能多待，集团公司那边也很忙碌，他请了一天半的假回来已经是硬挤出来的，下午他就得赶回去工作，晚上还得加班赶进度。

苏南星抹了抹眼泪，想到这个时候她得成为父母的支柱，可是周奕的怀抱让她眷恋。她又靠了一会儿，感觉像是从他身上吸足了勇气，才说：“你回去上班吧，不用担心我，我可以的。”

周奕摸了摸她的头：“有事儿就给我打电话，周末我回来帮你。”

苏南星点了点头，挺直了身子，说：“没事儿，你工作要紧。”

周奕很快走了，苏父的第一次化疗也结束了。

化疗比想象中更难受，苏父本来想一直忍着，可是当天晚上他吃东西之后就吐了，好不容易咽进去的稀粥都吐了出去，后来只喝了点清水。

直到第二天，苏父才慢慢地吃进去一些稀粥和面条，可是吃饭和喝水对苏父而言已经变成一件痛苦的事情，更痛苦的是每顿饭都要吃的中药汤，那个味道难闻到让苏父含在嘴里就想吐。

才几天的工夫，苏父就虚弱了下去。

苏父却还安慰她们："没事，我再坚持几次就好了，化疗之后我的癌细胞就不扩散了，不扩散就是好事。"

虽然这么说，可是第二次化疗之后，他的头发开始掉，掉得左一块右一块的，头皮像斑秃一样。

苏父让苏南星去给他买顶软帽子，戴了几天之后，苏母坐在床边给苏父织了一顶红色毛线帽子，上面还织了"幸运康复"这四个字，苏父看着帽子忍不住笑了。

天气好的时候在院子里晒太阳遇到别的病友，苏父还指着自己的帽子说："老伴儿给我织的。"别的老头羡慕，苏父开玩笑说，"幸亏没给我织顶绿的，要不然我成什么了？"开着干巴巴的、无伤大雅的玩笑，大概是病中最大的乐趣了。

苏南星父亲得癌症的事很快在公司里传开了，她的同事们也都来探望了。

先来探望的是丁琰，他领着两位市公司的部长，还有苏南星的属下来医院探望，市公司的人跟苏南星共事时间毕竟不长，大家只坐了一会儿就离开了。

像这种关系的人来探望病人，就是人来了，坐一坐走过场都是面子，最终随点份子钱算是表达了心意。

虽然苏南星现在不缺钱了，但他们能来探望都是心意和交际，苏南星推辞不过，收下了他们给的钱。

丁琰是最后走的，等属下都出去之后，他从公文包里拿出一个牛皮信封递给苏南星，说："不多，一点心意。"一看那个牛皮纸信封里就放着一打钱，目测应该有三四万那么厚。

苏南星当然不肯收："太多了，太多了。"

丁琰把钱放在床边就走，苏南星赶紧追上去："丁哥，这太多了，我的钱够用，真的够。”

丁琰说：“不管你够不够，这是我的一片心意。”

他大步跟属下会合，苏南星当着众人的面也不好把钱还给丁琰，再说人家的一片心意若是真的还得太急，会折了丁琰的心意和面子。

她真心实意地跟丁琰说：“谢谢丁哥。”

丁琰微微点了点头，带着属下走了。

省公司的人第二天上午也来了，除了原来系集部的同事们，还有省公司工会大姐。工会大姐还是那么会聊天，只夸苏南星长得漂亮、工作能力强，就能让苏父开心地笑了，一个劲儿地让大家吃水果。

宋集领着系集部的人刚进病房才坐下，就接到了一个电话，他接电话先说了一声：“经理？”

整个省公司能让宋集这么喊的，就只有编制还是省公司系集部经理的周奕，随着宋集一起来的李婉和两个大姐听见宋集喊经理，耳朵都竖了起来，不过宋集立刻起身去走廊了。

她们只听见宋集说了一句：“不用您说我也知道，我肯定会多照顾，我电话24小时开机，苏部长有事的话，随叫随到。”这话，大家都听见了。

张、钱两个大姐对视一眼，看着眼前略显憔悴的苏南星，父亲大病，苏南星也没心情打扮自己，就简单地穿一条紧身牛仔裤和白T恤，头发扎了个马尾辫，脸上也没化妆。

可是就是这么简单的衣服，也显露出了苏南星细腰丰臀的好身材。

俩大姐现在已经判定了，苏南星跟周经理的关系肯定匪浅，估计是她自己贴上了周经理，才得到了现在的位置。俩人又觉得，以周经理的地位，苏南星最多就是当他的小情人而已。

苏南星这时候可没有那么多心思去分析这些大姐的眉眼官司，宋集打完电话回来，听到工会大姐在跟苏父夸苏南星，他嘴甜，也跟着工会大姐配合，一起夸苏南星。

苏父被他们这一说，笑容不断。

省公司的人临走的时候也都随了份子钱，宋集落在最后避开了所有人跟苏南星说：“嫂子，我们老大不在，你有事别跟我客气，我替他把他那份做出来，有事儿你就给我打电话，我24小时候机。”

宋集一直会做人、会聊天，但人家能说出24小时候机帮忙的话，苏南星也领他人情，她说：“谢谢，跟你我就不客气了。”

宋集笑道："对，别跟我客气。"

同事们是白天来看，苗萌萌一般都下班之后直接过来，苏父苏母跟她也熟，拿她当半个闺女那样。苗萌萌性格活泼，她一来，两个老人都跟着笑，屋子里都显得热闹起来了。

苗萌萌晚上来最重要的任务就是陪苏父吃饭，苏父现在吃饭很少，一碗稀粥都得慢慢地吞咽一个小时才能吃完，而且吃完还得吐半碗，很是痛苦，不过苏父也渐渐习惯了，吐完之后还能继续吃点。

每天如此循环，吃饭已经是他最痛苦的事。

苗萌萌还给俩老人看她和苏南星直播的视频，看到视频里苏南星穿着红色齐胸襦裙的样子，苏父戴上老花镜仔细看了看，说："嗯，很好看，这身大红色的衣服看着像婚礼服装似的。"

苗萌萌说："呀，还是叔叔眼光犀利，我当初做这套给星星，其实真的是打算做成婚礼服装的。"

这么一说，苏母也凑过来看了，仔细端详了一会儿，说："是挺好看。"

苏父看了一会儿，说了句："我得努力活着，要看到星星穿上婚纱嫁出去那天，我要亲自把她的手递给周奕。"

苏南星听到这话，眼泪差点流出来。

苗萌萌乐呵呵地调节气氛："对，所以叔叔多吃点，大夫让你多喝水多吃饭，还得适当运动呢。"

周奕会在周末赶回来陪着苏南星，苏父还能跟他下象棋，苏父下得慢，但是很喜欢跟周奕在一起聊天，他俩聊天的话题大多是聊苏南星小时候的事，偶尔也问问周奕小时候的事。

苏父病到这个程度，周奕也来看过好几次了，苏父和苏母从来没在周奕面前提过什么"以后南星就交给你照顾了，就交给你了"这种话，由始至终他们跟苏南星说的都是："希望你是开开心心地结婚，不是为了应付我们。"

周奕听了苏父的话，内心也感动，点了点头。

后来，苏父又做了好几次化疗，两个多月之后，苏父的头发几乎都掉光了，整个人看起来更虚弱了。

癌症还没有夺走他的生命，但是化疗已经夺走了他的生机。

苏父还想安慰别人，想表现自己还能吃下东西的样子，可是上吐下泻的化疗反应让他肉眼可见地瘦下来、虚弱下来。

苏父终于做了一个决定："我不想化疗了，我想回家去住。"

苏南星刚想反对，苏父却说："我想活得容易点，开心点，到处走一走，不想每天待在这里了。"

他又说："这两个多月，花了不少钱了吧？这个单人病房就挺贵的，而且还得托关系，是大奕帮忙弄到的吧？"

苏南星说："爸，你不要担心钱，只要安心养病，我现在能挣钱，将来我会还给周奕的。"

苏父微微叹了一口气："到了这个时候，我也不想这么遭罪了，我想开心点，想回家躺在自己的床上好好睡觉，白天还能和我的几个老朋友一起聊聊天、晒晒太阳，你有空的话，也可以开车带我和你妈四处转转。"

他说："我想出院，不想化疗了。"

苏母已经泪流满面，一边用手擦泪，一边跟苏南星说："就同意了吧，你爸太痛苦了，太遭罪了。"

苏南星也哭了，受不了，也同意了。

回到家之后，苏父果然心情好了很多，虽然人还虚弱，但看着精神了不少。每天中午阳光充足的时候，他跟苏母一起在楼下散步，晒晒太阳，和老朋友聊天，晚上那一碗肉糜粥也吃得多了一点。

中秋节过后的那个周末，苏父提出让苏南星开车带他和苏母去个地方。

按照苏父指示的路线，最后他们到了一片新盖的居民楼前，这个小区规模挺小的，大概因为开发商的地块不太整齐，看着像是个三角形的小区。

但是这个地方让苏南星觉得有点熟悉。

苏父已经开始介绍道："当初我们家的那个厂子就是建在这片地上，我们家破产了之后，这块地就被这个开发商买走了，屯了几年之后，开发成了商业民宅，我那个年代，工业用地还改不了用地性质呢……"

他指着小区西北角说了一句："当年，全S市最高的烟囱，就是我们家立起来的。"他的语气里带着昔日的骄傲。

他带着缅怀，看了一会儿现在已经面目全非的地方，最后转过头，跟苏南星说："走吧，回去吧。"

从那天之后，苏父就肉眼可见地虚弱了下去。

本来他吃饭就已经很困难了，到后来连半碗粥都吃不下去，喝水也变得很困难，整个人瘦得像皮包骨一样。

苏南星和苏母整宿整宿地守在他身边，周奕也每周回来两次看他。

最后，苏父走的时候是在一个早上。那天早上他醒过来之后，看着精神和状态都挺好的，他还跟苏母说：“一会儿给我找件干净衣服穿，这件衣服出汗了。”

苏母心大，这会儿也没想到是回光返照，给苏父找了一身干净衣服换上了。苏父躺在床上让苏南星进来，跟她说：“通过这些天，我也观察了周奕，他确实挺好的，对你好，人品也没得说，我们家这个条件算是拖累了人家。将来他若是没做对不起你的事，你不可以随便跟他分开。”

苏南星觉得父亲这状态不对劲，像交代遗言，喊了一声：“爸……”

苏父又说：“有一件事我一直没说，我也没让你妈跟你说，就是我们家破产之前，当时我花了几万块把你奶奶家隔壁的房子买了一间，三十多平方米的小房子才花了五六万，当时我就想着给你奶奶家扩大一点，别那么挤。

“当年那几万块对我们家而言根本不算什么事儿，可是买完了之后，我们家就破产了，幸亏那房子当时写的是你奶奶的名字，所以还在。

“后来这么多年，我也没考虑这房子的事，三年前你奶奶走了，她自己住的房子和我后来给她买的那个房子都是她的遗产，应该我跟你叔叔平分的，当时你叔叔说你奶奶的房子都给他，就不要我欠他的二十万了。

“我当时同意了，但是我留了一个心眼，我出钱给你奶奶买的那个小房子的房产证我还留着没给他。前两天，我跟你说家里的债有着落了，是因为那个房子附近已经确定搬来省第一高中，那个老房子一下变成了学区房，三十多平方米的房子能卖二百来万呢。

“你叔叔也知道这个事，就来找我要房产证，我不给他，我俩起了争执，我当时才被气着了。

“我之所以一直没说，就是怕你要卖了这个房子来给我治病，我都要走了，不能再给你们留下一个烂摊子，但没想到周奕这个小伙子把一切都安排好了。南星啊，就冲着他对你这个劲儿，你嫁给他，我也同意。”

说到这里，苏南星已经泪流满面：“爸，你别说了，我谁都不嫁，你好好的比什么都强。”

苏父虚弱地笑了笑，说她：“女孩子怎么能不嫁人？而且你还遇到了良人。”

他又说：“等我走了，你跟你妈就找你叔叔商量着把房子卖了。我还留着当时全款转给房东的付款凭证，跟你叔叔多争取点，若是他不同意就打官司，平分的话，也能分到一百万，这些钱就够还债了。

“我要走了，不能给你们添乱，我们家的债还了之后，你愿意跳槽还是怎么样的，都可以了……随你高兴吧，人这一辈子啊，太短了。”

他又看向了苏母，说：“你也别守着，遇到合适的人也搭个伴，人到老了也不能全指着孩子，别拖累孩子。我们家本来就给不了南星什么助力，若是你再拖累她，人家周家人嘴上不说，但心里也得嫌弃南星，我们不能那样……”

苏南星立刻说：“爸，我养你们，我能养得起你们。”

可是苏母已经哭着点了头：“我知道的，我不会给星星添麻烦。”

苏父点了点头，“哎哎”了好几声，还说：“想吃东西了……”

他特意点菜，跟苏母说：“想吃你给我做的面条，手擀面，排骨做汤再放点小白菜，太香了……

“这些天我一直在想念那个味道，可是却再也吃不出那个味道来了，老了，老了……”

后来，苏母这碗面条，苏父到底还是没吃到。

苏母做好了面条端过来给他的时候，他已经咽气了。

那碗面条碎在地上，响起了两个人的尖叫声。

苏父走了之后，葬礼办了起来。

整个局面就是兵荒马乱的，幸亏有周奕、苗萌萌、宋集他们的帮忙。

那几天，苏南星整个人都清醒着，甚至还能指挥着葬礼的程序，可是整个人和世界像隔着一层纸一样。她也安慰着苏母，这个时候苏母只有她这个支柱了。

苏南星忍着悲伤操持了一切，可是她像魔怔了一样，觉得苏父并没有去世，等她回到家里之后，苏父还坐在桌边，一边喝着啤酒，一边跟苏母说：“给南星加道菜，她最喜欢吃排骨了。”

整个葬礼，周奕都一直在苏南星身边，甚至全程都拉着她的手，给她力量，成为她的依靠。

华信省公司和市公司苏南星的同事都来了。

张大姐、钱大姐，甚至李婉、黄欣然她们也都来了，她们来到了灵堂看到了穿着一身黑的苏南星，苍白无助的样子。

然后，他们还看到站在苏南星身边的周奕，他一身黑色西装，即使在灵堂里，他的样子也那么夺目。

他低着头跟苏南星说话的样子那么温柔，苏南星抬头看了他一眼，还被他搂在怀里小心安慰了两句。

所有人在那一刻都愣住了。

那是一个他们从来没有见过的周奕。

原来苏南星和周奕竟然是这种关系。

连周奕的父亲都亲自来了，这个关系，不言而喻。

华信公司这些来吊唁的人都惊呆了。

尤其是省公司系集部这些人，苏南星和周奕竟然是情侣关系！

张、钱两位大姐惊讶是没想到这俩人在她们眼皮子底下谈恋爱，她们这些人都没有发现。

而李婉的第一反应是，那天晚上她向周奕告白的时候，苏南星也在车里，不过当时苏南星睡着了……

李婉想一想，后来她下车了，车里只有周奕和苏南星两个人，他们俩不就是可以在一起了吗？当时她怎么没多想呢？

黄欣然看着周奕对苏南星温柔相待的样子，眼眶一下红了，她竟然输给了苏南星！

这个穿衣服不如她漂亮，包包不如她名贵，家世也不如她的女人！

奕哥怎么就选择了苏南星呢？她和林鹿姐姐分明是两种人啊！

系集部的几个人都看向了旁边在现场帮忙的宋集，想到那天在苏南星父亲病房的时候，宋集在电话里跟周奕说的那几句话，他分明早就知道了这俩人的关系，揣着明白装糊涂呢！

张、钱两位大姐原来已经看到了苏南星和周奕的蛛丝马迹，但是他们都觉得苏南星只可能是周奕的小情人，周奕不可能跟她认真。但现在来看，在苏南星父亲的葬礼上，周奕不仅以女婿的身份出现，而且连周奕的父亲周副总也出现了啊！

苏母见到周父的时候，听见周奕喊这个男子一声父亲，她赶紧伸出双手去跟周父握手。周父客套地安慰了几句，又说："有什么需要帮忙的，您可千万不要客气，周奕不在这边的时候，您跟我说也是一样的。"

苏南星听到周父这话，心里也感动，尽管周父觉得她配不上周奕，但是人家这为人处世的风格真是没得说。

她在旁边说了一声："谢谢伯父……"

周父叹了一口气："别说这些见外的话，你也得注意身体。"

周父跟苏母和苏南星这段互动被省公司系集部的人看在眼里，觉得看来苏南星不仅得到了周奕的喜欢，连他们家都去过了，看周副总那个态度，分明就是承认她的身份了啊！

这么一掂量，众人对苏南星的态度都不一样了。

毕竟S市公司的系集部长和周奕的正宫女朋友这两个身份的分量是不一样的，尤其是看着周奕对苏南星很重视的样子，也不像是玩玩。再说以周奕的性格，若是没个一定，也不会曝光他和苏南星之间的关系。

就这么一会儿的工夫，大家就都重新掂量好了跟苏南星说话的态度，原来当然也亲近，但现在要更热情一些了。

连李婉这个表情容易泄露心思的人，见到苏南星的时候，她也扯出笑容安慰了两句："节哀啊，保重身体。"

黄欣然到了这个时候，也喊了一声："苏苏姐，注意身体。"然后看向了旁边的周奕一眼，但是周奕这个时候只关注着苏南星，并没有看她。

张、钱两位大姐也走上来，钱大姐说："你也别太伤心了，如今你也事业和爱情都有所成，你父亲也放心了，接下来就好好过自己的日子，让你父亲安心吧。"

苏南星这时候没有那么多心思去管这些人的弯弯绕绕，只点头说："谢谢大家来。"再多的话都没说，周奕也跟他们点点头，算是作为家属的表现了。

葬礼结束之后，苏南星有很长一段时间都很恍惚，总觉得父亲还没有走。她白天去上班，苏母白天在家，晚上苏南星回家的时候，总看到苏母的眼眶是红的，苏母自己一个人在家，看到苏父的东西，睹物思人，总是哭。

如此过了一个多月，苏母提议："我搬到你那里去住吧？住在这边，你上班也不方便，而且这里处处都有你爸的痕迹，我总觉得他还在似的，再这么下去，我和你都走不出来。"

苏南星想到自己住的那个小出租屋，现在离市公司也挺远的，就跟苗萌萌商量一下，看看能不能一起搬到市里去住。

苗萌萌自然同意，她之前就是为了省钱才住在新区的，现在开汉服店挣到了一点钱，搬到市里也挺好的。

然后一行人又开始找房子研究搬家，找了一个多星期房源，终于在市公司附近租到了一间三室的房子。

苏南星和苏母搬进了新家之后，两个人的状态也好多了，苏母还给她和苗萌萌炖排骨吃，说："为了庆祝搬新家。"还提起了周奕，问苏南星，"也不知道大奕周末回不回来？"

苏南星说："他最近有点忙，若是他不回来，我去看他也可以。"

经历了苏父癌症和去世这么一系列的事，苏母心里已经把周奕当作是她的女婿了，拿他很是看重，经常关心起他的日常起居。

苏母是个没什么主意的家庭妇女，以前苏父在的时候围着丈夫，现在丈夫不在了，就围着女儿，总研究给苏南星和苗萌萌做好吃的。

苗萌萌好不容易每天吃沙拉把自己减到了一百零一斤，眼看就要到一百斤以下了，结果苏母天天充满爱意地给她俩做好吃的，不是炖排骨就是酱猪蹄，让苗萌萌硬生生又胖了四斤。

苗萌萌简直是流下了心酸的双行泪，后来她就跟苏母抗议，说："我和星星不能总吃肉，我俩晚上得吃草才能减肥和保持身材啊。"

提起那些沙拉，苏母一脸嫌弃地说："那些东西一点也不好吃，就是凉拌菜。"

但在苗萌萌和苏南星的要求之下，苏母还是研究给她俩做轻食吃，做了几次之后，也开始上手了，做的沙拉摆盘比苏南星做得还好看，讲究色彩搭配和口感，连南瓜都用烤箱烤一下，吃起来口感更甜。

苏南星和苏母开始渐渐适应新生活了，苏父留下的那个三十平方米的小房子的事，到底还是跟她叔叔摆到了台面上。她叔叔因为把苏父气吐血，后来苏父还查出了食道癌去世，所以心存愧疚。

他想到自己的母亲和哥哥都是得这个病死的，也很害怕。

而且，这三十平方米的房子毕竟还是当年苏父有钱的时候掏钱买的，若不是写在了苏奶奶名下，叔叔根本分不到这个房子。

后来也没有经过法院，叔叔和苏南星就平分了这个房子，在房产中介挂牌卖了。

因为苏奶奶和苏父都去世了，中间还经过了一些法律手续，费了一些周折，但最终房子还是以两百一十万的价格卖了出去。全省最好的高中学区房，果然不一样。

苏南星拿到钱之后，第一时间就还了家里那些债，还谨慎地将苏父给这些人写的欠条一张张烧了。

还完债之后，卖房子的钱还剩了十五万，苏父生病的时候，苏南星花了周奕给的那张卡上的十万块钱，她也把那张卡补全了两百万，放回到周奕家的抽屉里。

虽然相爱，但是有些事儿，苏南星还是很坚持。

这社会虽然对女人有诸多不公平和限制，但就因如此，才应该更加努力才对。

到任何时候，都不能放弃自己的独立性和努力。

无债一身轻，苏南星和苏母觉得这么多年压在他们家头上的大山终于没了，她们终于可以喘口气了。

那天晚上，周奕也回来了，赶到苏南星新家吃饭庆祝。

苗萌萌和苏南星也不吃草减肥了，苏母放开手艺，做了一桌子好菜。

饭桌上，苏母不住地给周奕夹菜，排骨、猪蹄、鱼肉堆了满满一碗，苏母这是丈母娘看女婿，越看越满意，一直说："大奕也瘦了，多吃点，补一补。"

周奕也就一直埋头在吃，等到晚上的时候，苏南星送周奕下楼，苏母在她这边住着，苏南星和周奕也不像以前那么方便了，而且因为苏父的事，周奕素了很久。

那天晚上分开的时候，苏南星本来是想亲他一下的，结果才亲了一下就被周奕搂进怀里亲了起来，到后来干脆拉进车里，直接拉回了他家。

苏南星抗议道："我妈还在家呢。"

周奕直接给苗萌萌打了个电话，跟她说："麻烦你帮我跟婶婶说一声，南星今晚去我那里住。"

苗萌萌在电话那头就跟苏母喊："姨，南星去周奕家住了。"

苏母也回道："那你跟南星说，让她别着急赶回来，周末好好跟大奕在一起，给大奕做点好吃的，我有苗苗呢，不要惦记我。"

苗萌萌将举起的手机又贴到耳边，说了句："都听见了？"

苏南星被她们这些人真是弄得没脾气，笑了："你们这些人啊……"

后来那天晚上，俩人折腾了很久，刚开始周奕还想克制一下，后来一沾手就放不开了，掐着她的细腰一直在冲撞，苏南星整个人只能挂在他身上，雪峰贴着他的，蹭得周奕的火气高涨。

结束的时候，俩人都大汗淋漓。

等平息下来之后，俩人懒洋洋地搂在一起。

苏南星听着周奕那让她安心的心跳声，抬头轻啄了下他的嘴角，说："这段时间，从我爸生病到离开，给你添了很多麻烦，你新工作那边那么忙，还要顾虑到我，基本都是你在两头跑。"

有好几个周末，周奕赶回来之后还要在这边工作到深夜，可就算这样，他也陪着她，让她看见他，给她支持和依靠。

周奕说："跟我就不用说这么见外的话了吧。"

苏南星说："是，不说了，可我想跟你说，你对我的付出我都放在心上呢。"又说，"我爸还有遗言，若是你将来没做对不起我的事，我这辈子都不能离开你。"

周奕忍不住笑了，说："明天我得给叔叔上炷香去，告诉他，我这辈子也不会做对不起你的事，所以你也不会离开我。"

苏南星也笑了，说："经历了那么多事，就算你赶我走，我也不会走的。"

感谢你，在我最艰难的时候给予了最可靠的陪伴。

这份支持和陪伴对我而言，价比千金，是这辈子都没法忘记的，既是恩情也是爱情。

俩人又聊了一会儿，周奕就熄灯要睡了。

苏南星靠着周奕热烘烘的胸膛，睡意涌上来。

周奕在黑暗里，忽然轻声说："南星，要不要跟我去B市？和我一起？"

第十九章
你那么优秀，配得上任何人

跟着周奕去B市？

这个话题虽然他们俩第一次正式提出来，但是苏南星其实自己有考虑过的。

跟着周奕去B市对她而言，有两个问题。

第一个问题就是工作，干他们这个工作，人脉资源很重要，她在S市这边工作这么久，手里好不容易攒了那么多资源，若是去了B市，这些资源就都没了，需要重新开始。

而且以她的资历，若是跟着周奕去了B市，很难再有和现在这个岗位相当的职位给她了，最大的可能就是从B市公司的科员开始干，又得重新奋斗。

第二个问题是父母，以前她觉得父母身体不太好，她不能离他们太远，现在父亲已经去世了，只有苏母一个人，若是她去B市自然就得带着苏母。可是苏母年纪这么大了，跟她去了人生地不熟的城市，连普通话都说不太清楚，到时候怎么融入一个新的环境呢？

说心里话，周奕对她付出了那么多，对她也那么好，以后很难再有一个男人会对她这么好了。同样的，她觉得自己这辈子也不会再爱上另一个男人了，她把这辈子最慎重、最温暖的爱都给了周奕。

所以若是让她放弃现在的工作跟他到B市去重新开始，她是愿意的。

因为他在她的心里，很重要。

扪心自问，在他们之间经历了那么多事之后，尤其是在父亲生病这段时间周奕对她和她家做的付出，苏南星真的非常感动也感激，所以为了周奕放弃这些，她愿意。

大不了，重新开始吧。

只是她最顾忌的其实是，若是真的带着母亲投奔了周奕，到时候远在异地身边没有亲朋好友，工作也从零开始，她基本上是完全依附在周奕身上的。

她知道周奕对她很好，但是完全依附于另一个人这种事，苏南星还是很犹豫。

一时之间，她也无法立刻给出答案，所以她跟周奕说："这件事，让我认真考虑一下行吗？"

周奕自然说："好。"

两人相拥而眠，睡了。

第二天是难得放松的周末，俩人已经很久没有享受到这种单纯的不用考虑工作和医院的周末了。

所以这个周末他们什么都没有做，只是待在家里尽情地享受二人世界。

苏父生病这半年，他们几乎都没有过这种单纯放松的时光了。

俩人还手拉着手去附近的菜市场买菜，回来做了龙虾粥、清蒸鱼、蒜蓉扇贝吃。菜市场卖海鲜的大姨看着这对俊俏的情侣，还跟苏南星夸奖："哟，你男朋友好帅啊，你也很漂亮，你们俩走一块像看电视剧一样。"

苏南星抿嘴笑，周奕搂上她的肩膀，跟卖菜大姨说："谢谢。"然后很高兴地给了整钱，说了句，"不用找了。"周经理高兴起来，就是这么随意。

周奕一只手拎着菜，一只手拉着苏南星，说了句："这么漂亮的女朋友，我得拉紧了，别跑了。"

苏南星圈着周奕胳膊，撒娇地将头靠在他肩膀上，软软地说："我不会跑的，我最喜欢我家周部长了。"说着就踮脚亲了他脸颊一下。

两个人充满着浓情蜜意。

虽然秋天来了，落叶飘下来了，满地黄，但是他们之间经历了那么多事，牵着彼此的手在一起，那么安心和甜蜜。

找对了人，就是这样吧，觉得心里踏实，又觉得只要和对方在一起，前方再难都能闯过去。

幸福的时间总是流淌得很快，周日下午，周奕就要坐高铁离开了。他们之间已经习惯了聚散，周奕不让她送他，苏南星坚持，说："以前因为父亲的病，我没有时间送你，现在有时间了，当然得送你。"

临走的时候，在车里，周奕放肆地压着苏南星亲，唇舌交融，亲得车里的气温都上升了。周奕非常遗憾，声音有些重，说了句："我们好像还没试过在车里……"

苏南星伸手捶他。

周奕也就摸摸过过瘾，苏父去世才三个多月，他们都克制着。其实从苏父生病以来，周奕就一直素着，以他从前沾到苏南星就不知餍足的劲儿能做到这步，苏南星心里也感动。

情侣之间，对方为你付出了多少，其实各自心里都有一杆秤。

他对她付出，她懂得感恩，也对他更好，双方都想着对对方更好，两个人才越来越好。

第二天就是周一，大家又开始投入到工作之中了。

苏南星之前因为父亲的事，延误了很多工作，好在属下帮着顶上，也没耽误什么大事。

苏南星父亲得了癌症这样的大病，市公司这边就给了苏南星很大的便利，尤其是工作时间这点，医院那边经常需要她立刻就得过去，她跟丁琰打声招呼，就可以直接走了。

周三那天，苏南星去省公司开会，开完会之后要去系集部给宋集送个文件，刚走进宋集办公室，就见到了一个熟人。

是曾经在补习班里认识的唐总，苏父吊唁那天，唐总不知道从哪儿知道的消息，还特意去了现场。所以，苏南星也承他人情，见到他就露出了微笑，说了句："唐哥也在？"

唐总看见她也显得更热情了："是，宋经理说有个大数据分析的项目想找我谈谈。"

苏南星跟宋集说了句："之前我看过他们公司的资历，大数据是他们公司的对口项目，可以多考虑。"这话就是卖人情帮忙了。

宋集自然心领神会，说了句："行，我知道了。"再多的话没说，宋集的精明之处就在这儿，话说得不多，但是事办得多，所以他这么年轻就升到部门副经理不是没有道理的。

唐总上次去苏父葬礼的时候，是见到宋集在现场帮忙的，也见到周奕作为苏南星男朋友站在她身边的，他心里对苏南星的衡量又高了一个档次，一个有着集团总公司系集部长作为男友的人脉关系，更值得好好维护了。

所以，唐总从宋集那里拿到资料之后，就在部门外面等苏南星办完事出来，一定要请她吃饭。苏南星推辞不过，就跟他一起吃了饭。

吃饭的饭店挑的是很清静、能聊天的地方，苏南星跟唐总毕竟曾经一起在补习班里当过同学，也就不客套了，她也真的饿了，饭菜上来了，就埋头吃。唐总没给她点酒，他们两个人吃饭再特意喝酒，这关系就太特意了，显得远了。

能做到唐总这个级别的领导，为人处事的那种微妙感恰到好处，抓得非常好。

只不过他的工作很忙碌，吃饭这会儿工夫，唐总已经接了三四个电话，有工程施工队打来的电话，还有他下属向他汇报工作的，苏南星听起来，觉得唐总这是上上下下一手抓。

唐总挂了电话之后，看着自己没吃几口的饭，跟苏南星叹了一口气，说："我们市公司成立时间短，人员配备不足，什么事都得让我操心，我这个总经理干得有点累，现在真是缺人啊。"

说者无心听者有意，苏南星问了一句："你们公司总部在哪儿啊？"

唐总也随意地聊，说："在 B 市啊，我们在全国几十个城市都有分公司，是家上市公司。"

苏南星想到她曾经看到唐总给她发过他们公司的资料，想到他曾经对她说若是她跳槽过去给年薪五十万的事……

她又问了一句："你们市公司副总的位置，还缺人吗？"

唐总也是闻弦知雅意，问了句："怎么，小苏你有合适人选给我推荐？"

苏南星想了想，说了句："你看我行吗？"

唐总一下子被说愣了，随即笑开了花："行，你若是真的来，那是相当行了！"又问她，"怎么，华信 S 市公司部长这个位置做得不太痛快，所以想跳槽？"

苏南星说："也不是，只不过我男朋友在 B 市，若是你们公司有经常跑 B 市的业务，我会慎重考虑一下。"

唐总一听，心里这高兴劲儿就别提了，能拉到一个华信部长来他们公司，那得给他们公司带来多大的资源啊！尤其是苏南星这种对华信上上下下各种关系都清楚的人，更是非常稀缺的人才啊，而且她本人就是强大的资源，她还有个在华信集团总部当系集部长的男朋友呢！

唐总简直是怕苏南星打消这个念头，立刻说："有、有，我这一个月得有十来天来回在两个城市之间跑，高铁都要让我坐穿了。若是你来的话，我让你当这个副总，到时候往 B 市跑的项目都给你，都方便你，而且薪水方面也好谈。”

苏南星若是真的跳槽过去了，就是唐总的下属了，所以这会儿也没有太端着，而是换了个语气，问了句：“这可是唐哥你说薪水可以谈的，那给我多少啊？”

别的话没多说，但是以苏南星现如今的资源和能力，若是真的想跳槽，像唐总这样的公司不知道有多少家想接着她。

很多中小型分包公司都特别缺这种能把华信集团上下关系都吃透的人才，既有人脉又有能力，这种人才出来了，大家都抢着要。

很多人在公司里浑浑噩噩的，既不与人为善，也不努力工作，等到了年纪抱怨自己一事无成，殊不知真正努力的人，将所有的努力积攒到一块，终究会厚积薄发的。

唐总立刻在脑子里想了一下价位，慎重地说：“若是你来的话，我能给到年薪六十万。”

苏南星想到上次唐总说是给五十万的，这会儿还多了十万，不过她还不着急，只是试探，面上也没做什么表情，说了句：“哟，谢谢唐哥厚爱，给这么多。”

她的话说得很客气，但下一句是：“我回去再考虑考虑。”没表态，但是没表态其实就是一种态度了。

苏南星虽然一向是主张只有自己最可靠，要自己努力去挣得未来的想法，现在也仍然是这个想法。但是她也会衡量自己所有的资源，今时今日，她不仅有省公司的资源，随着周奕升到集团公司去，她也有集团公司的资源。

这时候，她也不会假清高地否认跟周奕的关系，而且人得知道变通，有机会上的时候就得抓紧机会。

唐总一看苏南星这态度也不甚热络，就知道自己这是给少了。

唐总心里有点后悔自己说少了，可话已经说出口了，这会儿也没法立刻改口，就说：“我毕竟只是一个市公司总经理，自己还不能做这么大的主，你看我一会儿帮你向总部申请一下，看看能不能争取更多，下午、下午我就打电话问这事儿，然后我就给你回复。”

怕苏南星不搭腔，唐总把时间都说出来了，显得很真诚热络。

所以，苏南星也只得接话，说：“行，那麻烦唐哥了。”

等到下午的时候，唐总给她打电话的声音很是高兴，苏南星一听就知道这价位是抬上去了，唐总说："妹子，我可是帮你说尽了好话，总部那边说像你这样的人才我们公司不能错过，说给年薪八十万，这个价位，你满意不？"

苏南星一听，这价位很满意了，周奕在集团公司当副部长，算上各种项目提成才有这个价位，她都忍不住想笑。

"满意。"又记得承唐总的人情，她说了句，"谢谢唐哥。"

唐总又说："不过总部那边希望你到B市那边面试一下，你看行吗？"

苏南星自然点头同意，这也很正常，毕竟是年薪八十万的分公司副总，公司总部看看人，也很正常。

挂了电话之后，她也没先跟周奕说，等到周末去B市跟周奕会合，才跟他提起这个事，苏南星说："若是成了的话，我虽然不是完全在B市上班，但是一个月有十多天在B市，其余的日子在S市，我就能两头兼顾了。"

她说："等我挣两年钱，在B市这边有点根基，再给我妈租个好点的房子，我才能放心地带着她过来。"

她有些歉意地跟周奕说："对不起，没法完全过来，你别生气。"

周奕知道他家苏部长一向是心里有打算的女孩子，没想到这么快她竟然连跳槽公司都找好了，心里可真是对她有点佩服。

像苏南星这样工作上既独立，私底下又会撒娇惹人疼的女人，简直是上得了厅堂，下得了厨房，真是个中极品。

周奕虽然遗憾苏南星不能完全过来一直和他在一起，但是他尊重苏南星的选择，而且也知道苏南星已经尽力权衡了一切之后，做出了最好的选择。

周奕最好的一点不是英俊多金，是他有一颗尊重伴侣的心，他摸摸苏南星的头，说："虽然遗憾你不能一直陪着我，但是这个结果，我知道你也努力付出了很多，暂时就这样吧，过一段时间再说。"

他们都知道，这才是他们的开始，只要心在一起，总想着聚在一起，这就够了。

等苏南星面试完，确定了跳槽之后，就要回华信辞职了。

这么多年，她无数次想辞职，终于走到了这一步。

苏南星想到了父亲临终之前对她说的那些话，其中就有让她做想做的事那句叮嘱，不过她和母亲现在还太穷，她还想努力挣两年钱，年薪八十万的话，努力两三年，帮母亲在S市新区那边买一套两居室，就可以做到了。

人到老年，终究还是希望有一套属于自己的房子的。苏母嘴上没说，但是心里还是想有个落脚的地方。

苏南星回市公司跟丁琰说想辞职这件事的时候，丁琰问她："都想好了？"

苏南星点点头，丁琰又说："看来，下家是找好了？"

苏南星说是唐总的众享大数据公司，丁琰跟唐总还是认识的，说了句："老唐这人还是可以合作的。"又说，"也好，去了外面能多挣点，比较实惠。"

丁琰问她："跟周奕那边都已经商量好了？"

苏南星说："是。"

丁琰点点头："既然如此，我也不拦着你了，只祝你展翅高飞。"

苏南星笑了，说："这话说得好像以后见不到了似的，以后我上班的地方离我们市公司还很近，而且我们也会有合作，只不过到时候我变成了合作方，丁哥可得照顾照顾我了。"

丁琰笑了，说："我不是一直都在照顾你吗？"

苏南星真心实意地说："一直以来，多谢丁哥照顾了。"

丁琰说："你若是自己能力不行，我再怎么照顾也没用，你当我的系集部长，我也确实很省心。你走了，我还得头疼谁来当我的系集部长。"

苏南星笑，提拔谁的事就不是她能干涉的了。

写了辞职申请之后，她就到省公司去递辞职信。那天正好周奕回省公司来转人事关系档案，就和苏南星一起出现了。

苏南星穿了一件驼色羊绒大衣，下面穿了同色系的高腰阔腿裤，脚上踩了一双高跟鞋，她和周奕的关系已经公开了，所以此刻也不需要避嫌了。

她是坐他的车来的。这么久了，她第一次正大光明地坐着周奕的车到省公司。

周奕穿着浅灰色的羊绒大衣，里面穿着深蓝色的羊毛西装，下车之后，见苏南星没系围巾，就将自己脖子上那条灰色羊绒围巾摘下来给她围上。

苏南星笑得眼睛弯弯的。

虽然没有亲密地搂在一起，但是他们之间的关系和感情，所有人都看得出来。

上公司大楼外的台阶时，苏南星的尖头高跟鞋不好走，周奕自然地拉着她的手。

关心的样子不用说，都全在身体动作上了。

全省公司的人来来往往的，都看到了。

甚至他们没上楼之前，整个系集部就已经得到了风声。

苏南星踩着高跟鞋，挺直了腰脊，这么多年，她终于可以正大光明地跟周奕走在一起了。

路过门口前台的时候，前台的姑娘简直看呆了，苏南星脸上化着一点淡妆，嘴上擦了裸粉色的口红，显得脸白面嫩，她自信大方地被周奕牵着手，让所有人去围观她，围观她的爱情。

她那么努力，努力工作，努力生活，甚至连身体的每一寸曲线都是她努力地用汗水雕刻来的，她当然配得上最好的男人。

苏南星到黄总那里辞职，黄总这边早就从丁琰口中知道她要辞职的事，所以此刻也没太惊讶，只是他比较惊讶的是，女儿喜欢的周奕竟然和这个女人在一起了，真是意外，她也是有手段有心机了。

到了辞职这一步，黄总也不会为难她，毕竟将来再见面，大家都还可以带着笑打招呼，给自己都留一步，谁知道将来能用到谁？

周奕去人力资源部提了自己的档案，又和苏南星去系集部那边看看，从今以后，周奕就不再是省公司系集部经理了，正式去集团系集部当副部长了。

而苏南星也告别了这个工作多年的地方，正式离开这里了。

系集部的人知道他们要走了，大家都跟他们寒暄。

张、钱两个大姐面上带笑，说了很多好话，完全忘了她们曾经在私底下如何揣测过苏南星，现如今苏南星成了年薪几十万的副总，跟她们已经是两个阶层了。

李婉最郁闷，因为系集部空出来的总监职位，她曾经以为自己能上的，部门里就这几个人，按资排辈也该排她了吧，结果竟然是从下面分公司调上来的人，这让李婉非常不服气。

她还趁着办公室没人的时候，到宋集办公室去问他，她直接问："为什么没升我？"

她跟宋集一向是没大没小惯了的，宋集平常不在乎，但是心里有杆秤衡量着呢，此刻宋集说："那又为什么要升你呢？"

没等李婉回答，宋集也很直接地给出了答案，说："你说，我们为什么要升你呢？工作不认真、不仔细，出去谈业务，说话和反应能力跟不上，平常工作就喜欢推脱甩包，周部长或者我，为什么要升你上来呢？"

李婉不甘心："苏南星一个临时工都升上来了！"想了想，又觉得是不是那时候苏南星就跟周奕在一起了，所以周奕特意给她开了后窗，才升她为总监的？

宋集只说："苏南星加班的时候你在干什么？你推出去的那些工作给她的时候，你又在做什么工作？她为了集团公司忽然要的报表能半夜回来加班，我找你要表的时候，你在干什么？"

李婉竟然哑口无言。

所以此刻，李婉看到苏南星和周奕一起回来，那心情别提多酸了。当着周奕的面，她也不敢给苏南星脸色，但是后来听说苏南星跳槽出去年薪几十万，嫉妒的酸水就别提多酸了。

钱大姐试探苏南星："哟，你这出去工作了，工资得涨不少吧？起码得年薪三四十万了吧？"

苏南星没吱声，张大姐听见三四十万已经惊叹："这么多哦。"可是看苏南星笑而不语的表情，就知道肯定不止这些。

钱大姐最会看人表情，说了句："恐怕三四十万都是少的，得五六十万吧。"

苏南星还是笑着不说话，大家真是心里倒抽一口冷气，不得了啊，一下就六七十万年薪了，跟他们一下就不一样了。

这些大姐的心里虽然酸，但毕竟年纪大了，知道跟年轻人比发展是比不过的。钱大姐跟苏南星的关系还是近一些，最终只说了一句："这么多年，你的努力也算是没白费，终于有了回报。"

要么怎么说钱大姐的情商比张大姐高呢，就她说这句话，别人听了心里就舒坦。

苏南星笑了，说了句："是啊，所有的努力和汗水都没有白费。"

留下让省公司系集部无数的感叹和羡慕，她和周奕一起离开了。

系集部的人送她和周奕到楼下，看到周奕还给苏南星开车门，这一幕让很多人触动，张大姐心直口快，说了一句："能让周经理给拉开车门的，以后全集团也没有几个人有这个待遇了吧？"

下一句话是，但是她苏南星有这个待遇了。在外面连车门都给拉，在家里的话，指不定多么温柔呢。这话没说，但是大家都明白。

李婉嫉妒得受不了了，说了句："她就是命好，长得也好看。"

钱大姐说了句："命好，心里也有数，还努力，你当她曾经说自己喜欢运动是玩笑呢？人家每天早上都晨跑呢，要不身材能那么好吗？”

钱大姐看着周奕开远的车子，说了一句：“所以说，努力过的痕迹都会在自己的生命里体现出来。”倒是难得说出这样的金句来。

以后苏南星和周奕，就真的跟他们没有任何关系了，只是他们口中羡慕的谈资对象了。

周奕正式把编制从省公司调走之后，集团公司的审计小组到了C省公司去审计，结果正好审计小组在的时候，有人举报了曾经在C省当总经理的黄总，本来黄总调到L省去就有点急，C省有些财务的账目就没有弄好，这一举报，倒是被查出来点问题。

各个省公司都有自己的私库，总经理可以支配私库里的钱走综合办公室的账单，其实也不多，大概几十万，但是里面有些账目没对上。

这不是什么大事儿，可是赶上了严打的风，集团那边管人力资源的陈部长帮着黄总跟集团总裁说了句好话：“老黄一向是个谨慎人。”

被旁边的于副总裁不软不硬地怼了一句：“说起来，老黄那么大的年纪，怎么就调到L省去当一把手了呢？过几年就得重新给L省那边再挑个继任者，还挺费劲的。”这话说完，人力资源陈部长就不说话了。

再后来，黄总就被撤了职，有人还把黄欣然喜欢在朋友圈晒的各种父母给买奢侈品的照片发给了审计组，写的是：“他们家就黄总是挣工资的，哪来那么多钱给女儿买这么多奢侈品？”

这事儿就有点说不清了，人家黄总好歹也是年薪百万，给女儿买个两三万的香奈儿包包算得了什么？但就是时间点不太好，也成了黄总下台的一小笔过错。

黄总下台之后，黄欣然在分公司的日子就不好过了。

当初，黄总为了规避公司规定的直系亲属不能在一家公司这个规定，特意将黄欣然从省公司调到了一家新成立的子公司，因为子公司的办公场所没建好，所以还在省公司这边一起办公。

可是一年多过去了，子公司的办公场所也建好了，是在一个距离市区开车一个多小时的郊区，周围是野地，条件很艰苦。

本来黄总在的话还能将黄欣然调回来，但是黄总倒台了，她没有了依靠，就每天去那么远的子公司上下班，开车的水平不怎么好，每天都有小剐蹭。

但最大的问题是，黄总下台之后，以前忍着黄欣然的同事们，现在也都不忍着了，而且墙倒众人推，说话也比以前难听和直接了。

黄欣然以前都是被人捧着聊天的，现在忽然被人吐槽，心理上也受不了，晚上回家总埋进被窝里哭。可是又不敢跟家里说，觉得自己十分悲惨。

后来，她想起了心心念念的周奕，给周奕打了电话，喊了声："奕哥……"才说话，就已经哭了，周奕跟她毕竟从小认识，耐心地听她说话，问她："怎么了？"

黄欣然一听到他的声音，就觉得自己委屈得不得了，憋屈地将在公司里被欺负的事说了："他们都欺负我，看我爸倒了，他们就总嘲笑我，子公司上班那么远，我开车很慢，可还是容易剐蹭到别的车。工作上，还嘲笑我干活慢。"

周奕没说话，听黄欣然哭诉了一会儿，最终只问了一句话："你想我怎么办？"

黄欣然说："我想调回省公司系集部。"

周奕说："行，我给你办。"也没二话，就挂了电话。

两天之后，黄欣然就调回了系集部。

对于这件事，周奕对宋集还是有点愧疚的，黄欣然可不算是什么好下属，他特意打电话说："黄欣然这件事，给你添麻烦了。"

宋集立刻说："我当是什么事儿呢？她的脾气我知道，以前也共事过，没事的，再说部门里闲人多着呢，不差她一个。"

宋集跟周奕的真话就多了，说了一句："小姑娘人不坏，但就是活得太随意了。再磨几年，知道社会艰难，就好了。"

黄欣然调回了系集部，众人也不再捧着聊天了，都知道她是通过周奕的关系调回来的，而且以前也共事过，对她还是有点情分，没像外人那么欺负她。

只是李婉对她就不客气了，不像以前碍于黄总捧着她，现在李婉就很随意地指挥黄欣然干这干那的。黄欣然后来忍不过跟李婉吵了一架，俩人从此撕破了塑料闺蜜的假象，正式老死不相往来了。

苏南星这边，也开始了在两个城市两头跑的生活。

工作内容还跟以前一样，辛苦程度也还那么辛苦，因为众享大数据公司在S市才初创，就像唐总说的，人员不足，所以苏南星这个副总手下的兵也不多，很多事得自己干，谈项目得自己去，这状态跟以前其实也差不多。

不过现在挣钱比以前多了，而且还可以自己做主，所以她的状态也挺好的。

苏南星每个月有半个月能在B市那边，周奕工作忙，她就在家里等他，想到俩人刚异地分开的时候，她在视频电话里看到疲倦的他，当时心疼地想穿越过来帮他盖上被子都不能，现在起码可以在家里等他了。

只是因为她总在B市这边工作和陪着周奕，苏母在S市就经常一个人在家，苗萌萌工作也忙，苏母就有些寂寞。

苏南星合计了一下，决定给苏母租个小门市房，开个做轻食沙拉的小店。

她们在商贸中心附近租了个小门市，稍微收拾了一下就开始在外卖APP上面挂牌卖轻食了。

苏南星是常年吃沙拉保持身材的人，所以对沙拉非常有心得，她们家沙拉里的东西品种多，有鹰嘴豆、甜面豆、烤南瓜、煮紫薯，还有香煎龙利鱼、藜麦等都有，种类多，口感好。

价格平均是三十块一碗，跟别人家的价格保持一致，但样子好看、色彩丰富，口感也好，很快就在附近这一块轻食市场打开了局面。

刚开始订单只有几盒，后来渐渐地回头客也多了。

苏母也有事情去忙了，没时间陷入悲伤。

如此过了两个月，轻食店渐渐开始盈利了。挣得虽然不多，但苏母觉得自己有事干了，自己能养活自己了，也很开心。

渐渐地，苏南星和她都走出了苏父去世的阴霾。

又一年开春了，天气暖和了之后，苏母的轻食店也上手了，业务量变多了，店里忙了起来，苏南星给她雇了一个洗菜的小工，给苏母减轻了压力。

苏母不知道听谁撺掇的，竟然要在夏天的时候出去卖烧烤。

那个工作太累了，苏南星舍不得母亲去。

可是她一个月有半个月在B市，等她反应过来的时候，苏母的烧烤摊子都在家附近支起来了。

夏天是撸串的季节，苏母的串干净还好吃，她最会用炭火的余温煨出来的羊肉串，吃起来又软又嫩，还有一股汁水，回头客特别多。

苏南星晚上跟周奕从B市回来，直接来到烧烤摊子上，看到苗萌萌还过来帮忙，俩人忙得不亦乐乎。

烧烤摊子开在了市公司附近，竟然还看到了下班过来的丁琰，丁琰跟他们微笑打招呼。

苏母还跟丁琰打招呼："丁经理来啦？"

苏母从苗萌萌那里没少听丁琰跟苏南星的事，所以苏母知道丁琰对苏南星的帮忙，每次丁琰来，她都会给他特意准备一只酱猪蹄，给他用小火烤上，那香味别提多香了。

丁琰这样潇洒的人也会坐下啃猪蹄，笑着说："伯母做的猪蹄很好吃。"

就这样，大家都坐下一起撸串、啃猪蹄。

丁琰和周奕还开了一瓶啤酒，偶尔撞杯喝几口，难得地悠闲。

他们从来没有这样轻松过。

苏母的烧烤摊子一天算下来，挣得还挺多的，苏母数钱的时候满眼放光，跟苏南星说："从来没想到我可以挣这么多钱，早知道的话，我跟你爸这些年早出来挣钱了，多好啊，以前为什么就是拉不下来这张脸呢？总端着，还当我们家还是曾经那个富裕家庭。"

想到了苏父，苏母叹了一口气，说："算了，都是过去的事了。"今后，好好努力就行了。

这样有奔头的苏母，苏南星也没法阻止，后来又给她买了一台穿串的机器，苏母就方便多了，每天卖的串也多了，就是很累，不过累也累得开心。

一个夏天过去，挣了二十多万。

再加上苏南星的工资和轻食店挣到的钱，苏南星凑了一百来万，给苏母首付了一套三居室的房子，买房子的时候，苏母坚持要把房产证写成苏南星的名字，她说："我都这么大年纪了，将来就等着给你和大奕带孩子了，还要什么房子？"

提到这个话题，苏母又开始旁敲侧击地问："你跟大奕，什么时候结婚啊？"

所以父母说的什么不逼婚、不催婚、不催生孩子，都是骗你的。

买了房子之后，苏南星和苏母从售楼处出来，外面天蓝云白，这么多年，他们家终于有了一套属于自己的房子了。

苏南星想到刚才苏母的问题，什么时候结婚呢？

手机云宝网推送了一条信息，苏南星点开一看，忽然发现大数据给她推送的对象变了，头像是一个俩人握着双手的照片。这照片怎么看怎么眼熟。

再往头像下的真实姓名一看，下面写着：周奕。

苏南星忍不住笑了。

那天晚上，她将自己洗得干干净净，喷了周奕喜欢的淡玫瑰花味的香水，穿上了一套新的红色蕾丝内衣。

周奕回家之后，就看到家门口地上堆着玫瑰花瓣，他看到地上撒着花瓣就笑了，喊了一声："南星？"

苏南星不说话。

周奕一边解开大衣，一边顺着玫瑰花瓣往屋里走。

一直到房间里，看到了躺在床上裹着床单的苏南星，长发披散，香肩微露，脸上化着精致的妆容，娇嫩的嘴唇像朵玫瑰花一样等着他去品尝。

单薄床单下她那峰峦起伏的身子让他不知餍足。

他走过去。

苏南星坐起身子，一点点掀开身上的床单，露出里面穿着红色蕾丝内衣的她。

高耸的雪峰被轻薄的红色蕾丝内衣罩着，若隐若现，身上没有一丝赘肉，每一寸肌肤都是紧致的，每一寸曲线都是优美的。

苏南星起身搂着周奕，顺势将他一下压到床上。

她对他说："周奕，我想嫁给你。"

然后，他翻身将她压下去，夜还那么长。

全文完

HEERMENG